诗论红楼梦

欧丽娟 著

著作权合同登记号　图字：01-2017-6189

图书在版编目（CIP）数据

诗论红楼梦 / 欧丽娟著. —北京：北京大学出版社，2020.5
ISBN 978-7-301-31135-6

Ⅰ.①诗… Ⅱ.①欧… Ⅲ.①《红楼梦》– 古典诗歌 – 诗歌欣赏 Ⅳ.① I207.411

中国版本图书馆 CIP 数据核字（2020）第 019089 号

本書為（臺灣）五南圖書出版股份有限公司授權北京大學出版社有限公司在中國大陸出版發行簡體中文版，2017。

书　　　名	诗论红楼梦 SHI LUN HONGLOUMENG
著作责任者	欧丽娟 著
责任编辑	吴　敏
标准书号	ISBN 978-7-301-31135-6
出版发行	北京大学出版社
地　　　址	北京市海淀区成府路 205 号　100871
网　　　址	http://www.pup.cn　　新浪微博 @ 北京大学出版社
电子邮箱	编辑部 wsz@pup.cn　　总编室 zpup@pup.cn
电　　　话	邮购部 010-62752015　　发行部 010-62750672 编辑部 010-62757065
印　刷　者	三河市北燕印装有限公司
经　销　者	新华书店 880 毫米×1230 毫米　A5　14.75 印张　380 千字 2020 年 5 月第 1 版　2025 年 6 月第 3 次印刷
定　　　价	69.00 元

未经许可，不得以任何方式复制或抄袭本书之部分或全部内容。
版权所有，侵权必究
举报电话：010-62752024　电子邮箱：fd@pup.cn
图书如有印装质量问题，请与出版部联系，电话：010-62756370

序

  年少读《红楼梦》，纯粹是一种与文字邂逅的乐趣和得鱼忘筌的耽湎，是个人世界里辨认自我的私密印记与寂寞情感的小小满足。而今置身在长空万里、江阔云低的学术世界里，读《红楼梦》已不再是一帘星月之下如梦沉酣的模糊私语，而是必须与真实人生对话、与客观世界辩证的清声朗诵。这样一个从闭门造车、煮字自娱之游赏玩兴，到揖让而升、以理服人之学术研究的转向，表面上似乎仅仅只是出于学院开课之需要而引动的契机，实质上却是由内在个体自我推向外在群体社会的生涯转变所反映的必然结果；而当此一生涯转变之契机被触发之际，自然也就同时宣告了某种青春年代的一去不返。

  然而，对自己阅读《红楼梦》之性质的转变有所觉察，并意识到这是一种人生归趋或生命旨趣的改变之前，是不懂得依恋或感伤的。而且，就在这两年推向外在群体世界的生涯中，展臂拥抱浩瀚的红学乃是首要之务，此时古今中外纷至沓来的种种红学研究成果已然令人应接不暇，又如何顾及生命潜流的探照和内在心魂的省思？一旦发现风景殊异、前方在望，这才猛然知晓轻舟已过万重山。庆幸的是，在这过程中虽然一路遍观红学风起云卷的气象万千而不免惊心动魄，却未曾惶惶然依傍潮流跨出追风逐浪的脚步，结果反倒因此得以在隔岸静观的自持中，发现汹涌的旋涡之外还存在着一些有待开凿的脉流，以个人有限的眼界瞻望之下，似乎尚未得见足够的垦拓。于是见猎心喜之余，遂不免伸手弄潮，涉足越过旁观的门槛，效法野人献曝之善意而将一愚之得贡献出来，以供学界之参酌取用。

由于个人涵茹唐诗多年，诗歌早已成为个人生活与学术志业的核心，以至不断随着研究生涯而抉深拓广，历数形诸文字的成果，已有《杜诗意象论》《李贺诗历代评论之分析》《李商隐诗之神话表现》《李、杜"闲适诗"比较论》《唐诗里的失乐园——追忆中的开天盛世》等以个别问题为主的显微发潜的专一研究，也进行过《唐诗的乐园意识》《论唐诗中日、月意象之嬗变》《唐诗中的桃花源主题——继承、转化与发扬》这种以大范围为观照对象，而化零为整、抉脉结络的宏观探讨。此外，在埋首学术性分析论述的同时，又从事《唐诗选注》《李商隐诗选》《李商隐诗歌》之类审旨辨义、析典探源的基础工作，年深岁久之后，却也逐渐积累若干心得。以此装备悠游于红学瀚海之际，面对《红楼梦》中往往被过门不入的诗词作品，竟时有登堂入室的心领神会之感。唐诗，也就因此成为个人契入《红楼梦》的一个桥梁，一个引渡的接榫。

而综观历来红学研究中有关诗词歌赋之探讨者，除了以注解典故意涵、辨明出处来源和阐发人物性格命运为目的之著作（其中以蔡义江之《红楼梦诗词曲赋评注》为个中翘楚）以外，其余有关《红楼梦》之诗论与诗歌艺术的研究，总不免令人心生雪泥鸿爪、零星偶现之感，往往惊鸿一瞥、稍纵即逝，虽各自不乏镂金错彩的可观之处，终究如拆碎七宝楼台，片砖只瓦未足以成就体系。而事实上，曹雪芹在中国抒情传统中的浸润之深，对古典诗歌（尤其是唐诗）的偏嗜之切，都是其他小说作者所远远不能及的；在身兼优秀诗人的曹雪芹笔下，《红楼梦》的创作不但有其小说艺术之叙写原则作为指导，更浸染了浓厚的诗歌氛围，因此系统而全面地探讨《红楼梦》之诗论与诗艺的相关问题，乃是十分值得进行的研究工作。《诗论红楼梦》此书即为此而写成。

除了此书以诗歌为探论对象的论述，个人目前已完成的相关研究，尚包括《〈红楼梦〉中诗论与诗作的伪形结构——格调派与性灵说的表里纠合》《论〈红楼梦〉与中晚唐诗的血缘系谱与美学传承》《〈红楼梦〉之诗歌美学与"性灵说"》《〈红楼梦〉与六朝诗》等数篇延续的课题文章；另外切就小说本身为研究范畴者，还有一系列有关"圆形人物"（round character）的抉发。既然人生不能永远耽湎于自我独白的私语，真实世界的运转和操作更是多重混声的复调模式，作为最伟大的世情小说的《红楼梦》，其内部世界之构成又何以独独能够例外？因此我试图就书中重要角色的立体化表现，提出周延的诠释与深细的呈显，希望能够在传统的人物论之外，对"人性"之内涵提出更精微透辟的阐发，从而也对《红楼梦》中人们习以为常而近乎刻板印象（stereotype）的人物，提出有别以往的观看角度和理解方式，以重塑崭新的立体形象，进而使《红楼梦》的意义与价值更形丰富而宽广。

在这已然由个体自我世界跨入外在群体世界的人生阶段里，面对眼前偌许亟待逐步落实展开的研究课题时，毋宁还是欣喜多过于惶惑、跃动远胜于踌躇的。那告别过去少年时代的感伤，仅仅只是回首前尘而"却顾所来径"之际，一种在所难免的微微喟息，其中既有对过去"如是我行"的晓悟，更多的却是对未来"瞻彼淇奥"的豁朗。唯自始至今从事《红楼梦》之研究，绝不敢僭望得以潜入龙宫探骊得珠，私心所愿，仅仅只盼在浪潮奔涌拍岸之际，能够拾得天女遗落的一小颗顽石，尽己所能地勉力精心刻画雕镂、寓意赋形，以聊志此数年之间我思我在的心痕影迹。

本书自第一版于2001年面世以来，已匆匆十六寒暑。藉由此次的重印，进行了若干修订与增补，将原有的失误降到最低，也使相关论证更充实，应能提供符合理想的面貌。是为修订序。

欧丽娟于台北
2017年1月23日修订

目 录

第一章　绪　论　　　　　　　　　　　　　　　　　　001
　　第一节　曹雪芹之诗作与风格　　　　　　　　　　006
　　第二节　"诗谶"——命运之载体　　　　　　　　　023

第二章　《红楼梦》中创作活动所反映的传统习尚
　　　　与当代风潮　　　　　　　　　　　　　　　　047
　　第一节　结社吟诗　　　　　　　　　　　　　　　048
　　第二节　联句——才力均敌的集体创作　　　　　　069
　　第三节　集句式酒令——别出心裁的百衲宝衣　　　078
　　第四节　限题限韵——因难见巧的游戏艺术　　　　087
　　第五节　戒字——避俗趋雅、以退为进之法　　　　100
　　第六节　亲友传习的文字因缘　　　　　　　　　　109

第三章　《红楼梦》之诗论　　　　　　　　　　　　　121
　　第一节　诗歌创作的本质——虚构　　　　　　　　122
　　第二节　创作功夫论　　　　　　　　　　　　　　134

第三节　"真"与"新"的创作美学观　　150

　　第四节　诗歌的感发性质　　170

第四章　长篇诗歌之创作理念　　191

　　第一节　审题度式——切旨合体的裁量　　192

　　第二节　开篇起句——不避粗俗　　197

　　第三节　谋篇布局——纡余卓荦的奇正相生之妙　　204

　　第四节　转韵逗韵——流利飘荡之情致　　211

　　第五节　篇终收结——本位收住法　　225

第五章　律诗之格度与品鉴　　233

　　第一节　律诗的基本规范　　233

　　第二节　撷取"警句"的摘句式批评　　246

　　第三节　"诗眼"——画龙点睛的神来之笔　　255

　　第四节　"背面傅粉"的技法　　264

　　第五节　结　语　　269

第六章　《红楼梦》之诗艺　　271

　　第一节　"十三元"——缠绵悲戚的韵部　　271

　　第二节　"翻案"——绝处逢生的策略　　281

第七章　《红楼梦》中使用旧诗之情形与用意　　301

　　第一节　随机触发、因事引喻：品题抒感时的借诗谕示　　306

第二节	施行酒令、集句成趣：张冠李戴式的崭新趣味	319
第三节	诗句剪裁、化用加工：夺胎换骨法的艺术交融	321
第四节	诗之精神、文之笔法：文类融通后的出位之思	353
第五节	套用旧诗之特色	369

第八章　贾宝玉的《四时即事诗》：乐园的开幕颂歌　383

第一节　前　言　383

第二节　"四时"结构的乐园意义　384

第三节　《四时即事诗》的其他特点与象征意义　395

第四节　乐园的永恒化　411

第五节　结　语　416

第九章　林黛玉的《五美吟》：开显女性主体意识的咏叹调　417

第一节　咏史与咏怀的宣言　418

第二节　《五美吟》的形式与题材溯源　424

第三节　唐传奇女性的取材与意义　435

第四节　《五美吟》的夏季性与翻案法　440

第五节　结　语　445

征引书目　448

第一章
绪 论

"韵散相间"为中国传统小说之特点,所谓"状以骈丽、证以诗歌"的写法,可以说是从唐传奇小说开始便纵贯历代小说的形式特征。置身于此一渊远流长的历史传统中,曹雪芹创作《红楼梦》时,表面上也承袭了此一特有套式,因而全书处处点染诗笔而吟咏不辍。根据统计,曹雪芹前八十回原作,共有诗、词、曲、赋、联句、谜语一百九十余首[①],穿插在世情变换、离合悲欢的复杂情节中,正是遗传自传统小说文化的醒目印记。

但曹雪芹在《红楼梦》中杂织这些诗词韵文的做法,其实并不是传统的翻版。宋代赵彦卫曾指出,作为"韵散相间"此一形式之肇端的唐传奇,之所以在小说建构中形成如此之体式,乃是有其历史因素的,所谓:"唐之举人,先藉当世显人,以姓名达之主司,然后以所业投献;逾数日又投,谓之'温卷',如《幽怪录》《传奇》等皆是也。盖此等文备众体,可以见史才、诗笔、议论。至进士则

---

① 此一统计数字见李希凡:《红楼梦艺术世界》(北京:文化艺术出版社,1997年7月),页314。若连后四十回以计之,共有二百三十八首之多,参贺新辉主编:《红楼梦诗词鉴赏辞典》(北京:紫禁城出版社,1992年5月),"前言",页1。

多以诗为贽,今有《唐诗》数百种行于世者是也。"①依此可知,唐人传奇小说体式中的"诗笔",乃文人欲以之行卷求得功名的凭借,出发点即带有现实功利的目的,所展示的也是一种工具价值;其次,唐人传奇小说中的"诗笔"乃与"史才""议论"并列,重点在于炫学逞技,以备见全才,因此彼此之间往往各自具有独立的性质而与整体小说结构不能全然相融,遂不免带有割裂拼凑、可有可无的缺陷。

而历经宋元明各朝一直到清代,在散文叙述中交杂诗词韵文的做法依然历久不衰,于长篇短什之中都历历可见。只是随着历史时空与社会条件的改变,此一构体形式中的"诗笔"在功能上也发生转换,鲁迅曾描述此种构成体式并指出其构成之原因道:"它的文章,是各以诗起,次入正文,又以诗结,总是一段一段的有诗为证。……我以为是受了唐人底影响;因为唐时很重诗,能诗者就是清品,而说话人想仰攀他们,所以话本中每多诗词,而且一直到现在许多人的小说中也还没有改。"②换句话说,唐代以后这样"状以骈丽、证以诗歌"的小说写作体式,主要为的是一种取法权威甚至附庸风雅的目的,诗歌与"类诗歌"的韵文作品一方面当然不乏炫技逞才的意味,一如唐传奇之创作与流行便与举人用以展现其"史才、诗笔、议论"之能力有关;但在炫技逞才的同时,主要却是为了追攀"清品"的高调雅致,成为一种跻身上流的努力或价值品味

---

① (宋)赵彦卫:《云麓漫钞》(北京:中华书局,1998年5月),卷8,页135。
② 见鲁迅:《中国小说的历史的变迁》,鲁迅:《中国小说史略》,收入鲁迅:《鲁迅全集》第9卷(北京:人民文学出版社,1991年1月)。

的证明。

以上两种针对唐传奇与话本小说所提出的解释,的确提供了有关此一体式形成的历史动因,但若以此诸说衡诸《红楼梦》的创作,实际上则是未必尽然。虽然身为《红楼梦》之首位读者甚或创作参与者的脂砚斋也曾认为:"雪芹撰此书,中亦为传诗之意。"① 这种"传诗"的看法,当然免除不了唐传奇用以逞才炫技的意味,而在已然失去"行卷"之时代需要的情况下,这些诗歌与"类诗歌"的韵文作品在《红楼梦》中所担任的功能,更似乎不能免于作者假公济私的訾议。但是,此一"传诗"的看法其实是不具太大意义的,因为在全书开宗明义的第一回中,曹雪芹即假借石头之言说,严厉批评一般才子佳人的故事乃"不过作者要写出自己的那两首情诗艳赋来"而假拟虚构坏人子弟的风月笔墨,因此《红楼梦》的创作大旨即是不陷入陈腔滥调,进而书写出"反倒新奇别致""令世人换新眼目"的作品。如此一来,曹雪芹又如何能够自相矛盾地陷入陈腐之窠臼?

更何况,《红楼梦》之写作总以真假辩证的朦胧笔触求得"隐事"的目的,而唐人传奇小说中的诗笔乃欲以之行卷求得功名,出发点即带有自我推销的现实功利的考虑,因而与《红楼梦》之以抒发性灵、艺术满足为要是完全不同的;其次,唐人传奇小说中的"诗笔"与"史才""议论"并列,重点在于炫学逞技,因此具有独立的性

---

① 甲戌本第一回夹批,见陈庆浩辑校:《新编石头记脂砚斋评语辑校(增订本)》(台北:联经出版公司,1986年10月),页26。

质而与整体小说结构不能相融,往往带有割裂拼凑、可有可无的缺陷,而《红楼梦》中的诗词创作却是整部小说中的有机结构,是小说艺术创作的一个必要部分,烘染了全书的抒情格调,勾勒了角色的内在性格,预示了人物的未来命运,甚至维系了故事的环节,推动了情节的进展,表现了作者的人生观感,与全书之叙述文体密不可分,所谓:"《红楼梦》的艺术境界,是景与情的完美结合,而书中的诗、词等作品除了是作者抒情造境,创造典型环境的艺术手段,又是作者借以塑造典型形象、刻画人物性格的重要方法。曹雪芹将诗词曲赋的抒情性塑绘与散文的反复皴染描写相结合,使二者互为表里,相互补充,相辅相成,从而雕造出一大群栩栩如生的艺术形象。……预示事件的发展,隐寓人物的命运结局,也是《红楼梦》诗词在全书描写、结构中所起的重大作用。……烘托社会文化背景、反映社会时尚,是《红楼梦》诗词在全书描写中的又一重要作用。"[①]而这样的整体有机性,并非唐传奇小说所能望其项背;其运用的深奥高妙之处,更绝非话本说书人仰攀唐诗清品者所能企及,可以说是中国传统小说中之异数。

因而汉学家浦安迪(Andrew H. Plaks, 1945—)认为:包含明清六大长篇章回小说在内的"奇书",是出自于当时某些怀才不遇的高才文人(即所谓"才子")的一种特殊创作,与话本是建立在口传文学基础上的平民创作有所不同;"奇书文体"孕育了一种在中国叙事史上独一无二的美学模范,展现出一整套固定而成熟的文

---

① 贺新辉:《红楼梦诗词鉴赏辞典》,页 2。

体惯例，寓有高深奥妙的文学价值，而把诗词韵文插入于故事正文叙述中的写法，正是奇书文体的修辞特征之一。① 此外，萧驰也认为这种修辞特色是出于文人之手，从而将这样的修辞特征纳入中国抒情传统中加以解释："引喻化（指引用诗词以说明或表现的作法）恰恰又是中国抒情传统之另一显豁特征。……由诗词中脱化出小说情境乃引喻化表现之一——这是与唐宋传奇、宋元话本中插入诗赋曲词颇不同的新现象，显然与我谈到的文人生活的'诗化'以及小说内容的文人化直接相关。"②

从这样的观点来看，所谓《红楼梦》的"传诗"之说，应该还有更深、更丰富的意涵可以探究。事实上，提出"传诗"之说的脂砚斋在别处还有一段相关的批语，谓："余所谓此书之妙，皆从诗词句中泛出者，皆系此等笔墨也。"③ 此说改由艺术的层次抉发小说与诗词韵文的关系，就《红楼梦》在创作上得力于诗词之妙处着眼立说，则全书的修辞策略又不仅仅是以诗词穿插于散文叙述中加以引喻而已，还更是直接在散文叙述中化用诗词的意境，达到小说情节诗词化的一体融合，这才真正指出小说在抒情传统中浸润发展的极致。

至此，我们看到《红楼梦》中为数众多的诗词韵文对全书所展

---

① 参[美]浦安迪讲演：《中国叙事学》（北京：北京大学出版社，1996年3月），第1章"导论"和第4章"中西叙事修辞形态研究"。

② 萧驰：《从"才子佳人"到〈石头记〉》，收入萧驰：《中国抒情传统》（台北：允晨文化公司，1999年1月），页307。

③ 甲戌本第二十五回评语，页478。

现的高度价值，因而我们取径书中诗词作品以为研究范畴，可谓披文入情、探究《红楼》艺术的一条重要入路。尤其历来红学研究中有关诗词歌赋之探讨者，除了以注解典故意涵、辨明出处来源，并同时关合人物性格命运为目的之著作①以外，其余研究《红楼梦》之诗论与诗艺者，往往是雪泥鸿爪、零星偶现，虽各自不乏错彩镂金的可观之处，终究如拆碎七宝楼台，片砖只瓦未足以成就体系。因此全面而有系统地阐发《红楼梦》中的诗歌理论与诗歌艺术，便是本书研究的动机与目标。而由于曹雪芹在中国抒情传统中浸润甚深，对古典诗歌（尤其是唐诗）之偏嗜甚切，在一身兼任小说家与优秀诗人的情况下，《红楼梦》所浸染的浓厚的诗歌氛围，与他作为诗人的角色是分不开的。因此在分析《红楼梦》中的诗词艺术之前，我们有必要先深入了解曹雪芹本身之诗作与风格，并细密地审视曹雪芹创作《红楼梦》时，将诗歌作为命运之载体而形成"诗谶"的观念与做法，好为书中诗词之整体研究奠定基础。以下便分辟两章个别进行论述。

第一节　曹雪芹之诗作与风格

《红楼梦》的艺术形构中，包含了大量的诗歌，形式上将七绝、

---

① 其中以蔡义江等之《红楼梦诗词曲赋评注》为个中翘楚，由北京团结出版社所出之修订本更具参考价值。

五律、七律、五排、七古、乐府歌行等各体都网罗在内;除了正宗的诗歌创作之外,尚有联句、制灯谜、行酒令、掣花名签等与诗歌脱离不了关系的活动;而其内容则有抒情、写景、咏物、咏怀、咏古等多端。能够在一部小说中写出如许质量并重的诗词作品,小说家自己的诗歌造诣和创作经验必然是十分精到而丰富的;更重要的是,小说家并未因为深切地拥有来自于自身创作趋向的个人风格,而将小说化为个人才学表演的场域,还能够大大加以超越,熟悉并吸收不同的诗歌情态,透过"按头制帽"式的原则,依各个小说人物不同的性情与命运而展现出形形色色的风格内容,这种出入于各家门派、游走于不同生命情调之间的功力,才是曹雪芹透过《红楼梦》所提供的令人惊艳的宏伟视野与华赡才情。

而欲论《红楼梦》中的诗歌,小说家本人独立于小说之外的诗歌创作,必然蕴藏着一个提供诠释基点的支持体系,它们可以说是《红楼梦》中各篇诗作孕育滋养的根源所在。的确,曹雪芹在世时,于友人之间本是以"能诗"闻名的,张宜泉《题芹溪居士》诗前小注曾云:"姓曹名霑,字梦阮,号芹溪居士,其人工诗善画。"而其"工诗"与"嗜酒"又往往被与刘伶、阮籍之辈的狂放好酒相提并论。先引其中部分资料如下:

- 君诗曾未等闲吟,破刹今游寄兴深。(张宜泉《和曹雪芹西郊信步憩废寺原韵》,《春柳堂诗稿》刊本,作于乾隆二十四年己卯)
- 爱将笔墨逞风流,庐结西郊别样幽。门外山川供绘画,堂前

花鸟入吟讴。(张宜泉《题芹溪居士》,约作于乾隆二十七年壬午,《春柳堂诗稿》刊本)①
- 诗才忆曹植,酒盏愧陈遵。(敦敏《小诗代简寄曹雪芹》,《懋斋诗钞》抄本,作于乾隆二十八年癸未)

从这些引文中,我们首先得到了曹雪芹好诗、工诗并且慎重其诗的概略印象。只是其中敦敏所谓"诗才忆曹植"的美称,恐怕应该是出于泛泛的虚文溢词,取其"才高八斗"的用意而已;试观其兄,即与曹雪芹私交甚笃、往来款密的宗室诗人敦诚(1734—1791),对曹雪芹之诗歌造诣所作的形容,似乎更提供了值得玩味的线索:

- 爱君诗笔有奇气,直追昌谷破篱樊。(《寄怀曹雪芹霑》,《四松堂集》抄本,诗集卷上,写于乾隆二十二年丁丑)
- 曹子大笑称快哉,击石作歌声琅琅。知君诗胆昔如铁,堪与刀颖交寒光。(《佩刀质酒歌》,《四松堂集》抄本,诗集卷上,作于乾隆二十七年壬午秋)
- 牛鬼遗文悲李贺,鹿车荷锸葬刘伶。(《挽曹雪芹》二首之一,《四松堂集·鹪鹩庵笔麈》,作于乾隆二十九年甲申年初)
- 开箧犹存冰雪文,故交零落散如云。……邺下才人应有恨,

---

① 有学者认为:此诗"首句'笔墨逞风流',即指《红楼梦》及其诗词创作胆识如铁,光交刀颖"。见贺新辉主编:《红楼梦诗词鉴赏辞典》,附录"题《红》诗词选录",页524。

山阳残笛不堪闻。(《挽曹雪芹》二首之二,《四松堂集·鹪鹩庵笔麈》,作于乾隆二十九年甲申年初)
- 诗追李昌谷(原注:松堂,谓曹芹圃)……狂于阮步兵(原注:亦谓芹圃)。(《荇庄过草堂命酒联句,即检案头〈闻笛集〉为题,是集乃余追念故人,录辑其遗笔而作也》,《四松堂集》抄本,诗集卷下,作于乾隆四十五年庚子)

我们发现:在敦诚的诗学判断里,曹雪芹的诗歌风格或创作旨趣,毋宁是更接近中唐诗人李贺的,试观其中一再宣称"直追昌谷""诗追李昌谷"的说法,乃至曹雪芹死后,依然以"牛鬼遗文悲李贺"为哀挽之词,益发可以印证此点。

而此种将曹雪芹之诗学渊源通向于号称"诗鬼"之李贺的认定,另外还应该包括清朝宗室的永忠。与曹雪芹并无直接交谊的永忠,在其《因墨香得观红楼梦小说吊雪芹三绝句姓曹》三首中说道:

传神文笔足千秋,不是情人不泪流。可恨同时不相识,几回掩卷哭曹侯。(其一)

颦颦宝玉两情痴,儿女闺房语笑私。三寸柔毫能写尽,欲呼才鬼一中之。(其二)

都来眼底复心头,辛苦才人用意搜。浑沌一时七窍凿,争教天不赋穷愁。(其三)(三首皆见《延芬室集》稿本第 15 册)

此处特别引起我们注意的,是第二首诗末的"欲呼才鬼一中之"一句,意为:想要呼唤曹雪芹这位"才鬼"一起来饮酒共醉。① 而所谓"才鬼",一说指死后的曹雪芹,如蔡义江认为:"'才鬼'与第三首中'才人'皆指雪芹,就其身后与生前而言。"② 若"才鬼"指的是"雪芹身后",则永忠欲呼来一起共醉者乃是曹雪芹之鬼魂,对于"同时不相识"而仅在作者死后才得观其巨著的读者而言,那种失之交臂的抱憾之心和无法致意的激赏之情,的确足以使人产生超越阴阳两界以行神交的奇思幻想。

不过,"才鬼"之寓意似乎不仅于此。唐朝的李贺曾因穿幽入仄、搜奇抉微的笔力,而被宋人喻为"鬼才"或"鬼仙",诸如:

- 太白仙才,长吉鬼才。(马端临《文献通考》载宋初宋郊[宋景文]之语)
- 人言太白仙才,长吉鬼才。不然,太白天仙之词,长吉鬼仙之词耳。(严羽《沧浪诗话》)
- 世传杜甫诗,天才也;李白诗,仙才也;长吉诗,鬼才也。(李槢或楼昉《迂斋诗话》)
- 唐人以李白为天才绝,白乐天人才绝,李贺鬼才绝。(叶廷

---

① 依潘重规《红楼梦新解》所言,"中"字典出《三国志·徐邈传》,乃斟酒饮酒的意思,见余英时:《红楼梦的两个世界》引述(台北:联经出版公司,1996年2月),页184。

② 蔡义江:《红楼梦诗词曲赋评注(修订本)》(北京:团结出版社,1995年10月),页475。

珪《海录碎事》）①

此数条诗评皆口径一致地指出李贺与超现实鬼魂世界的关联，由此而启后世所谓"诗鬼"之别称，其独特的风格与非凡的成就，恰恰可与王维之"诗佛"、王昌龄之"诗天子"、李白之"诗仙"、杜甫之"诗圣"等分庭抗礼；而其人意欲透过文字艺术以求抉幽发微、人定胜天，所谓"笔补造化天无功"②的努力，亦可谓受到诗评家完全的肯定。相较而言，永忠笔下所赞誉的曹雪芹，亦是同样在《红楼梦》中展现了"三寸柔毫能写尽""浑沌一时七窍凿"这种搜魂夺魄、登峰至极的艺术魅力，若将其中"三寸柔毫"与"七窍凿"的说法逗引起来，即形成"三寸柔毫七窍凿"之句，正恰恰与李贺自许的"笔补造化天无功"意义完全一致；若再配合前面所见，众人皆以曹雪芹直追李贺的诗歌传承，则此"才鬼"似乎便是"鬼才"的同义语，其中同时寓有对应于李贺的指涉，带有借李贺为喻以推美曹雪芹之用意，特因平仄格律的考虑而易"鬼才"为"才鬼"耳。

另外还引起我们注意的，是曹雪芹的家学渊源似乎也发挥了不小的影响力，其祖父曹寅有《楝亭诗钞》八卷、《诗钞》别集四卷、《楝亭词钞》一卷、《词钞》别集一卷、《文钞》一卷（见孙殿起《贩书偶记》卷 14《别集类》），还曾于康熙四十四年（1705）奉命在

---

① 参欧丽娟：《李贺诗历代评论之分析》，《编译馆馆刊》第 22 卷第 1 期（1993 年 6 月），页 133—134。

② 李贺《高轩过》诗中句，《李长吉歌诗王琦汇解》，卷 4，收入（清）王琦等注：《李贺诗注》（台北：世界书局，1996 年 7 月）。

九位翰林的襄助之下主持《全唐诗》的刊刻；而曹寅所收藏的大批珍贵藏书（依《楝亭书目》四卷所载，计有三千二百八十七种），当曹家于雍正年间被抄时似乎并未被抄走，因此隋赫德继任织造后所列的曹家抄家清单中并无藏书一项，这些显然都是曹雪芹文思之奥府。学者曾经推测：未及亲炙祖父的曹雪芹，"显然是熟读过其祖父的诗钞和词钞。《红楼梦》中很多名词就是从那里翻出来的。'绛珠草'源自寅之诗句'承恩赐出绛宫珠'。史湘云的名字来自'湘草湘云自有家'一句。有名的林黛玉葬花冢与楝亭的'百年孤冢葬桃花'诗句，也不能说没有渊源"①。的确，在《红楼梦》中最重要、也最动人的葬花情节，所套用的是曹寅《题柳村墨杏花》一诗中新警动人之诗句："省识女郎全匹袖，百年孤冢葬桃花。"②再加上"绛珠""湘云"之类差相仿佛的语汇，都足以作为其间直接影响的证据。

而就间接的描述来看，为曹寅《楝亭诗钞》作序言的朱彝尊曾指出：

> 楝亭先生吟藁，无一字无镕铸，无一语不矜奇，盖欲抉破藩篱，直窥古人突奥。当其称意，不顾时人之大怪也。③

---

① 见赵冈、陈钟毅：《红楼梦新探》（北京：文化艺术出版社，1991年9月），页171。

② 曹寅：《楝亭诗钞》，卷4，收入《楝亭集》（上海：上海古籍出版社，1978年12月），页203。

③ 曹寅：《楝亭集》，页11。

将这段序言与敦诚的《寄怀曹雪芹〈霑〉》之诗句并列比观,我们可以清楚发现其中具有惊人的相似点:朱彝尊所谓的"盖欲抉破藩篱"恰与敦诚赞赏曹雪芹的"直追昌谷破篱樊"后半句全同;此外,朱彝尊所提到的"无一语不矜奇"也与敦诚所谓的"爱君诗笔有奇气"同一旨意,两者都共同指向一种以"奇"为诗风的特点。可见祖孙二人的诗作都欲"突破藩篱",发展出不为熟套滥调、规矩绳墨所囿限的独特风格,因而此种追求新奇不凡的创作成果即以"奇"为特征,"奇"字概括了两人的主要诗歌风范。此一现象似乎并非全然的巧合。

而进一步论之,敦诚的《寄怀曹雪芹〈霑〉》一诗,更清楚指示了这种"奇"的风格,所直承的血脉源头即是中唐诗人李贺,所谓"爱君诗笔有奇气,直追昌谷破篱樊",即是赞美曹雪芹诗笔中所带有的"奇气",足以破除庸俗浅易的藩篱而直追被称为"昌谷"的李贺。在传统诗论中,我们可以看到历代许多对李贺的诗评中都带有此类的形容,从唐代到民国以来的数十种相关叙述中举其荦荦大者,有以下诸说:

- 碧尝读李长吉集,谓春折红翠,霹开蛰户,其奇峭者不可及也。(唐末五代初张碧自序诗集语)①
- 锦囊言语虽奇绝,不是人间有用诗。(宋戴复古《昌武太守

---

① 根据考证,张碧并非中唐时人,其实应该生活于唐末五代初。见陈尚君:《张碧生活时代考》,收于《唐代文学丛考》(北京:中国社会科学出版社,1997年10月),页338—343。

> 王子文日与李贾严羽共观前辈一两家诗及晚唐诗,因有论诗十绝。子文见之,谓无甚高论,亦可作诗家小学须知》之五)

- 贺诗乃李白乐府中出,瑰奇谲怪则似之。(宋张戒《岁寒堂诗话》卷上)
- 李长吉奇而不正。(明谢榛《四溟诗话》卷2)
- 长吉、义山二家,摆落常诠,务为奇崛。(明焦竑《李贺诗解序》)①

可见李贺独特的歌唱方式即是以"奇"的风格来展现的。而对于"奇"所赖以建立的"破藩篱"的做法,引文中焦竑所谓的"摆落常诠"也明确提出了解释,此一诠解亦与传统诗论中苏轼所提出的十分接近:"诗以奇趣为宗,反常合道为趣。"②此中以"反常"为"奇"字作解,与焦竑所言的"摆落常诠"意义相通,都偏向于"奇"字本义中"怪异"的用法;而对于李贺诗歌风格的"奇",以"摆落常诠"或"反常"此种形式上的解释虽然都可以贴近对应,但究实而言则似乎尚有罅隙可待填补:形容李贺诗的"奇"之一字,究竟所指为何?其具体展现于诗歌中的面貌又是何种形象?而赖以突显此一奇气的"破藩篱"的做法,除了"反常""摆落常诠"的抽象描述之

---

① 详参欧丽娟:《李贺诗历代评论之分析》,《编译馆馆刊》第22卷第1期,页129—158。

② 见(清)吴乔:《围炉诗话》卷1引,收入郭绍虞辑:《清诗话续编》(台北:木铎出版社,1983年12月),页475。

外又该如何理解？

针对这类问题，宋人张表臣所提出的说法，适足以提供解答的线索：

> 李长吉锦囊句，非不奇也，而牛鬼蛇神太甚，所谓施诸廊庙则骇矣。①

这里清楚告诉我们，"牛鬼蛇神"之类虚荒诞幻的超现实内容，正是构成李贺诗"奇"的关键因素，而"奇"之所赖以建立的"破藩篱"的正确意旨，则是指描写这些牛鬼蛇神所代表的虚荒诞幻的超现实内容时，那种超出常理、打破理性世界之常规的想象力与表现性，这便是"摆落常诠"的真正意义，也是"奇诡""奇谲""险怪"等形容词之所由来的依据。以此回应敦诚所写"牛鬼遗文悲李贺"的挽词，其间又恰恰可以接榫得密合无间。

学者曾经指出：李贺"恐怕有三分之一的作品涉及鬼神，其中直接而且正面描写鬼魅仙狐之类的亦不在少数。长吉，和太白一样，接受的是非儒的半骚半道神话传统"②。事实上，对于李贺穿梭于幽冥异类之间的此一观察，早在杜牧便已发之，杜牧的《李贺集序》是对于李贺此种风格（即所谓"长吉体"）最早、也最全备

---

① （宋）张表臣：《珊瑚钩诗话》，卷1，收入（清）何文焕编：《历代诗话》（台北：汉京文化公司，1983年1月），页455。

② 余光中：《象牙塔到白玉楼》，收入吕正惠编：《唐诗论文选集》（台北：长安出版社，1985年4月），页384。

的阐发：

> 云烟绵联，不足为其态也；水之迢迢，不足为其情也；春之盎盎，不足为其和也；秋之明洁，不足为其格也；风樯阵马，不足为其勇也；瓦棺篆鼎，不足为其古也；时花美女，不足为其色也；荒国陊殿，梗莽丘垄，不足为其恨怨悲愁也；鲸呿鳌掷，牛鬼蛇神，不足为其虚荒诞幻也。盖骚之苗裔，理虽不及，辞或过之。①

其中景象，乃是将"春之盎盎，秋之明洁"与"荒国陊殿，梗莽丘垄"同列并置，让"时花美女"之倩美与"牛鬼蛇神"之阴魅交相沓来；而这样充满了奇诡却不失秾丽的形象化的描述，以及在虚荒诞幻的构思中寄寓着无限恨怨悲愁之感的情境，正是如今曹雪芹与其祖父曹寅留存的诗作中所具见的重要面相。而由杜牧的描述进一步细究，此处言"奇气"而能为人所爱，则"奇"字的意义除了"怪异"之外，应同时兼具"美好"之本义，可以用来指涉非同寻常的美②；表现在"长吉体"的风格中，便是能将牛鬼蛇神之类虚荒诞幻的超现实意象处理得美好动人、倩丽华艳。而将"怪异"与"美好"镕铸于一炉时，所造成的即为"哀艳"的意境，能够使人耳目一新。

---

① 杜牧：《樊川文集》（台北：汉京文化公司，1983年11月），卷10，页149。
② 详参张方：《中国诗学的基本概念》（北京：东方出版社，1999年5月），页109—121。

清代诗评家潘德舆虽然并不喜欢李贺诗，但对其结合奇诡与秾丽的哀艳风格却有十分传神的形容，在历举李贺诸句诗例之后，他接着说道：

> 皆以极艳之词，写极惨之色，宛如小说中古殿荒园，红妆女魅，冷气逼人，挑灯视之，毛发欲竖。①

此中所谓"以极艳之词，写极惨之色"，正是营造"哀艳"风格之手法的最佳诠释。而与曹雪芹同时代的诗评家袁枚，在评论"诗近昌谷"的孙星衍（字渊如）的作品时②，也将"奇"的风格与"哀艳"的意境相通为言，一方面先指出"奇"之风格的独特珍贵，谓："天下清才多，奇才少。君，天下之奇才也。"接着所举以展现其"奇才"的《登千佛楼》和《妻病》两首诗，无论是内容风格与意象经营都完全是鬼气森森、阴血惨淡的长吉体表现，而对于诸如"飞磷射屋鸟啄墙，鬼风吹檐断佛臂。此间非墓非战原，岂有厉魄号烦冤。青狸捧骨夜窥月，日气不足罗神奸。迎廊一僧病枯瘠，见惯妖踪讶人迹。老莎出户曲复斜，反锁空堂昼深黑。楼前惨碧竹作围，逼袖细影明寒晖。残霖滴阶渍幽血，败粉剥壁生阴苔"（《登千佛楼》）和"眉痕只觉瘦来浓，指爪都从病后长"（《妻病》）之类魅异耸

---

① （清）潘德舆：《养一斋诗话》，卷5，收入郭绍虞辑：《清诗话续编》，页2080。

② （清）袁枚：《随园诗话》（台北：汉京文化公司，1984年2月），卷7，页217。

动的描写，袁枚则是以正面肯定的态度赞叹为"抑何哀艳"①，在整段叙述的语脉中，"奇"与"哀艳"恰恰前后连属相关、不谋而合。可见李贺诗歌"奇"的意境，在清代诗评家的眼光中，的确指向一种结合了"怪异（或奇诡）"与"美好（或秾丽）"所产生的"哀艳"的艺术特色。

克就曹雪芹与曹寅之手笔以观其究竟，其表现正是如此"以极艳之词，写极惨之色"的哀艳特质。前引曹寅《题柳村墨杏花》一诗的"百年孤冢葬桃花"已足以呈现其巧构之思，"百年孤冢"之凄惨荒凉与"桃花"之明艳鲜丽本是南辕北辙、绝无干系，但透过一"葬"字却营造出一个联想的接榫，而打通了贯穿阴与阳、明与暗这两种不同世界的通路，将鲜美明媚的春天桃花葬于荒废森凉的百年孤冢，所言葬花之举匪夷所思，葬花所成之花冢则孤峭地屹立人间，其心思之凄艳与其举动之魅异，的确造成奇兀新警的感受。

而转向曹雪芹以观之，令人深感可惜的是，至今所见曹雪芹本人之诗作仅存不成篇章的一联断句②，端赖其友人敦诚的记录始得以幸存。敦诚《四松堂集·鹪鹩庵笔麈》记载：

---

① 袁枚：《随园诗话》，卷7，页218。
② 或谓尚有赵峨《双忆园听涛录》所存"钟情贵到痴"一句，见周汝昌：《红楼梦新证》（北京：华艺出版社，1998年8月），页45。而近年所发现刻于黄蜡石笔山底部的"高山流水诗千首，明月清风酒一船"两句，以及自题画像"爱此一拳石，玲珑出自然。渊源应太古，堕世又何年？有志归完璞，无才去补天。不求邀众赏，潇洒作顽仙"一诗，则属赝作的成分极高，详参吴恩裕：《曹雪芹的佚著和传记材料的发现》，《文物》1973年第2期。

> 余昔为《白香山琵琶行》传奇一折,诸君题跋,不下几十家。曹雪芹诗末云:"白傅诗灵应喜甚,定教蛮素鬼排场。"亦新奇可诵。曹平生为诗大类如此,竟坎坷以终。余挽诗有"牛鬼遗文悲李贺,鹿车荷锸葬刘伶"之句,亦驴鸣吊之意也。①

此段引文中所载昔日题跋之事,约发生于乾隆二十七年壬午(1762),其时正当众人于敦诚家西园观剧之后;而所引曹雪芹题诗之残句,乃敦诚于曹雪芹死后才为文追记者,其中敦诚所称道的"新奇可诵",指的是曹雪芹的作品诗思翻新、想象奇特,足可再三玩味吟咏。的确,曹雪芹在这首《题敦诚琵琶行传奇》所留下来的残句中,充分表现出新颖炫奇的艺术构思,所谓"白傅诗灵应喜甚,定教蛮素鬼排场",两句意谓白居易身后那不死的诗魂应该也会对敦诚的《琵琶行传奇》深深感到欣喜,而指派其已归泉下的爱妾小蛮、樊素二人起而上场演出。

有趣的是,两句本意是极力赞美敦诚依据白居易《琵琶行》所作的传奇剧本十分生动出色,以至连原著作者白居易也都感到青出于蓝而欣慰万分,遂驱遣小蛮、樊素两位爱妾搬演一番以共襄盛举;其主旨虽然是在极力夸赞以相庆贺,所用的意象与构想却不免鬼气森森、魅异耸动。试想诗人白居易死后有知而成为有形无质的"诗灵",此一构思堪堪已堕于幽冥;而成为"诗灵"的白居易观后

---

① 参一粟(周绍良、朱南铣)编:《红楼梦卷》(台北:新文丰出版公司,1989年10月),卷1,页6。

喜甚之余，竟将早已作古的小蛮、樊素起于地下，以鬼之姿、以魂之态在舞台上粉墨登场，岂不是鬼影幢幢而更加入于鬼道？舞台之艳丽喧闹偏偏与鬼魂之凄厉阴森相结合，最高的赞赏推美之情却竟然以最苍白幽暗的形象来反衬，则李贺诗所特有的"明暗互换、日夜翻转，阴阳颠倒、人鬼不分"的表现手法①，可谓在此获得了一系直下的嫡传。而此种"以鬼颂更甚于人夸"的衬托、对比的技巧和所达到的效果，的的确确称得上是"新奇可诵"。

然而，欲以此两句总括曹雪芹的整体诗风，恐怕不免于以偏概全之弊，所幸敦诚接着又说了一句"曹平生为诗大类如此"，为曹雪芹诗歌的整体风格指引了明确的方向，因而敦诚哀悼曹雪芹的"牛鬼遗文悲李贺"之挽词，也就是对曹雪芹一生诗艺的总括。由此可见，"白傅诗灵应喜甚，定教蛮素鬼排场"的诗句之所以能够在密友的追忆中被特地节录引述，其原因之一，当然是这一联诗本身的"新奇可诵"，在"破藩篱"的创意表现中足以令人耳目一新、再三玩味，因此历经数年仍然让其友人记忆深刻而津津乐道；原因之二，则是这两句诗足以成为曹雪芹一生致力于创作"新奇可诵"之众多诗歌的代表，因此才特地加以标举出来，以见其"平生为诗大类如此"的创作典范。由此，更可见所谓"直追昌谷""诗追李昌谷""欲呼才鬼"与"牛鬼遗文悲李贺"之说言不虚设之处。

事实上，如今虽未能得见曹雪芹诗歌的全貌，但除了这两句泄

---

① 欧丽娟：《唐诗的乐园意识》（台北：里仁书局，2000年2月），页383。

漏天机的沧海遗珠之外,欲窥其创作之趋向或审美之追求,于《红楼梦》中也可找到不少线索。姑不论书中诗歌好用"魂"字以营造哀艳风格的现象(此点参本书第六章第一节可知),举其彰著显明之例证,诸如第七十五回《赏中秋新词得佳谶》记载:

> 贾环近日读书稍进,其脾味中不好务正也与宝玉一样,故每常也好看些诗词,专好奇诡仙鬼一格。①

其中所谓"奇诡仙鬼一格",无疑正是李贺"长吉体"的另一个说法;而"脾味中不好务正"的断语,又恰恰是为了符合《红楼梦》表面上尊崇传统诗教之正统诗观而来的一种"正言若反"的说辞,乃是《红楼梦》中诗论与创作之悖反现象的表现,此点将另辟专文进行论述。②此外,在第七十六回的《中秋夜大观园即景联句三十五韵》中,对于史湘云那"何等自然,何等现成,何等有景且又新鲜"的"寒塘渡鹤影"一句,林黛玉乃是以"冷月葬花魂"加以压倒,而此诗句也被史湘云和妙玉评为过于"清奇诡谲""颓丧悲凉"和"颓败凄楚",且有"搜奇捡怪"之虞,但却是全书最警拔动人的诗句

---

① 本书所引述之《红楼梦》本文,率依冯其庸等校注:《红楼梦校注》(台北:里仁书局,1995年10月)。此一版本以庚辰本为底本,乃曹雪芹尚在世之时即已流传的八十回脂评本,其抄录年代之早与保存之完整,堪称最接近曹雪芹生前著作之原貌,因以为据,后文不再一一注明。

② 欧丽娟:《〈红楼梦〉中诗论与诗作的伪形结构——格调派与性灵说的表里纠合》,台湾《清华学报》第41卷第3期(2011年9月),页477—521。

之一;至于第七十八回贾宝玉在晴雯死后,以莫大的痛愤哀戚之情所撰写的《芙蓉女儿诔》,更是直接效法"李长吉被诏而为记"的传说,并悉心模仿杜牧《李贺集序》的句式风格而成的。举此荦荦大者,即可略知曹雪芹与其《红楼梦》师承李贺的用心。

而值得注意的是:这种诗学倾向或艺术品味,与当时之诗坛风尚关系如何?就曹雪芹开展其文学创作最主要的乾隆期间加以观察,结集成书于乾隆时期的诗话中,翁方纲的《石洲诗话》曾赞叹道:

> 李长吉惊才绝艳,锵宫戛羽……虽太露肉,然却直接《骚赋》。更不知其逸诗复当何如?此真天地奇彩,未易一泄者也。[1]

再以与曹雪芹年齿相近而远为长寿的袁枚为例,其搜求不少当时诗句的《随园诗话》中,即有不少是以长吉体的作风而受到青睐,如:

- 少宗伯刘公星炜,时为诸生,仿昌谷体作七古一篇,云:"壬之年,鬼之月,一鲸驱云云不行,走上江南木兰楫。"诗长,不能备录。

---

[1] (清)翁方纲:《石洲诗话》,卷2,收入郭绍虞辑:《清诗话续编》,页1389。

- 船山（案：指蜀人翰林张问陶，因受史馆洪亮吉所盛称，乃作诗）答云："……又不见：上帝生平亦孤寂，举酒招人人不得。九天费尽百神谋，仅夺唐朝一长吉。……"①

这些意见都反映了有清一代肯定李贺诗歌价值之主流②，尤其第二条中的张问陶，其妹婿即是刊刻百二十回全本《红楼梦》的高鹗，两人之间颇有交谊，张问陶所作《赠高兰墅同年》一诗不但指出高鹗是为续补后四十回的作者，诗中亦有"艳情人自说红楼"之句③，显然与《红楼梦》关涉匪浅。而曹雪芹与其《红楼梦》之所以偏嗜李贺风格，于此也从外缘的因素获得了可能的理解。

第二节 "诗谶"——命运之载体

曹雪芹本身虽只留下两句残诗，但他在《红楼梦》中借小说人物所呈现的韵文作品却十分丰富，仅就前八十回之原作统计之，

---

① 两段分见（清）袁枚：《随园诗话》，卷1，页31；"补遗"，卷5，页696—697。

② 有清一代评注李贺诗歌者并起不衰，为正面肯定李贺诗歌价值铺陈了有利的环境；而在唐诗选本中，李贺诗也较先前各朝受到更多的重视；此外，对李贺诗之风格特色、渊源影响、技巧习性等等都多所抉发，整体而言，是呈现誉多毁少而正面肯定的态势。详参欧丽娟：《李贺诗历代评论之分析》，台湾《编译馆馆刊》第22卷第1期，页147—158。

③ （清）张问陶：《船山诗草》，卷16，参一粟编：《红楼梦卷》，卷1，页21。

诗、词、曲、赋、联句、谜语等即有一百九十余首①，若连后四十回合并以计之，则共有二百三十八首之多②。这些韵文作品，当然不是曹雪芹为了传其个人诗作而逞才弄技的结果，而是在整部小说的艺术结构中有机构成的必要因素，每一篇诗词韵文对人物性格之展露、情节推展之脉动以及艺术氛围之渲染等，都发挥了莫大的功能。

历来《红楼梦》的读者也都注意到这一点，而对这些穿插于书中各处的诗词韵文，他们所抱持的大多是"抉幽发隐"的态度，如脂砚斋曾特别指出："空谷传声，一击两鸣。……书中之秘法，亦不复少。"③类似的说法也见于戚蓼生对《红楼梦》的评论："一声也而两歌，一手也而二牍"，"注彼而写此，目送而手挥"。④两人所谓的"一击两鸣""一声两歌""一手二牍"也者，指的都是一种"言在此而意在彼"的双重表达手法。但是，这种脂砚斋尊之为"书中之秘法"的双重表现方式，用之于诗歌作品的解读时，却非传统诗学上所谓"诗无达诂"的一般反映而已，张新之的说法便十分明确地指出其真切的意涵：

> 书中诗词，悉有隐意，若谜语然。口说这里，眼看那里，

---

① 此一统计数字，参李希凡：《红楼梦艺术世界》，页3—4。
② 贺新辉主编：《红楼梦诗词鉴赏辞典》，"前言"，页1。
③ 甲戌本第一回的眉批，见陈庆浩辑校：《新编石头记脂砚斋评语辑校（增订本）》，页10。
④ （清）戚蓼生：《石头记序》，见一粟编：《红楼梦卷》，卷2，页27。

其优劣都是各随本人,按头制帽。①

其中所说的"口说这里,眼看那里",完全是戚蓼生"注彼而写此,目送而手挥"的翻版,也是脂砚斋、戚蓼生所谓"一击两鸣""一声两歌""一手二牍"的同义语;至于"悉有隐意,若谜语然"之说,则充分而明确地指出这些评点家乃至今日大部分读者将《红楼梦》之诗词视为谜语的态度,故阅读之际,往往试图透过其中隐藏的蛛丝马迹(如意象、谐音)来关合人物、影射情节,从而获取破疑解谜的乐趣。如此一来,此一态度背后所蕴藏的诗谶观便呼之欲出,正代表了一般对《红楼梦》之诗歌韵文作品的诠释立场。

在《红楼梦》中,传统诗谶的影响是确实存在的,因此甲戌本第五回于"宝玉看正册一段"上有脂砚斋眉批云:"世之好事者争传《推背图》之说,想前人断不肯煽惑愚迷,即有此说,亦非常人供谈之物。此回悉借其法,为儿女子数运之机,无可以供茶酒之物,亦无干涉政事,真奇想奇笔。"②所谓"诗谶"的表现确实是显而易见。特别是小说文本中,于第二十二回《制灯谜贾政悲谶语》的情节也记载贾政看过众姊妹所作的灯谜诗之后,心中引发了深切的不祥预感和伤悲感慨的烦闷之情,正是传统诗谶观的一种表现:

(贾政)心内沉思道:"娘娘所作爆竹,此乃一响而散之

---

① (清)张新之:《红楼梦读法》,见一粟编:《红楼梦卷》,卷3,页156。
② 陈庆浩辑校:《新编石头记脂砚斋评语辑校(增订本)》,页123。

物。迎春所作算盘,是打动乱如麻。探春所作风筝,乃飘飘浮荡之物。惜春所作海灯,一发清静孤独。今乃上元佳节,如何皆作此不祥之物为戏耶?"心内愈思愈闷,因在贾母之前,不敢形于色,只得仍勉强往下看去。只见后面写着七言律诗一首,却是宝钗所作《更香》,随念道:"朝罢谁携两袖烟,琴边衾里总无缘。晓筹不用鸡人报,五夜无烦侍女添。焦首朝朝还暮暮,煎心日日复年年。光阴荏苒须当惜,风雨阴晴任变迁。"贾政看完,心内自忖道:"此物还倒有限。只是小小之人作此词句,更觉不祥,皆非永远福寿之辈。"想到此处,愈觉烦闷,大有悲戚之状,因而将适才的精神减去十分之八九,只垂头沉思。……回至房中只是思索,翻来覆去竟难成寐,不由伤悲感慨。

这段情节从文本的内在层次正面地揭露《红楼梦》"谶语"式的表达手法,并且将谶语与诗词结合为一,"诗谶"的形式和功能在此都得到充分的确定。

不过,"谶语"与"诗谶"两者在形成过程和本质意义上,实际都有很大的不同,彼此之界线不容混淆;而《红楼梦》中的诗歌更不能和"谶语"完全画上等号,否则将严重漏失其内蕴纯美的艺术性。因此,面对《红楼梦》中的诗词韵文时,"按头制帽"式的猜谜做法并不能阐发其全部的价值。为了深切了解曹雪芹与《红楼梦》所掌握的诗歌本质、所采取的诗谶的真正功能,此处必须先开凿浑沌、细加区分,俾使《红楼梦》之诗歌精神清楚展现。

一、"诗谶"溯源与释义

从用字现象来观察，"谶"这个字初见于汉初贾谊《鵩鸟赋》，应于秦始皇统一天下后至贾谊《鵩鸟赋》之间（公元前221—前174）始用之；其原义本与"验"相通，而称谶不称验，或与方士有关。① 进一步言之，所谓"谶"者，乃"诡为隐语，预决吉凶"之意②，亦即以暗藏不显、潜秘如谜的用语指引未来的发展，是一种特属于中国人的寓言形式，反映了中国传统文化里糅合了神秘主义的一种社会心理现象。《说文解字》释云："谶，验也。"《释名·释典艺》亦曰："谶，纤也，其义纤微而有效验也。"又《文选·魏都赋》注谓："河洛所出书曰谶。"可见谶具备三个含义：一是验，指能够灵验的预言和预兆；二是预言吉凶得失的文字图记；三是专指河图洛书。③

虽然有学者认为将谶的神秘性、预言性附会到文人的诗词上，

---

① 陈槃指出："'谶''验'已通用，盖积习久之，大部分作'谶'不作'验'，故'谶'遂专其称矣。然方士之徒喜为诡秘谲语……'谶'之名，盖秦以前未有所闻，意此字之造作，或出于方士，亦未可知也。谶纬'多近鄙别字'，尹敏讥之。（《后汉书·儒林尹敏传》）'验'之转为'谶'，此岂亦其一端耶？"见陈槃：《古谶纬研讨及其书录解题》（台北：编译馆，1991年2月），页139。

② 引文乃《四库全书总目提要·经部·易类六》附录《易纬》之案语，《文渊阁四库全书》第1册（台北：台湾商务印书馆），页158。

③ 此段参考谢贵安：《中国谶谣文化研究》上编（海口：海南出版社，1998年2月），页29—30。

就形成了所谓的"诗谶"——一种"谶谣"的变形①,然而,诗谶与谶谣虽然都具备韵语的形式,也都带有预言吉凶祸福的功能,但两者其实是两种不同的文化向度造就得来的产物。就外在层面来观察,谶谣的历史可以溯及先秦时代,而盛行于两汉,其形式主要是民间流传的俗谚童谣,其性质则是一种先知的预告;至于诗谶,今日所见最早的记载却已迟至魏晋时代,其形式则必然是文人纯粹创作的诗歌艺术,而其谶的功能乃是将诗句作断章取义、附会后事的结果,也就是先有纯粹抒情的诗句,诗句中谶的解释却必须要等到事件发生之后才附加上去的。换言之,谶谣与诗谶不但时代的起源有先后之分②,制作的范畴亦有雅俗之别,其预言成立的过程更是一顺向取验、一逆向追证而恰恰相反(此点详参下文之论证)。因此诗谶的形成虽然隶属于谶谣的一种变形,但从内在层次而言,其构成因素却与向民间心理认取的谶谣大相歧异,若欲探究诗谶的形成因素,必须从中国抒情传统中所思考的诗歌本质入手,才能真正切中肯綮。

首先我们先观察历代诗谶表现的情形。在诗歌传统中以诗为谶,由诗句之衍生而推断命运的做法,最早的例子或许是石崇、潘岳的故事。《晋书·潘岳传》记载:潘岳曾经因为厌恶孙秀之为人

---

① 谢贵安:《中国谶谣文化研究》上编,页43。

② 《国语·郑语》所载周宣王时代的一首童谣是谶谣最早的纪录,时当公元前八世纪初,见谢贵安:《中国谶谣文化研究》上编,页81。而历史可考的第一首诗谶乃出于晋代石崇与潘岳被杀的故事(见下文),其时已是公元300年,其间之差距超过一千年。

而数加挞辱,衔恨在心、无日或忘的孙秀后来在赵王伦辅政时任中书令,一上任不久即诈诬潘岳及石崇、欧阳建谋反为乱,遂行诛杀并夷灭三族以为报复。潘岳和石崇在刑场上发抒一段有关诗谶的临终感慨:

> 初被收,俱不相知。石崇已送在市,岳后至,崇谓之曰:"安仁,卿亦复尔邪!"岳曰:"可谓'白首同所归'。"岳《金谷诗》云:"投分寄石友,白首同所归。"乃成其谶。①

此处将原本只是一般性的叙述赋予特定的指涉,使"白首"被突出"临终阶段"的意涵,而非物理性、身体上真正的年老;"归"字也狭义地限定其"归返生命源初"的死亡之义,于是"同"字便得到了落实。这首形成在先的诗句,就这样在后事已发之际获得了新诠释。同样地,《南史》也记载了一则诗谶的故事,书中在详述侯景叛乱弑帝的经过之后,接着又云:

> 初,(梁)简文《寒夕诗》云:"雪花无有蒂,冰镜不安台。"又《咏月》云:"飞轮了无辙,明镜不安台。"后人以为诗谶,谓"无蒂"者,是无帝;"不安台"者,台城不安;"轮无辙"者,

---

① (唐)房玄龄等:《晋书·潘岳传》(台北:鼎文书局,1992年11月),页1506—1507。

以邵陵名纶,空有赴援名也。①

很显然,整个诗谶的形成与认定,首先必须有梁简文帝纯粹咏物抒情的诗句,再来则是发生侯景叛乱,使京城扰攘奔窜乃至帝王被弑驾崩,最后再由附会者回头反思整个过程,于是从诗句中字词之谐音、模拟的联想而找到足以比附的象征,从而将"言"与"事"结合在同一诠释内涵里,最终即形成了诗谶;尤其那"后人以为诗谶"之说,更已点出诗谶之为后事附会者逆推追证的性质。

时间浸假至唐代,孟棨《本事诗》中的《征咎篇》原本即是为了记载诗谶之例证而设,全篇共收事例三则,第一则记录了初唐诗人刘希夷的故事,也是文学史上著名的例证,事云:

> 诗人刘希夷尝为诗曰:"今年花落颜色改,明年花开复谁在?"忽然悟曰:"其不祥欤?"复迻思逾时,又曰:"年年岁岁花相似,岁岁年年人不同。"又恶之。或解之曰:"何必其然。"遂两留之。果以来春之初下世。②

此一诗谶之说于唐代盛传,除孟棨的《本事诗》之外,《大唐新语》

---

① (唐)李延寿:《南史·贼臣传·侯景传》(台北:鼎文书局,1974年3月),页2007。

② 收入丁福保辑:《历代诗话续编》(北京:中华书局,1983年8月),页19。同处又载:"崔曙进士作《明堂火珠》诗试帖曰:'夜来双月满,曙后一星孤。'当时以为警句。及来年曙卒,唯一女名星星,人始悟其自谶也。"

卷8、《刘宾客嘉话录》皆载有此事。刘希夷这两联诗句，原本只是透过物是人非之对比来表达世事无常的感慨；但由于次年"果然"离开人世，于是明年"人不同"与"复谁在"的沧桑感，遂从广义的普遍观照一变而为人死退场的狭义解释，与"白首同所归"同一机杼；差别只在于刘希夷在诗成之初即敏感而悲观地探测到这个狭义的可能性，若非发生"果以来春之初下世"的后来之事以验证其诗，此种不祥的预感就会沦为杞人忧天的笑柄。

而最晚迟至宋代，可能由于诗谶之概念与实际之操作盛行已久，刘希夷这种从诗句中关合命运的敏感，竟然从偶一可见的情况扩大为诗人们极为普遍的自觉现象，因此在创作的当下就立刻产生"谶"的意识，不待后事而然。洪迈不但对此一现象有所描述，而且更进一步指出诗谶构成的另一特质，所谓：

> 今人富贵中作不如意语，少壮时作衰病语，诗家往往以为谶。①

这段话明确地包含了两个意义核心，一是说明原来在诗谶观念流行已久之后，"谶"已经具备了先发制人、反向催眠的高度魔力，"诗人往往以为谶"一句便无形中说明了诗谶观的普遍与深入人心，几乎成为诗人创作的共识，与唐代零星偶见的现象明显有着程度

---

① （宋）洪迈：《容斋随笔》（上海：上海古籍出版社，1995年3月），卷1，页14。

上的不同；而其作用于诗人心灵的主要影响，则是让诗人一如刘希夷般，对人生际遇中由盛而衰、从上沦降的落差走向特别敏感而惊疑，所谓"富贵中作不如意语，少壮时作衰病语"，正透显诗人趋福惧祸、喜吉避凶的迷信心理，因而在创作之际便被制约出不祥的自觉意识。就此便开显了诗谶在表现上的第二个特性："诗谶"不再只是一种事后的追验符号，当"言／事"之间的时间距离缩短之后，诗人几乎在创作或阅读的当下便产生"谶"的自觉意识，而不待事情发生后始然。也正因为如此，诗谶的具体运作模式已非仅仅从"言／事"之前后符应即可解释，只要是在"富贵""少壮"的处境中作出"不如意""衰病"之语句，"谶"的阴影便立刻当头笼罩。

　　由此，我们看到诗谶的运用范畴被扩大了，可以不待后事取验（如前述石崇、潘岳的共赴法场，简文帝的遭侯景弑杀而臣属勤王不力，与刘希夷的"果以来春之初下世"等）而当下立判，充满当下直觉的感应；同时一方面则明确认知到诗谶真正的操作方式，其实并不是一般泛泛的预言而已，严格说来，它是一种范围被狭隘化的预言，因为它的预言范围偏重在由盛而衰、从上沦降的落差走向，只有这种"福兮祸之所伏"①的潜在思维，才是诗谶建构的原则与关注的焦点。而这些诗谶的特点，正是《红楼梦》中诗谶运用的精义所在，此点可以证诸上一节与下一节的相关阐述。

---

　　① （晋）王弼注：《老子道德经》下篇，第58章，收入中华书局编：《新编诸子集成》（台北：世界书局，1991年5月），页35。

除了以上著名的例证之外，就中国诗论里这类相关说法较常涉及的单一对象来观察，我们还可以探究诗谶观的其他面向。在常常被套以诗谶来论断的单一诗人中，曹雪芹所偏好的李贺可以说是其中最为显著的例子。

从晚唐直至清代，透过一代又一代诗评家的诠释眼光，李贺以二十七岁之龄英年夭逝的遭遇，便往往被认为和他特殊的诗歌风格密不可分，如晚唐诗人陆龟蒙认为，李贺的诗笔对"天物"的描写堪称巧夺天工，已达到"抉摘刻削露其情状"而无所幽隐的境界，因此揣测道：

> 天不能致罚耶！长吉夭，东野穷，玉溪生官不挂朝籍而死，正坐是哉，正坐是哉！①

明代的王思任也指出：

> 人命至促，好景尽虚，故以其哀激之思，变为晦涩之调，喜用鬼字、泣字、死字、血字如此之类，幽冷溪刻，法当夭乏。②

直到清朝，黄子云还说道：

---

① （唐）陆龟蒙：《甫里先生文集》，卷18，《四部丛刊正编》（台北：台湾商务印书馆，1979年11月），页150。
② 《李贺诗解序》，见（清）王琦等注：《李贺诗注》，页5。

> 昌谷之笔,有若鬼斧,然仅能凿幽而不能抉明,其不永年宜矣。①

至于道光年间的潘德舆亦抱持同样的看法,他说:

> (李贺诗)即如"瘦马秣败草""冷花寒露姿""霜重鼓声寒不起""老兔寒蟾泣天色""空山凝云颓不流""九节菖蒲石上死""劫灰飞尽古今平""东关酸风射眸子""鲤鱼风起芙蓉老""家人折断门前柳""况是青春日将暮""秋风吹地百草干""从君翠发芦花色""妾颜不久如花红",随意拈出一语,皆天亡征也。②

从这些不惮词繁地引录的诸条诗说中,我们可以发现众家所谓"天致罚""法当夭乏""其不永年宜矣""皆夭亡征也"等语,论说的依据完全是本于李贺诗的风格内容而来,而非前面所见的,仅仅在语句关合、形迹比附上做文章而已。这是诗谶运用上重要性更高的一种表现,也是诗谶最大的意义所在。

历代诗评家之所以能够如此"以诗观运",由诗风通向命运地一脉推证,是因为诗歌作为中国抒情传统的主流,本就以深刻的抒

---

① (清)黄子云:《野鸿诗的》,序于乾隆二年,收入丁福保辑:《清诗话》(台北:木铎出版社,1988年9月),页865。

② (清)潘德舆:《养一斋诗话》,卷5,收入郭绍虞辑:《清诗话续编》,页2079。

情本质为主,《礼记·孔子闲居》篇引孔子曰:"志之所至,诗亦至焉。"因此诗歌往往不免于"夫子自道"的功能,此即所谓"诗言志"也;再加上诗所言的"志"不独只是当下"心之所之"的意旨而已,在言志抒情之余,还更进一步地通向远为广义的"志",此种"志"固然仍是心之所之,代表了一个人内心中情感、志趣或理念的方向,但其内容则更被扩大、广延,由此"心之所自"与"心之所至"者前后延伸出去,便成为足以决定人物之情志方向的"性格"因素,而包笼个人之性格偏向、情感态度、处世模式、人生理念、价值判断和出处取舍等攸关生命趋向的内涵。依高友工的说法,则是:

> (由于)中国历史早期对"推论性沟通"(discursive communication)由衷的不信任及对内在经验的极端重视,使同一格言(即"诗言志")有了更精妙的扩充:"言"一辞因此演变成意谓整体地表现(total realization),包涵"语意的表示"(semantic representation)与"形式的呈现"(formal presentation)两方面。有了如此的境义,"志"一辞亦再也不足以涵盖诗境界的内涵,它因而被扩充成广指一特定之人于一特定之时,其整体经验——所有的心智活动与特质——之主要构成。在此一参证格式里,"志"可等同于一个人平生某刻的"意义"。①

---

① 高友工:《中国叙述传统中的抒情境界》,收入[美]浦安迪讲演:《中国叙事学》,"附录",页202—203。

既然意义被扩大之后，诗之"言说"及其所言说之"志"，乃是指一特定之人于一特定之时整体地表现其所有心智活动与特质所构成的整体经验，因此诗乃是一种自繁复庞杂的生命土壤中所提炼的纯粹结晶体，在简短的尺幅之中却蕴蓄有折射出生命之万端的概括作用；而生命本又是一接连相承而具有延续性的有机体，当此"志"从"某一特定之时"随着生命的延展而持续为"人生一整个阶段"，则言志之诗便可以由轴辐涵摄全轮，由毫厘探测千里，从而提供了"象征"或"预示"的功能。正因此之故，宋人魏泰即推论道：

诗岂独言志，往往谶终身之事。①

到了清代，诗论家袁枚甚至更进一步指出：

方知一时感触，未尝非谶云。②

所谓"往往谶终身之事"，便是将"志"所涵括之整体经验与"诗"所凝塑之概括作用加以推衍扩充的结果；而"一时感触"竟也未尝不能成谶，其背后所依据的，仍然是以同样逻辑推衍的思考理路，因为虽则只是眼前之"一时感触"，其根源却是发自个人所有心智活动与特质所构成的整体经验，因此带有个体内在本质性的烙印，

---

① （宋）魏泰：《临汉隐居诗话》，收入（清）何文焕辑：《历代诗话》，页329。
② （清）袁枚：《随园诗话》，卷9，页303。

其所提供的概括作用便发挥了"未尝非谶"的效果。这都是将传统"言志说"加以扩大、深化的表现,而如此一来,诗歌语言就成为诗人命运之载体。

于是宋代吴干提出了"诗可以观人"之说,并举丁谓诗为例,证之曰:"吕献可诲尝云:丁谓诗有'天门九重开,终当掉臂入',王元之禹偁见之曰:入公门犹鞠躬如也,天门岂可掉臂入乎!此人必不忠。后果如其言。"①从两句诗中一时流露的性格趋向,被王禹偁见微知著地扩大成其为人处世之根本模式,以致"此人必不忠"的推论于焉形成。由此心智活动、性格特质等生命整体经验与个人命运发展的连带关系,再加上诗与生命整体经验直接联系的一体性质,彼此对应连结的结果,便形成"性格→诗风→命运"一脉融通、连贯牵带的认识论结构,使得传统诗论中原本就存在的由诗风推断命运的一派论点,得以在《红楼梦》中获得大幅宣扬。

而重要的是,在这种诗谶的看法中,"诗谶"虽然也不失"一语成谶"的表现,但其重点则不是拆解诗句、谐音联想来关合人物或隐射情节,完全断章取义地依照诗作中有形的"线索"去按图索骥、对号入座,以寻找隐寓其中的谜底为终极目的,而是将诗歌作品视为艺术创作的结晶,就诗作中所必然凝聚的性格特征、生命视野、心灵界域、美感旨趣与终极关怀等整体以观之,而从"性格"与"命运"的无形绾合上,来找到生命与艺术彼此引带互动之际,其中所蕴含的更深奥微妙的哲理。

---

① (宋)吴干:《优古堂诗话》,收入丁福保辑:《历代诗话续编》,页226。

当然，对于"以诗观运"的诗谶说并非没有人质疑其合理性，如清朝贺贻孙便以晚唐诗人郑畋为例，一方面指出诗谶形成的本质，同时也解消诗谶所带有的神秘色彩与命定的强大力量：

> 马嵬驿诗，人皆凄感……独郑畋云："肃宗回马杨妃死，云雨虽亡日月新。终是圣明天子事，景阳宫井又何人？"当时论者以为此诗有宰相之器；及僖宗时，果拜相。……谓郑畋有宰相之器，或亦自畋拜相后追言之耳。①

这里指出"追言之耳"的判断，可谓一针见血地指出诗谶形成的本质，亦即诗谶这种"言／事"前后符应一致的逻辑关系，其实并非真正的先知预见，而完全是一种"后事之明"，是在已然的事实之后，再寻找先前写作的诗句以为符应或验证，从而建立起"诗谶"的构成体系，也就是以"后事之明"——一种逆推追证的方式应用的结果。因此其所谓"预示"，实是由后发追索得来，如此则使诗谶脱离了谶谣式的神秘色彩，也瓦解了诗谶在预言性质上的神奇效应。这也恰恰符合我们所认为的，在预言成立的过程中谶谣是为"顺向取验"、诗谶则是"逆向追证"的本质差异，因此谶语式之表达不可完全涵摄诗谶之运用，而阅读《红楼梦》的抒情诗歌时，更不宜采取求隐解谜的立场。

不过，既然中国传统诗评中本已存在着由诗歌创作观人之运命

---

① （清）贺贻孙：《诗筏》，收入郭绍虞辑：《清诗话续编》，页182。

气数的看法,其中李贺诗评的例子尤其显豁,则在此一源远流长的传统诗观之下,原本还仅止于稍嫌模糊、间接而带有迷信色彩的看法,只以"后事之明"的追证方式加以应用的传统诗谶观,在《红楼梦》中便进一步明朗化,不但系统而直接地形成其特有的"谶语式表达",同时更有过之地发展出一种反过来以"先知之明"的预设立场加以操演的创作策略。一方面,对《红楼梦》的作者曹雪芹而言,正是出于此种"追言之"的做法,在繁华消散后追忆前尘的立场上才形成一种成局在胸、一目了然的透视景观,从而在书中可以刻意作出洪迈所谓"富贵中作不如意语,少壮时作衰病语"的设计;而另一方面,此一作者自身的"后事之明",在构设情节之时,反倒可以改装为"先知之谕示",形成"言／事"前后符应的对应模式,亦即事前预言、事后应验,透过"前之所言"预示了"后之所是",让小说的情节发展可以顺向地由虚而实、前后印证地直线落实,发挥有如"神谕"的预告性质,从而使全书处处绾合着宿命的锁链,时时埋下有待验证的伏笔,在命运的纠结缠绕和符应的检证需要之下,人物的发展便无法自外于命定的幻灭,而一步步走向预设的终点。

因而结合了谶谣与诗谶而大量运用的诗歌韵文,便构成了《红楼梦》创作的一大特色。

二、《红楼梦》中的诗谶表现

《红楼梦》中的"以诗为谶",其实是兼以上所分析的谶谣与诗谶这两种意义而有之,而且更严格地说,其中明显带有谜语功能而属于谶谣式的表现的,仅止于《十二金钗人物判词》、《灯谜诗》七首、《怀古诗》十首等作品。在这些作品中,曹雪芹总是以前述洪迈所说"富贵中作不如意语,少壮时作衰病语"的方式,让贾政因为"小小之人作此词句,更觉不祥,皆非永远福寿之辈"而烦闷悲戚、伤悲感慨,也让读者领会到一种"悲凉之雾,遍被华林"[①]的哀感。然而除此之外,其余如《四时即事诗》四首、《葬花辞》、《咏白海棠诗》六首、《菊花诗》十二首、《秋窗风雨夕》、《咏红梅花诗》四首、《五美吟》五首、《桃花行》《姽婳词》,乃至芦雪庵与凹晶馆之两次联句等,其创作旨趣主要是以风格性情的艺术考虑为优先,而大大侧重于前一节所分析之"论诗知人"式的诗谶表现。只是一般探讨《红楼梦》之诗词者,总是以"求隐"的旨趣或"解谜"的目的偏概了艺术品味的抉发与分析,因此至今有关《红楼梦》之诗词研究,多多少少都不免笼罩着命盘推演的色彩。

由于表面上"诗谶"乃是一种透过间接暗示、曲折联想而不正面揭露之手法写成,并具有特殊隐射意涵的诗,因此在这样的观点下,诗谶的本质虽依然属于文学艺术"言在此而意在彼"的象征表现,而其实际操作则容易沦为文字猜谜游戏,一如张新之所认定的"书中诗词,悉有隐意,若谜语然",正道出此一诗谶观的作用之下解诗法的本质。于是对于《红楼梦》诗词之欣赏,无形中便脱离了

---

① 语见鲁迅:《中国小说史略》第 24 篇,收入鲁迅:《鲁迅小说史论文集》(台北:里仁书局,1999 年 3 月),页 212。

文学艺术的范畴，而等于从谐音、拆字、用语、意象、造境等种种似有关合之处寻找其中隐藏之谜底的猜谜活动；而所谓的"谜底"，也不外乎对书中人物之生活际遇与未来命运的隐射或暗合。

当《红楼梦》中某些诗歌采用谶谣的制作方法时，这种观点和做法自然是可以成立的，而谶谣制作时所采用的拆字法、双关法、谐音法、别名法、关系法、特征法、五行法、生肖法、对象隐喻法、时间隐喻法、地点隐喻法、过程隐喻法、直言法、综合法等[①]，甚至配合图画而形成的"图谶"，也都可以在《红楼梦》一书中找到运用的痕迹。

以第五回为例，其中"金陵十二金钗"的人物判词，每一则都有图画、有诗语，图画可以有效地传达特征，以人物、景致种种具体的形象来帮助理解，而与判词的内容相辅相成，这就是图谶的一种表现。其中就诗语的部分而言，贾元春判词中的"虎兕相逢大梦归"暗示出死亡的年份，是属于时间隐喻法；贾迎春判词中的"子系中山狼"隐指所嫁不淑的孙绍祖，则属于对象隐喻法；林黛玉判词中的"玉带林中挂"以"玉带林"逆读谐音"林黛玉"，乃属于谐音法；香菱判词中的"自从两地生孤木"以及王熙凤判词中的"凡鸟偏从末世来""一从二令三人木"，三句中的"两地生孤木""凡鸟""人木"分别可以组合为"桂""凤""休"三个字，都属于拆字法。

此外，李纨判词中的"桃李春风结子完"，一方面是以"李完"谐音"李纨"，同时整句又以双关法明说大自然之现象，而暗喻李

---

① 参谢贵安：《中国谶谣文化研究》，页98—164。

纨生子不久即丧夫守寡的命运。至于薛宝钗判词中的"金簪雪里埋"则设计得更加精密复杂，除了以"雪"谐音"薛"字之外，尚以"金簪"暗示"宝钗"，同时"金簪雪里埋"整句又将其人被整个封建时代所活埋[①]的悲剧形象化，则在谐音法之外还兼用了别名法与双关法。如此种种设计，无不处处显露出小说家之匠心，而源远流长的谶谣传统也在此留下了清晰的印记。

不过，"以谶谣为诗"的现象固然存在，其范围却仅限于《十二金钗人物判词》、《灯谜诗》七首、《怀古诗》十首。如果我们认为"以谶谣为诗"的做法乃是放诸全书而皆准，而处处不忘拆解诗句、关合人物、隐射情节以对号入座，则书中所有的诗歌就不免脱离了真正的诗谶，而与以先知之立场对未来之发展提出预告和暗示的谶谣相混淆，致使有关《红楼梦》之诗歌研究都流于"命理学"或"占星术"的卜算层次，从而在这种思维模式的运作之下，书中一切的情节片段或构成部分仿佛都只是命理师手上的筹码，只是占星家操作的水晶球，而曹雪芹就有如高级的命理师或占星家般，居高临下、成竹在胸地在《红楼梦》这个大型命盘上进行排列组合，让其中一篇篇的诗歌创作负担起对家族、个人之存在状态与未来命运的指示功能。

我们并不是否认《红楼梦》中的诗歌的确具有"似谶成真"的

---

① 太愚于《红楼梦人物论·薛宝钗论》末尾指出："黛玉没有金锁锁住，被抛到时代外面去了；宝钗死抱着自己的项链，却被活埋在时代的里面！"见王国维等：《红楼梦艺术论》(台北：里仁书局，1994年12月)，页186。此处借以诠释图画的含义，似亦颇为贴切传神。

意义,一如清人明义所说:"伤心一首葬花词,似谶成真自不知。"①此种建立于预示与应验的创作手法,使某些韵文作品担负类似"神谕"(oracle)的功能当然是显而易见的。但我们必须郑重指明的是,"似谶成真"的"神谕"性质仅只是诗歌内涵中的一个层面而已,其他诸如这些作品与传统诗歌的关联与对应、诗作中所蕴藏的美学意义与生命观照等,才更是值得深入探索的课题。因而除了这种以猜谜为目的、以求隐为旨趣的解诗法之外,我们必须探讨的课题或可以研究的层面其实都还是有待开发的。以下各章节的产生,便是试图超越猜谜求隐的层次,而回归诗歌与小说文本之艺术范畴所作的努力。

而在回归诗歌艺术范畴进行分析之时,首先必然面对的问题便是:《红楼梦》之创作为何要运用"谶语式"的表现手法?既采取谶语式的表现手法,又为何选择诗歌的形式来传达,而形成所谓的"诗谶"?

对有关《红楼梦》之创作为何要运用"谶语式"表现手法的问题,或许可以从作者创作上主观心境的影响与小说艺术的美学需要这两方面提出解释。亦即《红楼梦》一书乃是一阕追悼失乐园的悲歌,在事后回思追忆的伤悼笔调之下,难免会处处流露先知的口吻而暗示未来的天机,在综观全局、胸有成竹的创作基础上,便自然而然地凝结为谶语式的预言表现,此乃作者主观创作上的可能因素。同

---

① (清)明义:《题红楼梦二十首》之十八,收入明义:《绿烟琐窗集》,参一粟编:《红楼梦卷》,卷1,页12。其中所言的"似谶成真"日后便几乎成为研究与欣赏《红楼梦》之诗词的不二法门。

时这种谶语式的表达,一再分见于各主要场合与次要情景的结果,又可以持续地唤起读者的记忆,自动将叙述过程中因断裂的空白而遗忘的指示召唤回来,并透过不断的重现而发挥前前后后缝合内部情节的美学功能,从而为全书架构庞大、内容繁复的体式建立一种稳定持久的视野与节奏,无形中将偌许庞巨复杂的内容联缀为一个彼此统合的整体。

至于第二个问题,也就是《红楼梦》在人物命名、居处设计、戏文安排等做法之外,又大量运用诗歌韵文进行谶语表达的原因,主要即是前文所论述的,在中国抒情传统中浸习甚深的曹雪芹,自然深谙"诗言志"的艺术本质,以及由此而来的论诗知人、以诗观运的诠释态度,因而将诗歌的艺术性与人物的存在感受汇融为一,遂尔自然而然地促进了诗谶的形成。

其次,除了透过"论诗知人""以诗观运"之思维而来的人物与诗歌之融通关系之外,诗歌本身原即具备一种意旨遥深、朦胧其事的本质,所谓"比兴之旨,讽谕之义""能委折而入情,微婉而善讽"[①],正道出了其中之奥妙。身为优秀诗人的曹雪芹在创作《红楼梦》时,就是借助了这层"欲隐其事"又含吐微露的诗歌氛围,使得小说家所要表达的种种人事内涵能够产生更精美浓缩的艺术效果,不致如口号或标帜般流于浅露直接、平板僵化而索然无味,以避免引起读者的负面反应而成为艺术的败笔。这是身兼诗人与小说家的作者所

---

① (清)章学诚:《文史通义·诗教上》,收入章学诚著,叶瑛校注:《文史通义校注》(台北:里仁书局,1984年9月),页61。

打开的艺术通路，既超越了过去古典小说以诗妆点的浮面累赘，也更进一步汇融了小说与诗歌的艺术藩篱，而增加作品本身情节的张力与美感的强度。

只是，由于《红楼梦》是一阕未完成交响曲，其书末段悬缺的一片空白，恰恰为偏嗜谶语式表达之读者提供了没有设限的大好园地，而使之恣意出入于想象与臆测之间，尽情满足解谜释谶的乐趣。然则，我们欲从此组诗中开拓的，乃是艺术或思想的景深，是心灵与精神的视野，因此所论述的范畴限于前八十回中的诗词韵文与相关情节，只在少数特殊而必要的情形下，才稍加引述后四十回的相关部分；对于未知的后四十回情节安排与前八十回诗歌的对应关系，采取的则是"存而不论"的态度，不深文周纳，也不牵连附会，只将重点设定在艺术范畴的深度解析，如此才能让《红楼梦》的诗歌美学与存在氛围得以充分展露。

第二章
《红楼梦》中创作活动所反映的传统习尚与当代风潮

正如贺新辉所指出的：《红楼梦》的艺术境界，是景与情的完美结合，而书中的诗、词等作品除了是作者抒情造境的艺术手段，是作者借以塑造典型形象、刻画人物性格的重要方法，是预示事件的发展、隐寓人物的命运结局的重要凭借，此外，烘托社会文化背景、反映社会时尚，也是《红楼梦》诗词在全书描写中所展现的又一重要作用，而书中描写的题额、拟对、赋诗、填词、制谜、行令、联句等诗词活动，正是这些文化生活的艺术反映。

例如，写贾宝玉和众姊妹奉元春之命为大观园诸景赋诗，即是封建时代臣僚们奉帝王之名而作应制诗的一种假托；贾政试才让宝玉给大观园题对，正是自古以来，人们游览名山胜水即兴拟句留题、勒石刻字的风气的写照；大观园众女子两次结诗社，是为清代广结女子诗社的社会风尚留下的不朽见证；芦雪庵、中秋夜大观园两次即景联句，以及《咏白海棠》《菊花诗》等命题、限韵题咏的活动，正是封建时代文人们诗友酒伴、吟咏唱酬诗风的艺术的再现；行酒令、制灯谜、玩骨牌，斗智竞巧，花样翻新，也都是封建时代流行的社会习俗。吟诗、填词、作赋、猜谜、行令等创作活动，都是在游园、绘画、弈棋、赏花、品茗、宴饮等活动中进行的。在这里，生活被艺术化了，艺术也被生活化了，二者融为一体。①

因此，在前一章的论述中，已然对曹雪芹个人之诗艺以及诗歌本身之抒情性质有所认识之后，接下来本章便要扩充出去，从当时曹雪芹所濡染的社会生活着眼，透过与诗歌创作有关的文人习尚和亲友互动等外缘层面的探讨，使《红楼梦》中的诗歌艺术得到更全面的展现。

第一节 结社吟诗

在《红楼梦》中，大观园是专为女儿们任情舒展生命风华而规划打造出来的壶中天地，而女儿们之"结社吟诗"更为大观园这人间乐园般的女儿国提供了一处纯粹艺术展现的舞台，使众女儿们对人生际遇的感怀、对青春之美的讴歌、对悲剧命运的哀挽能够得到适切发抒的场景。从海棠社、桃花社以及后四十回可能存在的兰花

---

① 贺新辉主编：《红楼梦诗词鉴赏辞典》，"前言"，页219。

社①，可以获知《红楼梦》中所展现的诗歌活动并不单纯是个人的情志抒发而已，它还关涉了外在文人群体彼此互动的社团性质，而与传统诗社产生密切的呼应。

一、诗社溯源

对于诗社传统的建立与形成原因，清袁枚曾提出这样的推测："余雅不喜诗坛吟社之说，大概起于前明末年鸱张门户之恶习。"②如此则诗社形成的时间乃始于明末，而推源其形成的原因则是"鸱张门户之恶习"。但事实上根据现代学者之研究，至晚于宋哲宗元祐年间传统诗社即告正式出现③，同时，诗社风气的盛行，已然是

---

① 曹雪芹死后，清朝名女诗画家恽珠的《红香馆诗钞》中有《戏和大观园菊社诗》四首与《分和大观园兰社诗》四首，对于其中的兰社诗，赵冈认为：从恽珠的《戏和大观园菊社诗》与《红楼梦》中之菊花诗完全相合的现象，可以推断其《分和大观园兰社诗》四首也是有所根据的，亦即应该是直接模仿原来兰花诗的形式而合成四首诗，如此则似乎恽珠所见的续稿中还有"兰社"的成立，见《脂砚斋与红楼梦》，收入胡文彬、周雷编：《海外红学论集》（上海：上海古籍出版社，1982年4月），页279—280。至于恽珠所见的这本续书为何，赵冈曾在另一处指明：恽珠"兰社诗"和的就是逍遥子《后红楼梦》第二十八回《林潇湘邀玩春兰月》中的诗，见赵冈、陈钟毅：《红楼梦新探》，页242。

② （清）袁枚：《随园诗话》，"补遗"，卷9，页815。

③ 黄志民：《明代诗社之研究》（台北：政治大学中文研究所硕士论文，1972年），第1章第1节"诗社渊源考"。

宋元时期最为引人瞩目的社会现象之一[①]，因此袁枚推断于明朝末年诗社始有所成立，实在未免太迟；而将诗社之文化意义归诸朋党营私的"鸱张门户之恶习"，也嫌过于拘狭。

有关诗社的构成要素、相关特点、运作法则及文化意义，欧阳光曾经进行翔实而切要的研究，此处试将其分析加以综合简述如下：

首先，诗社活动必有其发起人及组织者，称作主盟，或谓之"社头""社首"，一般多为在文学上或政治上有成就、有影响的人。

其次，诗社的主盟大多具有自觉的盟主意识；另一方面，对诗社的参加者来说，则具有比较自觉的对盟主的尊崇意识和服膺意识，而这两种意识其实都是群体意识的体现，是产生群体凝聚力的重要因素。

再次，透过唱和、品第、标榜等诗社常见的活动形式，可以进一步强化社员之间的凝聚性并发挥诗社的影响力。就作为诗社活动之基本形式的"唱和"而言，透过诗艺的交流和切磋，容易使彼此之美学主张达到一致，而形成共同的风格；就"品第"来说，乃是诗社主盟对社员的诗作进行评论优劣、裁断高下的活动，是盟主权威的具体体现，同时也是对盟主权威的进一步强化；可是当诗社于品第活动中隐含竞赛评比的性质时，高下之论断却不能以盟主的个人喜好为依归，此点则显示某种评比依据的设定足以成为社员一致

[①] 欧阳光：《宋元诗社研究丛稿》上编（广州：广东高等教育出版社，1998年8月），页17。

接受的共同标准。至于社员之间互相称许夸耀的"标榜"一项,则可以促进社员之间的和谐而调节诗社内部的人际关系。①

以上所述三项要点,已大致涵盖诗社实际运作之种种法则与构成特色,衡诸《红楼梦》中所呈现的诗社活动,也足以提供十分清晰的参考架构。

二、《红楼梦》中诗社之邀集与凝聚

(一)盟主的资格与功能

在《红楼梦》中,诗社的倡议与成立的过程,备见于第三十七回的《秋爽斋偶结海棠社》一段。其中记载探春病愈后,送与宝玉的一副花笺里写着:"因思及历来古人中处名攻利敌之场,犹置些山滴水之区,远招近揖,投辖攀辕,务结二三同志盘桓于其中,或竖词坛,或开吟社,虽一时之偶兴,遂成千古之佳谈。……孰谓莲社之雄才,独许须眉;直以东山之雅会,让余脂粉。若蒙棹雪而来,娣则扫花以待。"结果登高一呼,四方便如响斯应地附和欣诺,除了表示早就该起社的宝玉、李纨之外,众姊妹也都跟着参与雅会而成为诗翁,接着便依黛玉的建议各自起了别号雅称,当天随即开社即景咏诗,并由探春为诗社起了"海棠社"之名。由此可见,探春乃是大观园最早之海棠诗社的发起人。

---

① 此处所述三项内容,系综合自欧阳光:《宋元诗社研究丛稿》上编,页9—14。

只是探春虽是发起人,实际担任主盟的却另有其人。既然海棠诗社也属于聚集众人组合而成的诗人团体,便也不能例外地必须有主宾之分以免群龙无首,于是前儿春天原就有意发起诗社的李纨闻讯而来之后,首先就毛遂自荐道:"要起诗社,我自荐我掌坛。"于是这位潜在的"发起人"便被公推为海棠诗社的社长,主管开社日期、提供场地、出题限韵、选择格式、誊录监场、品第评论、维持秩序及立定罚约,甚至还护卫群钗,直接向手握荣国府经济大权的王熙凤争取财源(此点见第四十五回)。如此则李纨乃是诗社正宗的"主盟"。

至于这位诗社盟主的担任资格,分析起来却不是一般所谓"在文学上或政治上有成就、有影响的人"。试观其自荐之理由,初步说来乃是因为"序齿我大,你们都要依我的主意,管情说了大家合意",似乎比起学养、诗艺、才思等内在品质而言,年龄、辈分之类的外在条件才是盟主的担任标准,因此序齿最大的李纨才会如此当仁不让。但显然事实并非如此,自荐掌坛的李纨虽然是在"女子无才便有德""只以纺绩井臼为要"(第四回)的价值观之下成长,在诗艺方面却完全不属于马齿徒长之辈,其本身虽然的确如其所自谦的"不会作诗""不能作诗",先前在元妃省亲时众人赋诗志庆的场合中,也仅仅只能"勉强凑成一律"而已(第十八回),但她素乏诗才的缺陷之所以无碍于诗社盟主的担当,最根本的原因乃是宝玉所指出的:

稻香老农虽不善作却善看,又最公道,你就评阅优劣,我

们都服的。(第三十七回)

由随后众人对此话的应和,所谓众人都道"自然",可知李纨品第评阅的眼光与客观公正的态度早已受到众人一致的认可,因此才具备了盟主威服众人、一言九鼎的权威。

这种"不善作却善看"的情形完全是诗歌世界里的真情实事,其间丝毫没有抵牾矛盾之处,盖"善作"乃归类于创造的范畴,需要的是灵动敏锐的感发品悟与巧妙脱俗的语言表达,属于个人才性的部分,其中天赋的秉性气质占绝对的优势;而"善看"却属于评论的范畴,需要的是客观分析的理性能力和综合比较的宽广眼光,有赖后天兼涉博览的学养与宏阔包容的胸襟始能造就;彼此不但未必兼容,反而还常常具有排他性而发生互斥的现象,使人往往不能一身兼具"善作"与"善看"这两种性质不同的能力。如清代诗论家吴乔便提出类似的看法:

> 读诗与作诗,用心各别。读诗心须细,密察作者用意如何,布局如何,措词如何,如织者机梭,一丝不紊,而后有得。于古人只取好句,无益也。作诗须将古今人诗,一帚扫却,空旷其心,于茫然中忽得一意,而后成篇,定有可观。①

此说厘清了"读诗"与"作诗"的层次差异,让往往被混为一谈而

---

① (清)吴乔:《围炉诗话》,卷4,收入郭绍虞辑:《清诗话续编》,页591。

模糊分际的"鉴赏"与"创作"这两种不同的能力或概念得以真正区分开来,也为鉴赏与批评的独立性与专业性提供了可贵的认知。此外,陈仅于《竹林答问》中更进一步透过历史经验,归纳出"鉴赏"与"创作"这两种能力非但彼此性质不同,尚且具有排挤互斥的关系,认为一人往往不能兼容善作与善看的才性:

> 问:钟嵘《诗品》为千古评诗之祖,而记室之诗不传,岂善评诗者反不能诗乎?
>
> 答:非特善评者不能诗,即善吟诗者多不能评诗。……因知人各有能、不能也。①

身为"善看者"的钟嵘以《诗品》震铄古今,却在诗歌创作方面无足称道,甚至在历史上挂零而不传于世,正是"不善作却善看"的典型代表。如此一来,将黛玉、宝钗这些"能诗者""善吟诗者"所不能的评诗工作,转交予"善评诗者"的李纨,正是天衣无缝的分工安排,进而使诗社的运作得以臻于完美境地。

既然李纨执掌诗社,而拥有品评轩轾的能力与权力,因此当宝玉屡屡对林黛玉屈居薛宝钗之下的评价发出异议时,便能俨然摆出"原是依我评论,不与你们相干,再有多说者必罚"的权威姿态,使得发言申辩"蘅潇二首还要斟酌"的宝玉听说之后"只得罢了",从而维持了诗社运作的顺畅。若再参照第三十八回众人作完十二首

---

① (清)陈仅:《竹林答问》,收入郭绍虞辑:《清诗话续编》,页2250。

菊花诗之后，李纨在大家彼此的称扬之中特别越众笑道："等我从公评来。"接着为众作排序定出高下之分，可见李纨所展现的盟主权威意识确然十分明显，宝玉等其他社员对盟主的尊崇意识和服膺意识同时也可以由此获得验证。

李纨在诗社成员的创作活动中总是善尽其盟主的品第之责，在《咏白海棠诗》《菊花诗》《芦雪庵即景联句》《咏红梅花诗》《柳絮词》这几社的活动中，都发挥了评阅优劣或立定罚约的功能。但正如传统诗社运作的一般法则，在创作活动具有竞赛比试之性质的情况时，其高下之论断并不能以盟主个人的主观喜好为依归，而必须顺应社员一致接受的某种评比依据来作为共同标准，以确保其品第结果的客观性。就此而言，李纨的表现也正完全符合盟主的要求，例如在第三十七回四人同作《咏白海棠诗》时，虽然众人看了，都道是林黛玉所作为上，但一当李纨评定"若论风流别致，自是这首；若论含蓄浑厚，终让蘅稿"，接着探春便应声附和道："这评的有理，潇湘妃子当居第二。"而其余诸人亦再无异议，可见李纨赖以仲裁的标准大体是合乎其余诸人的判断的。

到了第七十回诸人填写《柳絮词》时，李纨品第的客观性更以十分微妙而传神的方式表现出来。面对薛宝钗力挽丧败之音而"偏要把他说好了"的翻案之作，书中所描述与会七人的反应是：

> 众人拍案叫绝，都说："果然翻得好气力，自然是这首为尊。缠绵悲戚，让潇湘妃子；情致妩媚，却是枕霞；小薛与蕉客今日落第，要受罚的。"宝琴笑道："我们自然受罚，但不知

交付白卷子的又怎么罚?"李纨道:"不要忙,这定要重重罚他。下次为例。"

在这段叙述中,最值得注意的是:前面半段对众家词作评论品第的内容虽然是以"众人拍案叫绝,都说"为起头,但若细看其中叙述时所涉及的人称,则所谓的"众人"根本必须把宝钗、黛玉、湘云、探春和宝琴这五人排除在外才合理,如此一来,所谓之"众人"所剩者唯独只有宝玉与李纨二人而已;而这两人其中之一又是交付白卷、要重重受罚的宝玉,则此番品第的内容主要应该还是出自李纨之口。则此一充满名实不符的矛盾写法,实在是大有深意、值得探究的。

分析此段在人称上模棱朦胧的品骘叙述,我们应该可以得到以下之认识:此处将李纨品第之说辞移诸"众人"之口,其潜在的内在意义和最大效果,便是将李纨的一人之见加以普遍化而扩及于其余诸人,就在由"李纨"而"众人"这人称的巧妙置换之下,遂使其一人的主观之见无形中扩大成为众人一致公认的公评公断;或者也可以换一个说法,正因为李纨与众人同声一气、口径一致,于是其说辞掺杂混同于大家的七嘴八舌之中,结果就从"李纨说"变成"众人都说",而更加展现了盟主与全体社员美学判断的一致性。不论何种理由,都足以充分彰显李纨这位社主所肩负的客观立场,即不偏不倚地顺应大部分社员同人的价值判断,从而反映了一种"彼此达到一致的美学主张",而此一致的美学主张若再进一步地发展,接下来便可以形成共同的风格了。

（二）共同诗风的达成

事实上，这种社员之间彼此逐步"达成一致的美学主张"或"共同风格"，在《红楼梦》的诗社中也清晰可见。如以游戏性质所占成分较高，形式上属于集体创作的"联句"来说，《红楼梦》中先后出现了两次相关活动，其中第五十回的《芦雪庵即景联句》共有王熙凤、李纨、香菱、贾探春、李绮、李纹、邢岫烟、史湘云、薛宝琴、薛宝钗、贾宝玉、林黛玉等十二人参与，而第七十六回的《中秋夜大观园即景联句三十五韵》一诗，则为黛玉、湘云与妙玉三人的共同心血。从联句诗所要求的最高境界而言，明代王世贞以及徐师曾已然指出：

- 联句在于才力均敌，声华情实中不露本等面目，乃为贵耳。①
- （联句之作，）必其人意气相投，笔力相称，然后能为之。②

准此以观之，多达十二人争联的《芦雪庵即景联句》最后被李纨论道："逐句评去都还一气。"可见诸人于取材构思、拟象写物之际，已然达到"才力均敌""不露本等面目"的境地。而且值得注意的是：《芦雪庵即景联句》出现在第五十回，《中秋夜大观园即景

---

① （明）王世贞：《艺苑卮言》，卷1，收入丁福保辑：《历代诗话续编》，页962。

② （明）徐师曾：《诗体明辩》（台北：广文书局，1972年4月），卷14，页1045。

联句》发生于第七十六回,两次联句活动都被安排在全书的后半部分,整个故事的焦点,已经从宝黛之爱情发展转移到荣国府内部群体生活之种种纷扰,对群体之间彼此互动与协调的解析与关注,相对说来已胜过于对个体自我之个性的展露与开显,因此,讲究"不露本等面目"而追求共同风格的联句诗集中在全书后半部分出现,固其宜也。

既然联句并不是锐意突显自我、一枝独秀的高音独唱,而是一种力求众音和谐的混声合唱艺术,讲究的是拿捏分寸、截长补短的圆融,以促进呼吸脉动的协调与诗歌韵律的统一,因此从众人共同完成联句后一气相贯的情况,可以得知参与者都做到压制个人之独特性而彼此配合一致的要求,在才情与诗艺上都臻于"意气相投,笔力相称",这显然正是"达到共同风格"的一个最佳表现。

在属于集体创作的联句之外,另以抒情性质较浓厚的诗歌作品以观之,第三十七回诗社刚开始展开创作活动时,综观黛玉、宝钗、探春、湘云四人的《咏白海棠》诗作,一方面虽然因为限以门、盆、魂、痕、昏五字为韵字,使众人诸作都免除不了一两句残缺哀愁的诗句,但基本说来,每一首诗都还是清晰地带有个人不同的特殊烙印,如宝钗的"珍重芳姿昼掩门""淡极始知花更艳""不语婷婷日又昏",表现的是一派雍容娴雅的大家闺秀风范;黛玉的"碾冰为土玉为盆""借得梅花一缕魂""秋闺怨女拭啼痕",则显示了清灵孤傲、缠绵悲戚的幽怨感伤;探春的"玉是精神难比洁""芳心一点娇无力",预示的是将来孤臣孽子一般力挽狂澜的孤挺傲立,以及终究心有余而力不足的遗憾;湘云的"也宜墙角也宜盆""岂令寂寞度朝昏",则表现了她孤苦伶仃却依然英豪阔大的爽朗性格,因此可以随遇而安、自得其乐;众人之间的差异堪称一目了然。

但到了第七十回的《柳絮词》时,探春、宝玉、黛玉、宝琴四人的作品便极为一致地充满了丧败之音而差相仿佛,处处点染春残柳飞那飘泊无着、零落失根的悲戚意象,虽然宝钗因为出于"偏要把他说好了"的翻案心态而写得与众不同,展现"好风频借力,送我上青云"的乐观积极,但她的灯谜诗和菊花诗却也不能免除残缺凄冷的格调,如灯谜诗中的"琴里琴边总无缘""焦首朝朝还暮暮,煎心日日复年年"(第二十二回),《忆菊》诗中所谓的"怅望西风抱闷思,蓼红苇白断肠时"以及"寥寥坐听晚砧痴。谁怜为我黄花病"(第三十八回)等,皆不能免于此一弥漫于大观园之中的悲声哀音,更是其间某种"共同风格"之形成的明证。

这种一致性除了透过共同风格的形成而透显之外,还表现在诗歌理论的层面——也就是对诗歌应该如何创作、如何评价之类的相关问题的讨论上。例如:诗歌风格、性情格调彼此都截然不同的林黛玉、薛宝钗和贾宝玉,于个别阐发创作原则的时候,却往往不约而同地指向共同的概念。

就诗歌的创作动机而言,钗、黛之间突破了历来几乎总是针锋相对的歧异,在"立意清新"这一点上完全契合无间。如薛宝钗认为:"诗固然怕说熟话,更不可过于求生,只要头一件立意清新,自然措词就不俗了。"(第三十七回)而同样的意思后来也出自林黛玉之口:"词句究竟还是末事,第一立意要紧。若意趣真了,连词句不用修饰，自是好的。这叫做'不以词害意'。"（第四十八回）将此两段互相比观，其说可谓如出一辙。

就诗歌表现的格律规矩而言，稳重雍容的薛宝钗则和不耐拘束的贾宝玉异口同声地奏出同调，在反对限韵的观念上前后呼应。首先是薛宝钗说："我平生最不喜限韵的，分明有好诗，何苦为韵所缚。……原为大家偶得了好句取乐，并不为此而难人。"（第三十七回）而贾宝玉不但立刻对此说应和道："这才是正理，我也最不喜限韵。"（第三十八回）后来在芦雪庵即景联句中因落第而受罚作《访妙玉乞红梅》诗时，更苦苦求告："姊姊妹妹们，让我自己用韵罢，别限韵了。"（第五十回）可以说是从思想观念和行为实践各方面都彻底服膺不为限韵所拘的原则，显然与薛宝钗之理念契若针芥。

以上在诗论上有关"立意为主"和"反对限韵"这两方面两口而一声、一拍而两应的现象，都正微妙透显出大观园中诗社成员之间诗歌美学观念的一致。

此外，另一个可以作为众诗家彼此"达成一致的美学主张"之例证者，见于第六十四回林黛玉借咏史以咏怀而高唱《五美吟》一段。这五首诗表现出对古代追求自我实践之伟大女性的向慕赞叹，以及对庸俗世界与浊臭男性的鄙视唾弃，所谓"黥彭甘受他年醢，饮剑何如楚帐中""君王纵使轻颜色，予夺权何畀画工""尸居余气杨公幕，岂得羁縻女丈夫"，一方面对汉代黥布与彭越之弃义逐利、汉元帝之授人以柄、隋末杨素之昏聩无能等痛加讥斥，一方面则以对照的手法同时颂扬虞姬饮剑守义之英烈，甚至称自我抉择、夜奔李靖的红拂女为"巨眼"之"女丈夫"，一股在封闭僵化之传统中突围超升的个人意志奋烈欲出,是柔弱哀怨的林黛玉在"缠绵悲戚"的诗歌之外,唯一一组阳刚奋进、不容妥协的作品。①

然而有趣的是,此时向来抱持"女子无才便是德"之价值观的薛宝钗②,读诗之后竟然也能够称许道:"作诗不论何题,只要善翻古人之意。若要随人脚踪走去,纵使字句精工,已落第二义,究竟算不得好诗。……今日林妹妹这五首诗,亦可谓命意新奇,别开生面了。"若说宝钗此一赞赏仅是从创作技巧有所翻新从而超越前人

---

① 此义详参欧丽娟:《〈红楼梦〉中的〈五美吟〉:开显女性主体意识的咏叹调》,《中国古典文学研究》第 3 期(台北:中国古典文学研究会,2000 年 6 月)。亦收入本书第九章。

② 宝钗之价值观明示于书中者共有四处,如:
- 第三十七回的"究竟这(指作诗)也算不得什么,还是纺绩针黹是你我的本等。一时闲了,倒是于你我深有益的书看几章是正经"。
- 第四十二回的"'所以咱们女孩儿家不认得字的倒好。男人们读书不明理,尚且不如不读书的好,何况你我。就连作诗写字等事,原不是你我分内之事,究竟也不是男人分内之事。……你我只该做些针黹纺织的事才是,偏又认得了字,既认得字,不过拣那正经的看也罢了,最怕见了些杂书,移了性情,就不可救了。'一席话,说的黛玉垂头吃茶,心下暗伏,只有答应'是'的一字"。
- 第四十九回的"一个女孩儿家,只管拿着诗作正经事讲起来,叫有学问的人听了,反笑话说不守本分的"。
- 第六十四回的"自古道'女子无才便是德',总以贞静为主,女工还是第二件。其余诗词,不过是闺中游戏,原可以会可以不会。咱们这样人家的姑娘,倒不要这些才华的名誉"。

皆是其证。

的形式层面来立说,似乎并不足以服人,因为这组包含了五首诗的《五美吟》,其内容不论是语言性质、取材重点与诠释角度等各方面都堪称大胆强烈,明显带有反传统或突破封建的抗告性质[①],身为贞静娴雅之闺秀典范而将礼教深度内化的薛宝钗,既然再三强调妇德重于诗艺的价值观,实在没有理由在此忽然发生例外,让对诗歌创作技巧的注意完全压倒其心念所系的妇德规范,流于以偏盖全、只重形式技巧而不论内容意涵的偏至论述。因此,探究此处宝钗对黛玉作品的肯定,实可以分两个层次来着眼:

其一,就创作形式而言,《五美吟》在技巧上的翻新确然是赢得宝钗赞许的一个因素,因为后来到了第七十回时,宝钗也同样以不落熟套的翻案手法写出积极向上、充满阳光意志的《柳絮词》,在众人一片飘零作悲的衰飒之音中翻出蓬勃健动的意境,而赢得大家的喝采,并一举夺魁,因此可以透过对翻案技法足够的当行娴熟,而一眼觑定《五美吟》的别开生面之处,并就此加以推美。显然这是两人在创作技巧或题材处理上所达成的美学主张的一致。

其二,从宝钗评论《五美吟》的意见中并未触及其念兹在兹的妇德来看,至少我们可以判断她并不十分反对林黛玉的诠释角度,以及由此种诠释角度所隐含的人物评价,如此则可证两人对古代有才色之女子值得欣羡悲叹之终身遭际的感慨并无本质性的悖离,也没有明显的落差。虽然这并不代表薛宝钗对女性追求自我实践之价

---

① 详参本书第九章。

值观的认同，但起码在历史长远距离之阻隔，而五位女性之作为又已是古代典籍中之既成事实的情况下，既然不会与她所生活的存在空间短兵相接，不会与她信奉的礼教规范发生实质冲突，因此她也能从平日的信念中暂时抽离出来，较为客观地感受到传统女子才命相妨的不幸，以及传奇女性红拂女争取命运的勇气。如此一来，就在历史眼光和人物评价的内容层面上，某种程度地与林黛玉达成了美学主张的一致。

（三）社员的彼此切磋与互相标榜

从林黛玉创作《五美吟》而薛宝钗加以评骘的这个例证，我们还可以发现：在诗社成员之间逐步协调，让美学主张或创作风格达到一致的过程中，彼此之切磋论析往往发挥了促进、推动的豫力之功，使某种创作概念或艺术技巧更为明朗确切，易于为人所遵奉；而如果其切磋论析的方向较偏向于正面的肯定，同时也就容易形成社员之间的互相标榜。

《红楼梦》中诗社成员之间互相标榜的情形，主要是反映于第三十八回开社作菊花诗之际，当众人作完十二首诗之后，书中描写的是："众人看一首，赞一首，彼此称扬不已。"这就完全是一般诗社同人之间彼此互相标榜的写照。而其称扬的情形诸如：李纨擢取林黛玉的《咏菊》一首居冠，认为"巧的却好，不露堆砌生硬"；林黛玉则认为史湘云《供菊》的"圃冷斜阳忆旧游"一句做到了背面傅粉，在"抛书人对一枝秋"一句已经妙绝，将供菊说完、没处再说的情形下，翻回来想到未折未供之先，因此意思深透；探春则赞美到底是薛宝钗的《忆菊》一诗"沉着",以"秋无迹""梦有知"把个"忆"字烘染出来了,于是宝钗也反过来称许探春《簪菊》一首中的"短鬓冷沾""葛巾香染"两语把簪菊形容得一个缝儿也没有;然后是史湘云回头称赏林黛玉《问菊》中的"偕谁隐""为底迟"真个把菊花问得无言可对,由此则引发李纨褒扬湘云《对菊》一诗中的"科头坐""抱膝吟"乃是"竟一时也不能别开,菊花有知,也必烦腻了"的一番话,说得大家都笑了;最后,李纨又对再度落第的宝玉说道:"你的也好,只是不及这几句新巧就是了。"

至于第七十回的《柳絮词》也踵步此道,当宝琴《西江月》写出后,众人都笑说:"到底是他的声调壮,'几处''谁家'两句最妙。"接着宝钗提交其《临江仙》一阕,第一联就由湘云抢先赞美道:"好一个'东风卷得均匀'!这一句就出人之上了。"

由此可见,社员之间在彼此标榜的同时,也正无形中进行着各人诗艺的切磋与交流,无论是"背面傅粉"这类传统赏鉴术语的运用与解说(此点详参第五章第四节),或是如何因应题旨选词拟句的作法分析,还是将"新巧"这个《红楼梦》中之最高美学追求揭橥出来(此点详参第三章第三节),此处都提供了翔实而具体的例证与阐述,既是曹雪芹借此以示范创作之法门,也反映了诗社活动中在互相标榜之际,同时还进行诗艺之切磋与交流的实况,一如黛玉所说"正要讲究讨论,方能长进"(第四十八回),以及联句后"大家来细细评论一回"(第五十回)的充分实践。

三、室名别号

以上，诗社活动之情形大体已明，而与结社吟诗有关，尚需附加说明者，即清代文艺活动中另取别称外号的文人习气，于《红楼梦》的情节设计里也同样有所反映，本节就此再加综述，以足成其义。

事实上，另取别名雅号的风气在汉代以后已颇有所见，于宋代以后的士大夫阶层中尤盛，"因别字别号皆出于自命，所以，凡个人的志趣、寄托、才调、业绩、癖好、居处、收藏、形貌，多可见其大概，甚至心坎深处的隐衷，也自此处流露，在文化传统中形成了一门很独特的命名艺术"[①]。而时至清代，由于文人彼此交游的社会性活动非常频繁，于是在宴游题赠、结社吟诗的场合中竞取别号的习惯更是随之蔚然成风，与曹雪芹年齿相近的诗人兼诗论家袁枚，便曾以不以为然的口吻提到此种现象：

> 古无别号，所称"五柳先生""江湖散人"者，高人逸士，偶然有之；非若今之市侩村童，皆有别号也。作俑自史卫王家纨袴子弟，闲居无俚，创为"云麓十洲"之号，此后，好事者从风而靡。……近日士大夫凡遇歌场舞席，有所题赠，必讳姓

---

① 金良年：《姓名与社会生活》（台北：文津出版社，1990年7月），页100—101。

名而书别号，犹可嗤也！①

对袁枚而言，被市侩村童、市井宴游之辈滥用到熟烂地步的别名外号，乃是附庸风雅而俗不可耐的社会怪象，而其始作俑者则是"史卫王家纨袴子弟"。但这清代社会常见的现象虽然让袁枚嗤之以鼻，却有其源远流长的传统文化以为根基，同时也如实地反映于《红楼梦》的世界中。

《红楼梦》中第三十七回记载：当众人到齐并议定结社作诗之后，黛玉就首先提出建议："既然定要起诗社，咱们都是诗翁了，先把这些姐妹叔嫂的字样改了才不俗。"李纨接着附议道："极是，何不大家起个别号，彼此称呼则雅。"于是李纨先占"稻香老农"之名，接着探春自称"蕉下客"，而后林黛玉得名"潇湘妃子"，薛宝钗外号"蘅芜君"，连不善于诗的迎春、惜春也分别得到"菱洲""藕榭"之雅号。至于贾宝玉，则是在众人纷纷取笑、竞出主意的混乱情况下，从"无事忙""绛洞花主"到"富贵闲人"诸般名号轮转不定，到了第三十八回时才确定为"怡红公子"；而最后入社的史湘云，则因先前贾母提及记忆中史家旧有的枕霞阁而别名"枕霞旧友"。

从这些名号订定的结果，我们可以注意到一个特殊的现象：《红楼梦》中诗人雅号的来源，大多是以个人居处之馆阁名为依据，除了探春的"蕉下客"乃出自其个人偏爱的植物种类而稍加变化之

---

① （清）袁枚：《随园诗话》，"补遗"，卷9，页806。

外，其余全属直接就地取材，从各人日常栖止之个人空间获得灵感。表面看来，这实在堪称是一种缺乏创意的做法，不但直接就地取材，而且缺乏变化与创新，亭台馆阁之名几乎完全等同于人物之别称外号；但深入探究其故，实则不然。因为居处乃是个性的延伸，作为私密生活铺展的重要活动场域，居处可以反映出个人的生活品味、特殊习惯、审美意趣与价值取向，本就是个人体性表现的一部分，一如人文主义地理学者所指出的：以人作为空间的中心点往外扩展，不断地投射赋予层层空间意义和价值，而此以我为中心之空间响应着我的心情与意向，不断生发出存有的意义，从而使那原本空洞、抽象的空间转化为涵泳、蕴具了人文与生命意义的空间①；更何况曹雪芹在为书中众角色之居处命名时，便已煞费苦心地依各人之性格、才情与命运来选择最切合的称号，为人物与建筑之间建立了彼此关涉映带的通属关系，具有"知建筑而论人物"的象征意义。

而尤其意味深长的是，曹雪芹隐身幕后为诸艳量身订造的这些名字，在小说的台面上却是由众女儿自我抉择的，书中便曾明白指出，大观园各处亭台楼阁之名号，其实都是出于贾宝玉这位"绛洞花主"以及众女儿之手。第七十六回记载：

> 林黛玉道："实和你说罢，（凹晶）这两个字还是我拟的

---

① 潘朝阳：《现象学地理学——存在空间的一个诠释》，《中国地理学会会刊》第 19 期，页 71—79。

呢。因那年试宝玉，因他拟了几处，也有存的，也有删改的，也有尚未拟的。这是后来我们大家把这没有名色的也都拟出来了，注了出处，写了这房屋的坐落，一并带进去与大姐姐瞧了。他又带出来，命给舅舅瞧过。谁知舅舅倒喜欢起来，又说：'早知这样，那日该就叫他姊妹一并拟了，岂不有趣。'所以凡我拟的，一字不改都用了。"

很显然，诸艳亲自为大观园命名是一件意义重大的事，透过此一神圣的"命名仪式"，众女儿得到了为个人领域命名定称并赋予意义的主导权，同时也就获取了在这人间乐园的屏障之下伸张个性、实践自我的权利，从而成为这座乐园里真正的主人。由此可见，诸人在邀结诗社时，以各自之居处名称直接移用为个人之别号，此一现象乃是由人物性格及于馆阁住处，再由馆阁住处及于别称外号，而一脉相承、融通直贯所形成的结果。

而这样一种间接等于自取室名以为雅号的现象，其实仍是脱胎自传统文化的子裔。从唐代开始，文人在自取称号时即盛行以居处为榜，形成所谓的"室名别号"，然后历经宋、元、明、清而此风不衰；且此一风气主要流行于与过去世家贵族不同的新官僚士大夫阶层之间，习惯上是有闲阶层尤其是知识阶层的专有物，因此室名别号可以反映出士大夫的生活情趣与思想感情。其次，虽然室名别号的题取有种种类型和格式，但无论怎样变化，"恬静淡雅、浪漫飘逸"的特质是它们的基本韵律，从中可以体现出冲淡、含蓄、谦和、飘逸的艺术境界与审美趣味，以及对一种避尘出世之隐逸生活的向往。① 准此以观《红楼梦》中那些来自室名的别号，也都莫不反映同样的特色，诸如稻香老农、潇湘妃子、蘅芜君、菱洲、藕榭、怡红公子和枕霞旧友等名汇，在传达个性志趣与艺术美感的条件之外，还共同织染出一种仿佛置身于山林泉石的世外情趣，凡此种种皆与传统风调若合符节。

只是，在《红楼梦》中透过室名别号而营造的世外山林之情趣，所反映的与其说是士大夫心中对隐逸生活的向往，毋宁说是对大观园作为一处逍遥世外之乐园的印证。因为只有在大观园围墙的庇护之下，贾宝玉以及众女子才能真正脱离现实世界的侵逼，彻底解除世俗之轭的束缚，而获得开展自我独特个性的自由，以及执掌个人生活内容的自主权，遂尔在天机盎然、充满自然情趣的园林中，尽性开创出饶富爱与美的盈溢诗情。因此，这些带有隐逸印记的室名别号，可以说是园中人——得其所哉地安享桃源生活的直接表述。

由上述可知，《红楼梦》中进行诗社活动时，那些就地取材而来的室名别号，表面上似乎了无新意，而其实正有深意藏焉，吾人不可不知。

第二节　联句——才力均敌的集体创作

在上一节的论述中，我们所提到的"联句"这种创作活动，其

---

① 金良年：《姓名与社会生活》，页144—147。

实也是传统诗社常常采用的集体创作形式,足为《红楼梦》直接传承历史传统的一个例证。虽然余英时认为曹雪芹在小说中设计了联句诗,应该是来自敦诚、敦敏两位友人的影响①,但实际上,这种诗人们集体创作的形式,毋宁更是对于传统诗社活动形态的一种忠实反映;换句话说,与曹雪芹交游款密的二敦诗集中所偏好的联句诗,同样都是承续自传统习尚的结果,因此与其说书中设计的联句是友人之间互动的结晶,不如说是曹雪芹对传统诗歌创作风尚的精确掌握。

对于"联句"这种文人之间集体创作方式的源起,最早的说法是南朝齐梁刘勰《文心雕龙·明诗》篇所谓:"联句共韵,则柏梁余制。"则汉武帝元封三年时,于柏梁台上诏群臣所赋之七言诗,即为联句之祖。从唐初欧阳询所编《艺文类聚》卷56所载《柏梁台诗》的形制以观之,此诗乃是由皇帝、梁王、大司马、丞相、大将军、御史大夫、太常、宗正、卫尉、光禄勋、廷尉、太仆、大鸿胪、少府、大司农、执金吾、左冯翊、右扶风、京兆尹、詹事、典属国、大匠、太官令、上林令、郭舍人、东方朔等二十六人,以一人一句、句句押韵的方式依序连属而成的。就七言之体式而又句句押韵的特点以观之,《柏梁台诗》颇类于魏曹丕所作的《燕歌行》,只是情韵缠绵流宕之处远远不及,而全诗亦非出于一手而已。

---

① 余英时曾大胆推测道:"《红楼梦》中的许多诗篇恐怕多少都与二敦的交游有关。像联句诗便是二敦所最喜爱的一种体裁。"见《敦诚、敦敏与曹雪芹的文字因缘》一文,收入余英时:《红楼梦的两个世界》(台北:联经出版公司),页180。

然而时代愈晚的诗论家所追溯的源头也愈早，至清代时，已将联句之始祖从汉武帝时之柏梁台诗往前推及先秦诗代的《诗经·式微》篇，如吴乔指出："《式微》乃二人诗，联句之始也。《柏梁》及贾充与其妇李，亦是联句。"① 而袁枚也认为："联句，始《式微》。刘向《列女传》谓：'《毛诗》"泥中""中露"，卫二邑名。《式微》之诗，两人同作。'是联句之始。"② 只是，无论是始于何时，《诗经·式微》篇与《柏梁台诗》形成的时代都还笼罩于历史渺远的苍茫之中，其内容也都尚待坚实的考证基础以为支持，因此可视为搜源讨流之参考，却不宜认实。

至于联句的鼎盛发展，则是从唱和风气炽盛的中唐时期开始。这时诗人不只是在不同的空间中以各自独立的诗歌与诗友互相应答，还更进一步在相聚一堂的时候，透过"联句"这集体创作的形式彼此切磋诗艺兼且竞技取乐，成为文人群集之际的雅事。宋代许𫖮指出："联句之盛，退之（韩愈）、东野（孟郊）、李正封也。"③ 我们在韩愈、孟郊等中唐诗人的诗集中，的确看到数量上相对较多、形式上也更为明确的联句作品，如韩愈与孟郊以各出一联或数联、轮流接替的方式合作了《有所思联句》《遣兴联句》《赠剑客李园联句》《城南联句》《斗鸡联句》《纳凉联句》《秋雨联句》《征蜀联句》《同宿联句》《莎栅联句》《雨中寄孟刑部几道联句》《远游

---

① （清）吴乔：《围炉诗话》卷1引《困学纪闻》，收入郭绍虞辑：《清诗话续编》，页489。

② （清）袁枚：《随园诗话》，卷7，页226。

③ （宋）许𫖮：《彦周诗话》，见（清）何文焕辑：《历代诗话》，页387。

联句》①,此外韩愈与李正封有《晚秋郾城夜会联句》,又与孟郊、张彻、张籍共作《会合联句》②。而《全唐诗》之卷788至卷794即专门收录了为数七卷的联句诗,可见有唐一代诗人从事联句之盛况,从此,联句就不绝如缕地出现于诗歌史中,成为文人作品中常见的诗类。

依明代徐师曾的观察和分类,历代诗史上堪称联句的作品,其创作形式可以整理区分为三种不同的类型:

> 体遂不一:有人各四句者,如《陶靖节集》所载是也;有人各一联者,如杜甫《与李之芳及其甥宇文彧》所作是也;有先出一句,次者对之,就出一句,前人复对之者,如《韩昌黎集》所载《城南诗》是也。③

第一种是"人各四句"的类型,第二种是"人各一联"的类型,都是以完整的"联"为单位;至于第三种类型,则是后世联句活动最常采取的一种形式,所谓"先出一句,次者对之,就出一句,前人复对之",也就是除了第一个人仅出一句作为开端、最后一个人仅对一句以为收尾之外,中间主体部分的构成,乃是每一个参与者依

---

① (唐)孟郊著,韩泉欣校注:《孟郊集校注》(杭州:浙江古籍出版社,1995年12月),卷10。

② (唐)韩愈著,屈守元、常思春校注:《韩愈全集校注》第2册(成都:四川大学出版社,1996年7月)。

③ (明)徐师曾:《诗体明辩》,卷14,页1045。

序承接前一人所作之上句（亦称"出句"），按照严谨的对偶法则作出下句（亦称"对句"），彼此组成诗意完整的一联，然后再依据上下文脉之需要另作一"出句"，而由下一人接着如法炮制。

如此一来，整个联诗的过程，主要便是让每个人以"先对句、后出句"的方式环环相扣，因此整组联句诗其实便是一首精工严谨的排律。原本一联诗是由"出句"加"对句"所构成，联句时之所以刻意打破"人各一联"的联诗单位，而交叉错置设计出先对后出的游戏规则，目的便是在锻炼或考验骈俪对偶的技巧与功力，同时也可以透过出句而看出转辟新局的奇思与新意。因为对句完全是被动地配合别人的结果，必须迁就前人已然的句式而找到完美的对应内涵，个人对语汇的掌握能力和构句的熟练程度在此都一览无遗；而作完对句之后另出的一句，则可以依个人之创见别开生面，从前人已然设定的局面中荡开而翻出新意，如此则足以见出个人对整体诗境的操控力或统合力，可以说是整组联句诗是否跌宕生姿、开阖有致的关键所在。

虽然如此，联句其实并没有非如此不可的严格规范或限制，只要参与者超过两人，诗句的接续是互相交错参差而成，不管是两人轮流出对，或是多人递相承接，也无论参加联句者是否全场参与，或彼此之诗句数目是否旗鼓相当，这些都不违背联句的原则。例如韩愈、张籍、张彻、孟郊四人共同进行的《会合联句》中，张彻在一开始出现两次之后便销声匿迹，而张籍虽然撑完全场，却往往是昙花一现式的间歇穿插；另外，颜真卿的《竹山连句题潘氏书堂》一诗，乃是与陆羽、李萼、裴修、康造、汤清河、清昼、陆士修、房夔、颜粲、颜颢、颜须、韦介、李观、房益、柳淡、颜岘、潘树等十七人联手而成,十八位参与者每人各出一联,毫无重复地连缀成篇①,如此却都依然无碍于联句的精神。

而此点于《红楼梦》也有所呼应:除了第七十六回林黛玉与史湘云的《中秋夜大观园即景联句》严守"先出一句,次者对之,就出一句,前人复对之者"的规则之外,第五十回的《芦雪庵即景联句》则充分展现了联句活动的活泼性,此次活动前后共有凤姐、李纨、香菱、探春、李绮、李纹、岫烟、湘云、宝琴、宝钗、宝玉、黛玉等十二人参与,但实际上凤姐只出了第一句"一夜北风紧",之后便离开现场自忙去了;李纨除了在凤姐之后接续联了"开门雪尚飘。入泥怜洁白"两句之外,仅仅在末尾收束时作出"欲志今朝乐"一句;而在李纨此句之后以"凭诗祝舜尧"为全诗画下句点的李绮,也是只在一开始联了两句而已。此外,香菱和李纹都只在开头时分别联了两句,此后便因后继无力而缩手;至于宝玉、探春、岫烟则各自接了四句,大多时候都是袖手旁观。因而全诗长达七十句的主体几乎是由湘云、宝琴、宝钗、黛玉四人连手竞作而成。况且整个活动过程到了争联抢诗的后半段,也无法顾及每人两句(一对句／一出句)的原则,而形成一人一句快速接应、插队夺诗,以至令人目不暇给的情况。如此种种,都恰恰印证了传统联句活动形式多样化的活泼性。

---

① 见孙望:《全唐诗补逸》,卷 17,收入陈尚君辑校:《全唐诗补编》第 2 编(北京:中华书局,1992 年 12 月),页 283。

同时我们发现,《红楼梦》中《芦雪庵即景联句》与《中秋夜大观园即景联句》这两次联句活动,都是在大观园此一汇聚众女儿之舞台已然筑成,而海棠诗社也随之成立之后才产生的,就此而言,反映的是传统文人以生活为基础的互动成果,此点可以详参本章第一节的论述。而两次联句采取的形式,依徐师曾的分类,原则上都是属于"先出一句,次者对之,就出一句,前人复对之者",尤其以林黛玉与史湘云的《中秋夜大观园即景联句》最称合契;而将彼此轮流的两人扩大为辗转递接的多人,最后就会得到《芦雪庵即景联句》这样的成果。

至于联句诗篇幅的长短并没有一定的规范,一方面和参与者本身的才情高下有关,若诗人牵合韵字、构思诗句的才情不足,则会无以为继而促使联句早早结束;另一方面,联句诗的长短则关系于所用韵部的大小,也就是每一个韵部所提供韵字的多寡程度。诗歌所用的一百零六韵中,各韵部所包含的字数很不相称,依王力就韵部所包含韵字的多寡所作的区分,可以分为宽、中、窄、险四类[1],有些宽韵如"四支"拥有的韵字达四百五十五个之多,而险韵如"三江"则仅有四十九个韵字,其间差异甚巨。若韵部太小、韵字有限,则才情再高、构思再妙,也会流于巧妇难为无米之炊的窘境,因此一般诗人在从事联句时,所选用的韵部都至少在中韵以上,以免画地自限、作茧自缚。以《红楼梦》为例,《芦雪庵即景

---

[1] 王力:《汉语诗律学(增订本)》(上海:上海教育出版社,1988年1月),页44。

联句》一开始即是由李纨限用"二萧"韵,而《中秋夜大观园即景联句》采取随机抽样的方式,结果限的则是"十三元",这两个韵部依王力的分类都属于"中韵",仅次于自由度最大的"宽韵";而最终完成的诗作,两者都是七十句、三十五韵。

这样的结果,表示两次的联句都只用到整个韵部中的一部分韵字而已,剩下堪用的韵字尚多,联句却已宣告完成。其中缘故,在芦雪庵即景联句时,曹雪芹曾经透过李纨之口表示出来:

够了,够了,虽没做完了韵,剩的字若生扭用了,倒不好了。(第五十回)

由此可见,曹雪芹虽然并不反对联句这种文人雅集时施展才华、切磋诗艺的集体创作活动,但却不喜欢使诗歌艺术沦为工匠技术,从而变成"因难见巧"的纯粹竞技之游戏,因此一方面不刻意选择窄韵、险韵以炫才逞能,另一方面也没有勉强将韵部中的每一个韵字彻底用完,以避免流于穿凿强扭、力拼硬凑。由是之故,两次联句才能在小说情节设计的需要之外,还同时维持一定的艺术性,尤其《中秋夜大观园即景联句》一诗更发挥了《红楼梦》中哀艳凄恻之诗感的极致,此点可以详参本书第六章第一节之分析。

至于如此集体创作并限韵而来的联句,其所要求的创作原则或最高境界,明代的诗评家不约而同地提出切中肯綮的意见,如王世贞说:

和韵联句，皆易为诗害而无大益，偶一为之可也。然和韵在于押字浑成，联句在于才力均敌，声华情实中不露本等面目，乃为贵耳。①

徐师曾也指出：

必其人意气相投，笔力相称，然后能为之。②

换句话说，联句乃是一种力求众音和谐的混声合唱艺术，讲究的是拿捏分寸、截长补短的圆融，而不是锐意突显自我、一枝独秀的高音独唱，以促进呼吸脉动的协调与诗歌韵律的统一。因此参与联句者必须压抑个性，屏弃创作抒情诗时"言志""道性情"的心态，而将属于自我"本等面目"的特殊印记加以抹除，潜沦于众声之中模糊难辨，这才是联句诗的最高境界。就此而言，《红楼梦》中的两组联句诗也都符合这种"才力均敌，声华情实中不露本等面目"的要求，如第五十回李纨评阅《芦雪庵即景联句》时，在综观全诗后说道："逐句评去都还一气。"所谓的"都还一气"便意味众人穿插交错所争联之诗句，彼此都能做到协调全诗、互相配合，而表现得旗鼓相当、才力均敌，并未以个人"本等面目"之特殊个性介入其间，造成奇突不顺的缺点。

---

① （明）王世贞：《艺苑卮言》，卷1，收入丁福保辑：《历代诗话续编》，页962。

② （明）徐师曾：《诗体明辩》，卷14，页1045。

因此从众人共同完成联句后一气相贯的情况，可以得知参与者都做到压制个人之独特性而彼此配合一致的要求，在才情与诗艺上都臻于"意气相投，笔力相称"的境地，这正是联句的最佳表现。

值得附带说明的是，《芦雪庵即景联句》与《中秋夜大观园即景联句》两次活动都被安排在全书的后半部分（分别是第五十回、第七十六回），这时，整个故事的重心已经从宝黛之间爱情发展的一枝独秀，转移到荣国府内部群体生活之混声合唱，着重的是对群体之间彼此互动与协调的解析与关注，而对个体自我之个性的展露与开显也就相对减弱，如此一来，讲究"不露本等面目"以追求共同风格的联句诗，才能获得展现的恰当契机与最佳舞台。这就是《红楼梦》将诗歌创作与小说艺术完美地融摄一体的又一证明。

第三节 集句式酒令——别出心裁的百衲宝衣

除了联句之外，"集句"也是古典文人所行的一种特殊的文字游戏，同样具备"一诗出于多手"的形式。所不同的是，"联句"乃必须在多人群集的场合，透过轮流接替之方式以同台进行的集体创作，而"集句"则是以一人之力，搜求古人之片段作品而杂集合成的个人成果。

徐师曾在《文体明辩》中曾定义道："集句诗者，杂集古句以成诗也。"① 也就是将古人旧有之文句从原作中独立出来，以句为单位而进行割裂、拼凑、重组，最终使之成为具有独立生命而风貌另异的新成品，其最高境界乃是一种"点金成金""化零为整"的再创造；而不以此法为然者如黄庭坚，则讥之为"百家衣"②，视为文人牵合拼凑的末技余事。由此可知，虽然在形式上都是"一诗出于多手"，但联句者，是出于当场诸人之手的接龙竞赛；而集句者，则是借过去古人之众手而成的拼盘游戏。

至于此种拼盘游戏之开端，如今已公认为晋朝的傅咸，如清袁枚便云："集句，始傅咸。傅咸有《回纹反复诗》，又作《七经诗》，其《毛诗》一篇，皆集经语。是集句所由始也。"③ 晋朝的傅咸（239—294）集《诗经》之句成诗篇，成为集句的开端创始，但随后而来的南北朝却似乎未有仿作者，直到宋代的王安石、石延年等人以集句为乐，在大量集写而又杰作纷陈这种质量俱精的情形下，乃于文坛上蔚为风气。

不过实际上，自晋至宋这段长约七百年之间的集句史并非全然一片空白，其中的唐朝其实也有集句的游戏活动，如宋代胡仔引《西清诗话》云："集句自国初有之，未盛也。至石曼卿人物开敏，

---

① （明）徐师曾：《文体明辩》，《四库全书存目丛书·集部》总集类第 311 册（台南：庄严文化事业公司，北京大学图书馆藏明万历建阳游榕铜活字印本，1997 年 6 月），页 126。

② （宋）惠洪：《冷斋诗话》，收入（宋）胡仔：《苕溪渔隐丛话·前集》（台北：长安出版社，1978 年 12 月），卷 35，页 239。

③ （清）袁枚：《随园诗话》，卷 7，页 226。

以文为戏，然后大著。"又引《后山诗话》曰："荆公莫年喜为集句，唐人号为四体。黄鲁直谓'正堪一笑'尔。"[1] 由于以下所引之集句诗例皆为四言绝句，因此学者推断道："由此可知唐时已流行七绝四句游戏性集句诗，号为四体。"[2] 这种集句诗乃是集合不同出处来源的诗句以成诗，即后来王安石、石延年等人所乐作者，其作法有两种：一是各自收集不同之诗人的诗句以成诗，一是集同一诗人的不同作品以成篇，如杜甫、李白等人集中之诗句都曾个别被采择搜罗过。

　　但除了"集句为诗"的七言体之外，在唐代时期其实还将集句的精神运用于歌筵酒席之间，发展出"集句为酒令"的游戏规则；而人们于酒宴中行令取乐之际，更为集句发展出较为新巧的形式，比诸傅咸、王安石等"纯文学"的文字游戏，运用在"行酒令"上的集句似乎显得更加新鲜生动而活泼有趣。据王昆吾的研究，在唐代多种的酒令类型中，有一种是与传统觞政联系较为紧密的"律令"，其特点是主要采用语言的形式，并按照一定的法度，在同席之中依次巡酒行令，此乃唐代最常见的酒令。[3] 观察其实际应用的几种行令类型中，有两种或许就是《红楼梦》里这类集句式之酒令的滥觞：

---

[1] 两条皆见（宋）胡仔：《苕溪渔隐丛话・前集》，卷35，页239。

[2] 裴普贤：《集句诗研究续集》（台北：台湾学生书局，1979年2月），页250。明代谢榛《四溟诗话》卷1亦曾云："唐人集句谓之'四体'。"收入丁福保辑：《历代诗话续编》，页1143。

[3] 王昆吾：《唐代酒令艺术》（上海：东方出版中心，1996年10月），页315。

一是"断章取义令"。据唐张鷟《游仙窟》之记载：唐中宗时，有一张生夜投崔女郎之舍，与五嫂、十娘共行酒令，五嫂宣令道："赋古诗，断章取意，惟须得情。若不惬当，罪有科罚。"十娘遂遵命行令云："关关雎鸠，在河之洲。窈窕淑女，君子好逑。"此乃以《诗经·关雎》一章寓求欢之意。张生还令曰："南有樛木，不可休息。汉有淑女，不可求思。"则以《诗经·汉广》一章寓欲求而无由之意。五嫂于是再还令："析薪如之何，匪斧不克。娶妻如之何，匪媒不得。"如此便以《诗经·南山》一章表示愿为津梁，以通男女之好。

二是"征书、俗语令"。据《唐摭言》卷13载：沈亚之晚年客游，于一筵席上为一小辈所试。小辈举令，令格为"书、俗语各两句"，举令者先谓："伐木丁丁，鸟鸣嘤嘤。东行西行，遇饭遇羹。"前两句为出自《诗经·伐木》的书语，后二句为当时之俗语。沈亚之接着答令，则曰："如切如磋，如琢如磨。欺客打妇，不当喽啰。"前两句出自《诗经·卫风·淇奥》，后二句亦为俗语。①

这种从诗、书、俗语中断章取义，而重加组织整合以产生新义的"集句式酒令"的做法，至晚到了清朝时已更发展出变化多端的形式，而在《红楼梦》中运用得登峰造极。如与曹雪芹年齿相及的袁枚，在其《随园诗话》中便曾记载：

---

① （唐）王定保：《唐摭言》，《文渊阁四库全书》第1035册（台北：台湾商务印书馆，1986年7月），页749—759。

福建歌童名点点者，柔媚能文。有客行酒政，要一句唐诗，一句曲牌名，曰："闲看儿童捉柳花。《合手拿》。"点点应声曰："有约不来过夜半。《奴心怒》。"点点又唱曰："柳下惠风和。"合席嘁口，以为绝对。①

如此将诗、词、曲结合为用，产生文脉一贯、意义翻新的新集句规则，在《红楼梦》中可以说是发挥得更加淋漓尽致。而其雏型先初见于第二十八回，当冯紫英邀宴会饮时，贾宝玉认为滥饮易醉而无味，于是发明一新鲜酒令："如今要说悲、愁、喜、乐四字，却要说出女儿来，还要注明这四字原故。说完了，饮门杯。酒面要唱一个新鲜时样曲子；酒底要席上生风一样东西，或古诗、旧对、《四书》《五经》成语。"书中依此酒令而引用诗句者，有以下诸条：

　　"女儿愁，悔教夫婿觅封侯。——雨打梨花深闭门（酒底）"（贾宝玉）

　　"（略）——鸡声茅店月（酒底）"（冯紫英）

　　"（略）——桃之夭夭（酒底）"（妓女云儿）

　　"（略）——花气袭人知昼暖（酒底）"（蒋玉菡）

由以上数则酒令内容，我们发现这组酒令与诗句相关者寥寥可数，若只引述有关旧诗句的部分，便如上表一般不成片段。这是因为在

---

① （清）袁枚：《随园诗话》，卷7，页246。

此一酒令的设计中,并未规定在注明女儿之所以悲、愁、喜、乐的原故时必须引经据典,因此在座诸人用以说明原故之语词便可以出于自造,而与诗词典籍无涉;况且依照规定,唯一必须引经据典的"酒底"又仅仅一句,与前面之"女儿四情"和"新鲜时样曲子"做成的酒面并无干涉,更谈不上文义的内在通贯联系,因此并未充分发挥"集句"的形式和精神。

是故,在《红楼梦》中最能展现集句式酒令之精神,而真正将之发挥得淋漓尽致者,乃出现于第六十二回贾宝玉、薛宝琴、邢岫烟、平儿四人之寿宴上。通过史湘云刁钻古怪的提议,众人所行之酒令必须分"酒面"与"酒底"两部分,而"酒面要一句古文,一句旧诗,一句骨牌名,一句曲牌名,时宪书(历书)上的话,共总凑成一句话。酒底要关人事的果菜名"。其构思设计之复杂曲折,乃至被众人嘲为"比人唠叨"。而书中依此要求作出来的完整酒令,则有以下三条:

- "落霞与孤鹜齐飞,风急江天过雁哀,却是一只折足雁,叫的人九回肠,这是鸿雁来宾。"——"榛子非关隔院砧,何来万户捣衣声"(林黛玉)
- "奔腾而砰湃,江间波浪兼天涌,须要铁锁缆孤舟,既遇着一江风,不宜出行。"——"这鸭头不是那丫头,头上那讨桂花油"(史湘云)
- "泉香而酒洌,玉碗盛来琥珀光,直饮到梅梢月上,醉扶归,却为宜会亲友。"——(酒底略)(史湘云)

此回之酒令各自出于一人之手，前后之句意亦皆可以贯联通读，不但完全符合集句的精神，而且也充分传达了各个人物的性格与命运。

至于续书者在第一〇八回《强欢笑蘅芜庆生辰》一段中，也描写过类似的情节：行骰子酒令时，鸳鸯规定大家在掷出有名号的骰子后，要先说个曲牌名，下家儿再接一句《千家诗》。以此与第六十二回者相较，则似乎不及由曹雪芹所设计之精致复杂，而且其作法也稍稍偏离集句式酒令的精神，而较近于联句的形式。依书中所记，按照"骨牌副儿"名、"曲牌"名（其实亦是骨牌副儿名）、"千家诗"诗句之排序而有完整形式者，共有以下四组：

- "商山四皓"（鸳鸯）——"临老入花丛"（薛姨妈）——"将谓偷闲学少年"（贾母）
- "刘阮入天台"（鸳鸯）——"二士入桃源"（李纹）——"寻得桃源好避秦"（李纨）
- "江燕引雏"（鸳鸯）——"公领孙"（贾母）——"闲看儿童捉柳花"（李绮）
- "浪扫浮萍"（鸳鸯）——"秋鱼入菱窠"（贾母）——"白萍吟尽楚江秋"（史湘云）

显然地，这种集句式的酒令虽出以集句的形式，其内里却带有联句"一作成于众手"的精神。不过，综观第六十二回和此回，仍然可以看出这种集句式酒令所蕴含最重要的意义，乃是与集句诗相同：

其施行方式都是汇集旧句联缀成篇，而其创作目的都是为了要达到游戏取乐兼竞赛取胜的双重效果，终而完成再创造的艺术试炼。而其镕铸出新之艺术试炼所取得的快乐与胜利，则都必须建立在广博的学识、敏捷的联想和高度的技巧上，宋严羽所称"混然天成，绝无痕迹"①，清赵翼所谓"凑泊如无缝天衣""清切浑成，如出一手"②，在在都指出这点。而徐师曾所说更为明细详尽：

> 盖必博学强识，融会贯通，如出一手，然后为工。若牵合傅会，意不相贯，则不足以语此矣。③

可见要做到"如出一手"的境界，便必须以"博学强识""融会贯通"为基础，其前提又是以现成不变而分散不相统属的旧诗句、旧语汇为取材范围，遂使集句比诸创作更形费心费力，正如明谢榛所谓："不更一字，以取其便；务搜一句，以补其阙。一篇之作，十倍之功。"④由此之故，这种"因难见巧，亦文人游戏笔墨之一端"⑤的

---

① （宋）严羽：《沧浪诗话·诗评》，收入郭绍虞校释：《沧浪诗话校释》（台北：里仁书局，1987年4月），页189。

② （清）赵翼：《陔余丛考》（台北：新文丰出版公司，1975年11月），卷23，页19。

③ （明）徐师曾：《文体明辩》，《四库全书存目丛书·集部》总集类第311册，页126。

④ （明）谢榛：《四溟诗话》，卷1，收入丁福保辑：《历代诗话续编》，页1143—1144。

⑤ （清）赵翼：《陔余丛考》，卷23，页20。

集句活动，便成为闲暇之余文人心智的高难度挑战。

而这种来自搜句补阙、缝缀成篇，却不能泄漏丝毫牵强附会之迹的高难度挑战性，仅仅在居家之余慢慢琢磨的情况时就已经产生，若集句诗是在即席的状态下临场一挥而就，那就更是神乎其技的奇迹。宋代诗论家王直方便认为：

> 荆公始为集句，多至数十韵，往往对偶亲切。盖以其诵古人诗多，或座中率然而成，始可为贵。①

在这段话中，一共包含四个重点，其一是以王安石为集句之始，这在前文已经分辨不可信从，兹不具论；其二是必须具备"对偶亲切"的特点，才称得上是集句诗的成功表现，这就是"浑然天成，绝无痕迹""清切浑成，如出一手"之说的具体内容，也可以说是达到"凑泊如无缝天衣"之境界的操作手法；其三是将"诵古人诗多"视为集句时不可或缺的知识条件，与后来徐师曾所说的"博学强识"如出一辙，都指出集句活动赖以成立的前提或基础；其四是认为在"座中率然而成"的作品，才是集句诗最为可贵的价值所在，因为比起居家时慢慢推敲研拟、饾饤成篇的孜孜矻矻，临场即席所发挥的急智，更能展现诗人平日积学博厚、浮想联翩从而左右逢源的出众才华，这可以说是集句活动对文人的最大考验。

---

① （宋）王直方：《王直方诗话》，收入郭绍虞辑：《宋诗话辑佚》（北京：中华书局，1980年），页41。

而在被认为全书"以酒令为最佳"①的《红楼梦》中,正是透过这种即席发挥的集句式酒令,在第六十二回的庆生酒宴里,让林黛玉、史湘云临场于"座中率然而成"首尾相贯、一气灌注的作品,将那"也等想一想儿"的贾宝玉给彻底比了下去,则二姝尖拔突出于众人之上的聪慧超逸,也就不言可喻。于是我们便清楚了解到,借由集句式酒令的情节设计,为众金钗塑造不凡才情,为乐园生活烘染繁华趣味,乃是曹雪芹取资于传统的一个重要法门。

第四节 限题限韵——因难见巧的游戏艺术

在诗人群聚一堂而同时进行诗歌创作时,除了"联句"这种共同参与的集体活动形式之外,还发展出限题用韵的游戏艺术。更精确地说,面对在场之众位诗家,"限题"是从内容取材上限定创作的范围、题材和对象,"限韵"则是从声律形式上限定各篇诗作所用的韵部乃至韵字。

限题之做法,最早应是起于文人集团真正形成而表现活跃的魏晋时代。从建安时期开始,文人之间"怜风月,狎池苑,述恩荣,

---

① 晚清解弢于其《小说话》中认为:"灯谜、酒令、诗词、歌谣、对联、匾额,为小说之点缀;《红楼》与《品花宝鉴》所用最夥,然二书均以酒令为最佳。"见一粟编:《红楼梦卷》,卷6,页628。

叙酣宴"①的风气逐渐兴盛，此际出于社交和娱乐的需要，宴游、咏物之作递增②，而为了充分达到游戏竞技的目的，便逐渐发展出限题歌咏的方式。以同样的题材作为比较的基础，虽然限制了文思的灵活涌动，却提供了评比的客观依据；而此一方式的蓬勃发展，则是南朝帝王与群臣宴游之际，往往诏令群臣即景赋诗，其文之善者，赐以金帛。③既然是当场挥毫，又带有竞技的意味，于是即席限定一题由众人分咏，乃是必然的趋势；再加上因为方便取用之故，即席所见之物往往成为顺手拈来的歌咏主题，于是咏物诗的兴盛也就顺势而就、水到渠成了。日后在诗歌史上凡限题写成的诗作大率不离咏物的题材，即是因此而来，《红楼梦》当然也不能例外，此观下文可知。

至于在用韵上因难见巧的做法，主要是"限韵"与"分韵"这两种。

"限韵"也是古典诗创作中，起于诗人彼此唱和的一种游戏规则，其目的在"因难见巧"，从而取得一方面锻炼诗艺、一方面自娱娱人的双重效果。诗人彼此唱和的现象，于中晚唐时即称鼎盛，

---

① 见《文心雕龙·明诗》篇，周振甫注释：《文心雕龙注释》（台北：里仁书局，1984年5月），页84。

② 此点参考章培恒、骆玉明主编：《中国文学史》上册（上海：复旦大学出版社，1996年3月），页300。

③ 如《通典·选举》云："宋明帝博好文史，才思朗捷。……每国有祯祥及行幸燕集，辄陈诗展义，且以命朝臣。其戎士武夫则请托不暇，困于课限，或买以应诏焉。"又《南史·文学传序》亦曰："（梁）武帝每所临幸，辄命群臣赋诗。其文之善者，赐以金帛。"

中唐的元稹和白居易、白居易和刘禹锡，晚唐的皮日休和陆龟蒙等，皆是其中声名昭著的唱和双人组，只是这时唱和的方式还保有较大的弹性和自由；但随着时代之递进，用以唱和的诗作在用韵的要求上也日趋讲究，于是便逐渐发展出种种限韵的格式。限韵的做法依宽严之别，又可以细分为和韵（即依韵）、用韵、步韵（即次韵）这几种方式，徐师曾定义道：

> 按和韵诗有三体，一曰"依韵"，谓同在一韵中，而不必用其字也；二曰"次韵"，谓和其原韵，而先后次第皆因之也；三曰"用韵"，谓用其韵而先后不必次也。①

清代吴乔的说法也是如此，只是名称有些出入：

> 和诗之体不一：意如答问而不同韵者，谓之"和诗"；同其韵而不同其字者，谓之"和韵"；用其韵而次第不同者，谓之"用韵"；依其次第者，谓之"步韵"。步韵最困人，如相殴而自縶手足也。盖心思为韵所束，于命意布局，最难照顾。②

综合两家的说法，可知依宽严程度的差别，限韵之要求依序可以区

---

① （明）徐师曾：《诗体明辩》，卷14，页1039。
② （清）吴乔：《答万季埜诗问》，收入丁福保辑：《清诗话》，页25。

分如下：

"依韵""和韵"——可用同一韵部中其他不同的韵字，乃限韵条件之最宽者。

"用韵"——用同样的韵字，而不依特定的顺序。

"次韵""步韵"——依特定的顺序用同样的韵字，乃限韵条件之最严者。

从具体的诗作中观察，这三种限韵的方式在诗史上都迭有所见，至于在《红楼梦》中所采取的，则是三种限韵方式中条件最严格的"次韵"或"步韵"。第三十七回《秋爽斋偶结海棠社》中众人咏白海棠诗之情节，便是此种限韵做法之最严格者的最佳范例，此回记载：

> 迎春道："既如此，待我限韵。"说着，走到书架前抽出一本诗来，随手一揭，这首竟是一首七言律，递与众人看了，都该做七言律。迎春掩了诗，又向一个小丫头道："你随口说一个字来。"那丫头正倚门立着，便说了个"门"字。迎春笑道："就是门字韵，'十三元'了。头一个韵定要这'门'字。"说着，又要了韵牌匣子过来，抽出"十三元"一屉，又命那小丫头随手拿四块。那丫头便拿了"盆""魂""痕""昏"四块来。宝玉道："这'盆''门'两个字不太好作呢！"

此外，当众人依规定限韵作了《咏白海棠诗》后，不久湘云即被接来大观园补行入社，结果因迟来后到而首先受罚"依韵和了两首"。依其所作的两首和诗来看，此处之和诗虽名为"依韵"，其实正确说来应为"次韵"或"步韵"，即按照先前诸人原诗所限的"门""盆""魂""痕""昏"五个韵字依序作成和诗，则其和韵乃属于限制最大的次韵或步韵。

至于所谓的"分韵"，乃是限韵的一种变化形式，亦即当数人聚集相约为诗之际，事先规定以某一些字为韵，每人各自分得其中一字，而以此字作为诗歌的一个韵脚，接着并以此字所属韵部中的其他韵字来为全诗押韵。此一作诗规则于唐代已可得见，如盛唐时岑参有《虢州后亭送李判官使赴晋绛得秋字》《早秋与诸子登虢州西亭观眺得低字》，杜甫有《春夜峡州田侍御长史津亭留宴得筵字》，中唐时韩愈、窦牟、韦执中三人同时有题为《陪韩院长韦河南同寻刘师不遇》而各自"得寻字""得同字""得师字"的诗，如此等皆是其例。

反映于《红楼梦》中，此种分韵作诗之法则仅有一次的例证，第五十回记载：在众人作完《芦雪庵即景联句》之后，李纨因为折梅赏花而兴起咏红梅花诗的念头，宝钗随后便提议道：

> 就用"红梅花"三个字作韵，每人一首七律。邢大妹妹（邢岫烟）作"红"字，你们李大妹妹（李纹）作"梅"字，琴儿（薛宝琴）作"花"字。

结果邢岫烟作《咏红梅花得"红"字》一首，第一句即以"红"字为韵脚，其余所用韵字（风、通、虹、中）与红字都同属于"一东"

韵；李纹作《咏红梅花得"梅"字》一首，第一句即以"梅"字为韵脚，其余所用韵字（开、灰、胎、猜）与梅字都同属于"十灰"韵；薛宝琴作《咏红梅花得"花"字》一首，第一句即以"花"字为韵脚，其余所用韵字（华、霞、楂、差）亦与花字同属于"六麻"韵。就在"琉璃世界白雪红梅"之背景下所设计的这段情节，可以说是传统文人创作活动中"分韵"为诗之做法的典型示范。

只是，限韵为诗固然可以因为具备"因难见巧""评判客观"的特色，而在文人圈中和朝廷试帖时风行不辍，但随之而产生的削足适履之弊端亦不容忽略。一如清代诗评家李重华、吴乔所云：

- 次韵一道，唐代极盛时，殊未及之。至元、白、皮、陆始因难见巧，虽亦多勉强凑合处。……盖次韵随人起倒，其遣词运意，终非一一自然，较平时自出机轴者，工拙正自判然也。①
- 唐时试士限韵，主司因得易见高下耳。今日何可为之耶？②

所谓"主司因得易见高下"，便是因为"限韵"可以为众人设定一个共同标准的缘故。然而利之所在，弊亦随之，限韵所成之作品往

---

① （清）李重华：《贞一斋诗说》，收入丁福保辑：《清诗话》，页929—930。其后袁枚《随园诗话》亦谓："和韵诗，有因难见巧者。""补遗"，卷5，页702。

② （清）吴乔：《围炉诗话》，卷1，郭绍虞辑：《清诗话续编》，页486。

往因为过多的束缚困限和人为匠气，而与天然之诗致背道而驰，因此受到不少诗评家的反对，如清李重华所指出的"多勉强凑合""非一一自然"即已道出其中缺失；而吴乔除了前述"步韵最困人，如相殴而自縶手足也。盖心思为韵所束，于命意布局，最难照顾"的论点之外，又说：

> 诗思与文思不同，文思如春风之生万物，有必然之道；诗思如醴泉朱草，在作者亦不知所自来，限以一韵，即束诗思。……若又步韵，同于桎梏，命意布局，俱难如意。后人不及前人，而又困之以步韵，大失计矣！……做韵定五字，于《韵府群玉》《五车韵瑞》上觅得现成韵脚了，以字凑韵，以句凑篇，扭捏一上，全无意义章法，非做韵而何？步至数人，并韵字亦觉可厌。①

同样的意思亦见于袁枚之诗论："余作诗，雅不喜迭韵、和韵及用古人韵。以为诗写性情，惟吾所适。一韵中有千百字，凭吾所选；尚有用定后不慊意而别改者，何得以一二韵约束为之？既约束，则不得不凑拍；既凑拍，安得有性情哉？"②

---

① （清）吴乔：《围炉诗话》，卷1。吴乔显然对限韵之做法深恶痛绝，因此再三致意，除此之外又曰："得一题，诗思不知发何处，而先押一韵，何异置榻以待电光。"见郭绍虞辑：《清诗话续编》，页486。

② （清）袁枚：《随园诗话》，卷1，页3。

由此诸家纷然反对的情形，我们看到的是一种理想与现实的矛盾与落差：一方面是出于外在时势之所需，文人不得不从事因难见巧的限韵训练，而参与社交时亦必须接受因应群体活动而设计的竞技规范，因此限韵成了文人雅集之时常见的写作形式，其作品亦常在诗坛上流传；但另一方面他们却又得面对"诗言志"的内在呼声，在"诗以道性情"的创作高标中受到检验和要求，因此一旦进入到诗论的范畴，而以"取法乎上"之心态来探测诗歌之极限时，"限韵"便反过来成为批判的对象。而这样一种理想与现实的歧异现象，于《红楼梦》中亦可得见。

在表层明示的诗论上，《红楼梦》也是抱持反对"限韵"的主张，视之为缺乏真诚的刁难束缚，而使创作沦为文字游戏的旁门外道。此一论点主要是借薛宝钗与宝玉提出的，第三十七回记载：宝钗与湘云共同商议作菊花诗，一共拟出十二个题目，湘云依说将题录出后，看了一回，又问："该限何韵？"此时宝钗道："我生平最不喜限韵的，分明有好诗，何苦为韵所缚。咱们别学那小家派，只出题不限韵。原为大家偶得了好句取乐，并不为此而难人。"湘云便赞同道："这话很是。这样大家的诗还进一层。"结果十二首菊花诗全都随人用韵，不再限制；而这里宝钗反对限韵的意见，随后很快就得到了贾宝玉的附合："这才是正理，我也最不喜限韵。"（第三十八回）

不过宝玉的反对限韵不只是口头之虚言而已，还更透过具体行动处处表现出来，如第五十回众人争联《芦雪庵即景联句》时，又落了第的宝玉分辩讨饶笑道："我原不会联句，只好担待我罢。"李纨便说："也没有社社担待你的。又说韵险了,又整误了,又不会联句了,今日必罚你。"结果被罚前往栊翠庵向妙玉乞得一枝红梅回来之后,又受命作《访妙玉乞红梅》一诗,此时宝玉亦要求道:"姊姊妹妹们,让我自己用韵罢,别限韵了。"后来众人拟题限调作《柳絮词》时,宝玉也是在香尽未成的情况下"情愿认负,不肯勉强塞责,将笔搁下"。可见联句、限韵、限调这类在形式上追求"因难见巧",因而偏向于文字竞技的创作规范,实在是宝玉虽未强烈反对,却确实真切否定的。

透过贾宝玉与薛宝钗这两位主角(主要是身为"绛洞花主"的贾宝玉)的言语行动,《红楼梦》反对限韵、追求清真意趣的论点显然是无可置疑了。但诗论归诗论,在全书的实际操演中,却往往存在着诗论与创作悖反的奇特现象。事实上,《红楼梦》中不但有不少诗作是限韵而来,而且限题与限韵常常是一身并存的孪生体,亦即同时在题材、韵部这两个层次上进行双重限制。诸如:

第三十七回的《咏白海棠诗》六首,是李纨提议以刚刚抬入怡红院的白海棠花为歌咏题材,再由迎春主其事,随机抽样限"十三元"这个韵部中的门、盆、魂、痕、昏五韵字,让众人据此五字依序押韵成诗,是为限韵中最严格的"次韵"或"步韵"。此点已见诸前文所述。

第四十八回香菱的《咏月诗》三篇,是由林黛玉出题,并限十四寒的韵;

第四十九回的《芦雪庵即景联句》一初始即由李纨拟题,限二萧为韵；

　　第五十回的《咏红梅花诗》三章则是由李纨先即事提出咏红梅的想法，再由薛宝钗限以"红、梅、花"三字作韵，让薛宝琴、李纹、邢岫烟分别据之各作一首七言律诗，此种分韵的做法亦已论诸前文；

　　第七十回的《柳絮词》五阕，乃是由林黛玉、史湘云两人拟了柳絮之题，又限出几个调来，让大家拈阄各自填词，其"限调"的作用与意义实与限韵无异，故此处将之归类为广义的限韵；

　　第七十五回贾宝玉的《中秋诗》改由贾政限一个"秋"字，要宝玉就即景作诗一首；

　　第七十六回的《中秋夜大观园即景联句》又回过头来透过林黛玉的提议，因应眼前大观园中秋赏月之景为题材，而以数栏杆抽样的新鲜方式限十三元为韵字的来源。

　　以上共总七次、全部十五首诗五阕词，可以说都是同时限题、限韵而产生的。可见《红楼梦》不但并未屏弃"故意难人"的限韵诗，反而变本加厉地于限韵之外再加限题的双重限制，进一步透过"因难见巧"的律则追求"巧"的成绩。这样的做法当然不是曹雪芹无聊之余的弄巧炫技，在《红楼梦》中，这些同时限题、限韵而产生的诗歌，其实往往肩负了艺术构成上具有严肃意义的任务，分别以观之，如：

　　《咏白海棠诗》六首与《柳絮词》五阕是用以展现探春、宝钗、黛玉、湘云诸人彼此有别的性情和风格取向（参下文特色之一的论析）；香菱的《咏月诗》三首则是以三个具体的实例，一步步教导初学者创作的法门以及常犯的弊病①；而《咏红梅花诗》三首设计的目的之一，乃是让薛宝琴、李纹、邢岫烟三人同台竞比，突显薛宝琴不凡的才情，以强化她作为"金玉良缘"中由宝钗移位、置换、投影而来的重像价值②；至于《中秋夜大观园即景联句》，则一方面透过"榵"这个韵字的运用而带出宝钗的博学多闻③，另一方面则可借之方便引出"寒塘渡鹤影，冷月葬花魂"如此哀艳动人的警句，为大观园之零落与众女儿之离散提供最高亢的哀音（此点详观本书第六章第一节）。因此这些都不是凭空虚设，徒以逞能为务的浮词泛语。

而综观以上数例，统合此中种种现象，我们还可以进一步归结出以下几点特色：

其一，出面主导限韵者遍及贾迎春、林黛玉、李纨、薛宝钗、史湘云、贾政等人，无关才情高下与性格厚薄，亦不分男女性别和辈分长幼，可见作诗"限韵"已是大家公认的普遍方式，犹如日常习惯一般，在不刻意的情形下便自然流露。其积极效果是可以建立统一的判准，让众人之诗作得以在共同的基础上比较得失、区分个

---

① 参邓云乡：《红楼梦诗学传薪说——谈黛玉教诗和香菱学诗》，收入周策纵、余英时等：《曹雪芹与红楼梦》（台北：里仁书局，1985年1月），页155—157。

② 欧丽娟：《红楼梦论析——"宝"与"玉"之重叠与分化》，《编译馆馆刊》第28卷第1期（1999年6月），页223—225。

③ 第七十六回记述湘云以"庭烟敛夕榵"为对，并说："幸而昨日看历朝文选见了这个字，我不知是何树，因要查一查。宝姐姐说不用查，这就是如今俗叫作明开夜合的。我信不及，到底查了一查，果然不错。看来宝姐姐知道的竟多。"

别的性格特色，从构思之速度快慢与造语之出色程度分出高下，同时也透过限制所带来的竞争激发创作的企图与灵感，此即所谓"因难见巧"。

例如，第三十七回那六首依照"步韵"这最严格的限韵规则，而以门、盆、魂、痕、昏五个韵字写成的《咏白海棠诗》，便清楚呈现诸人彼此有别的性情，每一首诗都清晰地带有个人不同的特殊烙印，如宝钗的"珍重芳姿昼掩门""不语婷婷日又昏"，表现的是一派雍容娴雅、含蓄内敛的大家闺秀风范；黛玉的"碾冰为土玉为盆""借得梅花一缕魂""秋闺怨女拭啼痕"和"倦倚西风日已昏"，则显示了她清灵孤傲、缠绵悲戚的幽怨感伤；探春的"斜阳寒草带重门，苔翠盈铺雨后盆"以及"玉是精神难比洁""芳心一点娇无力"，预示的是如孤臣孽子一般力挽狂澜的孤挺傲立，以及终究心有余而力不足的遗憾；湘云的"也宜墙角也宜盆""岂令寂寞度朝昏"，则表现了她孤苦伶仃却依然英豪阔大的爽朗性格，因此可以随遇而安、自得其乐。众人之间的差异堪称一目了然，由此也进一步顺势带出一般俗世以"含蓄浑厚"胜过"风流别致"的论诗标准与人物评价。可见诸诗既遵照形式上整练精工的限制，又兼顾了内涵上诗言志、道性情的要求，同时还传达了以正统诗论为尊、以闺秀风范为贵的世俗观念，因此这组《咏白海棠诗》可以说是限韵作诗所能达到的最高极致。

同样地，《柳絮词》五阕也具有类似的作用，湘云的"且住，且住！莫使春光别去"，所流露的依然是她英豪阔大的爽朗性格，因此于暮春柳飞之际尚能寄托希望而情致妩媚；黛玉的"飘泊亦如人命薄，空缱绻，说风流。草木也知愁，韶华竟白头"，一句句莫不弥漫着伤悼离丧之哀音，终不改其缠绵悲戚；宝钗则以"好风频借力，送我上青云"来刻意翻案，在悲凉之雾中创造出力挽狂澜的阳光意志（此点详参第六章第二节的论述），完全符合其大家闺秀雍容娴雅的心灵气质，从而借此展现了比较的功能。而这种比较优劣高下的功能，在宝玉"见香没了，情愿认负，不肯勉强塞责，将笔搁下"的时候，就更加被突显出来。

其二，诸限韵而来的诗作，包括《咏白海棠诗》六首、香菱的《咏月诗》三篇、《芦雪庵即景联句》、《咏红梅花诗》三章、《柳絮词》五阕、贾宝玉的《中秋诗》与湘、黛二人的《中秋夜大观园即景联句》等，在题材的归类上绝大部分都属于咏物诗，其中的两首即景联句和有目无篇的贾宝玉《中秋诗》也都以即席所见之景物为歌咏对象，其实也可以划归为广义的咏物之作。如此一来，更加印证了前述所言，在诗歌史上凡限题限韵写成的诗作大率不离咏物的题材，这或许是此种形式所特有的本质性的影响。

其三，在"限韵"之做法上，我们又可以发现到曹雪芹在《红楼梦》中所展现的诗论与创作之间歧出矛盾的现象，他一方面提出反对限韵的论点，实际上却又安排了众多限韵而来的作品，这不但透显了曹雪芹率意游走于明暗、虚实、正反之间的辩证的智慧，无形中也确认了拟题限韵的创作形式在传统文人集体活动时不可或缺的重要性。

第五节　戒字——避俗趋雅、以退为进之法

文字是一切文学艺术的基本材料，透过文字的组合才能表达思想意念，并进一步产生意象、意境而形成整体的风格。但是由文字所凝塑的意象却会因为取材的不同，而产生雅俗的差别乃至风格的歧异，宋代梅圣俞尝云："诗句义理虽通，语涉浅俗而可笑者，亦其病也。"① 所谓的"语涉浅俗"，正指出用字遣词在文字艺术上的一大避忌。因此，诗歌传统中也曾发展出"戒字"的创作规范，借由删除约减的策略而达到避俗趋雅的目的，本质上可以说是一种以退为进的做法。反映于《红楼梦》中，"戒字"策略的操作更从正面、负面多样地展现了有关诗歌创作的种种价值，其中尤其特别的，是《红楼梦》在传统避俗求雅的效果之外，另行为"戒字"开展出一种突破性别意识、追求宏阔之诗境，而取得主流世界之客观价值的前所未有的崭新意义，这是我们在探索《红楼梦》之诗艺时的一大发现。

"戒字"的做法自然亦非始于《红楼梦》，在诗歌创作的历史中，至晚于宋代便已现象纷出，如欧阳修就记述了当时进士许洞的做法：

---

① 见（宋）欧阳修：《六一诗话》引录，收入（清）何文焕编：《历代诗话》，页268。此外，（宋）魏庆之：《诗人玉屑》卷5引述崔德符的看法，亦认为："凡作诗，工拙所未论，大要忌俗而已。"（台北：世界书局，1980年10月）页117。又（清）施补华《岘佣说诗》也指出："粗俗是诗人所戒。"收入丁福保辑：《清诗话》，页975。

国朝浮图，以诗名于世者九人，故时有集号《九僧诗》。……当时有进士许洞者，善为词章，俊逸之士也。因会诸诗僧分题，出一纸，约曰："不得犯此一字。"其字乃山、水、风、云、竹、石、花、草、雪、霜、星、月、禽、鸟之类，于是诸僧皆阁笔。①

而欧阳修不仅记录别人的故事而已，他自己与年辈较晚的苏轼，都对此举辗转效法过。透过后来清代贺裳的记载，我们知道两人的做法是：

欧公在颍州作雪诗，戒不得用玉、月、梨、梅、练、絮、白、舞、鹅、鹤、银等事。后四十年，子瞻继守颍州，小雪，与客会饮聚星堂，复举前事，请客各赋一篇。②

然而对于许洞、欧阳修和苏轼这样的做法，贺裳显然是十分不以为然的，对进士许洞的戒字，他认为："余意除却十四字，纵复成诗，亦不能佳，犹庖人去五味，乐人去丝竹也。直用此策困之耳，狙狯

---

① 欧阳修：《六一诗话》，见（清）何文焕编：《历代诗话》，页266。
② （清）贺裳：《载酒园诗话》，卷1，收入郭绍虞辑：《清诗话续编》，页243。就两人作为分别详言之，欧阳修《雪》诗之序中强调："时在颍州。玉、月、梨、梅、练、絮、白、舞、鹅、鹤、银等事皆请勿用。"而苏轼则于制题时直接表露，谓《江上值雪，效欧公体，限不以盐、玉、鹤、鹭、絮、蝶、飞、舞之类为比，仍不使皓、白、洁、素等字，次子由韵》。

伎俩，何关风雅！"对于欧阳修与苏轼的雪诗，他则说："客诗不传，两公之什具在，殊不足观。固知钓奇立异，设苛法以困人，究亦自困耳。"因此直呼此一做法为"诗魔"。①

由此可见，"戒字"被动的功用是避俗趋雅，不让平庸浅易的字眼拖垮诗境而流于陈腔滥调，藉此以获致清新雅致的脱俗质感；主动的功用则是可以考验出作者的才思，因为在重重束缚之下的化险为夷、出奇制胜总是比较难能可贵而令人喝采。至于其流弊则是容易和限韵一样，使创作沦为文人应酬较量的文字游戏，一旦戒之太过，不但不能显才炫能，还会作茧自缚、画地自限，流于"巧妇难为无米之炊"以致"搁笔"的窘境。所谓"纵复成诗，亦不能佳"，正道出戒字之举的根本问题所在。事实上，连曾经戒字作雪诗的苏东坡也不免以银、玉这些寻常字眼入诗作为衬托，袁枚即指出："东坡《雪诗》，用'银海''玉楼'，不过言雪色之白，以银、玉字样衬托之，亦诗家常事。"②因此，若将"诗家常事"中衬托所用的字词一意抹掉，而丧失了艺术表现的基本素材和日常基础，势必不能免于高蹈落空或断足难行的困境。

《红楼梦》中有关诗歌以"戒字"避浅俗的例子共有三处，其中由侧面暗示的一个例子，是透过香菱学诗的第一阶段（即第一首《咏月》诗）来展现措词限字以避俗趋雅的必要性。第四十八、第四十九回记载香菱苦吟作出的三首《咏月》诗云：

---

① （清）贺裳：《载酒园诗话》，卷1，收入郭绍虞辑：《清诗话续编》，页243。
② （清）袁枚：《随园诗话》，卷1，页22。

月挂中天夜色寒，清光皎皎影团团。诗人助兴常思玩，野客添愁不忍观。翡翠楼边悬玉镜，珍珠帘外挂冰盘。良宵何用烧银烛，晴彩辉煌映画栏。（其一）

非银非水映窗寒，试看晴空护玉盘。淡淡梅花香欲染，丝丝柳带露初干。只疑残粉涂金砌，恍若轻霜抹玉栏。梦醒西楼人迹绝，余容犹可隔帘看。（其二）

精华欲掩料应难，影自娟娟魄自寒。一片砧敲千里白，半轮鸡唱五更残。绿蓑江上秋闻笛，红袖楼头夜倚栏。博得嫦娥应借问，缘何不使永团圆！（其三）

其中第二阶段的第二首诗所犯的毛病是"离题"，与此处所论无关，可置而不论。就第一首《咏月》诗而言，综观全作，可见其中处处充满黏皮带骨之累，流于诗评家所谓"将自身站立在旁边"的皮毛刻画[①]，结果就因为缺乏兴寄、无言外之意而味同嚼蜡，遂不登咏物上乘佳作之林。除此之外，全诗之所以被宝钗评谓"这个不好，不是这个作法"，其最大的问题乃是林黛玉所指出的，香菱因为见识有限而无法筛拣语词、汰俗取雅，只能不分精粗地从浅近的套语中选择材料入诗，于是便形成满纸浅薄的庸俗气，林黛玉所谓此诗"措词不雅，皆因你看的诗少，被他缚住了"，即是此意。而这首诗中"措词不雅"的情形，主要的原因便是其中连篇累牍皆是诸如"翡

---

① （清）李重华《贞一斋诗说》曰："咏物诗有两法：一是将自身放顿在里面，一是将自身站立在旁边。"收入丁福保辑：《清诗话》，页930。

翠""珍珠""玉镜""冰盘""银烛""画栏"之类的俗语庸词，颈联的"悬玉镜"与"挂冰盘"甚至犯了对偶法则中因意义复沓而来的"合掌"之病，堆砌凑合的做法更突显措词不雅的问题。

以第一联为例，比诸后来被众人赞为"不但好，而且新巧有意趣"的第三首咏月诗，此处首句的"月挂中天夜色寒"直露如白话，而且第一个字即点出"月"字，未免毫无蕴蓄，不如第三首首句的"精华欲掩料应难"，在令人宛转意会之余，又带有明朗坚强、英彩自现的人格化感受，因此自然神韵透出；此首次句的"清光皎皎影团团"和第三首次句的"影自娟娟魄自寒"虽然同样都是出以当句对的形式，但雅俗亦不可同日而语，推究其故，选词用字亦难辞其咎，试看"皎皎""团团"与"娟娟""魄寒"在词意语感上本即有深浅厚薄之差别，再加上后者用一"自"字，远比第一首平平凡凡的客观白描更有一种主观上自持自重的执着坚守之感，因此耐人寻味得多。

香菱学诗的第一首作品，乃是以实际的创作婉转揭示初学者容易犯下的各种问题，最重要的问题之一便是用字选词之关乎雅俗的重要性，正如诗评家所指出的："凡作诗要知变俗为雅，易浅为深，则不失正宗矣。"① 又谓："用字宜雅不宜俗，宜稳不宜险，宜秀不宜粗。"② 则将俗词俗语删约戒除而不用，正是"变俗为雅"的一种

---

① （明）谢榛：《四溟诗话》，卷4，收入丁福保辑：《历代诗话续编》，页1227。

② （清）黄生：《诗麈》，卷1，收入贾文昭主编：《皖人诗话八种》（合肥：黄山书社，1995年5月），页58。

法门。也正因为这样的美学观，于是我们还可以看到第七十九回林黛玉与贾宝玉双方论证《芙蓉女儿诔》之诔文时，在两人将其中"红绡帐里，公子多情；黄土垄中，女儿薄命"这四句反复修改的过程里，首先由宝玉所建议的"茜纱窗下，小姐多情；黄土垄中，丫鬟薄命"之所以令黛玉表示无法满意的原因，除了是出于对指涉对象的精确要求，因为受祭的晴雯"又不是我的丫头，何用作此语。……等我的紫鹃死了，我再如此说，还不算迟"，另一个因素则完全是出于去俗趋雅的艺术考虑，因为"'小姐''丫鬟'亦不典雅"。结果就在文义之精准与用字遣辞之美感的双重需要之下，最后才导出了令黛玉忡然狐疑的"茜纱窗下，我本无缘；黄土垄中，卿何薄命"之谶语。由此可见，透过"戒字"以产生去俗趋雅的效果，实在是创作活动中时时必须面对的一个美学策略。

至于《红楼梦》中明白以"戒字"为限的诗歌创作活动，最早是出现在第三十八回当众人群集诗社，准备依题写菊花诗之时：

> 探春……又指着宝玉笑道："才宣过总不许带出闺阁字样来，你可要留神。"（第三十八回）

这是探春以"孰谓莲社之雄才，独许须眉；直以东山之雅会，让余脂粉"为由，而下帖诸钗邀结海棠诗社之后，众人再度聚会作菊花诗时，借探春之口所宣布的戒字规范。其中所谓"不许带出闺阁字样"的要求恰恰可与帖文中"孰谓雄才独许须眉，直以雅会让余脂粉"的意思前后对应，两者都强调在艺术创作的国度里本不该有性别之分,女性更不该因为男尊女卑的社会意识而自甘以闺阁的角色画地自限,致使诗歌风格流于偏倚。此意由性格俊朗飒爽、作风剑利果断,并曾申言"我但凡是个男人,可以出得去,我必早走了,立一番事业,那时自有我一番道理"(第五十五回)的探春传达出来,更见曹雪芹以"各随本人,按头制帽"①的原则,于描写人物言行之际那摹神入微的匠心,同时也表达出一种意欲超越客观环境的创作观与人生观。

另外,在诗歌创作上有关"戒字"的表现,还见于第七十五回《赏中秋新词得佳谶》中的一段记载:

> (宝玉)起身辞道:"我不能说笑话,求再限别的罢了。"贾政道:"既这样,限一个'秋'字,就即景作一首诗。若好,便赏你;若不好,明日仔细。……只不许用那些冰玉晶银彩光明素等样堆砌字眼,要另出己见,试试你这几年的情思。"宝玉听了,碰在心坎上,遂立想了四句,向纸上写了,呈与贾政看,道是……(原诗缺),贾政看了,点头不语。……当下贾兰见奖励宝玉,他便出席也作一首递与贾政看时,写道是……(原诗缺),贾政看了喜不自胜。……(贾环)见宝玉作诗受奖,他便技痒,只当着贾政不敢造次。如今可巧花在手中,便也索纸笔来立挥一绝与贾政,贾政看了,亦觉罕异。

---

① 语出(清)张新之:《红楼梦读法》,收入一粟编:《红楼梦卷》,卷3,页156。

在这一段叙述中，原书即缺宝玉、贾兰、贾环所作的《中秋诗》内文，庚辰本于此回之前有脂砚斋总批云："乾隆二十一年五月初七对清。缺中秋诗，俟雪芹。"①可见此回于初写之际即暂时先略过诗的拟作，等待事后再趁空寻思予以追填补记。但是，直至乾隆二十八年（1763）壬午除夕，"书未成，芹为泪尽而逝"②之际，前后长达七年的时间此回都处于欠缺中秋诗的状态，最后此一缺憾还随着曹雪芹的逝世而凝固成为《红楼梦》永恒的风貌。

如今我们已无从追索这三首《中秋诗》如何在"不许用那些冰玉晶银彩光明素等样堆砌字眼"的局限下，仍然能够作得让贾政"点头不语""喜不自胜""亦觉罕异"，但或许我们可以推断的是：在如此戒字的情形之下，要作出中秋佳作应该不是件容易的事，尤其此处又必须"各随本人，按头制帽"，拟肖个人口吻而同时作出三首风格殊异的诗篇，更是对小说家的一大考验。因此第七十五回这三首"有目无篇"的中秋诗，便成为《红楼梦》中绝无仅有的特殊现象。③或许曹雪芹原本正是为了要展现贾宝玉等三人才思之精进，故刻意藉由"戒字"来郑重以待之，结果却反倒深受戒字之束

---

① 陈庆浩辑校：《新编石头记脂砚斋评语辑校（增订本）》，页700。
② 陈庆浩辑校：《新编石头记脂砚斋评语辑校（增订本）》，页12。
③ 另一处原诗亦缺的，是第二十二回《制灯谜贾政悲谶语》一段中薛宝钗所写的灯谜诗，但因庚辰本脂砚斋于回末总评曰："暂记宝钗制谜云：朝罢谁携两袖烟，琴边衾里总无缘。晓筹不用鸡人报，五夜无烦侍女添。焦首朝朝还暮暮，煎心日日复年年。光阴荏苒须当惜，风雨阴晴任变迁。此回未成而芹逝矣，叹叹。"如此则尚有知己之笔录暂记以为弥补，与此回悬缺之中秋诗不可同日而语。见陈庆浩辑校：《新编石头记脂砚斋评语辑校（增订本）》，页449。

缚而终究一无所成。由此可见，以戒字为务之创作者，可不深自警惕乎？

综合前言所述，我们可以看到"戒字"在《红楼梦》的诗歌创作中所发挥的作用，约略有以下数项：

其一，透过探春所宣"总不许带出闺阁字样来"的限制，乃是一种出于女性自觉，为追求创作之平等意识而来的要求，将"闺阁字样"之类传递了女性特征的字眼加以剔除，正是一种逼近以男性特质为主调的正统诗歌风范的策略，因此设限即是突破，局限适足以扩大，而删略刊除却可以创造堂正博厚。透过此种"戒字"的方法，更有助于众金钗们超越性别的框架，由周遭环绕着的、带有性别标签的偏至事物中挣脱出来，投向闺阁之外的广大天地，从而在诗歌艺术的宏阔国度里发出同等嘹亮的声音，并取得主流世界所认可的客观价值。这无疑是戒字传统中最具有积极意义的一个表现。

其二，从香菱学诗第一阶段的表现，以及三首《中秋诗》吟作的结果，可知"戒字"最大的功能便是发挥"避俗"的作用，透过俗字俗词之约除删减而使诗境获得提升，正是以类似"去芜存菁"的逻辑间接取得"雅"的效果。

其三，由三首《中秋诗》直至曹雪芹命终之际，长达七年的时间都悬缺未补的现象，则恰巧具体地展露了"戒字"之运用极可能造成的负面影响，亦即重蹈宋朝许洞、欧阳修、苏轼等人之覆辙，使创作流于设险刁难的文字游戏，只留下乏善可陈的次级品，甚至使以文字言志传情的诗人面临搁笔的困境，竟尔丧失了诗歌之所以存在的价值。如此则是从事诗歌创作之人所不可不戒慎者。

第六节 亲友传习的文字因缘

曹雪芹于《红楼梦》中所展现的对古典诗歌尤其是唐诗的深厚功力，乃是无庸置疑的，此点还可以与本书第七章之分述并观。然而，《红楼梦》中诗歌作品的宽度与纵深度，除了来自于过去历史纵贯性的传承之外，又不能自外于清代前期整个时代横断面的交相渗融，本节即转而从曹雪芹与当代环境渗融的部分着眼，以其亲友传习之文字因缘作为讨论之主旨。

就今日可见的资料来看，与曹雪芹情亲交好的友人包括宗室诗人敦诚、敦敏兄弟，以及平民朋友张宜泉诸人，至于康亲王永恩则与曹雪芹并无直接交谊。如今我们所知有关曹雪芹之种种传记资料，绝大部分都是由他们所提供的，如张宜泉《题芹溪居士》诗前之小注曾云："姓曹名霑，字梦阮，号芹溪居士，其人工诗善画。"[①]便简括了曹雪芹存在的几个重要面向。由于这些友人与曹雪芹的交往是建立在日常生活中诗酒论交的形态上，透过诗文往来之酬答唱和，使得彼此对另一方的生活际遇、志趣抱负、诗歌品味、艺术

---

① 张宜泉于另一首《伤芹溪居士》诗前序亦称："其人素性放达，好饮，又善诗画，年未五旬而卒。"俱见一粟编：《红楼梦卷》，卷1，页8。

造诣等都十分熟稔,从而往往在诗歌表现上发生互相渗透的互动关系,这也是情理之所必然的现象。

《红楼梦》第十八回记载:宝玉奉诏应制所作的《怡红快绿》一首中有"绿蜡春犹卷,红妆夜未眠"之句,主要的渊源是晚唐钱珝《未展芭蕉》诗所言之"冷烛无烟绿蜡干,芳心犹卷怯春寒"。不过,敦敏《懋斋诗钞》中亦有一首《芭蕉》诗,诗云:"绿蜡烟犹冷,芳心春未残。"相较之下,更见同样是采取五言之诗歌体裁,以及"绿蜡犹卷……未眠"与"绿蜡犹冷……未残"在语言模式上之近似,则敦敏的《芭蕉》诗似乎也是曹雪芹在往来酬唱之过程中耳熟能详者,因而其神味亦于《怡红快绿》诗中有所渗透。①

此外,第三十七回叙述湘云与宝钗研议以菊花诗为诗社活动的题材,而构思设想、拟题定数的时候,宝钗说道:"越性拟出十个来,写上再来。"说着,二人研墨蘸笔,湘云便写,宝钗便念,一时凑了十个。湘云看了一遍,又笑道:"十个还不成幅,越性凑成十二个便全了,也如人家的字画册页一样。"宝钗听说,又想了两个,一共凑成十二。又说道:"既这样,越性编出他个次序先后来。"湘云道:"如此更妙,竟弄成个菊谱了。"宝钗道:"起首是《忆菊》。忆之不得,故访,第二是《访菊》。访之既得,便种,第三是《种菊》。种既盛开,故相对而赏,第四是《对菊》。相对而

---

① 余英时:《敦敏、敦诚与曹雪芹的文字因缘》,收入余英时:《红楼梦的两个世界》,页155。

兴有余,故折来供瓶为玩,第五是《供菊》。既供而不吟,亦觉菊无彩色,第六便是《咏菊》。既入词章,不可不供笔墨,第七便是《画菊》。既为菊如是碌碌,究竟不知菊有何妙处,不禁有所问,第八便是《问菊》。菊如解语,使人狂喜不禁,第九便是《簪菊》。如此人事虽尽,犹有菊之可咏者,《菊影》《菊梦》二首续在第十、第十一,末卷便以《残菊》总收前题之盛。这便是三秋的妙景妙事都有了。"湘云依说便将诗题录出,完成一次别开生面的创作形式。

而诗题一如"菊谱"般编排的组诗形式,在《红楼梦》之前,只有曹雪芹朋友的朋友永奎(号檾山)和康亲王永恩有过类似的情形。永奎为曹雪芹密友敦诚的好友,其《神清室诗稿》中有《访菊》《对菊》《梦菊》《簪菊》《问菊》等诗,而康亲王永恩的《诚正堂稿》中亦有"和檾山弟"之《菊花八咏》诗,八首所咏者分别为《访菊》《对菊》《种菊》《簪菊》《问菊》《梦菊》《供菊》《残菊》等,而小说中菊花题目的设计几乎和这两处一样,可见《红楼梦》之菊花诗并非完全向壁虚构。①

还有,第七十八回贾宝玉所作的《姽婳词》中有"叱咤时闻口舌香"一句,吴恩裕指出乃脱胎自敦诚友人之诗句,《四松堂集》卷5云:"吾宗紫幢居士《丽人诗》中有'脂香随语过'之句,较之'夜深私语口脂香'犹觉艳媚无痕。"② 其中提到的"夜深私语口

---

① 蔡义江:《红楼梦诗词曲赋评注(修订本)》,页210。
② 吴恩裕:《有关曹雪芹十种》,页158,见余英时:《敦敏、敦诚与曹雪芹的文字因缘》一文所引述,收入余英时:《红楼梦的两个世界》,页159。

脂香"一句，"私语口脂香"五字乃出自白居易《江南喜逢萧九彻因话长安旧游戏赠五十韵》①一诗，而敦诚之所以认为紫幢居士的"脂香随语过"胜过"夜深私语口脂香"，原因或许是"脂香随语过"一句更能表现出女子绽唇启口、笑语婉转之际，那吹气如兰、活色生香的动态感，因此说"犹觉艳媚无痕"。然而曹雪芹化用诸句而成的"叱咤时闻口舌香"，则不仅从前述两句撷取了吹气如兰、活色生香的动态感，而且将原本绽唇启口的笑语婉转一改而为叱咤风云的巾帼雄姿，因而创造出兼具英爽豪迈与娇怯柔媚的特殊美感，其生动传神不但令人感到"益发画出来了"，而且也呼应了女主角林四娘"姽婳将军"的称号，因而书中特借清客之口赞美道："反更觉妩媚风流，真绝世奇文也。"

由此种种，余英时便大胆推测道："《红楼梦》中的许多诗篇恐怕多少都与二敦的交游有关。像联句诗便是二敦所最喜爱的一种体裁。"②虽然联句诗乃是自唐代以来便十分兴盛的群体创作活动，未必是受到二敦的影响，此点可参本章第二节的论析，然而在小说情节构设的需要上，从与二敦的交游中撷取诗歌创作的灵感，的确是情理中之事也。

除了诗歌以外，敦诚的几篇祭文，似乎也是曹雪芹为贾宝玉撰作《芙蓉女儿诔》时取资的素材之一。敦诚之《祭索敏亭先生文》云：

---

① 据《才调集》所收，本篇诗句作"私语口脂香"（《全唐诗》卷462），且同句又见顾敻《甘州子》（《全唐诗》卷894）；此处所引上添"夜深"二字，与原句稍有出入。俱出（清）康熙敕编：《全唐诗》（北京：中华书局，1990年2月）。

② 蔡义江：《红楼梦诗词曲赋评注（修订本）》，页180。

丁丑秋八月，都中书至，得敏亭先生讣，余哭之哀记。……今追想公之平生，聊叙片言，并学南州孺子恭以生刍一束，为文而遥祭之。曰：悲哉！采艺菊之落英兮，遥吊祭夫公之灵。公生也，有自来兮，而逝也，不赴白玉之楼，即主芙蓉之城。……竹林广陵散其亡兮，谁能断夫徽音；大鸟飞鸣于墓兮，悲莫悲于薤露之吟。

又其《祭龚紫树文》曰：

呜呼！紫树兄别我辈去几日耶？今持鲁酒一樽，过夕照寺，奠于旅榇尊灵之前，追念平生，聊叙数言，以代生前挥麈。……乃为歌而招之曰：魂归来兮，古寺幽；魂归去兮，江枫愁。荒原暮兮，寒食；阴飙惨淡兮，雨雪飔飔。奠桂醑兮，君少留；返帝乡兮，白云游！

此两篇祭文与《芙蓉女儿诔》的近似之处，其一是同样都采取"前序后歌"的形式，而用语遣词的形似乃至于神似，更是值得注意，如"赴白玉之楼""即主芙蓉之城""大鸟飞鸣于墓兮""乃为歌而招之曰""奠桂醑兮"等等语句，与《芙蓉女儿诔》中的"李长吉被诏而为记""白帝宫中抚司秋艳芙蓉女儿""鸟惊散而飞""乃歌而招之曰""漉灵醑以浮桂醑耶"似乎都不乏对应的关系。而胡文彬认为应该是敦诚看了《红楼梦》中的《芙蓉女儿诔》，受到太深的影响，以至写诔文时不由自主地流露出来①，此一说法似乎与敦诚写祭文时曹雪芹尚在人世之事实有所违背。因为《祭索敏亭先生文》此篇作于丁丑八月，时值乾隆二十二年，曹雪芹依然在世，因此我们认为事实应该是：若非曹雪芹作《芙蓉女儿诔》时取用了敦诚之祭文内容作为素材，至少应该说，"《红楼梦》中的《芙蓉诔》正是那个时代祭文文风的反映"②，如此似更为合理。

敦诚与《红楼梦》之文字因缘实不独诗歌诔文而已，小说中某些情节的构想也可以在敦诚的文集中找到形似而神似之处，如不少学者已然注意到敦诚《寄大兄》一文中所描写的情景，乃是与《红楼梦》第二回贾雨村于破庙"智通寺"遇一"既聋且昏，齿落舌钝"之龙钟老僧的情节差相仿佛③；余英时还同时注意到书中太虚

---

① 参胡文彬：《雨雪飕飕奠桂醑——敦诚的祭文与〈诔晴雯〉》，收入胡文彬：《梦香情痴读红楼》（太原：山西教育出版社，1998年4月），页226。

② 参胡文彬：《雨雪飕飕奠桂醑——敦诚的祭文与〈诔晴雯〉》，收入胡文彬：《梦香情痴读红楼》，页226。

③ 《寄大兄》云："抵村便觅一古庵下榻，榻近颓龛，夜间即借琉璃灯照睡。僧既老且聋，与客都无酬答，相对默然。"见敦诚：《四松堂集》，卷上。敦诚于《鹪鹩庵杂志》卷5又载："独居南村，晚步新月，过一废寺，微微闻梵声，见枯僧坐败蒲上，因与之小语移时。聆其语似有感而为者，赠一绝云：'女嫁妻亡儿出赘，孑然剩得老头皮。人间梦境君先觉，趺坐寒蒲夜半时。'时癸巳正月初九日也。""癸巳"已是乾隆三十八年，距雪芹之逝世已十年矣。《红楼梦》智通寺老僧与敦诚所遭遇者彼此仿佛之关系，于周汝昌《红楼梦新证》（北京：华艺出版社，1998年8月）第7章、余英时《敦诚、敦敏与曹雪芹的文字因缘》（收入余英时：《红楼梦的两个世界》）、胡文彬《面前老僧似相识——读敦诚〈寄大兄〉诸文摭谈（一）》（收入胡文彬：《梦香情痴读红楼》）等皆有述及。

幻境、二丫头、庄子、二贤之恨以及借景之事也带有敦诚、敦敏两位兄弟的影迹①；至于《红楼梦》中第五十回贾宝玉"访妙玉乞红梅"一段，胡文彬则指出与敦诚《山游纪事》一文中之"乞兰"或有互动影响②。如此种种，都更加丰富了我们对《红楼梦》之创作旨趣的了解。

除了过从款密的友人之外，学界也早已注意到《红楼梦》之创作素材还有来自祖父曹寅之家学渊源。

在第一章第一节里，我们就已曾经提及家学渊源似乎对曹雪芹之创作发挥了不小的影响力：其祖父曹寅有《楝亭诗钞》八卷、《诗钞》别集四卷、《楝亭词钞》一卷、《词钞》别集一卷、《文钞》一卷，还曾于康熙四十四年奉命在九位翰林的襄助之下主持《全唐诗》的刊刻；而当曹家于雍正年间被抄时，曹寅所收藏大批的珍贵藏书似乎并未被抄走。这些显然都是曹雪芹文思之奥府。学者曾经推测：未及亲炙祖父的曹雪芹，"显然是熟读过其祖父的诗钞和词钞。《红

---

① 见余英时：《敦诚、敦敏与曹雪芹的文字因缘》，收入余英时：《红楼梦的两个世界》。

② 《山游纪事》文中曰："贻某养痾于西山，折柬相约。三月初二日戊辰，束装西来，时春雨新霁，纤尘不生，过大悲庵。……余独携二仆载茗酒，振衣而上，至平坡寺。姚少师所云：平坡最幽胜，真学佛者所宜处也。与龙音上人茶话，阁前玉兰花大如掌，玉蕊琼枝，不减昭华旧植。余向寺僧乞一枝，不与。因戏举元微之《韩员外家辛夷花》诗'折枝为赠君莫惜，纵君不折风亦吹'。一噱而已。"见敦诚：《四松堂集》，卷4。将此与贾宝玉"访妙玉乞红梅"一段情节相互比较，可见其地皆为寺庵，其人皆为僧尼，而其事皆是乞花，因此有借取之可能性。参胡文彬：《玉兰一枝向僧乞——敦诚的"乞兰"与宝玉的"乞梅"》一文，收入胡文彬：《梦香情痴读红楼》，页223—224。

楼梦》中很多名词就是从那里翻出来的。'绛珠草'源自寅之诗句'承恩赐出绛宫珠'。史湘云的名字来自'湘草湘云自有家'一句。有名的林黛玉葬花冢与楝亭的'百年孤冢葬桃花'诗句，也不能说没有渊源。"①

而除了"绛珠""湘云"等语词之外，第三十七回林黛玉在《咏白海棠诗》中曾有"偷来梨蕊三分白，借得梅花一缕魂"之诗句，此联之渊源最早固然可以溯及宋朝卢梅坡的《梅花》诗中所谓"梅须逊雪三分白，雪却输梅一段香"的构思与句型，但曹雪芹之祖父曹寅亦有"轻含荳蔻三分露，微露莲花一线香"之诗句，表现手法与语法结构似乎更为近似。因此黛玉此联应即是兼用卢梅坡与曹寅之诗句融合变化而来的。

还有，作为《红楼梦》铺陈其整体叙事架构的"女娲补天"神话，似乎也染有曹寅的影迹。② 曹寅有一首出以人性化笔法描绘的《巫峡石歌》，其中歌咏道："巫峡石，黝且斓……娲皇采炼古所遗，廉角磨砻用不得。或疑白帝前、黄帝后，滩堆倒绝玉垒倾。风煦日暴几千载，漩涡聚沫之所成。胡乃不生口窍纳灵气，崚嶒骨相摇光晶？嗟哉石，顽而矿，砺刃不发硎，系春不举踵。砑光何堪日一番，抱山泣亦徒湦湦。"将之比观于青埂峰下那块将来化身为贾宝玉的顽石，无论是出身来历（皆为女娲炼时所遗）、形成过程（皆经大自然长久岁月的锻造），或是本性特质（皆为无才无用的愚钝）

---

① 见赵冈、陈钟毅：《红楼梦新探》，页171。
② 曹寅：《楝亭诗钞》，卷8。此一发现，详参朱淡文：《〈红楼梦〉神话论源》，收入朱淡文：《红楼梦研究》（台北：贯雅文化公司，1991年12月）。

以及存在情境（皆只能抱山号泣的无奈），无不在读者的心中引发神似的迭影。对于爱石、画石成癖的曹雪芹而言，这首透过古风体式而淋漓纵放的《巫峡石歌》，或也曾在他的创作灵感上烙下了难以抹灭的印痕。

而《红楼梦》中最浪漫凄美而令人心授神与的情节，自然是第二十七回中林黛玉扫花、葬花之一段。一如学者所揣测的，这也可从曹寅身上寻得相关之处。就其中的"扫花"之举而言，一方面有唐诗的渊源（此点参第七章第四节），另一方面恐怕也与曹寅脱不了关系。曹寅不但自称"西堂扫花行者"，诗集中也颇多"扫花"之诗句，如《赠杜岕诗》云："蘧然如可待，还写扫花图。"自注："些山（即杜岕）集青莲句有'闲为仙人扫落花'，故及之。"① 而其死后，幕僚所作的挽诗亦云："魂游好记西堂路，同觅仙花扫落芬。"② 可见"扫花"之事既是诗史上渊远流长的风雅典故，同时也是祖父深相企慕的个人爱好，于是在此种渊雅脱俗之家学渊源中成长起来的曹雪芹，以一种仰攀追企的孺慕之情而撷取拈来，正有其血脉应然之处。

而林黛玉的"葬花"之举，除了前有明代的唐寅，于其桃花庵居处所种之牡丹花落时，便"遣一小伻，一一细拾，盛以锦囊，葬于药栏东畔，作《落花诗》送之"③，以及清初词人纳兰性德之"葬

---

① 曹寅：《楝亭诗钞》，卷1，页52。
② 见（清）杨钟羲：《雪桥诗话·续集》，卷3。
③ （明）唐寅：《六如居士外集》，卷2。

花天气"与"一宵冷雨葬名花"① 以为渊源,或也可能从其祖父辈的诗作中得到创作灵感。其祖父曹寅的《题柳村墨杏花》诗有"百年孤冢葬桃花"之句(《楝亭诗钞》卷4),另外,与曹寅交好的杜浚亦有《花冢铭》,其中曰:"余性爱瓶花,不减连林。尝窃有慨世之蓄瓶花者,当其荣盛悦目,珍惜非常,及其衰悴,则举而弃之地,或转入溷渠莫恤焉,不第唐突,良亦负心之一端也。余特矫其失,凡前后聚瓶花枯枝计百有十三枝,为一束,择草堂东偏隙地,穿穴而埋之。"② 以上种种资料,都可以证明于曹雪芹生长养成的时代,包括乾隆朝在内的清代前期,诗词语境已开展出如此以"花"为表现题材的哀艳趋向。因而除了"葬花"之外,《红楼梦》中多处及之的"花魂"一词,也可以从这样的时代环境中找到其运用的背景。

书中在《林黛玉赞》(第二十六回)、《葬花辞》(第二十七回)与《中秋夜大观园即景联句》(第七十六回)中都出现过的"花魂"一词,历来素以警悚惊心、凄艳动人著称,但此语事实上既非曹雪芹所独创,在其时也并非曹雪芹所独用。从目前的文献考察可知,最早是于宋代的诗词中出现,诸如:

---

① 两句分别出于《金缕曲·亡妇忌日有感》与《摊破浣溪沙》,见《纳兰词》(台北:台湾商务印书馆,1983年12月),卷4、卷2,页100、页41。

② 此篇铭文见于(清)杜浚:《变雅堂文集》,卷8。以上一段详参一粟:《试论"黛玉葬花"》,收入周策纵、余英时等:《曹雪芹与红楼梦》。

- 花魂入诗韵，属和愧非才。（胡寅《和信仲酴醾》）①
- 花魂未歇，似追惜，芳消艳灭。（蒋捷《瑞鹤仙·红叶》）②
- 一自昭君向北迁，花魂千载却南旋。（李石《蛮王妻俗呼县君来黎州锦领乌毡自跨马而至》）③
- 何人妙笔丹青，招得花魂住。歌声暮，梦入锦江，香里归路。（李敏轩《庆清朝·木芙蓉》）④

至明朝，叶绍袁的《午梦堂集》中更已然出现"葬花魂"一词⑤。而与曹雪芹年岁相及、前半生完全重叠的诗人兼诗论家袁枚（1716—1797），除了在其《随园诗话》中曾记录一则有关曹雪芹与《红楼梦》的珍贵资料之外⑥，同时在此部一方面抒发个人之诗歌见解，一方面以搜求当代之遗诗残句不使沦灭为务的诗话作品中，又出现

---

① （宋）胡寅著，容肇祖点校：《斐然集》（北京：中华书局，1993年），卷1，页17。

② （宋）蒋捷撰，黄明校点：《竹山词》（上海：上海古籍出版社，1985年）。

③ （宋）李石：《方舟集》（台北：台湾商务印书馆，1969年），卷4。

④ （宋）赵闻礼辑，伍崇曜校：《阳春白雪》（台北：艺文印书馆，1965年），卷6，页13。

⑤ 《午梦堂集·续窃闻》载：叶绍袁幼女叶小鸾之鬼魂受戒时，答其禅师问云："'曾犯痴否？'女云：'犯。勉弃珠环收汉玉，戏捐粉盒葬花魂。'师大赞。"（明）叶绍袁编，冀勤辑校：《午梦堂集》（北京：中华书局，1998年11月），页522。

⑥ （清）袁枚：《随园诗话》谓："康熙间，曹练亭（即曹寅）为江宁织造……其子（案：应为其孙）雪芹撰《红楼梦》一部，备记风月繁华之盛。明我斋读而羡之。"卷2，页42。以今日的眼光视之，这条记录当然并不完全正确，但在红学考证研究的范畴中所提供的线索，却具备高度的价值。

了"花魂"此一《红楼梦》中最大胆强烈而警丽动人的诗歌意象——当代闻名的书法家张文敏虽不以诗名著称,袁枚却慧眼独具地识拔其《春莺啭》一诗,并笔记保存于诗话中,其诗云:

> 绸压香筒坠宿云,花魂愁杀月如银。独听鱼钥西风冷,又是深秋一夜人。①

观此诗作,不唯使用"花魂"此一词语,其整体诗境亦充满曹雪芹所偏爱的悲凉感伤之情,因而也颇有晚唐李商隐绮丽缠绵、苍凉凄清之风格。虽然这是偶然的巧合,但将彼此并置比观之时,却可以由某些特殊语汇的共同操演,而映带出一种在时代中所凝塑出来的创作习惯,"葬花"如此,"花魂"亦如此。而曹雪芹所根植的时代土壤,其质素亦由此可见一端。

经过前文之整理,最后我们还要指明的是,搜源讨流的工作当然绝不是机械性地从表层取其形迹以相比附,而是透过诗歌传统积淀丰富的渊奥,观察曹雪芹不断与过去之典范展开"视野融合"的奥妙,从而增加作品的宽度与纵深度,并在过去历史纵贯性的传承和当代环境横断面的渗融中,使其时时跃动的生机更形焕发。本节讨论之主旨是曹雪芹与当代环境面渗融的部分,至于《红楼梦》与过去诗歌纵贯性的传承情形,则留待第七章来探讨。然而仅此一节,《红楼梦》在创作上兼综博采之渊奥,已得以初步窥见。

---

① (清)袁枚:《随园诗话》,卷5,页136。

第三章
《红楼梦》之诗论

诗是什么？这是一个古今中外任何从事文学艺术之创作者与研究者都必然追问的一个大哉问，也是诗学开展之初所必然面对的理论起点。而产生诗的必备条件又包括哪些？作为一种人为经营（所谓 art）的结果，诗歌的美感价值如何取得，而其具体形成又必须考虑哪些原则？然后，来自于功能论者之立场所产生的诗歌价值与终极意义等这些问题，也都会随之一一浮现。

《红楼梦》既是一部出于诗人之手，其内容又涵括数以百计之诗歌的艺术作品，当作者曹雪芹在书中"传诗"之际，便往往也会自觉或不自觉、有形或无形地传示了他的诗歌见解。这些"诗论"，有的是在故事情节中明确陈述的系统论说，有的是散见各处的零句短语，更多的是隐藏在具体诗作之间有待开发的潜在理念；而有时在意识表层浮显的观点，却又与创作深层伏脉的意向互为悖反，因此必须将这些现象都考虑进来，才能真正掌握《红楼梦》的诗歌理论。以此之故，本章即综摄所有相关文本资料，于整理、分梳之后，就几个相关层面而略分以下四节，依序论述；而由于曹雪芹乃是根植成长于中国诗歌传统的土壤之中，某些诗歌见解也不免对传统诗论有所反映,因此我们讨论《红楼梦》中的诗论时,也必须参照传统诗论之概念,使其诗歌理念具备更宏阔的历史背景。

第一节 诗歌创作的本质——虚构

对于诗歌创作之性质,也就是诗思如何形成、又如何落实于文字的相关问题,其实至今犹然是一个并无确解的迷思。虽然中国传统诗论中对此一迷思曾以"虚构"提出解释,如陆机认为:"课虚无以责有,叩寂寞而求音。"[①] 其后南朝齐王僧虔受此说之启发,其《书赋》亦曰:"情凭虚而测有,思沿想而图空,心经于则,目像其容,手以心麾,毫以手从。"[②] 都指出艺术想象力具备一种从无到有的创造性。后来的刘勰更以生动传神的意象化描述,来形容文思创构的巧妙:"文之思也,其神远矣。故寂然凝虑,思接千载,悄焉动容,视通万里。吟咏之间,吐纳珠玉之声;眉睫之前,卷舒风云之色,其思理之致乎?"[③] 充分传达出文思开展之际,

---

① (晋)陆机:《文赋》,张少康集释:《文赋集释》(上海:上海古籍出版社,1984年1月),页64。

② (南朝齐)王僧虔:《书赋》,收入崔尔平编:《历代书法论文选续编》(上海:上海书画出版社,1993年8月),页19。

③ (南朝齐梁)刘勰:《文心雕龙·神思篇》,周振甫注释:《文心雕龙注释》,页515。

那游走于无限时空之中的灵动自由,以及发声吐语即应节成为音乐的奇妙。

既然创作灵感之所从来乃几近于无中生有,而当其"拟容取心"①之际却又如此神妙难稽,因此,"神"之一字往往就成为诗歌本质探讨时的核心语词。除了刘勰以"神思"为称之外,在中国诗史上傲视古今的伟大诗人杜甫,也曾以"下笔如有神"②来形容诗歌创作时的微妙体验,"如有神"的"神"字充分告诉我们:创作过程的微妙,乃是一种超越凡俗心眼所能描述、也无法依循逻辑理性推衍的特殊情境,而创作所成就的诗歌作品,也是诗人自身无法完全透过匠心营造而事先预设的结果。因此对于诗歌之所从来的无解问题,人们便往往诉诸神意,视之为某个艺术之神所赋予、所启动的灵感缪斯,在不涉理路甚至不在意识自觉的状态下,一瞬之间被突然点燃的神思妙想。

这样一种瞬间被突然点燃的神思妙想,不仅是创作过程中构思谋篇的不涉理路而已,当其具现为文字作品时,整体呈显的情感张力与艺术效果,也并非日常逻辑理性所能解释。如宋严羽云:

> 夫诗有别材,非关书也;诗有别趣,非关理也。然非

---

① 《文心雕龙·比兴》篇赞曰:"拟容取心,断辞必敢。"意谓诗歌创作必须从写物拟态、寓托心意两方面入手,"拟容"即是形象的描写,"取心"则是情志意念的透显,都是创作时不可或缺的活动步骤。周振甫注释:《文心雕龙注释》,页678。

② 《奉赠韦左丞丈二十二韵》曰:"读书破万卷,下笔如有神。"(清)仇兆鳌注:《杜诗详注》(台北:里仁书局,1980年7月),卷1,页72。

多读书、多穷理，则不能极其至。所谓不涉理路、不落言筌者，上也。①

清贺裳也说：

> 诗又有以无理而妙者，如李益"早知潮有信，嫁与弄潮儿"，此可以理求乎？然自是妙语。至如义山"八骏日行三万里，穆王何事不重来"，则又无理之理，更进一层。总之诗不可执一而论。②

所谓"以无理而妙"，即是严羽所说"诗有别趣，非关理也""不涉理路、不落言筌者"；而"诗有别材"，则指一种可以创造出"别趣"的特殊才华，这才是构成诗人的条件所在。

以这样的观念对应于《红楼梦》中的看法，则是宝钗所谓的"诗从胡说来"，香菱所称的"无理"，以及贾政所言的"杜撰无稽""无风作有""胡扳乱扯"。

第四十八回记载：香菱学诗时，试作的第一首《咏月诗》因为"措词不雅"而重写，但黛玉认为这第二首还不好，因为过于穿凿了，故而还得另作。众人因要诗看时，只见作道："非银非水映窗寒，试看晴空护玉盘。淡淡梅花香欲染，丝丝柳带露初干。只疑残

---

① （宋）严羽：《沧浪诗话·诗辨》，郭绍虞校释：《沧浪诗话校释》，页26。
② （清）贺裳：《载酒园诗话》，卷1，收入郭绍虞辑：《清诗话续编》，页209。

粉涂金砌，恍若轻霜抹玉栏。梦醒西楼人迹绝，余容犹可隔帘看。"这时宝钗笑说此诗的问题所在，并顺口提出她对诗歌创作本质的看法：

> 不像吟月了，"月"字底下添一个"色"字倒还使得，你看句句倒是月色。这也罢了，原来诗从胡说来，再迟几天就好了。

这段话一方面指出此诗虽以"咏月"为名，却以"咏月色"为实，也就是在审题拟旨上有所滑移而误失歌咏之重点，以致触犯了离题的毛病。因为"月"与"月色"虽是相关而来，其本体与性质却判然二分，在咏物诗里乃分属于完全不同的对象，书写形容之际必须斟酌笔墨、拿捏分寸，才能精确掌握各自专有之特征，否则就会形成离题的重大错谬。另一方面，宝钗认为这种离题的错谬是可以仅靠很短的时间来改善的，只要经过"再迟几天"的努力与揣摩，便自然可以避免，这是因为"原来诗从胡说来"的缘故。"胡说"指的是一种与理性、逻辑、学养都没有必然关系的空灵自由的想象，亦即严羽所谓的"不涉理路"；至于"原来"一词则指出这正是诗歌创作的根源或本质，于是在这种空灵自由的想象基础上，也就可以随着"迟几天"所产生的心灵变化而自然掌握其间差异，不待刻苦钻研始得之。果然次日香菱便作出"新巧有意趣"的第三首《咏月诗》，获得了加入诗社的资格。

此义对照于第七十八回贾政对诗所抱持的看法，其理更明：

（贾环、贾兰）二人才思迟钝，不及宝玉空灵娟逸，每作诗亦如八股之法，未免拘板庸涩。那宝玉虽不算是个读书人，然亏他天性聪敏，且素喜好些杂书，他自为古人中也有杜撰的，也有误失之处，拘较不得许多；若只管怕前怕后起来，纵堆砌成一篇，也觉得甚无趣味。因心里怀着这个念头，每见一题，不拘难易，他便毫无费力之处，就如世上的流嘴滑舌之人，无风作有，信着伶口俐舌，长篇大论，胡扳乱扯，敷演出一篇话来。虽无稽考，却都说得四座春风。虽有正言厉语之人，亦不得压倒这一种风流去。

分析这段话的文意脉络，可知贾政认为诗歌创作是一种无关"读书"的特殊才能，而且若是一意遵行读书之道而理路井然、步步为营，反倒会损害"空灵娟逸""风流趣味"的创作美感，而流于"才思迟钝""拘板庸涩""堆砌拘较"，这正呼应严羽所谓"诗有别材，非关书也"之说。有趣的是，在《红楼梦》中，这种诗歌创作所特具的一种"别材"，往往是经由贾政这位正统文人对贾宝玉之论断来展现的，如此处所谓："不算是个读书人……且素喜好些杂书。"以及第十七回所说："宝玉专能对对联，虽不喜读书，偏倒有些歪才情似的。"若再加上同属于正统派的薛宝钗所论断的："宝兄弟，亏你每日家杂学旁收。"（第八回）三处都以对立于正统观念的"杂书""歪才情""杂学旁收"来解释这种"别材"，则诗歌创作时那跳脱于规矩绳墨之外而舒卷自如的灵动才情，在《红楼梦》中确然是获得真正的认知，且彻底不为道学所掩抑。

至于贾政所说的"杜撰无稽""无风作有""胡扳乱扯",其实也就是薛宝钗所谓的"胡说",其真正的意涵,乃是一种不被具体实存之事物或思想之逻辑理路所拘执的"虚构"。

所谓虚构,指的不仅仅是题材内容的无稽无考,还包括选材构思的过程中幻设假拟、不受实事拘限的"非理性的想象"。清刘熙载便曾说:"按实肖易,凭虚构象难。能构象,象乃生生不穷矣。"① 换句话说,只有透过审美想象力如天马行空般的"凭虚构象",创作时才能不受到实物实景的囿限,而开拓出源源不断的诗歌意象。就此而言,曹雪芹也有清楚的认识并呈现在他的诗论里,如《红楼梦》中第三十七回记载,众人之歌咏白海棠诗以及开海棠诗社之兴由,就完全都是出于虚构:

> 李纨道:"方才我来时,看见他们抬进两盆白海棠来,倒是好花。你们何不就咏起他来?"迎春道:"都还未赏,先倒作诗。"宝钗道:"不过是白海棠,又何必定要见了才作。古人的诗赋,也不过都是寄兴写情耳。若都是等见了作,如今也没这些诗了。"

海棠虽美,却不须咫尺赏玩即可透过想像进行歌咏。这里宝钗会说"何必定要见了才作",正是因为深谙诗歌虚构的书写性质以及"寄兴写情"的创作宗旨,因此不待亲眼目睹具体实存之物,即可发挥

---

① (清)刘熙载:《艺概·赋概》(上海:上海古籍出版社,1978年),页99。

想像力以藉物写怀；而观后来诸人所作的六首《咏白海棠诗》，也的确表现出"无风作有"的空灵娟逸。以林黛玉的作品为例，其"半卷湘帘半掩门，碾冰为土玉为盆。偷来梨蕊三分白，借得梅花一缕魂"之说，不但凭空想象白海棠之美，而且所谓"冰土、玉盆"之比喻与"偷白、借魂"之构思，更是充满理性逻辑上匪夷所思之"别趣"，兼具了不被具体实存之事物与思想之逻辑理路所拘执的虚构想象，因此赢得众人"从何处想来"与"果然比别人又是一样心肠"的喝彩，也正是贾政"虽无稽考，却都说得四座春风"之说具体而有力的示范。

此外，薛宝琴作《怀古诗十首》时，其中的末两首也是不拘泥于实迹实事而"无稽考"之作。第五十一回叙述薛宝琴编《怀古诗十首》，分别以赤壁、交趾、钟山、淮阴、广陵、桃叶渡、青冢、马嵬、蒲东寺、梅花观等十处为题，最后两者因出自文人虚构杜撰之小说《莺莺传》和戏曲《牡丹亭》，并非正史据实所录而斑斑可验者，引发诸人的一场争议：

> 宝钗先说道："前八首都是史鉴上有据的，后二首却无考，我们也不大懂得，不如另作两首为是。"黛玉忙拦道："这宝姐姐也忒'胶柱鼓瑟'，矫揉造作了。这两首虽于史鉴上无考，咱们虽不曾看这些外传，不知底里，难道咱们连两本戏也没有见过不成？那三岁孩子也知道，何况咱们？"探春便道："这话正是了。"李纨又道："况且他原是到过这个地方的。这两件事虽无考，古往今来，以讹传讹，好事者竟故意的弄出这古迹来

愚人。……关夫子一生事业,皆是有据的,如何又有许多的坟?自然是后来人敬爱他生前为人,只怕从这敬爱上穿凿出来,也是有的。及至看《广舆记》上,不止关夫子的坟多,自古来有些名望的人,坟就不少,无考的古迹更多。如今这两首虽无考,凡说书唱戏,甚至于求的签上皆有注批,老小男女,俗语口头,人人皆知皆说的。况且又并不是看了《西厢》《牡丹》的词曲,怕看了邪书。这竟无妨,只管留着。"宝钗听说,方罢了。

综观双方据以建议"删除另作"或"保留原诗"时所各自申述的理由,显然可见"史鉴无考"乃是引发争议的一大关键;争议的结果是林黛玉、贾探春、李纨这一多数派获胜,保留了"蒲东寺""梅花观"这两首取材自小说戏曲而"史鉴无考"的诗作。就其于诗论之意义而言,则是藉此使得诗歌的虚构性质再度获得确认。

如果并观《咏白海棠诗》与《怀古诗十首》这两处与创作之虚构有关的情节,我们还可以发现其中有两个十分值得注意的现象:

其一,不但诗的本质是"从胡说来""胡扳乱扯",以至"虽无稽考"而仍然可以"说得四座春风",连用以传情达意的题材也未必一定要实景实物、真有其事,只要能兴感生情、发人幽思,则虽是眼未曾亲见的白海棠,或是蒲东寺、梅花观这类向壁虚构所得来的题材,也无碍于诗思之启动与灵心之悠游。换句话说,"诗"乃是一种超脱于牝牡骊黄之外的形上追求,虽然奠基于现实界种种具体的意象,但是据以组合意象、镕铸意境、发展诗篇的,却是那无从拘执囿限的灵动自如的想象力。而此种想象力驰骋谋篇的历程,正如陆机《文赋》所说:"其始也,收视反听,耽思傍讯,精骛八极,心游万仞。其致也,情瞳昽而弥鲜,物昭晰而互进。"如此"观古今于须臾,抚四海于一瞬"的想象构思所产生的诗歌,具备的也是非关于理、不涉理路的"别趣"。

因而书中第四十八回还透过香菱对诗歌的参悟,正面而全面地印证这种"诗有别趣,非关于理"的体认,所谓:"诗的好处,有口里说不出来的意思,想去却是逼真的。有似乎无理的,想去竟是有理有情的。……我看他《塞上》一首,那一联云:'大漠孤烟直,长河落日圆。'想来烟如何直?日自然是圆的。这'直'字似无理,'圆'字似太俗。合上书一想,倒像是见了这景的。若说再找两个字换这两个,竟再找不出两个字来。再还有'日落江湖白,潮来天地青':这'白''青'两个字也似无理。想来,必得这两个字才形容得尽,念在嘴里倒像有几千斤重的一个橄榄。还有'渡头余落日,墟里上孤烟':这'余'字和'上'字,难为他怎么想来!"这样的说法,指出诗歌创作时具备了非实证性的构思创意,亦即一种不被具体实存之事物或外在客观之逻辑理路所拘执的虚构性,因而可以开展出灵动传神的想象特质与感发效果。

其二,宝钗对创作之虚构性质,在态度上明显有前后矛盾的地方。她一方面毫不拘泥于眼见为凭的务实法则,对咏物诗的创作抱持开放的心态而不以实物为拘限,所谓"不过是白海棠,又何必定要见了才作。古人的诗赋,也不过都是寄兴写情耳。若都是等见了作,如今也没这些诗了",可谓充分把握了诗歌创作乃是寄兴写情的虚构本质;但另一方面在怀古诗之题材选用上,却又斤斤计较于

"蒲东寺"与"梅花观"是否史鉴可考的问题,而建议另择题材重作,转而流于"胶柱鼓瑟"的不知变通,而与前言"何必定要见了才作"的开通之语彼此形成鲜明的抵触。

然而这样矛盾的现象,并不是作者藉此在宝钗之形象塑造上寄寓了何种春秋笔法,以传达其藏而不露的微言大义;相反地,此一现象正是作者将薛宝钗纳入其活生生的金钗群中的一种表现。曹雪芹让他笔下的每一个重要角色都是具有延展性的"圆形人物"(round character),正反辩证与对立互补的原则在这些角色身上都得到了充分的发挥,因而不会流于"扁平人物"(flat character)的单调刻板。更何况,综观《红楼梦》中有关诗歌创作的部分,原本就存在着诗论与创作的矛盾现象,诸如最具有感伤性格与残缺美之耽溺的林黛玉,竟有"我最不喜欢李义山诗"这样的自白(第四十回),而《红楼梦》全书之诗评虽以"含蓄浑厚"(第三十七回)的正统诗歌风格为尊,其大部分创作却偏向于"缠绵悲戚""妩媚风流"这类的偏至取向,如此种种歧出悖反的表现,于书中可谓俯拾即是。因此这里薛宝钗所表现的矛盾,乃是《红楼梦》在诗论与创作上悖反的一个表象,是让书中之人物形象与思想见解立体化的策略运用之一。

其次,薛宝钗于此处的矛盾其实也有其道理可寻:对于秋天应时而开的白海棠花,因为与妇德无涉而无关宏旨,因此可以尽情展现其开通的诗怀而畅言"何必定要见了才作";但对于蒲东寺与梅花观这类来自才子佳人之爱情小说的虚构所在,宝钗则以"无考"和"我们也不大懂得"而提出另选题材重作的建议,话中之玄机,实在最主要是透露出闺秀避嫌、"怕看了邪书"而干犯当时社会禁忌之心理,因此林黛玉和李纨都以"看过戏曲"为由,以洗脱"看了邪书"之疑虑,其中李纨的说辞更明挑宝钗之所以反对的真正顾忌,所谓:"并不是看了《西厢》《牡丹》的词曲,怕看了邪书。"故认为用此地名无妨而两加留存。可见宝钗此处的矛盾并不是对诗歌创作本质的认识出了问题,而是在选材制题之时,掺杂了外界社会之制约心理而有所混淆所造成。

试看在林黛玉行酒令时引用《西厢记》的词语之后,宝钗即特地前来加以开导,站在正统闺秀风范的立场指出:"咱们女孩儿家不认得字的倒好。男人们读书不明理,尚且不如不读书的好,何况你我。就连作诗写字等事,原不是你我分内之事,究竟也不是男人分内之事。……你我只该做些针黹纺织的事才是,偏又认得了字,既认得了字,不过拣那正经的看也罢了,最怕见了些杂书,移了性情,就不可救了。"(第四十二回)而这种对足以移人性情之"杂书"的否定意见,与当时之社会价值观所抱持的批判看法又是何等近似!史传记载,有清一代于康、雍、乾三朝时曾多次禁毁"淫辞小说",如乾隆十八年《水浒传》译成满文时,高宗旋即谕示内阁云:

近有不肖之徒,并不翻译正传,反将《水浒》《西厢记》等小说翻译,诱人为恶,不可不严行禁止。①

---

① 参虞云国等编:《中国文化史年表》(上海:上海辞书出版社,1990年),页621—645。

在这段谕示中,启发林黛玉之爱情自主观念,因此深深为其所爱的《西厢记》一书,明确地被归类于"诱人为恶"的淫辞小说,此时曹雪芹犹然在世,且刚刚好正是他起草《红楼梦》稿,展开"于悼红轩中披阅十载,增删五次"(第一回)之生涯的开端;到了乾隆五十八年时,上谕又云:"朕惟治天下,以人心风俗为本。……近见坊肆间多卖小说,淫辞鄙亵荒唐,渎乱伦理。不但诱惑愚民,即缙绅子弟,未免游目而蛊心,伤风败俗,所关非细。着该部通行中外,严禁所在书坊,仍卖小说淫辞者,从重治罪。"① 其间历时四十载,其道犹然一以贯之,足以显示上位者禁毁之顽强决心与对这类小说之深恶痛绝。

外在社会环境所持之态度既是如此,《红楼梦》中的权威派人士当然不会例外。第五十四回《史太君破陈腐旧套》,贾母也批评这类邪书杂说中的佳人是"鬼不成鬼,贼不成贼",书中才子则是"入贼情一案",因此"我们从不许说这些书,丫头们也不懂这些话",以建立"大家的规矩"。其实平心而论,贾母用以批判才子佳人小说的理由原本十分正确,她先指出"这些书都是一个套子",莫不流于千篇一律的陈腔滥调,这点本就是最为曹雪芹所反对而严厉针砭过的(见第一回);接下来又以"前言不答后语"之说,揭露此种小说在情节安排上的不合逻辑或违反常识,更是一语切中要害;整体看来,堪称为锐眼洞视之下的高见,也完全符合整部《红

---

① (清)陈培桂主修,杨浚纂辑:《淡水厅志》,卷5,《台湾文献丛刊》第172种(南投:台湾省文献委员会,1993年6月),页121。

楼梦》的美学观（此点详参本章第三节）。只是，这样正确的批判，最终所导致的却是对这类小说不留余地的全面抹煞，其中缘故，恐怕还是不免出于一种社会控制的需要，因而对这类可能启发年轻人爱情自主意识之小说带有疑惧的心理。

在这样的社会层层禁制之下，连丫头们都不懂这些话，则身为大家闺秀的小姐们更是应该表明"我们也不大懂得"，否则岂非违礼犯禁之尤？无怪乎宝钗汲汲于删除与"邪书杂说"有关的题材，以维护长辈谆谆教诲的大家规矩。由此可见，薛宝钗申言"诗从胡说来"，故主张"何必定要见了才作"，却又因蒲东寺与梅花观这两处乃"史鉴无考"而建议另作的矛盾表现，其中关键并不是对诗歌创作本质的认识不清，而是混杂了社会价值观的结果。

解决了书中存在的这个矛盾现象之后，我们便清楚可见《红楼梦》确实是肯定诗歌创作之虚构本质，以及由此虚构而来的空灵娟逸之风流情致——一种"无理"的"别趣"。尤其有趣的是，提出此一观念或阐述其义者，竟是一般人认为恪遵封建传统、言行迂腐古板的贾政和薛宝钗，这毋宁是曹雪芹"复调式笔法"或"立体化人物塑造"的又一证明。

第二节　创作功夫论

虚构自是诗歌创作的本质，但是如何在虚构时"下笔如有神"地创造出空灵娟逸的作品，却非蹈空凭虚即能夸夸侈谈，而必须透过扎实的学习训练与足够的涵养移化，始能深造有得。在中国传统诗论中，对创作之前的准备功夫可以归纳为几个重点：首先是取法前人经典的广泛"熟读"，其次则是透过"取法乎上"而培养取材立意的法眼正识，再则是胸臆之中结存一股凝志专注的执着，此外还必须安排循序渐进的学习进程，四者共同构成创作之功夫论体系。这些也都在《红楼梦》的诗论中有所对应，以下便一一分论之。

一、"取法乎上"的多读熟参

就取法前人经典的广泛"熟读"而言，这已是传统文人对培养创作能力的一致共识。早在汉人创作时，便有"汉人作赋，必读万卷书，以养胸次。……又必精于六书，识所从来，自能作用"之说①，以扬雄为例，其曾于《答刘歆书》中自述云："雄为郎之岁，自奏少不得学，而心好沉博绝丽之文，愿不受三岁之奉，且休脱直事之縻，得肆心广意，以自克就。有诏可不夺奉，令尚书赐笔墨钱六万，得观书于石室，如是后一岁，作《绣补》《灵节》《龙骨》之铭，诗三章。成帝好之，遂得尽意。"意即经过为期一年苦心孤诣的"石室观书"之后，所作之诗铭才卓然有成而受到汉成帝之雅好。扬雄的例子是身体力行的实践，而在《文心雕龙》这部体大虑

---

① （明）谢榛：《四溟诗话》，卷2，收入丁福保辑：《历代诗话续编》，页1175。

周的文学批评专著中，刘勰则以理论的方式提出熟读积学的重要，他认为"御文之首术，谋篇之大端"即包括"积学以储宝，酌理以富才，研阅以穷照，驯致以绎辞"，在这准备功夫储备已足的阶段之后，才是"使玄解之宰，寻声律而定墨；独照之匠，窥意象而运斤"这类推求音节声韵和用字遣辞的形式制作。① 换言之，唯有在积学储富的前提之下，才能开创塑造意象、斟酌声律的创作条件。

这种"积学研阅"以"储宝富才"的要求，到了诗歌灿然全盛的唐代，更是众多诗人从事创作的共同经验，如李白的成长之路少不了"五岁诵六甲，十岁观百家"②的历练，杜甫更自豪其勤苦积学之功效："读书破万卷，下笔如有神。"③至于晚唐诗人陆龟蒙亦有相类的说法："我自小读六经，孟轲、扬雄之书，颇有熟者，求文之指趣规矩，无出于此。"④尤其杜甫的说法言简意赅、易于流传，其说直至清时犹然，如袁枚引述李玉洲之语云："凡多读书，为诗家最要事。所以必须胸有万卷者，欲其助我神

---

① （南朝齐梁）刘勰：《文心雕龙·神思篇》，周振甫注释：《文心雕龙注释》，页515。

② （唐）李白：《上安州裴长史书》，詹锳主编：《李白全集校注汇释集评》（天津：百花文艺出版社，1996年12月），卷26，页4027。

③ （唐）杜甫：《奉赠韦左丞丈二十二韵》诗，（清）仇兆鳌注：《杜诗详注》，卷1，页72。事实上，"神"之一字，乃是杜甫用以推称一切广义之"艺术"登峰造极的境界，包括诗歌、书法、绘画、政治、军事等，详参欧丽娟：《唐诗的乐园意识》第二章注28，页107—108。

④ （唐）陆龟蒙：《复友生论文书》，《甫里先生文集》，卷18，《四部丛刊正编》，页151。

气耳。"① 显然正是对杜甫之言余音清晰、袅袅不绝的回响。而陈仅更将李、杜之天才与努力作为标杆,训勉意欲成为诗人的凡夫俗子:"以太白之天才,拟《文选》至三度,悉摧烧之;少陵尚谓'读书破万卷,下笔如有神',况不如李、杜者乎?"②

很显然,为了取法乎前人,透过借镜而加速获取"指趣规矩"和更多的滋养,"多读熟参"便成了创作之准备功夫中十分重要的一环。上述唐人诸说,尚且是从亲身实践的具体经验中发抒个人感想,到了诗学研究蓬勃、论诗活动频繁的宋代,对此一说法更是反复辨正、殷殷致意,如魏庆之引《吕氏童蒙训》云:"作文必要悟入处,悟入必自工夫中来,非侥幸可得也。"又引吕居仁之语曰:"须令有所悟入,则自然度越诸子。悟入之理,正在工夫勤惰间耳。如张长史见公孙大娘舞剑,顿悟笔法,如张者,专意此事,未尝少忘胸中,故能遇事有得,遂造神妙。使他人观舞剑,有何干涉! 非独作文、学书而然也。"③ 而作为对苏轼、黄庭坚着重宗法古人、熟读经典之诗观的总结④,严羽更提出以下一段著名的说法:

诗有别材,非关书也;诗有别趣,非关理也。然非多读

---

① (清)袁枚:《随园诗话》,"补遗",卷1,页565。
② (清)陈仅:《竹林答问》,收入郭绍虞辑:《清诗话续编》,页2225。
③ (宋)魏庆之:《诗人玉屑》,卷5,页116。
④ 有关苏轼、黄庭坚主张宗法古人、熟读经典之种种表述,可参张方:《中国诗学的基本概念》,第5篇第2节,页246—251。

书，多穷理，则不能极其至。①

显然，"读书穷理"虽非创造诗歌特有之"别材别趣"的充分条件，却是不可或缺的必要条件。而严羽用以陈述"多读书，多穷理"的意见，还包括"熟读""熟参"这两个术语，如其《诗辨》中就同时又说"先须熟读《楚辞》，朝夕讽咏"，"试取汉魏之诗而熟参之，次取晋宋之诗而熟参之，次取南北朝之诗而熟参之"，即是其证。此说十分切合中国人的创作观，因此类似的见解于中国诗论中一直不绝如缕，此处亦不暇遍举。

确然，"多读熟参"之功夫有助于贮备富足，在创作时就可以兼综博采、左右逢源，游刃于文思之皋壤而不虞匮乏，达到"落花水面皆文章"与"万物皆我之注脚"的境界，而不至于贫约蹇涩、施展不开，沦为左支右绌、拉扯堆砌的小家格局。然而多读熟看之际，对于读看的对象并不能流于精粗莫辨的照单全收，否则在次等的作品上浪费时间、徒作虚功的损失尚属其次，若是从此破坏赏鉴的品味、降低取择的能力，那便会对诗歌创作造成无法弥补的致命伤。因此为了使积学熟读的效果发挥到最大的极致，同时也尽量提升对诗歌旨趣的掌握能力，"取法乎上"、汰粗取精的原则便成为与"多读熟参"兼行俱来的必要环节。

由前述石室观书、熟读千赋的扬雄来说，史称其"实好古而乐道，其意欲求文章成名于后世，以为经莫大于《易》，故作《太玄》；

---

① （宋）严羽：《沧浪诗话·诗辨》，郭绍虞校释：《沧浪诗话校释》，页26。

传莫大于《论语》,作《法言》;史篇莫善于《仓颉》,作《训纂》;箴莫大于《虞箴》,作《州箴》;赋莫深于《离骚》,反而广之;辞莫丽于相如,作四赋。皆斟酌其本,相与放依驰骋云"①。从他选择各种文类中最大、最善、最深、最丽的经典作为模仿或超越的对象,即显然可见"取法乎上"的指导原则。而宋代的严羽曾藉取禅佛之概念术语说明选择的重要性:"禅家者流,乘有小大,宗有南北,道有邪正。学者须从最上乘,具正法眼,悟第一义。若小乘禅,声闻辟支果,皆非正也。论诗如论禅,汉魏晋与盛唐之诗,则第一义也。"②此外,更以详辨的陈述申说其义云:

> 夫学诗者以识为主:入门须正,立志须高,以汉、魏、晋、盛唐为师,不作开元、天宝以下人物。若自退屈,即有下劣诗魔入其肺腑之间;由立志之不高也。行有未至,可加工力;路头一差,愈骛愈远,由入门之不正也。故曰:学其上,仅得其中;学其中,斯为下矣。……工夫须从上做下,不可从下做上。先须熟读《楚辞》,朝夕讽咏,以为之本;及读《古诗十九首》、乐府四篇、李陵、苏武、汉魏五言,皆须熟读,即以李杜二集枕藉观之,如今人之治经,然后博取盛唐名家,酝酿胸中,久之自然悟入。虽学之不至,亦不失正路。此乃是

---

① (汉)班固著,(唐)颜师古注:《汉书·扬雄传赞》(台北:鼎文书局,1991年9月)。

② (宋)严羽:《沧浪诗话·诗辨》,郭绍虞校释:《沧浪诗话校释》,页11—12。

> 从顶𩕳上做来,谓之向上一路,谓之直截根源,谓之顿门,谓之单刀直入也。①

其中所指出的"学其上,仅得其中;学其中,斯为下矣"的说法,可以说是一切精华主义所持的内在逻辑,而"学之不至,亦不失正路"之说,显然又将"上"与"高"的评价与"正"的判断相结合,于是精华主义在此便与正统主义汇流为一,从而扩大了经典的力量。

此种看法不仅严羽为然,后来明代的谢榛也说:

> 古人作诗,譬诸行长安大道,不由狭斜小径,以正为主,则通于四海,略无阻滞。……夫大道乃盛唐诸公之所共由者,予则曳裾躐屣,由乎中正,纵横于古人众迹之中;及乎成家,如蜂采百花为蜜,其味自别,使人莫之辨也。②

将此与严羽之说并观,我们可以注意到两家皆采取正统主义的看法,所不同的是:严羽所建构的正统谱系,乃由《楚辞》、汉、魏、晋、盛唐按照时间先后依序地"从上做下"所形成,而皆为诗歌的最上乘、正法眼、第一义;至于谢榛所认为可以通于四海、毫无阻滞的正统坦途,则是"盛唐诸公之所共由",盛唐诗人的地位跃居

---

① 郭绍虞校释:《沧浪诗话校释》,页1。
② (明)谢榛:《四溟诗话》,卷3,收入丁福保辑:《历代诗话续编》,页1184。

为唯一优先。这两种看法在历代诗论中都可以找到共鸣①，姑不论孰是孰非，总之这种"取法乎上"的原则都足以让学诗者扩充眼界、提升胸襟，从而培养出开阔的大格局眼光，铸造出品味不凡的诗歌旨趣。

综合前文，可见创作的准备功夫可分为四个层面：其一，工夫勤，读书多，研阅详参，熟读不忘；其二，读书时不可瓦砾明珠不分，挟泥沙以俱下，而必须采取"以上者为高"的精华主义，才能培养正法眼识；其三，在"取法乎上"的认知之下，还应该循序渐进地安排出先后得宜的学习进程，以确保诗学品味的高调与雄厚；其四，用心苦，精诚聚，即能参悟化工，妙造灵思，前引吕居仁所谓"专意此事，未尝少忘胸中，故能遇事有得，遂造神妙"，即是此意。

这些诗论所具备的四项要点，在《红楼梦》中都分别有所对应，具体而微地反映于《红楼梦》的论诗观点中。就在第四十八回《慕雅女雅集苦吟诗》的情节里，曹雪芹透过香菱学诗的过程提出十分具体的创作功夫论：

---

① 如（清）朱庭珍《筱园诗话》卷 4 曰："学诗须由上而下，自源及流，从古至今。入手尤须力争上游，先熟《三百篇》《骚》《选》、古诗，以次并及唐、宋。……若由今而古，自后代而溯前人，则逐末忘本，其势逆，虽为其易，终无所得，决不能自立，成就一家之言也。"收入郭绍虞辑：《清诗话续编》，页 2405。另外费锡璜《汉诗总说》也说："学诗须从第一义着脚，如立泰华之巅，一切培塿，皆在目中。何谓第一义？自具手眼，熟读楚骚汉诗；透过此关，然后浸淫于六朝、三唐，旁及宋元近代。此据上流法。"见丁福保辑：《清诗话》，页 944。以上两说即有如严羽论调之翻版。

香菱笑道："我只爱陆放翁的诗'重帘不卷留香久，古砚微凹聚墨多'，说的真有趣！"黛玉道："断不可学这样的诗。你们因不知诗，所以见了这浅近的就爱，一入了这个格局，再学不出来的。你只听我说，你若真心要学，我这里有《王摩诘全集》，你且把他的五言律读一百首，细心揣摩透熟了，然后再读一二百首老杜的七言律，次再李青莲的七言绝句读一二百首。肚子里先有了这三个人作了底子，然后再把陶渊明、应玚、谢、阮、庾、鲍等人的一看。你又是一个极聪敏伶俐的人，不用一年的工夫，不愁不是诗翁了！"

从这段话的叙述中，我们可以分梳出以下几个重点：

其一，林黛玉教香菱先花费一年的工夫，肚子里贮备盛唐王维之五律、杜甫之七律、李白之七绝，以及六朝陶渊明、应玚、谢灵运、阮籍、庾信、鲍照等人总共至少五百首的诗歌作品，然后就可以成为"诗翁"，整个过程有如扬雄"观书于石室，如是后一岁"的再现。

其二，林黛玉为香菱所规划的学习进程，是以盛唐李白、杜甫、王维和六朝陶谢等人为研摹对象，其潜在的意义也是"取法乎上"之原则与正统主义的翻版。因而当香菱表示喜欢宋代诗人陆游"重帘不卷留香久，古砚微凹聚墨多"的诗句时，林黛玉便立刻加以当头棒喝。这岂非又是严羽所谓"若自退屈，即有下劣诗魔入其肺腑之间"的同义语？

于是当香菱在储备不足的情况下，忍不住技痒而破天荒写下第一首《咏月》诗时,却因为"措词不雅"而成为败笔,林黛玉剖示其原因即是"皆因你看的诗少,被他缚住了",这正印证了传统诗论中"多读熟参"的重要性。后来香菱之专注已至"诸事不顾""茶饭无心,坐卧不定""挖心搜胆,耳不旁听,目不斜视"的地步,时时刻刻"满心中还是想诗",以至宝钗"连催他数次睡觉,他也不睡",遂忍不住以"真是诗魔""这诚心都通了仙了"来形容她。终于皇天不负苦心人,"香菱苦志学诗,精血诚聚,日间做不出,忽于梦中得了八句",这八句也就是被众人赞为"不但好,而且新巧有意趣"的第三首《咏月》诗。以上的这一段描述,又岂非恰恰是吕居仁所谓"专意此事,未尝少忘胸中,故能遇事有得,遂造神妙"的具体演出?

二、学习的进阶程序

较特别的是,林黛玉以盛唐的王维、李白、杜甫与汉魏六朝诗人为学诗之正道,虽然也是本于传统诗论中传承已久的正统主义,但却不完全是谢榛所主张的"诗必盛唐"的看法,因为它增加了六朝诗以为取资的范畴,而更丰富文思之皋壤;此外也不同于严羽、朱庭珍等诗论家随历史时间依序"从上做下"顺向建构而成的谱系,因为其进程似乎与严羽所构想的恰恰反其道而行,形成由盛唐回返六朝的逆向反溯:

(盛唐)王维五律→杜甫七律→李白七绝→六朝诗人

在林黛玉这段话中，建议优先熟读熟参的王维、杜甫、李白三人都属于盛唐诗人，以盛唐为诗歌极致的看法十分明显；而逆向反溯六朝诗人时，除了严羽所推崇的魏晋诗人如陶渊明、应玚、阮籍之外，又增加谢灵运、庾信、鲍照这些南朝作家，范围实更加开阔。由此我们可以推断：这样一种由盛唐逆向反溯六朝的功夫体系，其宗旨乃是以"盛唐"为主、以"汉魏六朝"为辅，虽然主从之关系与严羽"从上做下"之见解有异，大体上却依然无碍于严羽所谓"以汉、魏、晋、盛唐为师，不作开元、天宝以下人物"的范围，同时也符合谢榛所持"大道乃盛唐诸公之所共由者"的看法，应即是调和传统诗论的结果。

值得进一步探讨的是，这些被摹取效法的诗人各有其最为优擅的诗歌体裁，而诗人与诗体之间的对应关系究竟如何？至于取王维之五律、杜甫之七律、李白之七绝以为典范，其中之道理又安在？还有，除了所学习的对象有其顺列之外，对学诗者而言，不同的诗歌体裁所具备的特性与创作的难易程度亦各自有别，如何建构循序渐进的步骤，也是不可忽略的问题。

一般而言，取法盛唐时多以李、杜为优先，而此处林黛玉则拔擢王维之五律居冠，其中实大有深意在焉。诗论家以王维之五律为最优者，历来固不乏其人，以清代为例：

- 五言律杜老固属圣境，而王、孟确是正锋。[1]

---

[1] （清）李重华：《贞一斋诗说》，收入丁福保辑：《清诗话》，页925。

- 盛唐人诗固无体不妙，而尤以五言律为最。此体中又当以王、孟为最，以禅家妙语论诗者，正在此耳。①

因此这里将五律系诸王维，就清楚反映了清代某些诗评家的看法。然而，《红楼梦》在学诗进程中将王维的五律诗列为第一优先，其关键还是因为对曹雪芹而言，诗歌艺术所追求的审美价值，主要乃是聚焦在诗歌"逼真如画"的感发效果上，而向来以"诗中有画，画中有诗"脍炙人口的王维，便因为能够透过文字去创造出绘画艺术所特有的逼真之感而独步诗坛，因此之故，王维的五言诗便在这个目标之下具备了典范的意义，这才是为什么在《红楼梦》中这段有关诗学观念最重要的情节里，林黛玉以王维五律为入门之优先者，而香菱用以阐述其所领略感悟之诗歌滋味时，也只举王维五言诗的真正原因。此点可详见下文第四节的说明。

另外，若就以五律为学诗者优先入门的排序而言，其实根本上还更有来自诗学原理的客观因素。诗论家曾指出："诗有古今诸体，初学未能遍攻，当先自近体始。"② 这种初学者应从近体诗入门的主张，是因为近体律诗之创作要求十分严谨，从字句数目、平仄用韵、对偶骈俪到章法安排等皆有法度可循，如此虽不能一步登天，却可以从规矩中一步步揣摩研习，而逐渐登堂入室，即使精彩不足、挥洒不开，至少还可以求得间架健全而四平八稳；反倒是形式

---

① （清）姚鼐选：《今体诗钞》（台北：广文书局，1962），"序目"，页1。
② （清）黄生：《诗麈》，卷1，收入贾文昭主编：《皖人诗话八种》，页53。

自由的古体诗，由于其表现手法之纵横蔓衍、变化多端，往往运用之妙存乎一心，无法归纳出一个足供度人金针的学习法度，因此反而不容易掌握其分寸所在，"自由"反倒成为平庸的助力。故于学诗之进程上，律诗当先于古诗。

而律诗中又包括五律和七律。相较而言，五律的体式不比七律的森密精严，一句五字的格度本质上即比较容易驾驭，而且五律诗在历史上被试验发展的时间也久远得多，其质与量都是诗歌之最，典范既森罗在前，自有利于观摩取法，因此诗论家便认定："学诗须从五律起。"①而五律也就成为入门者的最佳取径。不过此处应补充说明的是，除了这个来自客观层面的考虑之外，《红楼梦》中将五律列为学诗时第一优先之门类，其实还受到一个极为特别的主观因素的影响，那就是为香菱担任指导老师的林黛玉本身即对五律有所偏好，如后来与史湘云于凹晶馆联诗时，林黛玉便提议说："咱两个都爱五言，就还是五言排律罢。"（第七十六回）这两位以诗才夺人者既然都爱五言，理应对五律也最为深造有得，因此在规划诗学进程时以之为传授指点的优先选择，自也合于人情之常。于是乎，在主客观条件的双重凑泊之下，以五言律为观摩习作的初阶，便十分顺理成章了。

五律之后接下来以七律为学诗之进阶，其实也是诗史上诗论家的共识。这是因为七律原本就是在五律的基础上进一步发展出来

---

① （清）施补华：《岘佣说诗》，收入丁福保辑：《清诗话》，页973。

的成果,是将五言的格律与句构再深化的精致艺术,一旦娴熟了五律之后,七律的廊庙即已在望,其间之发展可谓顺势而至。而杜甫的七律诗自宋代王安石以来即被奉为圣品,历代殊无异议而至清犹然,诸如:

- 少陵七律,无才不有,无法不备。①
- 七律法至于子美而备,笔力亦至子美而极。②

举此数条,即足以概括其他类似之说法。另外,叶嘉莹更透过诗史的观察,确切指出杜甫的七律诗不但在量的方面超过前人的总和,在质的部分更将七律的格式娴熟运用到能破能立的地步,具有承先启后的成就,因此,"如果说在中国诗史上,曾有一位诗人,以独力开辟出一种诗体的意境,则有之,首当推杜甫所完成之七言律诗"③。所以初学者揣摩研习一两百首杜甫的七律,自然是登堂入室的不二法门,也是探骊得珠、深得个中三昧的最佳快捷方式。

至于七绝,在传统诗论中向来即以李白之作最受称道,除了明

---

① (清)施补华:《岘佣说诗》,收入丁福保辑:《清诗话》,页991。
② (清)李重华:《贞一斋诗说》,收入丁福保辑:《清诗话》,页925。
③ 叶嘉莹:《论杜甫七律之演进及其承先启后之成就》,收入叶嘉莹:《迦陵谈诗》(台北:三民书局,1984年1月),页64。

代的李攀龙、王世贞、胡应麟①之外,清朝的诗论中也多有明言:

- 七言绝句以语近情遥、含吐不露为主,只眼前景、口头语,而有弦外音、味外味,使人神远。太白有焉。②
- 太白七绝,天才超逸,而神韵随之。③
- 七言绝句,古今推李白、王昌龄。李俊爽,王含蓄,两人辞、调、意俱不同,各有至处。④

显然地,由于七绝之体制篇幅短小,不但缺乏纵横蔓衍、倾泄无遗的开阔空间,即连起承转合的余裕亦不可多得,因此更需要涵蓄蕴藉的表现手法,所谓:"七绝至境,须要诗中有魂,'入神'二字,未足形容其妙。……缘落笔朦胧缥缈,其来无端,其去无际故也。"⑤既然落笔时是"朦胧缥缈"而无从捉摸,因此如何在收放之间拿捏分寸,使之语近情遥、言短意长,就不是规矩法度所能指导,从而学诗者也不容易参透其中奥妙;唯有在诗歌造诣逐渐臻于游刃自如之时,才能品察其神髓而剪裁合度,因此司空图指出:"绝句之作,

---

① (明)王世贞《艺苑卮言》卷4认为:"李于鳞评诗……云:'太白五七言绝句,实唐三百年一人。'……余谓七言绝句,王江陵与太白争胜毫厘,俱是神品。"见丁福保辑:《历代诗话续编》,页1005。(明)胡应麟《诗薮·内编·近体下·绝句》亦称:"太白五、七言绝,字字神境,篇篇神物。"(台北:广文书局,1973年9月)页332。
② (清)沈德潜:《说诗晬语》,卷上,收入丁福保辑:《清诗话》,页542。
③ (清)施补华:《岘佣说诗》,收入丁福保辑:《清诗话》,页998。
④ (清)叶燮:《原诗·外篇》,收入丁福保辑:《清诗话》,页610。
⑤ (清)李重华:《贞一斋诗说》,收入丁福保辑:《清诗话》,页925。

本于诣极,此外千变万状,不知所以,神而自神也,岂容易哉!"①杨万里也认为:"五七字绝句最少,而最难工,虽作者亦难得四句全好者。晚唐人与介甫最工于此。"②如此一来,将七绝置之于学习进程的终极阶段,固其宜也。如此更需以被称为"有唐绝唱"而"字字神境,篇篇神物"的李白七言绝句作为参酌取法的对象,以深造其中堂奥。

综观前述所言,我们发现曹雪芹与绝大部分的诗论家一样,在培养第一义的正法眼识的观念下,都选择了登峰造极的盛唐诗为熟参研阅的优先对象,形成了务高尚极的现象。此外,若抽离所涉及之诗人如王维、李白、杜甫等这些的具体对象,而只就对诗歌体裁的安排脉络来看,林黛玉所建议的"五律→七律→七绝"这样一个进阶的程序,则是十分合乎由易入难、充而后截的渐进式理路,正呼应了诗论家所说的:

- 学诗须从五律起,进之可为五古,充之可为七律,截之可为五绝,充而截之可为七绝。③
- 余教少年学诗者,当从五律入手,上可以攀古风,下可以接七律。④

---

① (唐)司空图:《与李生论诗书》,《司空表圣文集》,卷2,《四部丛刊正编本》(台北:台湾商务印书馆),页10。
② (宋)杨万里:《诚斋诗话》,收入丁福保辑:《历代诗话续编》,页141。
③ (清)施补华:《岘佣说诗》,收入丁福保辑:《清诗话》,页973。
④ (清)袁枚:《随园诗话》,卷2,页35—36。

此中之意乃是以五律为基础，透过充扩与短截的不同处理，我们看到了先充扩成为七律，然后再"充而截之"地形成七绝的进阶过程，而获取在七律与古体之间左右逢源的关键地位，完全合于林黛玉所建议"五律→七律→七绝"的程序。

只是，或许因为古体诗形式自由、门户宽广的特性，缺乏特定之规矩绳墨的严格范限，反而不容易形成具体可行的学习门径以为初学者遵循，因此黛玉所教以优先研读熟参的诗歌体裁，才会仅止于律诗、绝句这些形式森严、讲究声律的作品，而不及于五、七言古体。

至此，诗歌创作之准备功夫已堪称全备。

第三节 "真"与"新"的创作美学观

当积学研阅、储宝富才的准备工夫已足，以正法眼识洞见第一义的视野已开，从而在前置作业上万事俱备之时，接着所等待的东风便是那由创作欲望所点燃的星星之火。一当灵感袭来，那饱满鼓涨如含苞待放之花蕾一般的思致便会泉涌而出，召唤出"忽如一夜春风来，千树万树梨花开"的灿然之景，而实际落墨从事写作，即告水到渠成了。

然而，创作既是一种杂糅了自我实践之喜悦与意匠经营之苦涩的艺术，在实际创作的过程中，作者还会遭遇种种的问题。除了谋篇度势、锻句炼字、循声定律这类形式的问题之外，最直接相关的更是如何审题拟旨、雕琢意象、塑造情境等内容取材上的思考；而这些形式与内容浑沦结合的结果，也就必然展现出创作者特有的美学旨趣。我们综合《红楼梦》中散见各处的对各种创作所提出的看法，归纳得到曹雪芹用以表达其文艺思想的核心语汇——"新巧""不落熟套""真情真景真事"，而三个术语之间又有彼此环环相扣或互为因果的连带关系。这种连带关系，一初始即在开宗明义的第一回中，借石头之语自述其创作《红楼梦》之宗旨而全面展现：

> 历来野史，皆蹈一辙，莫如我这不借此套者，反倒新奇别致，不过只取其事体情理罢了，又何必拘拘于朝代年纪哉！……至若才子佳人等书，则又千部共出一套……竟不如我半世亲睹亲闻的这几个女子，虽不敢说强似前代书中所有之人，亦可以消愁破闷；……至若悲欢离合，兴衰际遇，则又追踪蹑迹，不敢稍加穿凿，徒为供人之目而反失其真传者。……所以我这一段故事……亦令世人换新耳目，不比那些胡牵乱扯，忽离忽遇，满纸才人淑女、子建文君红娘小玉等通共熟套之旧稿。

在前人"历来野史皆蹈一辙""千部共出一套"与"通共熟套之旧稿"的阴影之下，曹雪芹毅然一反常规而采取"不借此套"的策略，在不断翻炒的冷饭之外另辟蹊径，透过对"半世亲睹亲闻的这几个女子"的逼近书写、对"悲欢离合，兴衰际遇"的历历着墨，这样一种针对真人真事真情真景"追踪蹑迹，不敢稍加穿凿"的真传手法，所带来的乃是"反倒新奇别致""令世人换新耳目"的新鲜旨趣。因此,这第一回可以说就是曹雪芹自己全面揭示的美学宣言,而所抉发的创作理念不唯适用于小说艺术,对诗歌艺术亦然。

只是,书中备见其说之处仅此而已,其余多是孤词独见或两两关涉而来。为醒眉目起见,以下便依"新巧""不落熟套""真情真景真事"此三个关键词语,分别归纳相关资料并试加论述;最后再从小说史的角度,透过"影响的焦虑"的文学理论阐释此种美学旨趣的深层意义。

一、新巧(新鲜、新雅、新奇、新妙、清新)

我们在第一章第一节分析曹雪芹之诗作与风格时,曾引曹雪芹之密友敦诚所说:"曹雪芹诗末云:'白傅诗灵应喜甚,定教蛮素鬼排场。'亦新奇可诵。曹平生为诗大类如此。"① 由此以见曹雪芹本身的创作风格乃是"新奇可诵"。事实上,这种翻新出奇的风格并不只是一种天性气质的自然流露而已,还更是曹雪芹在自觉意识中刻意追求的美学旨趣。透过《红楼梦》前八十回的观察,我们可以发现他处处殷殷致意的痕迹,除了全书开宗明义的第一回以外,涉及此一术语的地方尚有下列诸处:

第一回作者借石头之语自述其创作《红楼梦》之宗旨云:"历

---

① (清)敦诚:《四松堂集·鹪鹩庵笔麈》,收入一粟编:《红楼梦卷》,卷1,页6。

来野史,皆蹈一辙,莫如我这不借此套者,反倒新奇别致……我这一段故事……亦令世人换新耳目。"可以说是开宗明义的美学总纲。

第十七回题咏大观园时,对于入园后两山夹水之桥上亭子的命名,宝玉认为:"有用'泻玉'二字,则莫若'沁芳'二字,岂不新雅?"

第三十七回描写宝钗与湘云商量作菊花诗时,宝钗对湘云说道:"只要头一件立意清新,自然措词就不俗了";而"恐怕落套",于是薛宝钗提议:"竟拟出几个题目来,都是两个字:一个虚字,一个实字,实字便用'菊'字,虚字便用通用门的。如此又是咏菊,又是赋事,前人也没作过,也不能落套。赋景咏物两关着,又新鲜,又大方。"

第三十八回咏菊花诗时,贾宝玉之所以又得落第,其原因不是因为作得不好,而是因为比不上其他及第之作"新巧";而黛玉之所以夺魁,乃是因为"题目新,诗也新,立意更新",而且冠绝众作的《咏菊》一首虽然不免纤巧,但"巧的却好,不露堆砌生硬"。

第四十八回香菱学诗时,林黛玉教以遵奉的创作原则,乃是"若是果有了奇句,连平仄虚实不对都使得的";而香菱从林黛玉论诗所领悟到的道理自然也是"这些格调规矩竟是末事,只要词句新奇为上"。到得香菱实际从事创作时,因精诚所至、于梦中作出的第三首《咏月诗》,便让众人看了笑道:"这首不但好,而且新巧有意趣。"同时也是因为"新巧有意趣"而超越了前面措词不雅、堆砌穿凿的两首习作,获得了加入诗社的资格。

第五十一回众人赞美薛宝琴的十首《怀古绝句》,其诗以"怀古"的题材风格兼具"内隐十物"的谜语设计,被众人推美为"自然新巧"。

第五十四回贾母听戏时刻意"弄个新样儿",命芳官唱一出《寻梦》,只用提琴与管箫合乐,其他笙笛一概不用。听过之后,薛姨妈赞赏道:"实在亏他,戏也看过几百班,从没见用箫管的。"此种透过改变艺术表现之媒介而产生新味别趣的效果,其理亦可与诗歌创作相通。

第五十九回莺儿用带叶的柳条编出一个玲珑过梁的篮子欲送黛玉,将花放上后,十分别致有趣,黛玉一见即称这是个"新鲜花篮",并赞美道:"怪道人赞你的手巧,这顽意儿却也别致。"虽非诗作,手编柳篮却也是一种匠心独运的技艺,同以新巧别致见长。

第六十四回薛宝钗称林黛玉的《五美吟》乃是"善翻古人之意""各出己见,不与人同""命意新奇,别开生面"。

第七十回史湘云偶填的柳絮词,被林黛玉赞为:"好,也新鲜有趣。"接着史湘云提议道:"咱们这几社总没有填词。你明日何不起社填词,改个样儿,岂不新鲜些。"这便又从形式上的弃旧更新提供此种美学观的展示。

第七十六回记载史湘云认为大观园中的凸碧山庄与凹晶溪馆,乃以历来用的人最少的"凸""凹"二字直用作轩馆之名,所以"更觉新鲜,不落窠臼"。

第七十六回当史湘云与林黛玉联诗限韵时,林黛玉提议数栏杆的直棍,数到第几根就用第几韵,因为这种限韵法比较"新鲜",而史湘云也以"这倒别致"加以认同,结果便因栏杆之数而以"十三元"为韵,作成五言排律《中秋夜大观园即景联句三十五韵》长篇一首。

同样第七十六回的联诗过程中,林黛玉对史湘云所出之"寒塘渡鹤影"一句跺足赞叹道:"何等自然,何等现成,何等有景且又新鲜。"

第七十八回《痴公子杜撰芙蓉诔》中记载:宝玉"忽又想起(晴雯)死后并未到灵前一祭,如今何不在芙蓉前一祭,岂不尽了礼,比俗人去灵前祭吊又更觉别致。……如今若学那世俗之奠礼,断然不可;竟也还别开生面,另立排场,风流奇异,于世无涉,方不负我二人之为人。……诔文挽词也须另出己见,自放手眼,亦不可蹈袭前人的套头,填写几字搪塞耳目之文,亦必须洒泪泣血,一字一咽,一句一啼,宁使文不足、悲有余,万不可尚文藻而反失悲戚。"其心态正如第七十九回宝玉所言:"世上这些祭文都蹈于熟滥了,所以改个新样。"

至于第七十九回所载:黛玉听得宝玉之《芙蓉女儿诔》,满面含笑地说:"好新奇的祭文! 可与曹娥碑并传的了。"又评论道:其中"'红绡帐里,公子多情;黄土垄中,女儿薄命。'这一联意思却好,只是'红绡帐里'未免熟滥些。放着现成真事,为什么不用? ……咱们如今都系霞影纱糊的窗槅,何不说'茜纱窗下,公子多情'呢?"宝玉听了,跌足赞道:"这一改新妙之极!"

综合以上十六处的相关叙述,我们可以看到这些"新鲜""新奇""新巧""新雅""新妙""清新"的美学术语,在语汇之使用以及概念之呈示上都共同向一"新"字汇集辐辏,都同样具备了与众不同而"别开生面"的特点。其表现方式又可以区分为两个层次：

其一，就内容取材的翻新而言，或者以亲身经历的所见所闻替换已成通套的才子佳人（第一回），或者以"沁芳"取代蹈袭古人句意的"泻玉"（第十七回），或者作诗时将怀古题材结合猜谜游戏而设计为一体（第五十一回），或者以"翻案"的技巧使咏史诗呈现有别于传统的新貌（第六十四回），或者将凹、凸等俗字用于意想不到之处所而化腐朽为神奇（第七十六回），或者将"红绡帐里"改为"茜纱窗下"（第七十九回），如此诸例，主要都是以词语更新或题材变换的手法获至新巧的效果。而薛宝钗所说的"各出己见，不与人同"，与贾宝玉所谓的"另出己见，自放手眼"，乃是其根本法则。

其二，除了内容取材的翻新之外，新巧的效果也可以透过形式来取得。如拟定诗题时，以前人都没作过的方式结合一个虚字、一个实字，而将咏菊与赋事绾连为一（第三十七回），或者开诗社时，将作诗改为填词（第七十回），或者在抽样限韵的方式上，由随机取材改为数栏杆棍子（第七十六回），或者将祭典的地点从灵前移至芙蓉花前，将祭文公式化的固定格套打破（第七十八回），亦可在听戏时，将惯常配乐的笙笛改由箫管演奏（第五十四回），如此种种，皆属从形式上取得新巧效果的一类。而史湘云所称的"改个样儿"、贾母所谓的"弄个新样儿"，以及宝玉所说的"另立排场"与"改个新样"，可谓一语道破其中关键；此一关键于下一节"不落熟套"的策略上亦可得见。

二、不落熟套

从上述之文本资料中,我们可以发现与"新巧"同时俱来的,往往不乏"不落熟套"之说,如第一回作者借石头之语自述其创作《红楼梦》之宗旨云:"历来野史,皆蹈一辙,莫如我这不借此套者,反倒新奇别致……至若佳人才子等书,则又千部共出一套,且其中终不能不涉于淫滥。……我这一段故事……亦令世人换新耳目,不比那些胡牵乱扯,忽离忽遇,满纸才人淑女、子建文君红娘小玉等通共熟套之旧稿。"而后来当石头入世化身贾宝玉,欣逢大观园筑就之际富贵风流的场面时,石头亦触景有感曰:"若不亏癞僧、跛道二人携来到此,又安能得见这般世面。本欲作一篇《灯月赋》《省亲颂》,以志今日之事,但又恐入了别书的俗套。"(第十八回)可见正是为了避免落入其他书稿通篇一律、习见熟看的窠臼,于是不但《红楼梦》一书致力于追踪蹑迹、真传其事的创作,凡是在书中容易变成陈腔滥调的情节,如在颂圣场合中应景而作的诗赋,也就因此被刻意割舍。

从而第二回中,贾雨村在听了荣府千金皆以"春"字命名后,即以"俗套"质疑之,谓:"更妙在甄家的风俗,女儿之名,亦皆从男子之名命字,不似别家另外用这些'春''红''香''玉'等艳字的。何得贾府亦乐此俗套?"冷子兴解释道:"不然。只因现今大小姐是正月初一日所生,故名元春,余者方从了'春'字。上一辈的,却也是从兄弟而来的。现有对证:目今你贵东家林公之夫人,即荣府中赦、政二公之胞妹,在家时名唤贾敏。不信时,你回去细访可知。"如此才免除俗套之讥。而第三十回中，宝玉看到一个女孩子蹲在花下，拿着簪子在地下抠土，一面悄悄的流泪，误以为是学林黛玉葬花，便自叹道："若真也葬花，可谓'东施效颦'，不但不为新特，且更可厌了。"足证"落套"乃是"新特"的根本敌人，而"东施效颦"便是对"落套"的最大贬词。

同样地，在第三十七回《菊花诗》之拟题命意亦呈现此理，湘云笑道："我如今心里想着，昨日作了海棠诗，我如今要作个菊花诗如何？"宝钗道："菊花倒也合景，只是前人太多了。"湘云道："我也是如此想着，恐怕落套。"宝钗想了一想，说道："有了，如今以菊花为宾，以人为主，竟拟出几个题目来，都是两个字：一个虚字，一个实字，实字便用'菊'字，虚字就用通用门的。如此又是咏菊，又是赋事，前人也没作过，也不能落套。赋景咏物两关着，又新鲜，又大方。"

此外，第三十七回记载大观园中众家姊妹发起诗社时，林黛玉首先建议道："既然定要起诗社，咱们都是诗翁了，先把这些姐妹叔嫂的字样改了才不俗。"李纨立刻应和道："极是，何不大家起个别号，彼此称呼则雅。"于是如稻香老农、潇湘妃子、蘅芜君、蕉下客等美名便随后一一出笼。就此，脂砚斋于回前总批曰："美人用别号，亦新奇花样，且韵且雅，呼去觉满口生香。"[①] 则诗社中女性成员以别号互称的现象，自亦是为了达到"不俗"（即"不落俗套"）的目的而采取的"新奇花样"，所取得的也是"雅"的

---

① 见陈庆浩辑校：《新编石头记脂砚斋评语辑校（增订本）》，页 575。

审美效果。

第六十三回写宝玉因心血来潮，将芳官改妆为小土番儿，湘云见宝玉将芳官扮成男子，便将葵官也扮了个小子，李纨、探春见了也爱，便将宝琴的荳官也打扮成一个小童，"头上两个丫髻，短袄红鞋，只差了涂脸，便俨是戏上的一个琴童。……宝琴反说琴童书童等名太熟了，竟是荳字别致，便换作'荳童'"。其中的"别致"正是相对于"太熟"而来。

回到诗歌创作的范畴以观之，第七十回薛宝钗自陈其写作《柳絮词》的动机或出发点，乃是因为"柳絮原是一件轻薄无根无绊的东西，然依我的主意，偏要把他说好了，才不落套"。

同回，当林黛玉因其《桃花诗》而重开桃花诗社时，却特意以难为务，要求："大家就要桃花诗一百韵。"此时宝钗便也加以反对道："使不得。从来桃花诗最多，纵作了必落套，比不得你这一首古风。须得再拟。"

还有，第七十六回史湘云在阐释大观园庄阁命名之学问时，指出："这山之高处，就叫凸碧；山之低洼近水处，就叫做凹晶。这'凸''凹'二字，历来用的人最少，如今直用作轩馆之名，更觉新鲜，不落窠臼。"

至于第七十八回的《芙蓉女儿诔》，贾宝玉认为："在芙蓉前一祭，岂不尽了礼，比俗人去灵前祭吊又更觉别致……竟也还别开生面，另立排场，风流奇异，于世无涉"，同时"诔文挽词也须另出己见，自放手眼，亦不可蹈袭前人的套头"。

而第七十九回林黛玉则认为，《芙蓉女儿诔》中的"红绡帐里"

一词"未免熟滥些",一旦就眼前真景改为"茜纱窗下"之后,便"新妙之极"。此处之"熟滥"即是俗套的同义语。

显然,在概念上将"新巧"与"不落俗套"相连结的例证所在多有,而"新巧"与"不落俗套"彼此之关系可以说是互为因果,乃一体的两面。至于如何不落熟套,前引例证中已提供若干答案:消极的方式是避俗套而不用,如第十八回将原本因应省亲颂圣之场合欲作的《灯月赋》《省亲颂》加以删除,第七十回也因为前人已做过无数篇章的桃花诗,故仅让林黛玉作了一首,然后便成绝响;第七十九回则透过林黛玉的建议,让《芙蓉女儿诔》中未免熟滥的"红绡帐里"一词退位,而换为文学传统中不易见到的"茜纱窗下"。如此数例,皆是透过删减约除的方法避开熟套之窠臼。

然而,"退避"只能消极地不犯错,却不能真正去开创新局。欲达到不落俗套的积极做法,则必须一反常情常理而另行开拓崭新的可能,在退避之后所让出来的空缺上重新建构意义。如第三十七回众家姊妹发起诗社时,众人先把那些姐妹叔嫂的通俗字样改了,而另取别号彼此称呼,显得新鲜雅致、满口生香;第三十七回《菊花诗》之拟题命意时,并没有采取如桃花诗一般"避开不用"的消极做法,而是以通用门的虚字配合"菊"的实字,将咏菊与赋事绾合为一,设计不俗;第七十六回则将历来用得最少的"凸""凹"二字直用作轩馆之名,别出心裁;第七十回更藉由薛宝钗《柳絮词》的写法,针对一般人容易因为柳絮轻薄无根无绊的特性而附加漂泊零落的悲剧感受,特意以"偏要把他说好了,才不落套"的翻案手法加以突破,于是在另出己见、自放手眼的情况下,一方面对世俗成见提出"几曾随逝水,岂必委芳尘"的质疑,一方面更写出"好风频借力,送我上青云"如是积极的阳光意志,从而赢得众人之喝彩。如是种种,都展示了积极地不落熟套的最佳典范。

三、真情真景真事

在逻辑理路上,只要不落熟套而另出己见,往往便能创造与众不同的新巧效果,此一原则殆不难理会;然而,究竟要如何才能不落熟套,却是值得深究的问题。曹雪芹在《红楼梦》中提出以"真情真景真事"为创作素材的主张,即是避免落入"千部共出一套"之熟滥的不二法门。全书对小说之叙写、诗歌之创作乃至诗社之命名等,在在都以此为诉求:

第一回曾说《红楼梦》一书的撰写,乃是因为"闺阁中历历有人,万不可因我之不肖,自护己短,一并使其泯灭也",故而以"追踪蹑迹,不敢稍加穿凿,徒为供人之目而反失其真传者"的原则,对那"半世亲睹亲闻的这几个女子"的"事迹原委"进行刻画摹写;而空空道人之所以抄录《石头记》以问世传奇,前提也是"虽其中大旨言情,亦不过实录其事,又非假拟妄称"之故。

第二十三回言宝玉所作之《四时即事诗》乃是"虽不算好,却倒是真情真景"。

第三十七回宝玉道:"到底要起个社名才是。"探春道:"俗了又不好,特新了,刁钻古怪也不好。可巧才是海棠诗开端,就叫个海棠社罢。虽然俗些,因真有此事,也就不碍了。"

第七十六回在湘、黛二人的联句过程中,史湘云因眼前水中鹤影之真景真事而作出"寒塘渡鹤影"之诗句,让林黛玉跺足赞叹道:"何等自然,何等现成,何等有景,且又新鲜。"

同样第七十六回黛玉与湘云凹晶馆联诗时,妙玉接续收束的原则亦是"如今收结,到底还该归到本来面目上去。若只管丢了真情真事去搜奇捡怪,一则失了咱们的闺阁面目,二则也与题目无涉了"。

第七十九回当贾宝玉撰写《芙蓉女儿诔》后,林黛玉一方面含笑赞美此一祭文新奇别致,同时也不吝提出评论道:其中的"'红绡帐里,公子多情;黄土垄中,女儿薄命。'这一联意思却好,只是'红绡帐里'未免熟滥些。放着现成真事,为什么不用?……咱们如今都系霞影纱糊的窗槅,何不说'茜纱窗下,公子多情'呢?"宝玉听了,跺足赞道:"这一改新妙之极!"

从以上六处记载,可见"新妙"正是"熟滥俗套"的对反,而"新妙"之效果乃是透过撷取那"现成真事"而达到,亦即以真实世界中才具备的偶然性以及由偶然性所衍生的独一性,而保障作品内容得以避免熟滥俗套。因此"真情真景真事"既是剥除陈腔滥调的金针法门,也是将艺术创作指引向"新妙"的通衢要道,问题只在于"天下古今现成的好景妙事尽多,只是愚人蠢子说不出想不出罢了"(第七十九回)。

由此可见,"不落熟套"的要求往往必须奠基于"真"的基础,亦即石头、黛玉、探春与妙玉都强调过的"亲睹亲闻""真有此事"

而"追踪蹑迹"的"真情真景真事",无论是人物(这几个女子)、地点(栊翠庵、稻香村)、情事(诗社命名、侍儿温衾、烹茶细论)、景物(白海棠花、寒塘渡鹤、钟鸣鸡唱、茜纱窗槅),都着重在不蹈虚假造,不因袭旧调,从当前之所见所感取材为资,如此则消极的一面可以"不落旧套""不落窠臼",而不致索然乏味、令人烦腻,最低的限度也足以保证即使"俗些"也可以"不碍";积极的一面则更能创造"新巧""新妙""新奇""新鲜""别致""别开生面""换新耳目"的最高艺术效果。

就此,清代诗论家袁枚也曾提出类似的意见,他说:

> 熊掌、豹胎,食之至珍贵者也;生吞活剥,不如一蔬一笋矣。牡丹、芍药,花之至富丽者也;剪彩为之,不如野蓼山葵矣。味欲其鲜,趣欲其真,人必知此,而后可与论诗。[①]

藉由日常惯见的"一蔬一笋"与"野蓼山葵"等平凡之物,反而能创造出熊掌、豹胎、牡丹、芍药等极珍贵富丽之物所无法获致的"鲜味"与"真趣",原因正是它们取材于真实,而不是生吞活剥、剪彩为之,落入了虚词假借、堆砌应酬的熟滥俗套。这正具体而微地呼应了《红楼梦》的创作旨趣。

此外,"真"的意趣也会使追求新妙的努力不致刁钻生险、走火入魔,而沦为标新立异,让艺术的提升免于成为无聊文人的文字

[①] (清)袁枚:《随园诗话》,卷1,页20。

游戏。就此点而言,第三十七回提供了十分重要的提示。此回首先藉探春回应宝玉起个社名的提议,指出为诗社命名时,"俗了又不好,特新了,刁钻古怪也不好"。又记宝钗与湘云夜拟菊花诗题时,向湘云道:

> 诗题也不要过于新巧了。你看古人诗中那些刁钻古怪的题目和那极险的韵了,若题过于新巧,韵过于险,再不得有好诗,终是小家气。诗固然怕说熟话,更不可过于求生,只要头一件立意清新,自然措词就不俗了。

在这段话中,宝钗不但以"过于新巧""过于求生"之说,与探春"特新了,刁钻古怪也不好"的看法相呼应,同时那"头一件立意清新,自然措词就不俗"的诗观,也遥遥与后来第四十八回黛玉教香菱作诗时,所谓"第一立意要紧。若意趣真了,连词句不用修饰,自是好的"的意见相契合,强调的都是诗人创作之际,其感发之思必须独特而真切的第一要义,此点可以详参下一节的分析。

当然,这种"求真"的论点并不是一意迁就现实情事而亦步亦趋,以致丧失小说艺术之根本性质,而沦为拘狭纪实的史传实录,许多红学家斤斤于认定《红楼梦》乃是曹雪芹自传或索隐某家情事的立场,便是为此"求真"之说所误。虽然作为《红楼梦》创作之参与者与最初读者的脂砚斋,也认为全书之描写"事则实事"①，书中某些情节亦是"实写幼时往事"②"实写旧日往事"③，但此处所谓的"实写"，指的应该是小说家在创作时，取资旧日实有之往事以为摹写之蓝本，是据以做进一步艺术加工的基础材料，而不应理解为传记家在作传时亦步亦趋的往事再现。毋宁说，小说中不断反复致意于"真情真事"的论点，所谓"现成之真景实事"，目的其实是不落入陈腔滥调的一种策略，让生活中偶然的人事物发挥其独有的性质而免除重复性，借以制造出新鲜的品味感受，并不表示曹雪芹一定会为了迁就真实而损害艺术上虚构的必要性，甚至使创作沦为纪实的报导。这种存在于小说创作过程中"虚构"与"真实"的辩证关系，正道出文学艺术的一大奥秘。

兹将前面所述各项理论概念彼此之关系列表如下，以厘清其间之因果理路：

---

① 甲戌本第一回"至若离合悲欢，兴衰际遇，则又追踪蹑迹，不敢稍加穿凿，徒为供人之目而反失其真传者"一段之眉批，收入陈庆浩辑校：《新编石头记脂砚斋评语辑校（增订本）》，页10。

② 庚辰本第二十回夹批，见陈庆浩辑校：《新编石头记脂砚斋评语辑校（增订本）》，页398。批语乃有感于莺儿为了比较贾环的耍赖吝啬，于是叙述前儿和宝玉玩掷骰子赌钱，他输了那些也没着急而写。

③ 庚辰本第七十五回批语，见陈庆浩辑校：《新编石头记脂砚斋评语辑校（增订本）》，页703。此段叙述中秋夜贾府合家团聚于大观园时，众人以击鼓传花令行乐，宝玉因花恰好传到手上，依规定必须罚说笑话而蹴踏不安，心想："说笑话倘或不发笑，又说没口才，连一笑话不能说，何况别的！这有不是。若说好了，又说正经的不会，只惯贫嘴油舌，更有不是。不如不说的好。"

立意	真情真景	去俗、	新巧、
清新	真事	不落熟套	有意趣
（动机）	（取材）	（消极的效果）	（积极的效果，艺术创作之终极目标）

四、"影响的焦虑"

从小说发展的文学史角度来看，《红楼梦》中此一表现在用语遣词、意象构成、诗词创作、戏曲演奏，乃至整个故事情节之营造等各方面对"新巧""意趣真""不落俗套"的致力追求，乃是有其时代发展的背景的。

就一般的时代因素而言，早在南朝时代，萧子显即曾说："习玩为理，事久则渎，在乎文章，弥患凡旧。若无新变，不能代雄。"[①] 任何一个不甘于炒冷饭而具有独创意识的创作者，在面对前人因年深积久已成凡旧习套的众多作品时，本就自然会产生一种意欲突破以图超越的心理，这种"以新变代雄"的观念，正可以说是任何时代的文学发展之所以进步的根本动力，也是任何一部伟大的作品之所以诞生的不可或缺的必要条件。而直到明末清初之际，李渔依然认为："人惟求旧，物惟求新，新也者，天下事物之美称也。而文章一道，较之他物，尤加倍焉，戛戛乎陈言务去，求新之谓也。"[②] 就此理而言，曹雪芹自亦不能例外，于是那

---

① （南朝梁）萧子显：《南齐书·文学传论》（台北：鼎文书局，1990年7月），页908。

② （明）李渔：《闲情偶寄》（台北：长安出版社，1992年3月），卷1，页11。

求新求变、务去陈言的企图,才会在《红楼梦》中处处寄托、寓目得见。

只是,《红楼梦》的创作之所以刻意求新求变,更有其特属于清朝小说发展史才有的时代因素。萧驰在研究明清两朝"才子佳人"的类型小说时,曾经引述汉学家麦克曼的意见,指出:"在清初小说创作中存在着对晚明小说中现实主义倾向的反动。……所以清初小说不再热中于描写真实的个别事物,对主题、概念的强调压倒了对性格、对话和环境的注意。"①而既然一个平衡、固定、有秩序的程序化世界取代了一个无形式的、充满偶然性的真实世界,则晚出的《红楼梦》意欲突破清初小说此一美学运作的趋势,便必须加以颠覆来取得创作的进展;换句话说,《红楼梦》的写实倾向其实反映了一种布鲁姆(Harold Bloom, 1930—)所谓的"影响的焦虑"(the anxiety of influence),意即伟大作家所拥有的一种在内心深处与强而有力的"父辈"诗人的影响搏斗,以实现自己独创性的焦灼感。②布鲁姆说:

> 文学不只是语言而已;它也是一份企求建立象征体系的意志,一种对隐喻的追逐,尼采曾予以定义为求取差异、置身他方的欲望。这多少意味着想要和自己有所不同,但我认为主要

---

① 萧驰:《从"才子佳人"到〈石头记〉》,收入萧驰:《中国抒情传统》,页311。

② 萧驰:《从"才子佳人"到〈石头记〉》,收入萧驰:《中国抒情传统》,页311。

还是指想要和自己相属与继承的作品的隐喻与意象有所不同：成为伟大作家的欲望就是在自己的时空里、在原创和传承和影响焦虑必得相濡以沫的情形下，动身前往他方的欲望。①

因此，当前面量以数十计的才子佳人之类的小说横亘在前，将人生中的繁复庞杂予以简化，将生命的异动偶发加以剔除，而镕铸为一种固定僵化的"熟套"（即所谓"程序化的世界"），并不断地人云亦云、自我重复，呈现类似乃至相同的隐喻与意象之际，曹雪芹为了创作上突破或超越前辈的需要，也为了维护其所热爱、所眷恋的诸位金钗的清新形象，便另辟蹊径，"动身前往他方"，以真实世界中才具备的偶然性以及由偶然性所衍生的独一性，去剥除外在套入的固定框架，进而恢复那原本就灵活自如地伸缩于框架内外的活生生的人生血肉。

金圣叹曾评论道："《水浒传》写一百八个人性格，真是一百八样。若别一部书，任他写一千个人，也只是一样；便只写得两个人，也只是一样。"② 而《红楼梦》在接受《水浒传》的影响之余，更青出于蓝地创造出鲜明而独特的人物典型，正是因为恢复了对真实的个别事物的强调，和对性格、对话和环境的注意，因此他所描写的对象是"不敢说强似前代书中所有之人"的"半世亲睹亲

---

① [美]布鲁姆著，高志仁译：《西方正典》（台北：立绪文化公司，1999年3月），页17。

② 金圣叹：《读第五才子书法》，收入《水浒资料汇编》（台北：里仁书局，1981年7月），页34。

闻的这几个女子"。这些女子在性格上未必完美无瑕，如脂砚斋所指出的：

> 尤氏亦可谓有才矣。论有德比阿凤高十倍，惜乎不能谏夫治家，所谓人各有当也。此方是至理至情。最恨近之野史中，恶则无往不恶，美则无一不美，何不近情理之如是耶！①

然而也正因为"人各有当"的不完美，才使得诸人之性情格调彼此差异迥然而不容混淆，因此反而绝无仅有、不怕重复；所叙述的故事也是"悲欢离合，兴衰际遇，则又追踪蹑迹，不敢稍加穿凿，徒为供人之目而反失其真传者"，则追踪蹑迹加以丝缕真传的故事，同样是独一无二、谢绝翻版；其书中又让林黛玉建议贾宝玉将已成熟滥的"红绡帐里"改为"茜纱窗下"，如此便可借助"现成的真事"所蕴含的写实内容，而突破了陈陈相因的套语虚词，使原本即欲"别开生面、另立排场"的《芙蓉女儿诔》和所诔祭的对象晴雯，都因此更取得了不可取代的意义。

如此一来，写作过程中因为处处取材自难以复制的真情真景真事，致使《红楼梦》一书不但展现了不落俗套的新巧意趣，小说本身也从而获得无法替换的特殊价值，这正是此一美学旨趣最佳的实践成果。

---

① 庚辰本第四十三回批语，见陈庆浩辑校：《新编石头记脂砚斋评语辑校（增订本）》，页614。

第四节　诗歌的感发性质

如前文所见，诗歌艺术完成的过程中其实涉及一连串复杂的心理活动，既有因对抗前人而产生的"影响的焦虑"，亦包含创作前对艺术之虚构性质的认知，以及通观博览与循序渐进之准备功夫，再透过"真情真景真事"之取材策略以突破旧调，从而取得新巧鲜妙、不落熟套的终极美学旨趣，这些与创作主体有关的部分已然备见于本章之前三节。然而，诗歌艺术除了创作主体之外，还涉及创作过程中主体与客体授受之际的相关课题，一方面是创作者如何受到外在客体事物的感发，以催动写作的动力；另一方面则是那已然凝结于作品中的意象，如何传导于接受之客体，促引读者的感发而获致欣赏的效果。以下便就这两种不同的感发阶段，一一分述之。

一、感物而发的兴情立意

有关创作者如何受到外在客体事物的感发，以催动写作动力的问题，我们在本章第一节中，已曾稍稍涉及那诗思启动时的神妙难稽，因此诗人才可以不待实然而然地进行虚构；此处则将进一步分析诗人如何"感于物而动"[1]，以至能够心物相即、情景交融地创作诗歌作品。就此而言，《红楼梦》全书于第四十五回独一无二地

---

[1] （汉）郑玄注，孔颖达疏：《礼记·乐记》，《十三经注疏》(台北：艺文印书馆，1997年8月)，页662。

记载有关诗歌感发性质的一段情节:

> 黛玉喝了两口稀粥,仍歪在床上,不想日未落时天就变了,渐渐沥沥下起雨来。秋霖脉脉,阴晴不定,那天渐渐的黄昏,且阴的沉黑,更觉凄凉。知宝钗不能来,便在灯下随便拿了一本书,却是《乐府杂稿》,有《秋闺怨》《别离怨》等词。黛玉不觉心有所感,亦不禁发于章句,遂成《代别离》一首,拟《春江花月夜》之格,乃命其词曰《秋窗风雨夕》。

很显然,这段有关创作情境的描写完全呼应了传统诗论家的说法,一如刘勰所言:"人秉七情,应物斯感,感物吟志,莫非自然。"① 以及:"春秋代序,阴阳惨舒,物色之动,心亦摇焉。……岁有其物,物有其容;情以物迁,辞以情发。"② 而钟嵘对于文思开展过程中具体构成诗歌的种种情境(即所谓的"物"),更有比较精细而传神的描绘:

> 气之动物,物之感人,故摇荡性情,形诸舞咏。……若乃春风春鸟,秋月秋蝉,夏云暑雨,冬月祁寒,斯四候之感诸诗者也。嘉会寄诗以亲,离群托诗以怨,至于楚臣去境,汉妾辞宫,或骨横朔野,或魂逐飞蓬;或负戈外戍,杀气雄边;塞

---

① 《文心雕龙·明诗》篇,见周振甫注释:《文心雕龙注释》,页83。
② 《文心雕龙·明诗》篇,见周振甫注释:《文心雕龙注释》,页845。

> 客衣单,孀闺泪尽;又士有解佩出朝,一去忘返;女有扬娥入宠,再盼倾国,凡斯种种,感荡性灵,非陈诗何以展其义,非长歌何以骋其情?①

换言之,刘勰与钟嵘两人都认为诗歌的产生,是来自种种自然景物与人生处境对性灵所引生之"感荡",由此乃有陈诗长歌以展义骋情的促发,而这也正是曹雪芹笔下"黛玉不觉心有所感,亦不禁发于章句"的同一写照。可以说,第四十五回黛玉《代别离·秋窗风雨夕》的创作过程,不但表现出形成"感物而悲"的模式,因而也属于"所谓'感物'诗是多发生在秋冬季节的夜晚的悲歌"②,正是魏晋"感物诗学"的绝佳体现。③

但是,这种种自然景物与人生处境对性灵所引发之"感荡",究竟是如何从情绪之波动化为文思之舒卷?性灵受到感荡化为文思之后,又是透过何种凭借而与文字符号产生契合,使诗歌成为性灵

---

① (南朝梁)钟嵘著,曹旭集注:《诗品集注》(上海:上海古籍出版社,1996年8月),页47。另萧子显"自序"亦云:"追寻平生,颇好辞藻……若乃登高目极,临水送归,风动春朝,月明秋夜,早雁初莺,开花落叶,有来斯应,每不能已也!"(唐)姚思廉:《梁书·萧子显传》(台北:鼎文书局,1993年1月),页512。

② 详见萧驰:《"书写声音"中的群与我,情与感:〈古诗十九首〉诗学特质与坐标意义的再检讨》,《中国文哲研究集刊》第30期(2007年3月),页60—70,两段引文见页70、页68。

③ 详参欧丽娟:《〈红楼梦〉与六朝诗》,台湾大学中文系主编:《林文月先生学术成就与薪传国际学术研讨会论文集》(台北:台湾大学中文系,2014年5月),页317—358。

感荡之余，展骋其情其义的最佳载体？而虽然"春风春鸟，秋月秋蝉，夏云暑雨，冬月祁寒"是感荡性灵的媒介，也是构成诗歌之具体意象而传达诗人之性情，所谓："诗人萃天地之清气，以月露风云花鸟为其性情。月露风云花鸟之在天地间，俄顷灭没，惟诗人能结之于不散。"① 但将这些月露风云花鸟在诗歌文字中"结之于不散"而形成意象的奥秘又在哪里？在性灵感荡、形成意象之后，循着"兴于情→呈于象→感于目→动于心"的传释过程②，又必须透过怎样的构组形式才能充分表达，而又可以唤引出读者同样的感荡之情，以完成诗歌整体的审美价值？对此种种疑问，诗论家都必须提供进一步的解释。

首先，就自然景物与人生处境对性灵所引发之"感荡"来说，从曹雪芹对林黛玉写作《代别离·秋窗风雨夕》之心理历程的描述，我们可以发现：正是因为秋霖脉脉、天昏阴沉、雨滴竹梢等无比凄凉的外在景物，再加上《秋闺怨》《别离怨》这类充满离愁别思而哀感缠绵的乐府作品，于此双重物情的两相层迭之下才触动了林黛玉的创作灵感，所谓"不觉心有所感，亦不禁发于章句"，正说明了一种于创作之初乍然受到缪斯启动的微妙心理；而这种以物理移人情的现象，也就是现代美学家所称的"内模仿作用"（inner

---

① 此乃袁枚引述黄宗羲之说，见（清）袁枚：《随园诗话》，卷3，页75。
② 有关意象之构成与传释，参欧丽娟：《杜诗意象论》（台北：里仁书局，1997年12月），第1章第2节。另陈植锷《诗歌意象论》（北京：中国社会科学出版社，1990年）所阐述更为详备深入。

imitation)。①

此外，所谓"心有所感，发于章句"之说，更兼具了文学创作过程中，创作主体与外在客体双向互动的授受关系，既有"感"于外事外物者，接着则又将此感"发"于诗句，从而通向欣赏之客体，使之亦有感而发兴生情，于字面与词旨上都恰巧切合"感发"此一术语的意涵。更重要的是，于此我们可以看到：由外在凄凉阴沉之物情（包括黄昏风雨之自然意象与闺怨离愁之艺术情境）所直接诱发的诗歌作品，便也是酸楚悲戚的《秋窗风雨夕》，其间由感而发、情意灌注的连动过程可谓一脉相承。

而这两者之间一脉相承的通贯性，主要是因为那来自外在的客观物情，与创作者被引发的主观情志之间具有某种极其近似的类同关系，而其类同关系赖以建立的范畴，一种是动物界与人类某种情感相似的某种本能，如孤雁、彩蝶双飞、鸳鸯戏水，另一种是与人类某些生活现象在形式上具有共同特征的自然现象，如月圆月缺、春去秋来、花谢叶落，又或者是与人的情感特征存有某些共同之处的自然物的型态，如蜡滴猿啼、细雨绵绵、流水悠悠，等诸如此类者②，因此

---

① 参朱光潜：《诗论》（台北：正中书局，1962年9月），页49；亦可参朱光潜：《文艺心理学》第3、4章。

② 陈庆辉认为，足以触动人心而起兴吟咏的自然物必须具有较强的召唤力或感发力，他并将这些足可触动人心的自然物区分出五类，详参陈庆辉：《中国诗学》第5章，页183—188。

才能发生"物来动情"①的现象,让诗人原本平静甚至不自觉的心理狀态被外在景物所牵引触动。而此时"物来动情"的整体历程,便如明李贽所阐述的:

> 夫世之真能文者,比其初皆非有意于为文也。其胸中有如许无状可怪之事,其喉间有如许欲吐而不敢吐之物,其口头又时时有许多欲语而莫可所以告语之处,蓄极积久,势不能遏。一旦见景生情,触目兴叹,夺他人之酒杯,浇自己之垒块,诉心中之不平,感数奇于千载。②

显然,在创作之初那平静甚或不自觉的心理状态中,其实早已蓄积如许"欲吐欲语"之事物,隐藏于意识的底层而蓄势待发;一旦"触目见景",受到具有类同关系之相关事物的逗引,便会乍然涌现而倾注于笔端,终而"吐语"成就了一首诗篇。而这种"起兴"观的解释,也可以补充此处"感发"说的内涵。

---

① (南朝齐梁)刘勰著,刘永济校释:《文心雕龙校释》(台北:正中书局,1954年4月)卷上"物色第四十六"云:"盖神物交融,亦有分别,有物来动情者焉,有情往感物者焉。物来动情者,情随物牵,彼物象之惨舒,即吾心之忧虞也,故曰'随物宛转';情往感物者,物因情变,以内心之悲乐,为外境之欢戚也,故曰'与心徘徊'。"页73。陈庆辉引述此说,并认为此中所谓"物来动情者"和"情往感物者"正是诗人"感于物而动"的两种基本形式,参陈庆辉:《中国诗学》(台北:文史哲出版社,1994年12月),页183。

② 李贽:《杂说》,见《李温陵集》,卷8,收入《四库全书存目丛书》集126(台南:庄严文化事业公司,1997年6月),页269。

其次，既然在由感而发的创作阶段中，"所感之思"与"所发之诗"具有如此决定性的影响关系，那么，如何让先前的"所感之思"保障后来"所发之诗"的性质与表现力，从而提高作品的可读性，便是创作者必须进一步讲究的问题。对此，曹雪芹曾透过书中薛宝钗与林黛玉这两位诗艺之佼佼者，以及李纨这位虽不善作却善看的诗歌鉴赏家，先后不约而同地提出以下的看法：

- 诗固然怕说熟话，更不可过于求生，只要头一件立意清新，自然措词就不俗了。（第三十七回薛宝钗对史湘云语）
- 题目新，诗也新，立意更新，恼不得要推潇湘妃子为魁了。（第三十八回李纨评次菊花诗）
- 第一立意要紧。若意趣真了，连词句不用修饰，自是好的。（第四十八回林黛玉教香菱作诗时所言）

一如杜甫所称美的"诗清立意新"①，此处我们也清楚看到曹雪芹在诗歌审美意趣上采取了同一旨归，所谓"头一件立意清新"或是"第一立意要紧"完全是同一论述的同义语，都强调了"立意"即"所感之思"的无上重要性，它既不可落入人云亦云的陈腔滥调，也不宜过度追求奇矫以致流于生硬，而必须具备清新鲜真的性质，也就是诗人在因感物而起心动念的时候，就应该力求那独特而真切

---

① 杜甫《奉和严中丞西城远眺十韵》称道其世交好友严武云："政简移风速，诗清立意新。"（清）仇兆鳌注：《杜诗详注》，卷11，页893。

的感受，此点乃"最是作诗用力处，盖不可循习陈言，只规摹旧作也"①。同时，这样独特真切的"立意"甚至是确保修辞造境使之不俗的先决条件，所谓"只要头一件立意清新，自然措词就不俗了"与"第一立意要紧。若意趣真了，连词句不用修饰，自是好的"，这些看法在在都证明了这种蕴含因果关系的思维模式。而这种以"立意"为优先的主张，也遥遥呼应了自宋人诗论以后即不绝如缕的类似看法，所谓："诗以意为主，文词次之。或意深义高，虽文词平易，自是奇作。"② 由此遂连结出一种透过"所感之思"的清新鲜真或独特真切，而将"所发之诗"导向高明不俗的逻辑理路。也正因为如此，于是《咏菊》《问菊》与《菊梦》这三首"题目新，诗也新，立意更新"的菊花诗，便顺理成章地将林黛玉送上了桂冠诗人的宝座。

而透过"所感之思"的独特真切书写而成的诗作既是清新不俗的，那么我们便可以进一步追问：这样的作品在读者的接受过程中又会引发何等的感应？既然诗歌必然在阅读者的欣赏中才能真正取得其艺术生命，则创作主体与接受客体之间交互主观的

---

① （宋）吕本中：《童蒙诗训》，收入郭绍虞辑：《宋诗话辑佚》，页596。
② 引文出自（宋）刘攽：《中山诗话》，收入（清）何文焕编：《历代诗话》，页285。另外还有明代王夫之《薑斋诗话》云："无论诗歌与长行文字，俱以意为主。意犹帅也，无帅之兵，谓之乌合。……烟云泉石，花鸟苔林，金锦铺张，寓意则灵。"至有清一代，钱良择《唐音审体》亦曰：诗"以命意为主，命意不凡，虽气格不高，亦所不废。意无可采，虽工弗尚，所谓宁为有瑕玉，勿为无瑕石。盖必深知戒此，而后可言诗。"而袁枚《随园诗话》引吴西林处士之说也称："诗以意为主人，以词为奴婢。若意少词多，便是主弱奴强，呼唤不动矣。"各说意旨略同。

互动过程所产生的诗歌审美效果，便可以说是整个诗论的最终环节。有趣的是，欲观诗歌投注于欣赏者的心灵所引发的涟漪，却不能脱离创作主体先前投入于作品中的感发因子；亦即创作者于取材构思之际被引动的感发，也直接影响了甚至决定了欣赏者将被唤起的感发之情。接下来，我们要阐发创作者所启动的诗思与读者所接收的讯息之间有何关联，来足成诗歌"感发"性质的全幅意蕴。

二、逼真如画的审美效果

在性灵感荡、形成意象而透过适当的构组形式抒情遣兴之际，诗歌作品在"兴于情→呈于象→感于目→动于心"这整个过程中，还仅止于前半段"兴于情""呈于象"的创作阶段；欲完成后半段"感于目""动于心"的传释效果，最后的关键，还在于它必须唤引出读者同样的感荡之情，亦即将读者带入创作者所在的诗中境界，使之获得如在目前的感受（即"感于目"），而导致激荡心灵的感动（即"动于心"）。用《红楼梦》的术语来说，那就是达到"逼真如画"的审美境界。

就诗歌最终在读者心目中所作用的审美影响而言，《红楼梦》第四十八回透过香菱对诗歌的参悟，一方面是印证了"诗有别趣，非关于理"的体认，另一方面则是有关诗歌之感发效果的最佳展示：

香菱笑道:"据我看来,诗的好处,有口里说不出来的意思,想去却是逼真的。有似乎无理的,想去竟是有理有情的。……我看他《塞上》一首,那一联云:'大漠孤烟直,长河落日圆。'想来烟如何直?日自然是圆的:这'直'字似无理,'圆'字似太俗。合上书一想,倒像是见了这景的。若说再找两个字换这两个,竟再找不出两个字来。再还有'日落江湖白,潮来天地青':这'白''青'两个字也似无理。想来,必得这两个字才形容得尽,念在嘴里倒像有几千斤重的一个橄榄。还有'渡头余落日,墟里上孤烟':这'余'字和'上'字,难为他怎么想来!我们那年上京来,那日下晚便湾住船,岸上又没有人,只有几棵树,远远的几家人家作晚饭,那个烟竟是碧青,连云直上。谁知我昨日晚上读了这两句,倒像我又到了那个地方去了。"

历来探讨《红楼梦》之诗论者,都注意到其中"念在嘴里倒像有几千斤重的一个橄榄"的描述,因而专就此句发挥"味外味"之意。① 然而,我们若是细加爬网此段话语中的文意脉络,透过"以经解经"式的内证法抉发其中之意涵,将香菱前后所说的三段话并列比观,所谓"想去却是逼真的""合上书一想,倒像是见了这景的",以及"读了这两句,倒像我又到了那个地方去了",便可以发现显然三者

---

① 如金开诚《从红楼梦看曹雪芹的诗论》、邓云乡《红楼梦诗学传新说》,皆曾引述此段,两文收入周策纵、余英时等:《曹雪芹与红楼梦》。

其实都是"逼真"的同义语,特在语言上稍加变化而已。尤其值得注意的是,香菱此处所引述的三联诗全属王维之作,甚且者,这三联诗同样也都因为摹画入神的逼真感而受到历代诗评家的赞赏,如赵殿成笺注"大漠孤烟直,长河落日圆"一联云:

> 古之烽火用狼粪,取其烟直而聚,虽风吹之,不斜;或谓边外多回风,其风迅急,袅烟沙而直上。亲见其景者,始知"直"字之佳。①

此外,同属清人的施补华也说:

> 写景须曲肖此景,"渡头余落日,墟里上孤烟",确是晚村光景。②

两处所谓的"亲见其景者始知'直'字之佳"与"写景须曲肖此景",其实也都是就诗境逼真的效果来立说,恰恰与香菱所言若合符契。可见透过香菱之体悟,曹雪芹暗示了他在诗歌艺术上所追求的审美价值,主要乃是聚焦在诗歌"逼真"的感发效果上,亦即一种使读者在欣赏过程中可以达到如臻其地、如见其景的拟似体验,这才是曹雪芹何以在这段《红楼梦》中阐释诗学观念最重要的情节里,只

---

① (清)赵殿成笺注:《王摩诘全集笺注》,卷9《使至塞上》诗后评语(台北:世界书局,1996年6月),页122。

② (清)施补华:《岘佣说诗》,收入丁福保辑:《清诗话》,页975。

举王维诗句为例证的主要理由；同时，这也可以解释林黛玉在教导香菱时，为她规划学诗进程的排序中乃以王维五律为第一优先的真正原因。毕竟，向来以"诗中有画，画中有诗"脍炙人口的王维[①]，在创作时打破诗、画之界限而加以巧妙融合汇通，透过文字创造出绘画艺术所特有的逼真之感，其诗歌意象在力求表现自然的质感时，除了善于捕捉自然界的音响，体现了从听觉上把握自然的匠心之外，最重要的便是十分注重对自然色感的刻画，而致力于从视觉上把握自然[②]，因此向来以"诗中有画，画中有诗"著称，这正是王维独步诗坛的特殊才分。由此之故，王维的五言诗便在这个目标之下具备了典范的意义，这才是在《红楼梦》中这段有关诗学观念最重要的情节里，林黛玉以《王摩诘全集》作为初学者取法之第一义，而香菱用以阐述其所领略感悟之诗歌滋味时，也只举王维五言诗为例的真正原因。其中所蕴含的典范意义，以及曹雪芹对诗歌逼真效果的推尊之情，实是不言可喻。

此外，同样的情况也发生在《红楼梦》自己的诗歌作品中。第七十八回记载：当贾宝玉即席创作《姽婳词》，而写出"叱咤时闻口舌香，霜矛雪剑娇难举"一联时，在场众人所拍手称赞的，恰恰正是其摹景拟状时那体贴入神、如在目前的功力，所谓：

[①] 苏东坡《书摩诘蓝田烟雨图》云："味摩诘之诗，诗中有画。观摩诘之画，画中有诗。"收入孔凡礼点校：《苏轼文集》（北京：中华书局，1992年9月），卷70，页2209。

[②] 参尚定：《王维诗意象两题》，收入尚定：《走向盛唐》（北京：中国社会科学出版社，2000年1月），"附录"，页298。

> 益发画出来了,当日敢是宝公也在座,见其娇且闻其香否?不然,何体贴至此!

此段赞语简而言之,其实也是"逼真如画"的意思,因此特重那恍若"当日在座"一般,而如见其娇、如闻其香的"体贴"——一种十分真切生动的体认,展现了唯有逼近体察时才能具备的贴切感。至此,我们可以肯定地说,曹雪芹的诗学概念中似乎认为:诗歌最终于读者心中所唤起的审美效果,乃是"逼真",由逼真所产生的生动如画的感染力,才能引发读者心中的切近感、临场感,仿佛将读者也带入作者所在的情境之中,让读者也参与到作者当时耳闻目睹的感发内容,甚至不断地进行再创造的重现,以致咀嚼玩味时,足以产生如几千重之橄榄一般的隽永滋味。

当然,所谓的"逼真",其意义并不是皮毛刻镂、纤毫不差的物色临摹,因为在诗歌中追求"巧言切状,如印之印泥"[①]之效果的尝试,早在六朝时代就已经被证明是不能成功的。因此在中国传统诗论中,"逼真"指的是一种形神皆备的灵敏的感染力,产生于艺术幻设虚拟出来的一种真实感。如唐代司空图所谓:

> 戴容州云:"诗家之景,如蓝田日暖,良玉生烟,可望而不可置于眉睫之前也。"象外之象,景外之景,岂容易可

---

① 《文心雕龙·物色》篇,见周振甫注释:《文心雕龙注释》,页846。

谭哉!①

而后来宋代欧阳修所引述梅尧臣（圣俞）的说法，更具有理论的概括性：

> 必能状难写之景，如在目前；含不尽之意，见于言外，然后为至矣。②

梅尧臣认为诗歌表现之极致，一方面是能够"状难写之景，如在目前"，使之逼真地再制重现；同时另一方面却又必须在逼真的景物中存有"不尽之意"而气韵生动，如此才可真正达到诗歌艺术之至境。而这种足以令人玩味而咀嚼再三的意蕴，既在那"如在目前的难写之景"之中，又在"如在目前的难写之景"之外；它必须透过拟状形容的具体意象来呈现，其意韵却又远远超乎其上，如此才能真正获得隽永的审美意趣。这正是司空图所说的"韵外之致""味外之旨"：

> 文之难而诗之尤难，古今之喻多矣；而愚以为辨于味，而后可以言诗也。江岭之南，凡是资于适口者，若醯非不酸也，止于酸而已；若醝非不咸也，止于咸而已。华之人以充饥而遽

---

① （唐）司空图：《与极浦书》，《司空表圣文集》，卷3，《四部丛刊正编》，页15。

② （宋）欧阳修：《六一诗话》，收入（清）何文焕编：《历代诗话》，页267。

辍者,知其咸酸之外醇美者有所乏耳。……近而不浮,远而不尽,然后可以言韵外之致耳。……倘复以全美为工,即知味外之旨矣。①

就与文字的感发性质一样,此一饮食上的"味外之旨"乃是一种超乎酸咸之外的美,它必须有酸咸之调味,其滋味却不为酸咸所限,犹如诗篇必须有文字之构组点染,而其美感又不被文字所囿,可以在感受中不断揣摩玩味而生发无穷余韵,如此才能产生香菱所谓"念在嘴里倒像有几千斤重的一个橄榄"的效果。

而这里曹雪芹所谓的"像有几千斤重的一个橄榄",比诸司空图的"味外之旨"是更属于一种侧重读者感受的"滋味说"。这种以味论文的"滋味说"滥觞于先秦,经过两晋和刘宋的胎甲期,于齐梁至唐代,"味"终于在味觉的意义之外也成为诗学或美学的概念,而确立了诗味论的形成,从此便一直盛行于宋元明清各朝诗坛。② 其间,在诗味论发展历史中属于成形时期的齐梁时代,钟嵘在刘勰《文心雕龙》的基础上作了进一步的发展,《诗品》中不断

---

① (唐)司空图:《与李生论诗书》,《司空表圣文集》,卷2,《四部丛刊正编》,页9—10。此处应加以补充说明的是:司空图"味外之旨"的说法常被引述为"味外味",而此处所摘录之引文,与宋代诗话中所转述的苏轼之说法略有出入,苏轼谓:"梅止于酸,盐止于咸。饮食不可无盐梅,而其美常在于酸咸之外。"可能因为这段檃栝得来的说法显得更为简练赅洽,因此比诸原文反而较为人所知,故亦系此以备参考,见(宋)李颀:《古今诗话》,收入郭绍虞辑:《宋诗话辑佚》,页263。

② 有关"滋味说"的发展状况,详参陈应鸾:《诗味论》(成都:巴蜀书社,1996年10月)。

致意的"味之者无极,闻之者动心"(《序》),或"词采葱菁,音韵铿锵,使人味之亹亹不倦"(《上品·张协》)等说法,已经可以和香菱的说法互为补充对应。这种强调读者感受的审美观让诗歌不只是创作者"泄导人情"的专利,而更是读者积极参与、据以生发情思的赏鉴凭借,于是文学的创作就必须兼涉阅读阶段中读者不断对文本进行再创造的重现功能,而藉由"滋味"所寓指的感发效果,便成为衡量诗歌艺术价值的一道重要准则。

三、"橄榄":经验重现的喻示

至于曹雪芹在阐述诗歌的"味外之旨",或"味之者无极""使人味之亹亹不倦"的审美效果时,为何在味觉的隐喻上所选用的具体媒介乃是"橄榄"这项名物,我们实有必要再作进一步的辨析。

事实上,在曹雪芹之前的诗歌批评史上,一直都存在着诗论家藉橄榄以象喻其创作美学观的传统,成书于乾隆时代的《红楼梦》其实并非首见。追溯最早以橄榄论诗的诗论家,其渊源应该是北宋的欧阳修,诗话中记载道:

> 欧阳公谓梅圣俞诗,始读之则叹莫能及;后数日,乃渐有味,何止橄榄回味,久方觉永。[1]

---

[1] (宋)王直方:《王直方诗话》,收入郭绍虞辑:《宋诗话辑佚》,卷上,页108—109。

这段话恰恰对应于欧阳修另外所说:"梅翁事清切,石齿漱寒濑。……近时尤古硬,咀嚼苦难嘬。初如食橄榄,真味久愈在。"① 而同时梅尧臣也对欧阳修的赞誉回应道:"欧阳最知我,初时且尚窒。比以为橄榄,回甘始称述。"② 在这里以橄榄作喻,显然是取其当下品尝时平淡无奇,直到回味时"久方觉永"的特点,而把梅圣俞诗似枯实腴、淡中有味的风格具体化。

时至清代,康、雍间人吴雷发更进一步把橄榄与荔枝连类比较,以突显橄榄渐入佳境的独特滋味:

> 以食物比诗,则人大率爱饧而恶橄榄。夫橄榄固不及荔枝,然其回味则可以补荔枝所不逮。故不能为荔枝,亦当为橄榄。③

自古以来,荔枝就一直是人间难得之至味,不但因唐代杨贵妃之嗜食而留下千古谈资,其鲜美更不断引人垂涎,宋代诗话中就曾形容道:"荔枝之味,果中之至珍,盖有不可名言者。故蔡君谟云:'剥之凝如水精,食之消如绛雪,其味之至,不可得而状

---

① (宋)欧阳修:《水谷夜行赠子美圣俞》,《欧阳修全集》(台北:华正书局,1975年4月),页12。

② (宋)梅尧臣:《答宣阗司理》,朱东润校注:《梅尧臣集编年校注》(上海:上海古籍出版社,2016年11月),卷26,页826。另黄庭坚《谢王子予送橄榄》亦云:"想共余甘有瓜葛,苦中真味晚方回。"可见宋人对橄榄的滋味论述极为一致。

③ (清)吴雷发:《说诗管蒯》,收入丁福保辑:《清诗话》,页901。

也.'"① 其受人赞叹一至于斯,人们大率所恶的橄榄居然能够在此与之相提并论,唯一的条件便是它耐得住回味,而且不但有味可回,回的更是甘美醇厚之味,这才足以弥补荔枝之不足。因为荔枝虽然如此晶莹剔透、甜润鲜美,唯一的缺点便是不耐久存,白居易在赞叹它"瓤肉莹白如冰雪,浆液甘酸如醴酪,大略如彼,其实过之"的至美之余,接着便惋惜道:"若离本枝,一日而色变,二日而香变,三日而味变;四五日外,色香味尽去矣。"② 尝鲜时其色香味夺占了人们所有的感官特区,仿佛世间独此荔枝一味而无暇他顾;然而仅仅只是稍稍时过境迁,便即迅速褪败以至完全索然乏味;这岂不正如那些精丽耀眼却经不起揣摩赏鉴的流行艺术品?

换句话说,荔枝滋味虽美,可惜仅止于口齿咀嚼时舌蕾当下的直接感受,因此颇有及时行乐、一去不再的意味;而橄榄就不同了,也许当下的口感不免平淡无味甚至稍带干瘠酸涩之感,但一经味觉器官的转化之后,却赢得了大脑持久的记忆,而以回甘之姿盘桓不去。诗歌所带来的寻幽探胜的情趣,岂非与此具有异曲同工之妙?作品中那如在目前、逼真如画的意象或情境,正是诗歌在大脑中所唤起的记忆,经由文字的启动,而触发了过去那已然被时间沉淀潜隐的鲜明印象,成为一种"在平静中所回思的情感"(emotions

---

① (宋)严有翼:《艺苑雌黄》,收入郭绍虞辑:《宋诗话辑佚》,页 548。
② (唐)白居易:《荔枝图序》,《白居易集》(北京:中华书局,1985 年 10 月),卷 45,页 974。

recollected in tranquility)。① 如此一来，处于平静虚空之审美状态而将作品意境加以反思回味的读者，其心中的阵阵感荡也就如回甘时的袅袅余韵，因此其效果才会那么持久留存，并可以一再重唤、反复再现，从而在重现时再度逼临那拟真的情境。

而这种经验的重现之所以可能，并且在文学中成为生发审美意趣的基础，其原因正如心理学家所指出的：人类依靠现在的经验、也依靠过去的经验来看待事物，哪怕这个经验是前天或前年的；我们所见的并不是眼睛告诉我们的，而是过去经验的产物。② 因此，诗歌才可以透过抽象的文字符号引发读者对过去经验的联想，从而在反复揣摩文字的意义时，与所唤起的经验内容之具体情境彼此对应；一旦这个对应十分一致而互相吻合时，便达到逼真的拟似感受，这就是香菱不断反复赞叹王维诗让她"想去却是逼真的""倒像是见了这景的"，以及"倒像我又到了那个地方去了"的原因。既然"念在嘴里倒像有几千斤重的一个橄榄"，则诗歌在读者心中所唤起的感发回味之情，当然也就是十分深厚悠长、饱满淋漓，如此也就达到诗歌艺术的最高境界，足以传唱千古而永垂不朽。

---

① 此乃英国诗人华兹华斯（William Wordsworth, 1770—1850）针对诗歌创作所说的箴言，见《抒情歌谣集·序言》，引自苏文菁：《华兹华斯诗学》（北京：社会科学文献出版社，2000年3月），第2章，页91。

② [英]汉弗莱（George Humphrey, 1890—1970）著，郭本禹、王国芳译：《人类心灵的故事》（The Story Of Man's Mind）（南京：江苏人民出版社，2010年7月），页100。

至此，我们已全幅阐明《红楼梦》诗论中有关诗歌感发性质之意蕴。从书中散见之相关陈述，可见曹雪芹对诗歌之创作与阅读所涉及的种种心理反应，其实都具有丰富而深切的了解，不但触及了诗人创作之初那"感于物而动"的心理状态，同时对作品在读者的接受过程中所引发的逼真感受，也有十分真切细腻的体认，可谓一一涉及了"兴于情→呈于象→感于目→动于心"这包含创作与传示的整体过程，从而完足地揭示了诗歌艺术的感发性质。这正是身为优秀诗人的曹雪芹，其诗学功力深锲独造的一个证明。

（附记：本章第四节曾以《〈红楼梦〉诗论中的感发说》为题，独立发表于《中国古典文学研究》第 4 期 [2000 年 12 月]。）

第四章
长篇诗歌之创作理念

除了涉及一般性、本质性的诗歌理论之外，曹雪芹在《红楼梦》中还进一步针对作品本身，提出实际创作时诗人必须掌握的各种细部法则，依照长篇与律体这两种篇幅长短不同的诗歌体式，分别陈述了书写理论并提供具体操演。虽然书中提出的方式稍嫌零星而分散，但经过一一抉搜而全面整合之后，却也宛然呈现一个完整的概念体系，尤其以长篇作品为然。

所谓长篇，指的是超过律诗之篇幅而句数较多的作品，往往体现为纵横蔓衍的古体和属对连绵的排律。《红楼梦》中的长篇诗歌主要便包含了这两大类型，一美是《葬花辞》《秋窗风雨夕》《桃花行》《姽婳词》所属的七言歌行古诗，另一类则为《芦雪庵即景联句》《中秋夜大观园即景联句三十五韵》这种本质为五言排律的"联句"。

由于长篇作品格局宏大，从审意拟旨、制题定式、起句引入、谋篇结构、度声用韵到篇终收结，种种要求比诸律诗又别有不同。而且虽然《红楼梦》中的长篇诗歌数目不多，但是因为每一篇都是艺术体积庞大、内蕴容量富厚，而且当这些长诗在书中出现时，曹雪芹也极不寻常地常常以慢动作解剖的方式一一分划，让整个联缀成诗的创作过程一步一步地历历呈示在读者眼前，因此对研究《红楼梦》之诗论而言，也提供了足够的研究价值。本章即就书中六首长篇诗歌作为探测焦点，依不同的重点个别加以探讨。

第一节　审题度式——切旨合体的裁量

任何一篇文学作品的产生都来自于特定的动机或宗旨，而这一作品开展的动机或宗旨又往往具体凝塑于题目中，以至有所谓的"题旨"之称。当作者行文之际，也只有在此一宗旨的主导之下，拟意度句、织文构章时才具备明确的核心，而整篇作品也才能形成聚集意义的焦点。这样一种在"审题拟旨"上内容与篇旨的符应切合，一般称之为切题，可以说是一切创作最初、也最基本的要求；而《红楼梦》中就曾藉由香菱学诗的情节，提供了一个在"审题拟旨"上因离题而失败的例子，以为初学者戒。虽然其例乃是以律诗来展现，其道理原则却也同样适用于长歌大篇，因于此处援引以阐述其义。

第四十八回的《慕雅女雅集苦吟诗》中，苦志学诗的香菱在熟读详参古人经典之余，忍不住央求黛玉、探春二人出个题目给她练习，于是黛玉命"咏月"之题、限十四寒的韵字由她试作。结果香菱的第一首诗因为措词不雅、诗思受缚而再度重作，接着所写的第二首《咏月》诗习作内容如下：

> 非银非水映窗寒，试看晴空护玉盘。淡淡梅花香欲染，丝丝柳带露初干。只疑残粉涂金砌，恍若轻霜抹玉栏。梦醒西楼人迹绝，余容犹可隔帘看。

表面看来，这首香菱自以为妙绝的诗已经免除前一首的问题，能够力求雅致而避开"月挂中天""翡翠楼""珍珠帘""玉镜""冰盘""银烛""画栏"之类的俗语庸词，但请教黛玉时，依然得到"过于穿凿"的批评，也就是其中充满极力雕琢之迹和刻画之痕，而且与题目太黏太即，丧失了咏物之际腾跃穿梭的心灵空间，因而缺乏一种吐属寄托之灵动意兴。此外，薛宝钗更指出此首《咏月》诗的另一大败笔，即诗中专意于描写"非银非水""香欲染""露初干""残粉涂""轻霜抹"等针对月光的形容，使得全诗"不像吟月了，'月'字底下添一个'色'字倒还使得，你看句句倒是月色"，结果便造成以"咏月"为名，却以"咏月色"为实的问题，也就是在审题拟旨上有所滑移而误失歌咏之重点，形成离题之重大错谬。的确，"月"与"月色"虽是相关而来，其本体与性质却判然二分，在咏物诗里乃是分属完全不同的对象，书写形容之际必须斟酌笔墨、拿捏分寸，才能精确掌握两者各自专有之特征，否则就会像这首诗一样地名实不符。

也正因为如此，第七十六回林黛玉与史湘云于凹晶馆联诗时，林黛玉批评史湘云的"晴光摇院宇"一句乃是"又溜了，只管拿些风月来塞责",而史湘云所提出的自我辩护,则是全诗"究竟没说到月上,也要点缀点缀,方不落题",意谓此句描写庭院园林中如水摇荡的朗月晴光,虽是语涉泛泛的寻常笔墨,却可以点出中秋时节即目所见之真情真景,以点出诗旨而与题目相应;同时,整个联句活动于最终妙玉现身收结全诗时,也指出"到底还该归到本来面目去",否则一味丢了真情真事去搜奇捡怪,便会遭遇"与题目无涉"的问题。这可以说是曹雪芹明示诗歌内容与创作题旨必须切合相称的又一例证。

然而,"切题称旨"(也就是内容与题目的切合)只是诗歌正式开展之前所考虑的基本问题,稍有创作经验者即不容易误犯;除此之外,其实还有一个不容易精确掌握的"审题度式"的问题,也就是针对此一题旨所将纳入的内容,去选择适宜的体式以为承载,从而在体裁篇幅所提供的抒发空间中,收到形式与内容完美融合的效果。一如诗论家所言:"作诗先贵相题,题有大小难易,内中自有一定之分寸境界。作者务相题之所宜,以为构思命意之标准。……若真诗,则宜刚宜柔,或大或小,清奇浓淡,因题而施,自无不合乎分际,恰到好处者。"[①] 依此标准以观之,则无论是"小题大作"或"大题小作",都会沦为裁量失当的伪诗。

关于此点,《红楼梦》中也提供了一个具体的例证,第七十八回记载当贾宝玉在撰写《姽婳词》之前,即先行审题度式,以求称旨:

---

① (清)朱庭珍:《筱园诗话》,卷1,收入郭绍虞辑:《清诗话续编》,页2341。

> 众人道:"二爷细心镂刻,定又是风流悲感,不同此等的了。"宝玉笑道:"这个题目似不称近体,须得古体,或歌或行,长篇一首,方能恳切。"众人听了,都立身点头拍手道:"我说他立意不同!每一题到手必先度其体格宜与不宜,这便是老手妙法。就如裁衣一般,未下剪时,须度其身量。这题目名曰《姽婳词》,且既有了序,此必是长篇歌行方合体的。(甲辰本此处尚有:或拟温八叉《击瓯歌》,或拟李长吉《会稽歌》,)或拟白乐天《长恨歌》,或拟咏古词,半叙半咏,流利飘逸,始能尽妙。"贾政听说,也合了主意。

贾宝玉注意到《姽婳词》"这个题目似不称近体",因为"词"乃是乐府歌行之类的题目,书写时通常表现为古体长篇的形式,若以律绝之体为之,则有以小搏大之虞,并不能称题;其次,透过众清客之口指出诗前已"有了序",如此一来,诗歌内容为了与序言平衡,不致被压倒成了虎头蛇尾之势,更需长篇大论始得以分庭抗礼。更何况,以林四娘女中豪杰的性格与壮烈奇迈的遭遇,那号为"姽婳将军"的人生,满载了多少可奇可叹的情感事迹,如何是短短的绝句、律诗所能涵括完全、吟咏得尽?在内容如此丰富的内在要求之下,也唯有波澜壮阔的长篇歌行才能负荷得了她那澎湃激昂如史诗一般的人生。因此有别于贾兰的七绝和贾环的五律,贾宝玉同题所作的《姽婳词》另行采取七言歌行古体的体式,所谓:"长篇以叙事,短篇以写意；七言以浩歌，五言以穆诵。此皆题实司之。"① 只有在七言长篇的"浩歌叙事"之下，这才完全表现出"半叙半咏，流利飘逸"的摇宕情致，而林四娘波澜动荡的不凡人生与脂粉报国的瑰奇志节，也就更展现得淋漓纵恣而撼动人心，终究得到"立意恳切"的效果。

很显然，贾兰的七绝、贾环的五律乃是为贾宝玉的古体长篇所设计的陪衬。贾兰、贾环这两首诗都未尝偏离题旨，其中也不乏"玉为肌骨铁为肠"之类的秀句，然而正如贾政对贾环的五律诗所批评的："还不算大错，终不恳切。"所谓"还不算大错"，指的是其诗作尚能切题称旨，大致守住林四娘身为姽婳将军的主要特点；而"终不恳切"的论断，便是出于两诗并未能做到情质合一，以充分传达那"风流悲感"之情，结果就不能跳脱"大题小作"之窘境。因此贾宝玉创作前即呼应其意，指出："这个题目似不称近体，须得古体，或歌或行，长篇一首，方能恳切。"此说之被称赞为老手妙法的，正是一种对题目及其内容如何相辅相成的精确掌握，所谓"每一题到手必先度其体格宜与不宜……就如裁衣一般，未下剪时，须度其身量"，这可以说是远远超过切题之上的高度能力。因为切题称旨还只是消极的守住阵地，虽无大错，却未必有功；而审题定式则是积极的开疆拓土，让诗歌内容得到延展铺叙的最佳可能，从而将那芬芳悱恻之哀情淋漓绽放而充分感荡人心。

---

① （清）刘熙载：《艺概·诗概》，页78。

透过长刀解剖贾宝玉创作《姽嫿词》的过程,再配合贾兰的七绝、贾环的五律这两首同题诗以为对照,曹雪芹正提供了有关诗歌如何审题定式、切旨合体的最佳示范。

第二节　开篇起句——不避粗俗

起句是任何一篇诗作的开端,是开拓诗歌版图的阵前领军者;尤其对长篇作品来说,起句更具有挥鞭指天、一言定江山的意味,因此明代胡应麟指出:

> 凡排律起句,极宜冠裳雄浑,不得作小家语。①

清朝贺贻孙亦曰:

> 发语难得有力,有力故能挽起一篇之势;结语难得有情,有情故能锁住一篇之意。能挽起一篇,故一篇之情亦动;能锁住一篇,故一篇之势亦完,两相资也。②

沈德潜更谓:

---

① 见(明)胡应麟:《诗薮·内编·近体上·五言》,页 243。
② (清)贺贻孙:《诗筏》,收入郭绍虞辑:《清诗话续编》,页 182。

> 歌行起步，宜高唱而入，有黄河落天走东海之势。①

三人都认为排律、歌行这类长篇作品，其用以起步开篇之语必须做到"冠裳雄浑""有力挽起""高唱而入"的看法，代表了一般传统诗论中对诗歌发语起句的要求。

除了雄浑有力的要求之外，只就诗句本身来说，在诗歌作为一种美文形式而必须体现艺术美感的考虑之下，千锤百炼的精工琢磨似乎才是认真以待的应有态度，而作为全诗开端发语的起句自然不能例外。如宋崔德符便认为："凡作诗，工拙所未论，大要忌俗而已。"② 又清代施补华也指出："粗俗是诗人所戒。"③ 因此无论是一般性的避粗去俗，或是特就起首而来的雄浑有力的要求，起句都不宜落入粗率平俗的缺失。

但若克就《红楼梦》的长篇诗作而以观之，这样的传统诗论却失去了落实的场域。书中《葬花辞》《秋窗风雨夕》《桃花行》三篇是出于林黛玉之手，而且其创作背景是在幽居独处之际，其性质是一种烛照悲剧人生而由心灵深处涌动勃发的身世独白，每一首诗篇都是综合凝结其全部生命之存在感受的完整艺术品，特属于其个人之抒情性极为浓厚，因而曹雪芹并没有以长刀解剖的方式历历展现其创作过程，对其发端破题的首句也都从来不赞一词，留给读者自

---

① （清）沈德潜著，苏文擢诠评：《说诗晬语诠评》（台北：文史哲出版社，1985年10月），卷上，页225。
② 见（宋）魏庆之：《诗人玉屑》，卷5，页117。
③ （清）施补华：《岘佣说诗》，收入丁福保编：《清诗话》，页975。

已去整体接受、整体感应而整体品味。

然而除了这三篇之外,从《芦雪庵即景联句》《中秋夜大观园即景联句三十五韵》《姽婳词》这三首颇近似奉诏应景而作的长诗,我们所看到的情形则大为不然。曹雪芹透过细腻的分镜,解析了起结之间每一个环节步步扣连的过程,而且告诉我们:作长诗时,起首之句却不妨普普通通、毫无精采,乃至可以不避"粗"而流于"俗"。诸如:

- 凤姐儿说道:"既是这样说,我也说一句在上头。"……想了半日,笑道:"你们别笑话我。我只有一句粗话,下剩的我就不知道了。……昨夜听了一夜的北风,我有了一句,就是'一夜北风紧',可使得?"众人听了,都相视笑道:"这句虽粗,不见底下的,这正是会作诗的起法。不但好,而且留了多少地步与后人。就是这句为首。"(第五十回《芦雪庵即景联句》)

- 黛玉道:"我先起一句现成的俗话罢。"因念道:"三五中秋夕,"湘云想了一想,道:"清游拟上元。撒天箕斗灿,"(第七十六回《中秋夜大观园即景联句三十五韵》)

- 宝玉只得念了一句,道是:"恒王好武兼好色,"贾政写了看时,摇头道:"粗鄙。"一幕宾道:"要这样方古,究竟不粗。且看他底下的。"(第七十八回《姽婳词》)

从以上相关引文,可知《芦雪庵即景联句》及《姽婳词》皆以"粗"

为首句之特色，不但凤姐与众人皆承认其冠首的"一夜北风紧"乃"粗话"，宝玉作为《姽婳词》之起句的"恒王好武兼好色"也被贾政斥为"粗鄙"；至于《红楼梦》中最具诗情与诗才的林黛玉，在长篇联句的场合中，也同样不避俗地以"三五中秋夕"这样现成的俗语作为联句之始。可见写作者无论是不学无术的王熙凤，是不耐拘束的贾宝玉，还是才高八斗的林黛玉，对诗句之运用无论是王熙凤式的碰巧得之，是贾宝玉式的奉命应卯，还是林黛玉式的出于自觉，在应制即事以作长篇的场合，都不约而同地以粗话俗语为起句。这个奇特的现象当然不是偶然的巧合。

就此，曹雪芹在书中透过"众人"和"幕宾"说明了起句之所以不避粗俗的原因，所谓"这句虽粗，不见底下的，这正是会作诗的起法。不但好，而且留了多少地步与后人"，以及"要这样方古。……且看他底下的"，这两段话其实是前后对应的说法。细加分析之后，其含义有以下数点：

其一，首句不避粗俗，可以让诗歌得以存留古风，不会因为雕琢过甚而损害纯朴之韵致，故幕宾在贾宝玉的起句被贾政斥为"粗鄙"之后便说："要这样方古，究竟不粗。"（第七十八回）而这种以粗俗存古风的做法，乃是属于风格品味方面的问题，可谓见仁见智。

其二，三篇之中作为起句的"一夜北风紧""三五中秋夕"和"恒王好武兼好色"之所以被称为"粗"、被认为"俗"，所具备的共同特点就是它们都平直如话、不假雕琢，有似随意脱口而出者；而且语涉泛泛，多是即景即事、就地取材而来，无论是"一夜北风紧"

的风景白描,或是"三五中秋夕"的应节虚语,还是"恒王好武兼好色"的人物素写,都反映了这些特色。

其三,如此语粗意俗的首句之所以值得赞美,甚至被许为"正是会作诗的起法",最重要的原因是它的平直浅俗带来了一种意义上不受拘限的宽泛,由此宽泛而得以为下面的诗歌内容带来自由舒展的广大空间,不致为后人套上枷锁而难以为继,因而也为后续的长篇铺排打开局面,留下许多开拓的余地。第五十回所谓的"留了多少地步与后人",以及第七十八回贾政所说的"大开门的散话",都道出了此中奥妙。

其四,也就因为这样的考虑,当贾宝玉以"恒王好武兼好色"如此粗鄙之词为起句而受到父亲斥责时,幕宾们才会以"且看他底下的"加以缓冲。这个缓冲固然带有善意回护、弭平贾宝玉父子之间的美学对立的用意,但另一方面却也是真正切合诗艺层次的真知灼见。因为它指出了长篇诗歌纵横蔓衍的创作性质,在漫长的阅读过程中,起句极其容易被浪推波涌般而来的后续内容所掩盖,当诗脉一层层地转折,内容一步步地翻新,甚至连韵脚都一个个地转换之后,渐行渐远的起句便也不断地被架空而虚位化。既然阅读活动具备的是一种滚雪球般的累积性质,意义产生的过程才是诗歌内容的主体,那么带动雪球滚动的起句便不是阅读的主核或焦点,全诗究竟好与不好,的确是"且看他底下的"才能知晓。

总而言之,对于长篇阔幅,足供波澜起伏、纵横捭阖的长诗而言,起句之后尚有宽广的空间可供进行调节,或转调换韵,或歧出蔓衍,大有另辟天地的机会,因此起句之"粗"、之"俗"自然也就更加无碍于整体诗歌造境的表现，故而毋须刻意求新、精雕细琢，甚至还可能因其粗、其俗而对内容的铺展更有所帮助。这就是曹雪芹透过《红楼梦》所提出的观点。

于此必须附带说明的是：准此论析的结果以观之，余英时认为在芦雪庵即景联句时，以王熙凤冠首而排序于李纨之前的现象，乃是曹雪芹为了区分李纨与王熙凤之才能与地位的高下所造成，所谓"以才而言，干才固不消说，诗才亦凤姐胜于李纨"，遂尔以此证明王熙凤在大观园与情榜中的地位。① 然而，其中所谓"诗才亦凤姐胜于李纨"之推论实大有可议之处，从上文之分析，可知曹雪芹之所以特地安排在李纨出句之前，额外插入王熙凤的一句"粗话"以为冠首，事实上真正的目的乃是为了保持其长篇诗歌之创作概念的一贯性，让各篇领军的首句一致地不甚了了，而与《中秋夜大观园即景联句》《姽婳行》前后照应。换言之，透过开篇起首之际的粗句俗语而打开后来大幅舒展的局面，才是王熙凤在此段情节中所担任的功能，它也许暗示了王熙凤与大观园同命联系的意义，却完全不能作为诗才高下的衡量标准。让自承"我又不作诗作文，只不过是个俗人罢了"（第四十五回）的王熙凤发一"粗话"，而与林黛玉的"俗语"和贾宝玉的"粗鄙"同调，正是未谙诗艺而不学无术的王熙凤唯一可以参与大观园文艺风华的地方，而曹雪芹对书中创作活动的匠心设计，也因此显得益发活泼有趣。

---

① 余英时：《眼前无路想回头》，收入余英时：《红楼梦的两个世界》，页122—128。

长篇诗歌起句之要求已如上述,至于《红楼梦》中有关律诗的起句,我们发现书中提上台面讨论的仅止于一处,虽然着墨并不多,却与此处对长篇诗歌的讨论有所关涉,因此在此附带说明。

一般而言,仅止于八句的律诗因为篇幅较短,发挥的空间有限,因而势必字字讲究,致使首句也会受到较高的要求,如清代诗评家朱庭珍便指出:

> 凡五七律诗,最争起处。凡起处最宜经营,贵用陡峭之笔,洒然而来,突然涌出,若天外奇峰,壁立千仞,则入手势便紧健,气自雄壮,格自高,意自奇,不但取调之响也。起笔得势,入手即不同人,以下迎刃而解矣。①

律诗之"起处"既是全诗"最宜经营"的"最争"之地,自然要用如"天外奇峰"一般的"陡峭之笔"以为入手。准此以观之,第五十回贾宝玉作《访妙玉乞红梅诗》时,首句之"酒未开樽句未裁"就未能受到肯定,林黛玉写下此句以后,便笑着批评道:"起的平平。"言下就颇有不以为然之意。事实上,这里的"酒未开樽句未裁"比诸前述三首长篇诗歌的"一夜北风紧""三五中秋夕"和"恒王好武兼好色",其间雅俗之别已经不可同日而语,不但形式上出以精工的当句对,而且所用"开樽""裁句"的语词也不失文人匠心;而

---

① (清)朱庭珍:《筱园诗话》,卷4,收入郭绍虞辑:《清诗话续编》,页2397—2398。

犹然被贬为"起的平平",只因为它显得与"访妙玉乞红梅"之主旨泛泛无涉,看不出一语中的之笔力。可见律诗对起句的要求显然超出长篇诗歌远甚绝甚。

不过即使如此,律诗"起的平平"却也一样未必不能让全诗起死回生。在这《红楼梦》中唯一一次展现律诗创作过程的《访妙玉乞红梅》诗中,从第二句开始就句句紧扣诗题而发展,如第二句的"寻春问腊到蓬莱"呼应诗题的"访"字,第二联的"不求大士瓶中露,为乞嫦娥槛外梅"扣住诗题的"妙玉"与"乞"字,第三联的"入世冷挑红雪去,离尘香割紫云来"关合诗题的"红梅",最后才以"槎枒谁惜诗肩瘦,衣上犹沾佛院苔"表现出"乞"的辛苦而收束全篇。全诗有如步步登高的上坡路,一层层推出柳暗花明的纸上风景,当第三联化用了李贺诗句,而以"红雪""紫云"比喻红梅,以"冷挑""香割"形容诗人冒雪犯寒地撷取红梅的动作姿态,遂乃形成新艳脱俗的警句,令众人耳目一新之际,同时也就掩盖了"起的平平"之过。这又是文学作为"时间性艺术"的本质所特有的一种表现,而可以与长篇作品起句之不避粗俗相对比观。

第三节　谋篇布局——纡余卓荦的奇正相生之妙

长篇诗歌的起句不妨"粗"、不避"俗",而长篇诗歌铺叙的过程中,亦无须句句精雕细琢、字字求新,有时不妨放开笔调,以寻常笔墨稍加点缀铺陈,反而有烘云托月、流利酣畅的艺术效果。

《红楼梦》中一再宣称"须词藻点缀点缀",目的就在于造成疏朗流动、跌宕有致的韵味,而不致沦为堆垛厚重而密不透风,反倒衬显不出佳句之妙,同时也造成欣赏品鉴时的压力与负担。故历代诗评家往往致意于此,早在宋代时,范温便透过杜甫诗的观察,而提出谋篇布局上应该"工拙相半"以免文气峭急的看法①,后来这就成为众家诗歌理论一致的共识,如明朝谢榛便指出:

- 赵王枕易曰:"全篇工致而不流动,则神气索然。"亦造物不完也。
- 学《选》诗不免乎套子,去套子则语新而句奇。务新奇则太工,辞不流动,气乏浑厚。如辞胜气,气胜辞,套子用否之间,善作者不堕于一隅也。
- 作诗先以一联为主,更思一联配之,俾其相称,纵不佳,姑存以为"筌句"。筌者,意在得鱼也。然佳句多从庸句中来,能用"取鱼弃筌"之法,辞意两美,久则浑成,造名家不难矣。②

又清代吴乔亦曰:

---

① (宋)范温《潜溪诗眼》云:"老杜诗凡一篇皆工拙相半,古人文章类如此。皆拙固无取,使其皆工,则峭急而无古气,如李贺之流是也。"收入郭绍虞辑:《宋诗话辑佚》,页621。

② 三段引文出自(明)谢榛:《四溟诗话》,卷1、卷3、卷4,收入丁福保辑:《历代诗话续编》,页1139、1200、1211。

> 诗而从头做起，大抵平常，得句成篇者乃佳。得句即有意，便须布局，有好句而无局，亦不成诗。①

两人都指出为了全诗整体布局之所需，诗歌中"庸句""套子"等点缀之词实有存在的必要。将此论点说得最明确的，是清陈仅所指出的：

> 句不可字字求奇，调不可节节求高。纤余为妍，卓荦为杰，非纤余无以见卓荦之妙。抑扬迭奏，奇正相生，作诗之妙在是。②

由以上诸说，可见诗歌乃是一种松紧有度的艺术创作，必须透过佳句与庸句的适当调配、平正与奇亢的巧妙错置，始得尽情展现其顿挫有致的美感。其中"发言隽伟"的"佳句"乃全篇中"卓荦之奇杰"，虽然令人炫目赞叹，却也必须倚赖由平凡松缓的"拙句""筌句"所构成的"纤余"才能衬显其美，并形成"有句有篇"的整体布局。若是一意字字求奇、节节求高，则将丧失"抑扬迭奏，奇正相生"的妙处，而落入"有好句而无局""辞不流动，气乏浑厚"的不成诗之困境。

一般诗作尚且如此，至于幅度宽广、长篇大论的"大篇"更必

---

① （清）吴乔：《围炉诗话》，卷4，收入郭绍虞辑：《清诗话续编》，页592。
② （清）陈仅：《竹林答问》，收入郭绍虞辑：《清诗话续编》，页2257。

须开阖有致始能婉转动人。谢榛指出："长篇之法，如波涛初作，一层紧于一层。拙句不失大体，巧句最害正气。"① 吴乔也表示："小诗精深，短章蕴藉，大篇须开阖乃妙。"② 所谓"开阖"的局面，即是笔墨描写之际破除雕琢巧句的迷思，从规行矩步、深凿密织的紧致中挣脱，配合使用"拙句""套子"之类的点缀语加以延展铺陈，才能不失大体而造成流动之韵致；此外再透过荡开挥洒、敷陈衍伸的出位之思，并适当地配合切旨收合、回归本题的作法，便能形成"波涛层层"的开阖之妙。

在《红楼梦》中，共有两处的诗论与创作呼应了这样的理念，如第七十六回的《中秋夜大观园即景联句三十五韵》，透过林黛玉与史湘云这两位《红楼梦》里杰出之诗人彼此较劲的过程，我们看到的正是"收放开阖""抑扬迭奏""奇正相生"的具体实践，诸如：

- （湘云）笑道："谁家不启轩。轻寒风剪剪，"黛玉道："对的比我的却好。只是底下这句又说熟话了，就该加劲说了去才是。"湘云道："诗多韵险，也要铺陈些才是。纵有好的，且留在后头。"

- （黛玉）笑道："虽如此，下句（指湘云所出的'香新荣玉桂'一句）也不好，不犯着又用'玉桂''金兰'等字样来塞责。"

---

① （明）谢榛：《四溟诗话》，卷1，收入丁福保辑：《历代诗话续编》，页1150。

② （清）吴乔：《围炉诗话》，卷4，收入郭绍虞辑：《清诗话续编》，页591。

- （黛玉）因联道："色健茂金萱。蜡烛辉琼宴，"湘云笑道："'金萱'二字便宜了你，省了多少力。这样现成的韵被你得了，只是不犯着替他们颂圣去。况且下句你也是塞责了。"

- 黛玉笑道："你不说'玉桂'，我难道强对个'金萱'么？再也要铺陈些富丽，方才是即景之实事。"

- （湘云）联道："传花鼓滥喧。晴光摇院宇，"黛玉笑道："对的却好。下句又溜了，只管拿些风月来塞责。"湘云道："究竟没说到月上，也要点缀点缀，方不落题。"黛玉道："且姑存之，明日再斟酌。"

- （黛玉联道：）"风叶聚云根。宝婺情孤洁，"湘云道："这对的也还好。只是下一句你也溜了，幸而是景中情，不单用'宝婺'来塞责。"

从这六个段落的记载，我们可以看到两位素以诗才自骄自豪的女诗人，却各自不断有"铺陈""点缀""塞责""说熟话""又溜了"之类荡开的"筌句"和"套子"，反而未必是字字求奇、节节求高；因此当最后整个联句在作出"寒塘渡鹤影，冷月葬花魂"而戛然中止时，便更加产生了惊心动魄的感染力。"寒塘渡鹤影，冷月葬花魂"的动人奇思，是在前面纡余平正的诗句对比衬托之下被加倍地突出的，这正是所谓"非纡余无以衬托卓荦之妙"的高度表现，从而使整个联句收到"抑扬迭奏，奇正相生"的效果。而黛玉对湘云用以"点缀"的诗句所抱持的"且姑存之，明日再斟酌"的态度，又岂非正是谢榛所认为"作诗先以一联为主，更思一联配之，俾其相称，纵不佳，姑存以为'筌句'"此一观念做法的再现？

而除此之外，第七十八回的《姽婳词》在创作过程中也有类似的现象：当宝玉在"叱咤时闻口舌香，霜矛雪剑娇难举"两句之后接着写出"丁香结子芙蓉绦"一句时，贾政却认为这是多余的堆砌，指责道："这一句不好。已写过'口舌香''娇难举'，何必又如此。这是力量不加，故又用这些堆砌货来搪塞。"宝玉却笑道：

> 长歌也须得要些辞藻点缀点缀，不然便觉萧索。

这样的说法便明确地告诉我们：宏篇巨构的长歌（包括以五言排律为骨干的联句和以七言歌行为本体的古诗）并不能避免点缀性的词藻，甚至多余的铺陈乃是促使全诗纡余腴润（即书中林黛玉所谓"富丽"）的必要策略，否则整个诗篇便容易流于干枯堆垛、挥洒不开的"萧索"。可见堆砌与否并不是问题，问题在于堆砌的做法是否与篇章之整体结构相称，而获取"抑扬迭奏、奇正相生"的美感。

从无论是占魁夺冠的林黛玉、精于诗道的史湘云，还是因为不耐拘束而总是落第、压尾的贾宝玉，都同样认同"铺陈些富丽""点缀点缀"的必要，甚至不妨采取"又溜了""说熟话""拿些风月来塞责""用这些堆砌货来搪塞"的做法，让我们明确地了解到，诗歌创作乃是一种富于变化之趣的文学艺术，警策炫目的"佳句"固然为诗家致力追求的奇葩，但若全篇自首至尾都字字珠玑、句句奇杰，结果却反而会沦为密不透风、令人窒息的败笔。诗篇的整体构成虽没有一定不变的法则，所谓"运用之妙，存乎一心"，却也有其通律可循，那就是适当运用铺陈点缀之熟话，适时荡开溜去以为塞责，使得巧拙互出、奇正相生，以纤余之妍丽衬托卓荦之奇杰，终而收到纤余腴润之美与抑扬迭奏之妙，如此反而才是长篇诗歌的创作秘诀。这真是令临渊履薄、呕心沥血之学诗者惊喜交迸的一大窍门！

至于篇幅短小的律诗，则因为只能在有限的空间里传达诗意，故必须步步为营，以追求紧实的艺术密度为要务。在《红楼梦》中，曾经以解剖分析的方式历历展现诗艺的律诗，同样也只有第五十回贾宝玉所作的《访妙玉乞红梅诗》一诗。

当宝玉构思下笔时，其首句之"酒未开樽句未裁"虽然未能立刻受到肯定，但随着诗句一一推出，"有些意思"的部分逐渐推陈出新，而且环环相扣地与诗题呼应，如第二句的"寻春问腊到蓬莱"呼应诗题的"访"字，第二联的"不求大士瓶中露，为乞嫦娥槛外梅"扣住诗题的"妙玉"与"乞"字，虽被黛玉评为"凑巧而已"，其实是配合得丝丝入扣；接下来便出现"入世冷挑红雪去，离尘香割紫云来"这种新艳脱俗的警句而一新众人耳目，同时也紧紧关合诗题的"红梅"，最后才以"槎枒谁惜诗肩瘦，衣上犹沾佛院苔"表现出"乞"的辛苦而收束全篇。全诗没有点缀的泛泛套语，也没有从诗脉中滑溜出去的铺陈塞责，起承转合之间步步踵继、切合无间，再加上精丽脱俗的比喻，遂使全诗压缩出极为紧实的艺术密度。虽然因为贾母之突然到访而中断了众诗家对此联的评论，但其新颖突出之艺术美感必然不容置疑。整首诗思致发展的脉络可谓"一山还比一山高"，由迩近凡常的平地逐步攀升，终于到达令人目眩神驰的顶峰，而掩盖了"起的平平"之过。由此可知，长篇大幅的古体或联句与短小精致的律诗，两者在度句谋篇上的差异所在。

第四节 转韵逗韵——流利飘荡之情致

诗歌既是一种松紧有度的艺术创作，追求的是一种抑扬高低、顿挫有致的美感，除了透过佳句与庸句的适当调配、平正与奇兀的巧妙错置这种布局安排的方式之外，在"声情相合"之艺术至境的要求之下，声韵的运用也是塑造此一美感表现的重要途径。长篇作品所歌吟的内涵情致，同样也会因为声韵的配合运用而更得以淋漓展现，只是由于长篇诗歌在形式上并没有平仄格律的限制，因此所谓声韵的运用，主要是就用韵的层面来取得"声情相合"的效果。

在各种诗歌体式中，律诗（包括联句）一韵到底乃是诗学中严如铁山的律则，但对于长篇大幅的古诗或乐府歌行而言，为了因应其内容纵横蔓衍、波澜变化的丰富性，转韵就成为创作上必要的一种手段。清代诗评家叶燮就曾提出七古之所以必须转韵的原因：

> 七古之难，难尤在转韵也。……七言句句谐韵不转……节促而意短，通篇竟似凑句，毫无意味，可勿效也。二句一转韵，亦觉局促。大约七古转韵，多寡长短，须行所不得不行，

转所不得不转，方是匠心经营处。①

此外，薛雪也抱持同样的看法：

> 乐府宜被管弦，或数句、或四句一转，始觉宛转有致。若七古则一韵为难，苟非笔力扛鼎，无不失之板腐。要其波澜层迭，变幻纵横，通篇一韵，俨若跌换，亦惟杜、韩二公能之。②

这两段话都指出一韵到底、句句谐韵不转乃是七言古诗的致命伤，除非具有杜甫、韩愈一般的大家笔力，能在同一韵部中纵横自如，透过意境视野、谋篇布局的变化而创造出有如跌换韵部之后的效果，否则就容易陷入"节促而意短""失之板腐"的弊病，致使全篇如同拼凑堆砌所成，而流于窒涩支绌的小家格局，与长篇诗歌开阖顿挫的恢弘气度有所扞格。显然可知，转韵的确是七言古诗创作上必然面对的一门学问。

既然"乐府披管弦，自有音节，于转韵见宛转相生层次之妙"③，因此《红楼梦》中出现的六首长篇诗歌中，除了以排律为骨干，而必须一韵到底的两次联句之外，其他包括《葬花辞》《代别离·秋窗风雨夕》《桃花行》《姽婳词》等四首归属七言古诗的长篇，全部都出现转韵的现象，以及由转韵所带来的"宛转相生层次之妙"，

---

① （清）叶燮：《原诗》，卷4，收入丁福保辑：《清诗话》，页608。
② （清）薛雪：《一瓢诗话》，收入丁福保辑：《清诗话》，页691。
③ （清）叶燮：《原诗》，卷4，收入丁福保辑：《清诗话》，页608。

从而在转韵上表现出曹雪芹诗歌造诣的深厚功力。因此有关转韵的定义、转韵的效果，以及转韵的方式等问题，都值得特别辟一专题加以探索。

所谓"转韵"，与同样是变换韵部的"通韵"有所不同，虽然在古体诗比较自由的创作规则中，通韵与转韵都是被允许采用的做法。清黄子云对两者之差异曾有一番解说：

> 韵有通转。何也？音相同者谓之通，音不同者谓之转。如"一东"通"冬"、转"江"是也。①

可见虽然都是在同一首诗中内部的换韵，"通韵"是指换用音韵相近而韵部相邻的不同韵部（如"东韵"与"冬韵"）彼此通押的现象，而"转韵"则是从一个韵部换用另一个音质完全迥异的韵部（如由"东韵"改用"江韵"）。因此比较起来，通韵仅仅只是同一层次的水平移转，音调与音感都属于近亲通联，本质上虽非一韵到底，其效果却又庶几近之，因此在古诗之中，凡可以彼此互通而通韵者便可以视为同一音韵；而转韵所造成的声音落差较大，属于不同范畴的翻跃腾挪，可以说是水穷云起般的峰回路转，因此也较能够在变换之间创造跌宕起伏、抑扬宛转的节奏感。

而这样一种节奏感既是来自转韵的变换过程，换韵的句数也就必须加以考虑。前述叶燮认为二句一转韵还嫌局促，那么，究竟要

---

① （清）黄子云：《野鸿诗的》，收入丁福保辑：《清诗话》，页858。

多久换转一次韵部才最为恰当？就此，清代的诗评家都一致认为这是一个"运用之妙，存乎一心"的问题，不但叶燮有"多寡长短，须行所不得不行，转所不得不转，方是匠心经营处"之说法，沈德潜也同样指出："转韵初无定式，或二语一转，或四语一转，或连转几韵，或一韵迭下几语。大约前则舒徐，后则一滚而出，欲急其节拍以为乱也。此亦天机自到，人工不能勉强。"① 如此一来，转韵就成了诗学上无法绳诸准则的不传之秘，只可意会而无法言传。

固然诗歌之奥妙本非方寸规矩所能探测，但如此天机神妙以致难以捉摸的说法实在不能令人满意，其过于抽象之神妙也无从度人以金针，传示创作的具体法门。因此清代诗论家朱庭珍的观点，或许就提供了较大的参考价值：

> 至转韵五古，或六句一转，或四句一转，八句一转，不可多寡过于悬殊，致畸轻畸重，总须匀称。所押之韵，亦要平仄相间。②

虽然朱庭珍是以五古为论，但其中所言转韵时的几个原则依然适用于一般的长篇作品：首先，二句一转的确过于短急迫促，因此这里所举转韵的句数是"或六句一转，或四句一转，八句一转"，比诸前述薛雪所说的"或数句或四句一转"，不但保有同样的弹性，而

---

① （清）沈德潜：《说诗晬语》，收入丁福保辑：《清诗话》，页536。
② （清）朱庭珍：《筱园诗话》，卷4，收入郭绍虞辑：《清诗话续编》，页2400。

且范围也更为明确；其次，无论转韵时采取多少句数，最好是依据"不可多寡过于悬殊，致畸轻畸重，总须匀称"的原则，换句话说，全诗转韵用到的每一韵部彼此都应该旗鼓相当，使全篇之肌理获得均衡的结构；另外必须注意的还有一点，那就是转韵之后所换押的韵部，乃以与前一韵部平仄相反的为佳，显然这是因为如此一来，便可以透过韵脚"平仄相间"、递转如轮的音节，而造成全篇高低抑扬的韵致，由此而创作出如音乐一般和谐动听的节奏美感。

朱庭珍的这段意见，提供给我们十分清晰的概念，再加上前述对清代相关诗论的分梳，有关转韵的种种原则大致已明。我们可以将之作为研究《红楼梦》中长篇古诗之转韵现象的参考架构，以进一步抉发曹雪芹的创作手法。

于此，应该指出的是，《葬花辞》《代别离·秋窗风雨夕》《桃花行》《姽婳词》这四首长诗在体制上的类别归属，应较偏向于乐府。以清施补华的区分标准来看，所谓："古诗贵浑厚，乐府尚铺张。凡譬喻多方、形容尽致之作，皆乐府遗派也，混入古诗者谬。"① 虽然古诗与乐府在后世早已合流，其特征往往浑沦难辨，不必然可以如此清晰界划，但其用以形容"乐府遗派"的"尚铺张"而"譬喻多方、形容尽致"的说法，却都是此四首诗共同的表现特点；何况此四诗若非以"辞""行"这类乐府歌行之题称为诗题，便是直接袭用乐府旧名，如《代别离·秋窗风雨夕》即是黛玉在读了《乐府杂稿》后不觉心有所感而拟格写成的，因此

---

① （清）施补华：《岘佣说诗》，收入丁福保辑：《清诗话》，页976。

都可以算是"乐府遗派"。而这类作品,更需依赖转韵才能带来摇荡动人的效果。

可惜,在《红楼梦》所铺陈的《葬花辞》《代别离·秋窗风雨夕》《桃花行》《姽婳词》这四首七言长篇中,曹雪芹只在贾宝玉《姽婳词》的创作过程中点出转韵之妙。第七十八回记载:宝玉在"叱咤时闻口舌香,霜矛雪剑娇难举"一联之后,接着写出"丁香结子芙蓉绦,不系明珠系宝刀"两句,旁边之众清客们听了都道:

转"绦","萧"韵,更妙,这才流利飘荡。

这样几句稍纵即逝的话语,只提到从前段"起、里"和"举"三个韵字所属的"纸韵"与"语韵",换转到"绦"字所属的"豪韵"(豪韵古通萧韵,此处径以"萧韵"涵括"绦"字而统称之,显见通韵后视两个韵部混融为一的心态),此中实在无法尽释转韵之奥妙究竟何在;幸而"流利飘荡"四字传神地描述了转韵的音韵感受,足以作为我们形容转韵效果之极致的箴言。因此,对于《红楼梦》中长篇歌行所表现的转韵做法,便只有从具体的诗例中观察,就分析所得的结果,便知曹雪芹潜在的创作法则究竟安在。

林黛玉的《葬花辞》是六个长篇中最早出现的一首,第二十七回描写这是在"哭的好不伤感"的情况下于"呜咽之声"中数落而成的,其凄怆惨恻之内容配合悲声哀吟,乃至令"宝玉听了不绝痴倒"。试就其内容意境与用韵情形,区分其辞成以下之段落:

花谢花飞飞满天，红消香断有谁怜？游丝软系飘春榭，落絮轻沾扑绣帘。（第一段）

闺中女儿惜春暮，愁绪满怀无释处。手把花锄出绣闺，忍踏落花来复去。（第二段）

柳丝榆荚自芳菲，不管桃飘与李飞。桃李明年能再发，明年闺中知有谁？（第三段）

三月香巢已垒成，梁间燕子太无情！明年花发虽可啄，却不道人去梁空巢也倾。（第四段）

一年三百六十日，风刀霜剑严相逼。明媚鲜妍能几时，一朝飘泊难寻觅。（第五段）

花开易见落难寻，阶前闷杀葬花人。独倚花锄泪暗洒，洒上空枝见血痕。（第六段）

杜鹃无语正黄昏，荷锄归去掩重门。青灯照壁人初睡，冷雨敲窗被未温。（第七段）

怪奴底是倍伤神，半为怜春半恼春：怜春忽至恼忽去，至又无言去不闻。（第八段）

昨宵庭外悲歌发，知是花魂与鸟魂？花魂鸟魂总难留，鸟自无言花自羞。（第九段）

愿奴胁下生双翼，随花飞到天尽头。天尽头，何处有香丘？未若锦囊收艳骨，一抔净土掩风流。质本洁来还洁去，强于污淖陷渠沟。（第十段）

尔今死去侬收葬，未卜侬身何日丧？（第十一段）

侬今葬花人笑痴，他年葬侬知是谁？试看春残花渐落，

便是红颜老死时。一朝春尽红颜老,花落人亡两不知!(第十二段)

若依照所押韵部通转的情况来区别段落,则全诗共总五十二句,可以分出十二个段落,个别以观之:

第一段四句,押平声韵,以"先部"的天、怜与"盐部"的帘通韵。

第二段四句,押仄声韵,以"遇部"的暮与"御部"的处、去通韵。

第三段四句,押平声韵,以"微部"的菲、飞与"支部"的谁通韵。

第四段四句,押平声韵,用"庚韵"的成、情、倾。

第五段四句,押仄声韵,用"质部"的日、"职部"的逼、"锡部"的觅通韵。

第六段四句,押平声韵,用"侵部"的寻、"真部"的人、"元部"的痕通韵。

第七段四句,押平声韵,用"元部"的昏、门、温。

第八段四句,押平声韵,用"真部"的神、春与"文部"的闻通韵。

第九段四句,押平声韵,用"元部"的魂与"尤部"的留、羞转韵。这里应特别说明的是,此段内容虽可以自成一段,但其音声所属之韵部及其内在情思之逗引,却是分别承先启后,为上下两段间的接榫。

第十段八句,押平声韵,用"尤部"的头、丘、流、沟。

第十一段两句,押仄声韵,用"漾部"的葬、丧。

第十二段六句,押平声韵,用"支部"的痴、谁、时、知。

此外,第四十五回林黛玉的《代别离·秋窗风雨夕》,由于是拟《春江花月夜》之格,因此全诗乃依循初唐诗人张若虚原作的形式,采取四句一转韵的固定格式书写:

秋花惨淡秋草黄,耿耿秋灯秋夜长。已觉秋窗秋不尽,那堪风雨助凄凉!(第一段)

助秋风雨来何速,惊破秋窗秋梦绿。抱得秋情不忍眠,自向秋屏移泪烛。(第二段)

泪烛摇摇爇短檠,牵愁照恨动离情。谁家秋院无风入,何处秋窗无雨声?(第三段)

罗衾不奈秋风力,残漏声催秋雨急。连宵脉脉复飕飕,灯前似伴离人泣。(第四段)

寒烟小院转萧条,疏竹虚窗时滴沥。不知风雨几时休,已教泪洒窗纱湿。(第五段)

全诗五段,每段四句,共总二十句:

第一段采平声"阳部"的黄、长、凉。

第二段取仄声"屋部"的速与"沃部"的绿、烛通韵。

第三段用平声"庚韵"的檠、情、声。

第四段取仄声"职部"的力与"缉韵"的急、泣通韵。

第五段则采用仄声"锡部"的沥与"缉部"的湿通韵。

至于第七十回林黛玉的《桃花行》,就篇幅、意象、情境与用韵情况而言,都比较接近于《葬花辞》,以下亦就其用韵状况分段以观之,诗曰:

桃花帘外东风软,桃花帘内晨妆懒。帘外桃花帘内人,人与桃花隔不远。东风有意揭帘栊,花欲窥人帘不卷。(第一段)

桃花帘外开仍旧,帘中人比桃花瘦。花解怜人花也愁,隔帘消息风吹透。(第二段)

风透湘帘花满庭,庭前春色倍伤情。闲苔院落门空掩,斜日栏杆人自凭。(第三段)

凭栏人向东风泣,茜裙偷傍桃花立。桃花桃叶乱纷纷,花绽新红叶凝碧。(第四段)

雾里烟封一万株,烘楼照壁红模糊。(第五段)

天机烧破鸳鸯锦,春酣欲醒移珊枕。侍女金盆进水来,香泉影蘸胭脂冷。(第六段)

胭脂鲜艳何相类,花之颜色人之泪。若将人泪比桃花,泪自长流花自媚。泪眼观花泪易干,泪干春尽花憔悴。(第七段)

憔悴花遮憔悴人,花飞人倦易黄昏。一声杜宇春归尽,寂寞帘栊空月痕!(第八段)

我们可以注意到,此篇长诗比较上最是与《葬花辞》血脉相通,全诗共三十四句,依转韵之情形可以分为八段:

第一段六句，押仄声韵，以"铣部"的软、卷与"旱部"的懒、"阮部"的远通韵。

第二段四句，押仄声韵，用"宥部"的旧、瘦、透。

第三段四句，押平声韵，用"青部"的庭、"庚部"的情、"蒸部"的凭通韵。

第四段四句，押仄声韵，用"缉部"的泣、立与"陌部"的碧通韵。

第五段两句，押平声韵，用"虞部"的株、糊。

第六段四句，押仄声韵，用"寝部"的锦、枕与"迥部"的冷通韵。

第七段六句，押仄声韵，用"寘部"的类、泪、媚、悴。

第八段四句，押平声韵，用"真部"的人与"元部"的昏、痕通韵。

最后，第七十八回的《姽婳词》更是于创作伊始，即为了配合题旨而采取"或歌或行""半叙半咏，流利飘逸，始能尽妙"的古体，因此即席尽情地衍义铺展，成为纵横蔓衍的一首长篇。依全篇转韵的状况，整首诗可以区分为以下段落：

恒王好武兼好色，遂教美女习骑射。秾歌艳舞不成欢，列阵挽戈为自得。（第一段）

眼前不见尘沙起，将军俏影红灯里。叱咤时闻口舌香，霜矛雪剑娇难举。（第二段）

丁香结子芙蓉绦，不系明珠系宝刀。战罢夜阑心力怯，脂

痕粉渍污鲛绡。(第三段)

明年流寇走山东,强吞虎豹势如蜂。王率天兵思剿灭,一战再战不成功。腥风吹折陇头麦,日照旌旗虎帐空。(第四段)

青山寂寞水澌澌,正是恒王战死时。雨淋白骨血染草,月冷黄沙鬼守尸。(第五段)

纷纷将士只保身,青州眼见皆灰尘。不期忠义明闺阁,愤起恒王得意人。(第六段)

恒王得意数谁行,姽婳将军林四娘。号令秦姬驱赵女,艳李秾桃临战场。绣鞍有泪春愁重,铁甲无声夜气凉。胜负自然难预定,誓盟生死报前王。贼势猖獗不可敌,柳折花残实可伤。魂依城郭家乡近,马践胭脂骨髓香。(第七段)

星驰时报入京师,谁家儿女不伤悲!(第八段)

天子惊慌恨失守,此时文武皆垂首。(第九段)

何事文武立朝纲,不及闺中林四娘。我为四娘长太息,歌成余意尚彷徨。(第十段)

全篇四十六句,可分成十个段落,各段之句数与押韵情形如下:

第一段四句,押仄声韵,用"职部"的色、得与"祃部"的射通韵。

第二段四句,押仄声韵,用"纸部"的起、里与"语部"的举通韵。

第三段四句,押平声韵,用"豪部"的绦、刀与"萧部"的绡通韵。

第四段六句,押平声韵,用"东部"的东、功、空与"冬部"的蜂通韵。

第五段四句,押平声韵,用"支部"的澌、时、尸。

第六段四句,押平声韵,用"真部"的身、尘、人。

第七段十二句,押平声韵,用"阳部"的行、娘、场、凉、王、伤、香。

第八段二句,押平声韵,用"支部"的师、悲。

第九段二句,押仄声韵,用"有部"的守、首。第十段四句,押平声韵,用"阳部"的纲、娘、徨。

从以上对四首诗歌所整理的用韵表来看,显然这几首歌行古诗都反映了一般诗论对转韵的看法:

其一,就韵部的使用而言,于律诗创作上严格避忌、却是古诗所允许的"通韵"现象,在这几首长篇古诗中都清楚可见,因此当诗中换用音韵相近的不同韵部,如"先部"与"盐部"、"遇部"与"御部"、"屋部"与"沃部"、"微部"与"支部"、"豪部"与"萧部"、"东部"与"冬部"等,其实都算是通韵而不是转韵。而此一通韵的做法,乃是出以真正将两个韵部混融为一的立场,属于同宗一家式的血脉相连,而非异姓联姻之类的形式结合,如前述第七十八回记载众清客所言:"转'绦','萧'韵,更妙。"其中"绦"字本划归于"豪韵",此处却径以可以相通之"萧韵"加以涵括而统称之,恰恰足以显示诗人将通韵之后的两个韵部完全浑沦视为一体的心态。

其二,从结构上来观察,诸诗之构成主要也是"或六句一转,或四句一转,八句一转",从而使诗句形成不同的意义段落,并且彼此联缀组成诗歌之主体;而所换用之韵脚亦大致遵守"平仄相间"的轮替原则,透过递转如轮的音节而营造出一种抑扬顿挫之韵致。

其三,还值得注意的是,诗中有时也会出现叶燮评为"亦觉局促"的两句一转的情形,除了《代别离·秋窗风雨夕》因为要模仿张若虚《春江花月夜》原作的形式,而必须采取四句一转韵的固定格式之外,从以上诸表中,我们可以看到《葬花辞》《桃花行》与《姽婳词》都没有例外地偶一用到"两句一转"的换韵幅度。推究其故,或即是因为全诗虽然纵横挥洒、流衍蔓生,但当情思逗引、心念腾挪而欲翻转诗境之际,其笔势便须顿然收煞,于是就有如深度呼吸时的换气一样,不免显得较为紧凑迫促。如《葬花辞》中的"尔今死去侬收葬,未卜侬身何日丧",便是以两句仄声韵将前述尚且淋漓放宕的歌哭之情,沉重而短促地转向"春残花落人亡"那恻恻哀绝的命定悲剧;而《姽婳词》于近末尾时,更连续两次使用"星驰时报入京师,谁家儿女不伤悲"和"天子惊慌恨失守,此时文武皆垂首"这种"两句一转"的用韵形式,透过局促而沉顿之音节的层层进逼,充分强化了悲剧惨烈发生的突兀与君臣惊慌失措的窘迫,正是叶燮所谓的"转所不得不转",而匠心经营出声情相合的完美表现。

另外,在《葬花辞》《代别离·秋窗风雨夕》《桃花行》《姽婳词》这四首七古长篇中,于转韵时也大量运用了逗韵的技巧。

所谓"逗韵",指的是在转韵的时候,次段的第一句即使用此段欲押之韵字，而与整段押韵，其效果是能够将前后韵部不同的两段顺势衔接，以避免急转切换之突兀，而收到蜿蜒引带的行云流水之效。因此当这四首诗篇转韵的时候，每每在换韵的第一句便开始押韵，如《葬花辞》的"柳丝榆荚自芳菲，不管桃飘与李飞。桃李明年能再发，明年闺中知有谁"，《代别离·秋窗风雨夕》的"罗衾不奈秋风力，残漏声催秋雨急。连宵脉脉复飕飕，灯前似伴离人泣"，《桃花行》的"桃花帘外开仍旧，帘中人比桃花瘦。花解怜人花也愁，隔帘消息风吹透"，《姽婳词》的"丁香结子芙蓉绦，不系明珠系宝刀。战罢夜阑心力怯，脂痕粉渍污鲛绡"等，其例甚伙，不暇一一遍举。而在"逗韵"技巧的大量运用之下，整篇诗作也特别容易在逶迤流宕的韵律中产生婉转缠绵的情致，这就是这四首长篇歌诗"流利飘荡"的又一因素。

第五节　篇终收结——本位收住法

一篇诗作，在起句开端之后，历经中间谋篇布局的主体铺叙的过程，最终必然要作结收束全篇，而整个诗歌创作的过程也于焉完成。但在前文层层推展之余，如何回归主题、照应全篇，不至于虎头蛇尾、前后不称，是诗歌创作上最后所要面对的课题。

就此，沈德潜曾就对历代诗歌的观察，而提出"放开一步""宕出远神""本位收住"这三种篇终收结的方式，并以具体诗例阐明其义：

收束,或放开一步,或宕出远神,或本位收住。张燕公:"不作边城将,谁知恩遇深?"就夜饮收住也。王右丞:"君问穷通理,渔歌入浦深。"从解带弹琴宕出远神也。杜工部:"何当击凡鸟,毛血洒平芜。"就画鹰说到真鹰,放开一步也。就上文体式行之。①

沈德潜为阐明这三种篇终收结法所举的诗例,都是篇幅较短的五言律诗,无论是"放开一步""宕出远神""本位收住"中的任何一种,都比较容易"就上文体式行之",也就是在前文已然写就的体式基础上,配合文脉的需要而自行取决。这是因为律诗在收结之前仅有六句的内容,末尾若欲放开或宕出以进行拓展,既不怕与前面重复,也无须忧虑一去难回;若欲就本位收住,更至少一定可以切合本旨,没有离题之虞。因此相对说来,律诗之结尾可以比较容易"就上文体式行之",开阖之间的选择都具有较大的自由。

因此,在为诗章收结全篇时,不同的诗人也就易于就自己的性格取向和艺术偏好来从中取舍,如对超越拘执、无入而不自得的王维而言,在《酬张少府》一诗中便以"君问穷通理,渔歌入浦深"作结,运用的是"以不答答之"而似结未结的做法,让提出"穷通

---

① (清)沈德潜:《说诗晬语》,收入丁福保辑:《清诗话》,页539。先前元代的杨载在其《诗法家数》中已经就律诗结尾的方式指出:结句"或就题结,或放开一步,或缴前联之意,或用事,必放一句作散场,如剡溪之棹,自去自回,言有尽而意无穷"。沈德潜之说或即承此而发挥得更加清晰完备,收入(清)何文焕辑:《历代诗话》,页729。

理"这大哉问的张少府随其自性去自行领会,因而具有"宕出远神"的无穷余韵;而对地负海涵般才力博厚的杜甫来说,一般人容易流于强弩之末的终篇却是他余劲不息的力场所在,他曾说:"意惬关飞动,篇终接浑茫。"① 可见"放开一步""宕出远神"乃至超过这两种之上的推扩方式,比较是他所赞许而采取的收结法。

但是,律诗短篇比较容易"就上文体式行之"而有多种不同的收结方法,对于长篇累牍的歌行古诗,篇终收结的情况就大大不同了。以律诗为例而提出三种收结法的沈德潜也承认:

> 诗篇结局最难,七言古尤难。前路层波迭浪而来,略无收应,成何章法?支离其词,亦嫌烦碎。②

可见对七言古体这类长诗而言,由于篇幅长度的先天关系,"前路层波迭浪而来"的丰富蔓衍之内容与转折起伏之局面,都对末尾的收结造成巨大的压力,因此无论是"放开一步"或是"宕出远神",都容易变成促使诗篇终尾偏离主题、脱缰而去的帮凶。既然"略无收应,成何章法",则如此一来,"本位收住"就成为长篇诗歌收尾的最佳选择。

《红楼梦》中四首沈德潜认为结局最难的七古长篇便全部合乎"本位收住"这个原则,如《葬花辞》的末联是"一朝春尽红颜老,

---

① (唐)杜甫:《寄彭州高三十五使君适、虢州岑二十七长史参三十韵》,(唐)杜甫著,(清)仇兆鳌注:《杜诗详注》,卷8。

② (清)沈德潜:《说诗晬语》,收入丁福保辑:《清诗话》,页536。

花落人亡两不知",以春尽颜老扣住花落人亡,紧守所歌咏的葬花主旨;《代别离·秋窗风雨夕》的结尾是"不知风雨几时休,已教泪洒窗纱湿",明确地以风雨泪湿的意象与风雨别离之诗题相应;《桃花行》的篇终为"一声杜宇春归尽,寂寞帘栊空月痕",以杜宇月痕点出春归花落的哀戚,亦不失本旨;至于贾宝玉的《姽婳词》则以"我为四娘长太息,歌成余意尚彷徨"为终结,更清楚回应宝玉为林四娘长歌咏叹的当前情景。四篇诗作最后都回归各自歌咏的主旨,与全诗之反复吟咏、首尾扣连相合,十分切题。

除了七古之外,《红楼梦》中两次联句而成的长篇五言排律,其实也都同样是采取本位收住的方法以终篇,例如第五十回的《芦雪庵即景联句》乃是以"欲志今朝乐,凭诗祝舜尧"收尾,就"今朝乐"而回归到眼前众人群集、联诗为欢的实事,完全切就诗旨之本位。而后来当黛玉与湘云于凹晶馆联诗时,最后妙玉出面接续收束的原则亦是:

> 如今收结,到底还该归到本来面目上去。若只管丢了真情真事去搜奇捡怪,一则失了咱们的闺阁面目,二则也与题目无涉了。(第七十六回)

为了不致"与题目无涉",因而妙玉用以收结的"彻旦休云倦,烹茶更细论"这最后两句,便是扣住眼前三人彻夜联句、煮茶论诗的真情实景,而终于"归到本来面目上去",与诸女在中秋夜联诗赏玩之题目诗旨相呼应。至此可见,不论是七古歌行或联句排律,曹雪芹于书中长诗的收结法的确都是属于"本位收住"式的。

　　值得更进一步深究的是,这种"本位收住"的收结法除了是因应长篇的先天性质而来,遂尔不得不然之外,在《红楼梦》中是否还有其他的用意?我们发现:《葬花辞》《代别离·秋窗风雨夕》《桃花行》《姽婳词》这四首古体歌行的抒情性质极为浓厚,而且都以描画特定之抒情主体(主要是林黛玉)的性格特色为主要目的,因而回归此一抒情主体所抒之情似亦极为顺理成章。但长篇中的其余两首联句则因为是出于众手的集体创作,并没有特定之抒情主体的制约和局限,结果就反而蕴藏了另一层用意可供探寻。而探寻的结果是:这层透过"本位收住"所蕴含的深层意向,其实还是诗谶思维的再度反映与另类表现。

　　以第七十六回《凹晶馆联诗悲寂寞》之一段描写为例,余英时认为:为了要避免情节前后重复,故曹雪芹将妙玉续接黛玉、湘云的联诗写成另一风貌[1],如此则妙玉续诗纯然是出于小说艺术的考虑。然而,细究妙玉论诗的说法以及其挥笔续作的内容,其中清楚透露出来的真正用意,其实应是前述所谓诗谶思维的一种反映。试看妙玉为整个联句收尾时,明说其原则乃是:"如今收结,到底还该归到本来面目上去。……必须如此方翻转过来,虽前头有凄楚之句,亦无甚碍了。"此一观念正是在翻案的技巧中寓藏诗谶思考的具体表现,也就是透过"翻转"而将前头的"凄楚之句"加以抵销,

---

[1] 见余英时:《眼前无路想回头》,收入余英时:《红楼梦的两个世界》,页124。

以破解那伴随"凄楚之句"而俱来的悲剧宿命,此点于本书之第六章第二节更有详尽的分析。

而在第五十回的《芦雪庵即景联句》中,此一诗谶观的操作更反映了传统社会里趋吉避凶的心理,在"诗为未来之谶"的认定之下,人们在喜庆颂圣的场合中自不宜出现颓丧伤感之哀音,诗人同样也必须将整个作品收住于"颂圣"之"本位",以免干犯忌讳。明徐师曾就此便感慨道:

> 自诗谶之说兴,作者遂多避忌:沉逆惊丧,不堪赠远;短促凋哀,讵宜称寿;卑降免失,忌献于达官;落下遗出,恶闻于始进。推此类也,能无病于言乎?①

换言之,在"诗可以反映未来命运"而使语言成为命运之载体的诗谶思维笼罩之下,为了事先避免不祥之凶兆,任何会引起负面感受的"沉逆惊丧""短促凋哀""卑降免失"与"落下遗出"这类语句,都成为避忌割舍的对象,尤其是处于"赠远""称寿""达官""始进"这类群集颂圣的场合中所创作的诗歌,就更容易在此无形的规约下形成固定的套式。

试看第五十回的《芦雪庵即景联句》最后是以"欲志今朝乐,凭诗祝舜尧"收尾,除了配合当时大观园中团圆热闹、青春洋溢的场景气氛,而以"舜尧"颂圣之外,其深层用意还包含透过对"舜

---

① (明)徐师曾:《诗体明辩·论诗》,页43。

尧"之颂圣,同时为缔造"今朝乐"的某种神圣力量进行祝祷,让大观园中裙钗荟萃的风华繁盛得以永恒持续,因此仍是将诗句作为命运之载体的同一种思维方式的具现;而妙玉于中秋夜大观园联句时,所谓"如今收结,到底还该归到本来面目上去。……必须如此方翻转过来,虽前头有凄楚之句,亦无甚碍"的观念,也早在《芦雪庵即景联句》时就获得了实践。

由此可见,这两首联句诗以"本位收住法"为全篇收结,其实也是相应于诗谶观而不得不如此的做法,为了避忌徐师曾所说"沉逆惊丧""短促凋哀""卑降免失"与"落下遗出"等负面语词,因而就眼前真情真景来进行"颂圣"的本位收住法,就成为不得不然的结果。如此一来,《红楼梦》中的六首长篇诗歌,就在篇终收结的方式上达到了完全一致的表现。

第五章
律诗之格度与品鉴

　　《红楼梦》中的诗歌作品，长篇者仅如上一章所述的六首，因此整体说来，律诗所占之比例其实才最称大宗。但比较而言，全书讨论律诗之处却相形更少，仅零零星星地见于第三十八回众人咏菊花诗、第四十八回香菱学诗，以及第五十回贾宝玉作《访妙玉乞红梅》诗这几段情节，断语残说、惊鸿偶现，有赖统整始得一窥曹雪芹律诗创作论之全豹。因此除了前一章在探讨长篇诗作时，将律诗之相关部分个别附说于末之外，书中其他与律诗有关的创作概念及其实践，我们特别在此专辟一章加以详细论述。

第一节　律诗的基本规范

　　所谓"律诗"，为"近体诗"之一种，乃是历经六朝诗人长期之揣摩试验之后，于初唐时由沈佺期、宋之问所确立的诗歌形式[①]，

---

①　（宋）欧阳修、宋祁等《新唐书·文艺传·杜甫传赞》云："唐兴，诗人承陈、隋风流，浮靡相矜。至沈佺期、宋之问等，研揣声音，浮切不差，而号'律诗'，竞相袭沿。"（台北：鼎文书局，1992年1月）页5738。

意指诗之规范严如法律者，所谓："五言至沈、宋，始可称律。律为音律、法律，天下无严于是者，知虚实平仄不得任情，而度明矣。"① 或者："律者，六律也，谓其声之协律也；如用兵之纪律，用刑之法律，严不可犯也。"② 都言简意赅地说明了诗而称为"律"的原因所在。

欲知律诗规范之严，可先以"押韵"为例说明之。古体诗所允许的"换韵"与"通韵"，在写作律诗时就转而成为干犯律令的重大错谬，异音跳脱的换韵固不待言，音质近同的通韵也同样被严格禁止（虽然在唐人律诗中不乏通韵的现象）；换句话说，律诗必须固守一韵到底的铁律。就此，《红楼梦》中曾有一段无意间触及此义的示范，于第四十八回描写香菱学诗时，由林黛玉限"十四寒"的韵让她作一首咏月诗，而其思索之专注已到了挖心搜胆，以至耳不旁听、目不斜视的地步：

> 一时探春隔窗笑说道："菱姑娘，你闲闲罢。"香菱怔怔答道："'闲'字是十五删的，你错了韵了。"众人听了，不觉大笑起来。

---

① （明）王世贞：《艺苑卮言》，卷4，收入丁福保辑：《历代诗话续编》，页1004。

② （清）钱良择：《唐音审体·律诗五言论》，收入丁福保辑：《清诗话》，页781—782。另刘熙载亦曰："律诗取律吕之义，为其和也；取律令之义，为其严也。"（清）刘熙载：《艺概》，卷2"诗概"，页72。

第五章　律诗之格度与品鉴　235

由此可见，在古体诗中可以通韵混用的"十五删"与"十四寒"，到了律诗里却必须坚守壁垒而泾渭分明，属于"十五删"的"闲"字如果用在规定押"十四寒"的诗章时，就会发生"出韵""错韵"或"落韵"的问题。这就显示了律诗严如律法之一端。

而第四十八回这段描写香菱学诗的过程中，除了点出律诗不得通韵以免"错韵"的规范之外，更是曹雪芹用以揭示律诗之创作原则的全面论述，可以说是全书中攸关律诗创作的总纲领。在此段之叙写中，林黛玉跃升为指导诗学的首席教师，与入门扣问的初学者香菱展开以下一段对话：

> 黛玉道："什么难事，也值得去学！不过是起承转合，当中承转是两副对子，平声对仄声，虚的对实的，实的对虚的，若是果有了奇句，连平仄虚实不对都使得的。"香菱笑道："怪道我常弄一本旧诗偷空儿看一两首，又有对的极工的，又有不对的，又听见说'一三五不论，二四六分明'。看古人的诗上亦有顺的，亦有二四六上错了的，所以天天疑惑。如今听你一说，原来这些格调规矩竟是末事，只要词句新奇为上。"黛玉道："正是这个道理。词句究竟还是末事，第一立意要紧。若意趣真了，连词句不用修饰，自是好的，这叫做'不以词害意'。"

这段话的内容，涉及了种种律诗构成的基本形式，包括"起承转合"的整体铺展结构，以及"对偶"与"平仄"的运用法则，同时还关涉到"立意"构思方面的美学评价。为使论述详晰起见，以下试分项一一说明之。

一、起承转合的结构安排

有关整首律诗意脉经营的结构模式,早在宋代的诗论中就已经出现"起承转合"的创作概念,如范德机《诗法》云:"作诗有四法,起要平直,承要舂容,转要变化,合要渊永。"① 已经明确而完整地提到诗篇整体结构的四个环节,而且还简要说明了每一个环节的表现特质,对作诗而言,可以说提供了谋篇布局时揣摩拿捏的一个法门。不过,根据清初金圣叹研究唐人应举试帖所赋诗作的心得来看,则"起承转合"的做法不但早在唐代就已具其实,而且还十分制式化地成为一个普遍的法则,所谓:

> 唐制八句,原止二句起,二句承,二句转,二句合,为一定之律。徒以前后二联可以不拘,而中四句必以属对工致为选,因而后人互相沿习,徒竞纤巧,无关义旨。②

---

① (宋)范德机《诗法详论·律诗》亦曰:"起如开门见山,突兀峥嵘,或如闲云出岫,轻逸自在;承处如草蛇灰线,不即不离;转如洪波万顷,必有高源;合处风回气聚,渊泳含蓄。"与范德机之说堪称吻合。引自[日]诸桥辙次编:《大汉和辞典》(台北:蓝灯文化公司,1986年),卷4,"律诗"条,页827。

② 杜甫《秋兴八首》别批,见(清)金圣叹:《唱经堂杜诗解》,卷3,收入《金圣叹全集》第4册(台北:长安出版社,1986年9月),页670。

这段话明白指出"起承转合"是分别与律诗之四联一一对应的,每两句为一个环节,各自担任不同的功能,而且中间两联还必须对仗工稳。然而,究竟唐人律诗是否都如此一板一眼地完成,恐怕具有很大的争议性,如王夫之就认为:"起承转收,一法也。试取初盛唐律验之,谁必株守此法者?"① 何况目前学者的研究也已经指出,在唐人的观念中,其实律诗的句数是极为宽泛的,既无须排律之名,亦可包括绝句,因此清钱良择考定唐人诗体时,结论是:"自二韵以至百韵,皆律体也。二韵谓之绝句,六韵谓之长句。"② 至多是在旧题白居易所撰《金针诗格》中提出:"第一联谓之破题;……第二联谓之颔联……亦谓之撼联;……第三联谓之警联;……第四联谓之落句。"此一说法可能影响后世以八句四韵为律体的标准而已③,如此则唐代根本无从有"起承转合"之概念可言。

更且,金圣叹将"起承转合"分别与律诗四联一一对应的制式分擘法,早在元代杨载即已发之④,此后乃逐渐成为一般诗论的主流之一,金圣叹只是将主流意见大胆地溯及唐诗而已。不过如此制

---

① (明)王夫之:《姜斋诗话》,收入丁福保辑:《清诗话》,页12。
② (清)钱良择:《唐音审体》,收入丁福保辑:《清诗话》,页722。
③ 参蔡瑜:《唐诗律化的理论进程》,收入蔡瑜:《唐诗学探索》(台北:里仁书局,1998年4月),页96。该文还指出,在唐人的观念中,不但律诗的句数是极为宽泛的,关于对偶的位置与数量也仍具有相当的弹性,后世渐以首尾不对、中间两联对偶为常例,当是一种渐次发展的结果,见同书,页100。
④ (元)杨载于《诗法家数》中以专节阐述"律诗要法"时,以律诗第一联"破题"为"起",第二联"颔联"为"承",第三联"颈联"为"转",第四联"结句"为"合",并对各联之做法有所发挥。见(清)何文焕辑:《历代诗话》,页729。

式分擘的格套却的确反映了清代诗坛上的普遍认知,如黄生也所见略同:"诗之五言八句,犹文之四股八比,不过以起承转合为篇法而已。起联当说破题意,次联则承其意而下,第三联则略开一步,尾联则又收转,与起联相应,以完一篇之意。"① 这里将诗章与文章之篇法相提并论,使得律诗创作染上了八股文的色彩,同时把起承转合之功能分别阐述为"说破题意、承其意而下、略开一步、尾联收转",比诸宋代范德机所说的"平直、舂容、变化、渊永"也更为清楚显豁,然而其所宣称平均分配、斤两悉称的原则,却是与金圣叹不谋而合。

只是,起承转合之法则究竟如何统摄全诗,让八句之数与之分别对应,其他诗论家却还有不同的说法。除了这种平均分配、斤两悉称的原则之外,清人吴乔认为律诗的骨架还可以有其他数种支撑的法式,所谓:

> 律诗有二体……八句如钩锁连环,不用起承转合一定之法者也。……遵起承转合之法者,亦有二体,一者合于举业之事,前联为起……次联为承……第三联为转……末联为合。……一者为首联为起,中二联为承,第七句为转,第八句为合。②

---

① (清)黄生:《诗麈》,卷1,收入贾文昭主编:《皖人诗话八种》,页53。
② (清)吴乔:《围炉诗话》,卷2,收入郭绍虞辑:《清诗话续编》,页544。

归纳其说法，律诗谋篇布局的方式有三：除了"合乎举业"而斤两悉称的制式做法之外，还可以把中间二联合并为一，共同担任"承"的作用，再以第七句为转，第八句为合，责任分划较为轻重不均；最特别的是，律诗甚至可以不遵行起承转合的架构，而让"八句如钩锁连环"般一气直下，至此，按部就班的法则便完全丧失了用武之地。

就《红楼梦》的诗论来看，曹雪芹透过林黛玉说："当中承转是两副对子。"意思是诗篇中间的两联担任"承、转"的功能，且必须如对联一般骈俪整练，性质有如两副对联。由此可知，曹雪芹所接受的是已然制式化的律诗结构形式，每一联各自发挥"起承转合"的功能，而依序"二句起，二句承，二句转，二句合"，同时"中四句必以属对工致为选"，这就显然与杨载、金圣叹、黄生等人所言一致。而这样固定甚至呆板的制式规定，在《红楼梦》的诗论中出现的缘故，或许是因为教导初学者时，必须以易记易学为原则来度以金针，因而充任一种简洁有力的方便法门；也或许是出自清朝诗坛上一般的诗学观念，而反映了曹雪芹处身于当时所习染的时代影响。

二、平仄虚实的对仗原则

除了起承转合的形式之外，在上述林黛玉教导香菱有关律诗作法的一段话中，还有从声韵角度来要求的"平声对仄声"之说，申言的是律诗在每一联的上下两句之间，透过声韵上高低抑扬的交错安排，以追求跌宕有致的美感效果。此一平仄交错的法则及其所成就的格律形式，于一般诗学入门书中都有简单的介绍，可以说是一般常识，故此处不拟赘及。

至于香菱所提到，几乎被一般初学者奉为圭臬的"一三五不论，二四六分明"一说，却有值得商榷之处。此说最初是附载于《切韵指南》之后而流传，却不知为谁所造。作为入门之口诀，此一说法的影响可谓甚深甚广，然而衡诸历代律诗的用韵情形，其是非正谬却至今未能定论。就"一三五不论"来看，清代王士禛便反对此说道："律句只要辨一三五。俗云'一三五不论'，怪诞之极，决其终身必无通理。"① 批判之余，他更具体地说明道：

> 五律，凡双句二四应平仄者，第一字必用平，断不可杂以仄声。……凡七言第一字俱不论。第三字与五言第一字同例。凡双句第三字应仄声者可换平声，应平者不可换仄声。②

显然在某些条件下，"一三五"平仄的使用依然有其绝不可易之限制。时至近代，声韵学家王力也曾着意辨明之，透过大量诗例的举证，他指出：唐宋诗人宁愿"二四六不论"，却会为了避免"犯孤平"此一近体诗之大忌起见，于"平平仄仄平"这种五言句式的第一字，和"仄仄平平仄仄平"这种七言句式的第三字都会严守平声的限制，

---

① （清）何世璂：《然镫记闻》，收入丁福保辑：《清诗话》，页120。
② （清）王士禛：《律诗定体》，收入丁福保辑：《清诗话》，页113—114。

除非另外施以拗救,否则必定"一三分明"。① 至于"二四六分明"之说,虽然可以称为律诗平仄约束的铁律,却也不乏少数的例外,因此和"一三五不论"一样,都只是一个大略的通则而已,恐怕不能胶柱鼓瑟。

可见,曹雪芹也许并不是严格的声律学家,但在《红楼梦》中,他却让香菱这位极其认真的初学者发现"古人的诗上亦有顺的,亦有二四六上错了"的现象,以至天天疑惑,从而概略地点出此一口诀的差池之处,并透过林黛玉这位娴熟诗艺的桂冠诗人予以释疑。固然这主要是为了衬出"第一立意要紧"而"不以词害意"的价值观,然而对于学诗者影响甚深的此一口诀,却也藉由小说情节发挥了澄清的作用,此乃曹雪芹诗论的一个看法。

此外,林黛玉又说"当中承转是两副对子",意思是指律诗中间的两联必须相对,每一联的上下两句除了要求在声律上平仄相反之外,还得在结构和词类上讲求互相对偶。所谓对偶,指的是同一联的两个句子在结构上的平行与词类的对称,而构成对偶的基本条件有三:或是相对位置上的字属于相同的词类,或是相对应的词组属于相同的结构类型,或是两个句子整体上的语法结构关系相同;在通常的情况下,律诗的对仗能够满足其中的两项条件。② 于上述三项中,与《红楼梦》之诗论有关而必须深入讨论的,厥为其中之第一项——亦即每一联的上下两句间,位于相对位置的语词必须词

---

① 王力:《汉语诗律学(修订本)》,第 1 章第 7 节,页 83—88。
② 参耿振生:《诗词曲的格律与用韵》(郑州:大象出版社,1997 年 4 月),页 49。

性相同，而且必须隶属于同一个语言范畴。

　　在语言学有关词类的区分范畴上，所谓"虚的"语词，指的是代词、介词、连词、语助词这类不具备独立意义的抽象语词；所谓"实的"语词，则是指名词这种可以具体实指的物类之名，以及动词、形容词、副词之类能够产生具体想象的语词。① 而既然在对偶法则中，互相对仗的语词必须词性相同，如王相《绘图千家诗注释》附录《笠翁对韵》中所云："鱼对鸟，鹊对鸠，翠馆对红楼。"如此则林黛玉用以说明对仗法则的"虚的对实的，实的对虚的"两句，其实是启人疑讼的误说，与正确的律诗做法适得其反；究实而言，应该是"虚的对虚的，实的对实的"之口误。

　　若将错就错来看，"虚的对实的，实的对虚的"这样并非精当的对偶法，在前人的作品中也屡有所见，即使杜甫都不例外，到了宋代诗论中便称之为"偏枯对"，取其与精切严整的"工对"相较为言。如宋人孙奕指出："诗贵于的对，而病于偏枯。虽子美，尚有此病。"② 接下来所列举犯偏枯之病者，包括以一草木对二草木、以一鸟兽对二鸟兽、以二字对一意、以二景物对一物、以一水对二山、以二人对一郡、以一人对二国、以歇后对正语、以实对虚，共九种缺失。其最后一项即是"以实对虚"，所举以为例证者，为杜

---

① 吕叔湘《开明文言读本导言》云："这里所说的虚字范围较广，不但是代词，介词，连词，语助词，还包括好些副词；换句话说，除了名词，动词，形容词。"吕叔湘：《文言虚字》（台北：文史哲出版社，1991年10月），附录，页195。

② （宋）孙奕：《履斋诗说》，收入［日］近藤元粹辑：《萤雪轩丛书》第4卷（大阪：青木嵩山堂，明治二十九年［1896］），页46下。

甫《龙门》诗的"往还时屡改，川水日悠哉"，试看这两句以"往还"对"川水"，在词性与词类上的确都不符合一般门当户对式的对仗法则，故有偏枯之谓。

诗论家对这种"以实对虚"的偏枯做法一致抱持保留的态度，或曰："大手笔如老杜则可，然未免为白圭之玷，恐后学不可效尤。"① 或谓："句意适然，不觉其为偏枯，然终非法也。"② 既然"以实对虚"仅仅是诗家圣手于游刃有余之际，用以展现其能破能立之才华的非常演出，并不足作为后学效尤之诗法，而身为大观园之桂冠诗人的林黛玉，居然在教导律诗基本规则时发生口误，无乃是探讨《红楼梦》诗论时一个令人错愕的遗憾。于是近人对此另外提出别解，不从词性的角度而改由情境意义的范畴诠释之，使林黛玉的说法不但没有错误，而且还十分独特而圆满。如刘恒即认为：林黛玉所说"虚的对实的，实的对虚的"，其义乃是指律诗中间负责承转之"两副对子"的"一虚一实"，而不是说"词性"的"一虚一实"——词性即便在"虚"中也是"实的对实的，虚的对虚的"，如此则不违背传统诗学的要求；同时他进一步举出沈德潜《说诗晬语》中所言"中联以虚实对、流水对为上"的说法，并根据霍松林的解释阐述道：

---

① （宋）孙奕：《履斋诗说》，收入［日］近藤元粹辑：《萤雪轩丛书》第 4 卷，页 46 下。

② （宋）范晞文：《对床夜语》，卷 2，收入丁福保辑：《历代诗话续编》，页 420。

中联,指律诗的中间两联。抒情为"虚",写景叙事为"实",以虚对实,或以实对虚,叫"虚实对"。如陈与义(简斋)《怀天经智者》中的"客子光阴诗卷里,杏花消息雨声中",一我一物,一情一景,显得有变化,不呆板。①

换句话说,所谓"虚的对实的,实的对虚的"可以解释为对仗法则中的"虚实对",让抒情咏怀的"虚"与写景叙事的"实"相对偶,如此一来,林黛玉的说法乃是就"情境"的虚实互补为论,而不是在"词性"上以实字对虚词的"偏枯之对",那便没有任何问题了。

经过如此重重辨析之后,我们对律诗中间两联对仗的相关法则,的确获得了更多的认识和更深的了解。只是,这样的解释本身虽然深刻无误,更可以维护林黛玉诗论的正确与完美,不过还是稍嫌迂曲缠绕,不够直接明了。最关键的问题是,这种"虚实对"在一般诗歌创作上的应用性并不普遍,仅仅只是对偶法则不断区分之下的一个特殊门类,其实并不能当作一种诗学的普遍原则来表述,否则就不免落入以偏概全之谬误;而综观林黛玉传授诗学的情境,却明显是在揭示一般性创作之总纲领,因此将此一说法与小说情节两相嵌合之际,未免就出现了错榫而产生诠释的罅隙,实可商榷。更何况,入门学习教材之设计本身必须具备言简意赅的条件,以便

---

① 刘恒:《关于"虚的对实的,实的对虚的"》,《红楼梦学刊》1999 年第 4 辑,页 236—237。

于初学者认知记诵，则如此迂曲而特殊的解释是否适合用来作为教导的口诀，显然也是大有疑问。

或许曹雪芹让林黛玉脱口说出"虚的对实的，实的对虚的"这样具有偏枯之嫌疑的看法，其真正的原因，是他认为对偶以及其他种种绳墨规矩并不那么绝对而重要。试看林黛玉与香菱接下来的对话，清楚可见这些起承转合、平仄对仗之类的格调规矩，其实"竟是末事"，因为"只要词句新奇为上"，甚且连"词句究竟还是末事"，因为"第一立意要紧，若意趣真了，连词句不用修饰，自是好的"，从而解决了香菱在读诗时，因为注意到"有对的极工的，又有不对的"此一现象而产生的困惑。在这段明显具有价值论断的排序中，曹雪芹使用层层透析的剥笋探心法，将律诗（乃至一切诗歌）的终极价值辩证式地一步步推出，首先以"奇句"压倒"格律规矩"，接着再以"立意"掩抑"词句"，于层层剥除了外在形式的拘碍与字句雕琢的执迷之后，诗人那清新的"立意"——也就是我们在探讨诗歌之感发性质时所分析的"独特而真切的感受"（参第三章第四节），便脱颖而出取得了无上的价值。最后，当"不以词害意"终于以压轴的姿态被提出之际，那些起承转合、平仄对仗与字句雕琢之类的考虑就完全可以一概抹倒，沦为诗歌艺术中的枝节末事，从而诗篇作为心灵世界之吟咏讴歌的终极意义，便得以超拔出来而全幅彰显。

毕竟，虽然起承转合、平仄对仗与字句雕琢这些枝节末事是诗歌构成时不可欠缺的基本条件，然而更重要的是其中所寓托的心灵意境或情思感发，若过于钻研深求形式技巧，导致本末倒置、以词害意,那么诗歌的真实生命就必然枯竭乃至于终结。这或许是曹雪芹为了警醒世上徒事雕章丽句之辈,所刻意敲起的一记暮鼓晨钟罢!

第二节 撷取"警句"的摘句式批评

写作形式之中规中矩、合乎律度,仅仅是诗歌创作的基本条件而已;当外在框架已然具足之后,开创诗歌艺术之价值与美感的因素,其实是存在于诗句构成的血肉之中。

正如我们在第四章所见,诗歌乃是一种在声韵和诗境上都讲究跌宕生姿的语言艺术,于谋篇布局上更追求纡余卓荦的奇正相生之妙。在这样的考虑之下,整首诗篇并不能免于纡余平正、庸常无奇的一般诗句,以作为衬托;而藉由对比的效果,其中表现得卓荦奇杰的特出诗句,便如绿叶环拱中的红花一般容易被突显出来,形成所谓的"警句"(或谓佳句、胜句、秀句),成为整个诗篇中最为引人注目的部分。刘勰便指出:"文之英蕤,有秀有隐。隐也者,文外之重旨者也;秀也者,篇中之独拔者也。隐以复意为工,秀以卓绝为巧。……凡文集胜篇,不盈一二;篇章秀句,裁可百二。"① 元代方回于《跋尤冰寮诗》中则承此意,专就诗歌道:

---

① 见《文心雕龙·隐秀》篇,周振甫注释:《文心雕龙注释》,页739—740。

诗不过文章之一端，然必欲佳句脍炙人口，殆百不一二也。非有上下古今之博识，出入天地之奇思，则虽欲日锻月炼，以求其佳，亦不能矣。①

既然佳句端赖"上下古今之博识，出入天地之奇思"而始成，可谓荟萃宇宙精华之结晶，其数量又具有"百不一二"的稀有特性，更兼备以稀为贵的价值，则"佳句"的迥拔不凡也就不言可喻。是故早在魏晋时，陆机即认为："立片言而居要，乃一篇之警策。"②而如此诗思优美传神、警策有力，足以令人心神震荡之警句，不但是作者倾力追求的艺术结晶，所谓"争价一句之奇"（《文心雕龙·明诗》篇），也是读者品鉴的焦点，在诗歌批评的领域里更是众人青睐有加的宠儿，赏鉴时往往独取之以重顿特提、加意分析。如晚唐司空图在欣赏贾岛的诗作时，便曾特别指出："贾浪仙诚有警句。"③因此之故，中国传统诗论中就逐渐形成了别树一格的"摘句式批评"。此不独律诗为然，衡诸长篇诗歌亦不例外。

追溯摘句批评的源头，最早应起于南朝，如宋孝武帝即已采取"摘句嗟赏"的阅读方式④，而刘勰于《文心雕龙·隐秀》篇中更

---

① 曾永义编：《元代中国文学批评资料汇编》上集（台北：成文出版社，1978年9月），页122。

② （晋）陆机著，张少康集释：《文赋集释》，页104。

③ （唐）司空图：《与李生论诗书》，《司空表圣文集》，卷2，《四部丛刊正编》，页9。

④ （南朝梁）萧子显《南齐书·丘灵鞠传》载："宋孝武殷贵妃亡，灵鞠献《挽歌诗》三首，云：'雾横广阶暗，霜深高殿寒。'帝摘句嗟赏。"页889。

清楚指出："如欲辨秀，亦惟摘句。"梁萧子显亦曾说："张眎摘句褒贬。"[1] 其后钟嵘《诗品》列论古今诗中胜语的做法，有学者认为乃首开摘句之风气[2]，可见在诗论范畴中已确立摘句的批评概念与实际运用。时至初唐，元兢撰有《古今诗人秀句》两卷（见《新唐书·艺文志》），序中表明要呈现出一种从一篇之中摘取秀句的创造性构想，而书如其名，乃是从古今诗歌中摘取秀句的选本，成为出现在唐代的新的文集形式。[3] 到了诗话盛行的宋代，这种对警句的注意与抉发，则已蔚然成为大观，而"摘句式"的批评方式，也就正式成为一条文学批评的门路了。如杨万里的《诚斋诗话》中曾谓："诗有惊人句。"接下来便列举杜甫、白居易、李贺、杜牧等人各一联诗以为例，同时又指出当时诗坛上存在着"士大夫间有口传一两联可喜"的现象[4]，举此足可概括其余。至于为何摘句批评之风气直至南朝始露端倪，究其原因或许有二：

首先，就诗歌历史之流变过程而言，本即是于汉魏之际始有长足的发展，对后世诗歌影响既深且巨的五言诗，更是此时才宣告诞生并趋向成熟。既然"批评"总是晚于"创作"，必得当诗人之创作经验积淀到一定程度，且总体诗歌作品也累计达一定数量时，诗歌批评才有其用武之地，则摘句现象出现于南朝诗坛，在时间序列

---

[1] （南朝梁）萧子显：《南齐书·文学传论》，页 907。

[2] 此意详参（宋）严羽著，郭绍虞校释：《沧浪诗话校释》，页 152。

[3] 参[日]兴膳宏著，戴燕译：《从〈诗品〉到诗话》，《异域之眼——兴膳宏中国古典论集》（上海：复旦大学出版社，2006 年 9 月），页 131—132。

[4] 此处引文出自丁福保辑：《历代诗话续编》，分见页 138、139。

上自亦十分顺理成章。

其次，汉魏之诗多具有质朴自然、直从胸臆流出之特点，写作上比较不以字句之锻炼精工来取胜，因此也就难以寻章摘句。历代不少诗评家，如宋代的严羽、明代的胡应麟、清代的沈德潜与费锡璜等，都采取这样的看法：

- 汉魏古诗，气象混沌，难以句摘。晋以还方有佳句，如渊明"采菊东篱下，悠然见南山"，谢灵运"池塘生春草"之类。①
- 东西京兴象浑沦，本无佳句可摘。⋯⋯汉人诗无句可摘，无瑕可指。魏人诗间有瑕，然尚无句也。六朝诗较无瑕，然而有句也。②
- 汉、魏诗只是一气转旋，晋以下始有佳句可摘。③
- 诗至宋、齐，渐以句求；唐贤乃明下字之法。汉人高古天成，意旨方且难窥，何况字句？故一切圈点，概不敢用，亦不必用。④

既然四人都认为汉魏古诗乃是全篇浑沦为一体，以整体意境取胜，

---

① （宋）严羽：《沧浪诗话·诗评》，见郭绍虞校释：《沧浪诗话校释》，页151。
② （明）胡应麟：《诗薮·内编·古体中·五言》，分见页96、107。
③ （清）沈德潜：《说诗晬语》，卷上，沈德潜著，苏文擢诠评：《说诗晬语诠评》，页141。
④ （清）费锡璜：《汉诗总说》，收入丁福保辑：《清诗话》，页945。

有待晋朝以后的诗歌才开始有佳句可供独立摘引,所谓"晋以还方有佳句""六朝诗较无瑕,然而有句也""晋以下始有佳句可摘"与"诗至宋齐,渐以句求"的说法,在在都是从有无佳句的角度指出了诗歌演变的阶段性差异,则摘句现象出现在晚于晋朝的南朝阶段,其势固亦宜也。

而在宋代诗话批评中开始盛行的摘句做法,一直传承绵延至清代犹未稍歇,甚至演变成因为耽迷一二佳句而忽略整体诗境的本末倒置。乔亿在对此一现象表达不满的同时,无意间也触及了摘句所具备的功能,所谓:

> 前人标举一句两句,以定工拙,乃偶然谈次如此。讵意后来学者,尽有句无篇也。①

这里指出摘句批评的主要意义,乃是展示审美上"以定工拙"的价值判断。而的确,在历代的诗话中,"摘句式"批评居有一个显目而不可或缺的重要地位,此一批评策略反映了一种特殊的诗学旨趣与美学要求:其摘取之对象是为警句或谓佳句,此点自不待言,而摘句批评的目的则在评估诗句的价值,借以阐发诗句的意义特性和语言技巧;至于摘句批评的功能,不但可以开启后进创作的途径,也可以提供批评家攻错的机会,还进而有助于延长诗句的生命②;

---

① (清)乔亿:《剑溪说诗》,卷下,收入郭绍虞辑:《清诗话续编》,页1100。
② 此段详参周庆华:《诗话摘句批评研究》(台北:文史哲出版社,1993年9月)。

而这些被摘引之诗句往往具备了两个共通点,一是对偶句,一是描写景物[①],此一现象正显示出中国诗歌在形式上讲究均衡偶对,在内容上注重意象表达的艺术特点。

此一渊远流长的摘句批评传统及其表现方式,当然也反映在《红楼梦》的诗歌活动中。书中明示"警句"的地方主要有四处:

第一次是发生于第三十八回众人食蟹作诗时,李纨以社长的身分品评各家之咏菊诗,笑道:"等我从公评来。通篇看来,各有各人的警句。"接着便在众人七嘴八舌、彼此称扬的讨论声中,让各人诗中的警句及其佳处一一浮显出来,如湘云的"圃冷斜阳忆旧游"做到了背面傅粉;宝钗的"空篱旧圃秋无迹,瘦月清霜梦有知"将"忆"字传神地烘染出来;探春的"短鬓冷沾三径露,葛巾香染九秋霜"则把簪菊形容得天衣无缝;而黛玉的"孤标傲世谐谁隐?一样花开为底迟"竟可以将菊花问得无言以对;至于湘云的"萧疏篱畔科头坐,清冷香中抱膝吟"更充分传达那与菊相对的亲昵无间。如此摘引警句的做法,自然也是传统诗论中摘句式批评的一个余绪,其中隐含着以工拙定褒贬的意味,同时更具体展示了各种不同的创作手法。

同样地,在四十八回香菱学诗一段中,入门稍得诗歌三昧的香菱用以说明其所领略之滋味的方式,也是摘引王维"大漠孤烟直,长河落日圆""日落江湖白,潮来天地青"这两联诗句来加以解析,

---

① 黄维梁:《诗话词话中摘句为评的手法》,收入黄维梁:《中国文学纵横论》(台北:东大图书公司,1988年8月),页248。

将其中"直""圆""白""青"的用字效果揣摩入神，无形中也展示了她对诗歌特质、诗歌感发效果的深刻掌握，以及对"诗眼"之神妙的会心领悟，这些可以分别详参第三章与下一节的论析。

复次，《红楼梦》中摘引警句的相关情节，还出现在第七十八回贾宝玉应父命即席作《姽婳词》之际。整个过程除了后半段是大块写意之外，其前半段则是透过工笔细剖的方式，让众位幕宾门客一一摘句以呈现其艺术价值之所在。他们首先赞美第三句的"秾歌艳舞不成欢"是"古朴老健，极妙"，再则认为第三联的"眼前不见尘沙起，将军俏影红灯里"已经做到"用字用句，皆入神化"的至境，接着又拍手称赞下面的"叱咤时闻口舌香，霜矛雪剑娇难举"两句，谓："益发画出来了，当日敢是宝公也在座，见其娇且闻其香否？不然，何体贴至此！"然后还说"丁香结子芙蓉绦"这一句"也绮靡秀媚的妙"。我们可以注意到其中除了抉发各句各联的美感特质之外，透过彼此并列的情况还产生了比较的功能，让各种不同的诗歌风格得以多元化地呈显出来：或是"古朴老健"，或是"绮靡秀媚"，不同风格的诗句前后交织在诗歌脉络之中，使得此一长篇作品展现得更加跌宕生姿。而此一审美的体会，便端赖众门客摘句式批评的点拨，始能如此深切醒目。

至于《红楼梦》中突出警句最重要的一次，是出现在第七十六回的《中秋夜大观园即景联句三十五韵》一段，因为其中完整传达了曹雪芹对警句的相关看法。于整个联句过程中，先是史湘云作出"庭烟敛夕楹。秋湍泻石髓"而让林黛玉起身叫妙，赞道："'秋湍'一句亏你好想。只这一句，别的都要抹倒。我少不得打起精神来对一句,只是再不能似这一句了。"然后林黛玉接对"风叶聚云根"一句,也让史湘云称美:"这对的也还好。"后来则是史湘云即景赋写"寒塘渡鹤影"一句,因为写得"何等自然,何等现成,何等有景且又新鲜",以至让林黛玉又叫好,又跺足,甚至惊叹:"我竟要搁笔了。"待半日的苦思之后,林黛玉毕其功力所作的"冷月葬花魂"吟成时,史湘云也立刻拍手赞道:"果然好极!非此不能对。好个'葬花魂'!"这就完成了全篇最警策动人的一联警句。

然而"寒塘渡鹤影,冷月葬花魂"一出,立刻便引出默默在局外驻足听赏的妙玉现身加以制止,并说:

> 好诗,好诗,果然太悲凉了。不必再往下联,若底下只这样去,反不显这两句了,倒觉得堆砌牵强。

后来在三人一同前往栊翠庵煮茶论诗时,妙玉又对湘、黛二人说道:

> 只是这才有了二十二韵。我意思思着,你二位警句已出,再若续时,恐后力不加。

由以上两段说辞,我们可以注意到妙玉对警句的态度都是其后不可再续,因此一开始就坦率建议湘云、黛玉两人"不必再往下联"。但如果进一步细察这两段文意,可知她认为不必再续的理由,除了出自诗谶观的"翻案"的策略运用之外(此点详参第六章第二节),

其实还可以再分出下列两种分属于主客观的不同因素：

其一，是客观上出以全诗整体布局上"有篇有句"的形式考量。所谓"若底下只这样去，反不显这两句了，倒觉得堆砌牵强"，意思是如果一直以警句环环相扣，则非但不能突显"寒塘渡鹤影，冷月葬花魂"这两句的迥拔不凡，而且还会导致堆砌牵强的弊病，因为全篇字字求奇、节节求高，就会丧失抑扬迭奏、松紧有致的作诗之妙，正反映了传统诗论中所持的看法，所谓："老杜诗凡一篇皆工拙相半，古人文章类如此。皆拙固无取，使其皆工，则峭急而无古气，如李贺之流是也。"①以及："学《选》诗不免乎套子，去套子则语新而句奇。务新奇则太工，辞不流动，气乏浑厚。"②在在都呈现了类似的思考理路。因之这乃是符应于传统诗论中，在谋篇布局上追求一种纡余卓荦、奇正相生之美感的论点，此点可以详参本书第四章第三节的专论。

其二，警句之后不可再续的另一个原因，则纯粹是出乎主观上能力的问题。妙玉所谓"二位警句已出，再若续时，恐后力不加"，意思是警句之产生乃是倾注了诗人的全部才华而来，既已绞尽脑汁、殚精竭虑，则势必腹笥已窘、后继乏力。这点不但林黛玉已有所自觉，如作出"冷月葬花魂"之后，她便说："下句竟还未得，只为用工在这一句了。"这显然即是"后力不加"的同义语，正与

---

① （宋）范温：《潜溪诗眼》，收入郭绍虞辑：《宋诗话辑佚》，页621。
② （明）谢榛：《四溟诗话》，卷3，收入丁福保辑：《历代诗话续编》，页1200。

妙玉之说前后呼应。此外，书中还透过贾宝玉表示过类似的看法，第三十八回记载林黛玉在其菊花诗夺魁之后，接着嘲讽宝玉继之而作的《螃蟹咏》，说："这样的诗，要一百首也有。"宝玉便笑道："你这会子才力已尽，不说不能作了，还贬人家。"果不其然，心有不服的林黛玉随之挥笔写就的同题诗便流于泛泛无奇，连她自己作完诗后都衷心承认："我的不及你的，我烧了他。"无疑地，身为大观园之桂冠诗人的林黛玉，此际居然俯首称臣于往往落第、压尾的贾宝玉，可谓完全是"才力已尽"的结果。

而从妙玉、黛玉、宝玉三人不约而同地都抱持相同的看法，可见曹雪芹确实相信"才力"并不是源源不断、无虞匮乏的能源，它有时而尽，因燃即枯，即使是天才之脑穴也不能连续锤击而无耗竭之虞。因此当诗人之全副精神与全部才力都倾注汇集形成警句之后，短时间之内便会神思窘困而"后力不加""才力已尽"，则警句之为诗人一时搜魂敛魄、会精聚神的心血结晶，也就不言可喻。如果再加上全篇形式结构上"奇正相生"的客观需要，使得警句总是与较平庸的筌句相构组，无虞被诗人后续的其他佳句所掩盖，因而可以一直维持其鹤立鸡群之态势，则警句在诗歌艺术中的审美价值就更无法动摇了。

第三节 "诗眼"——画龙点睛的神来之笔

诗篇中警句之重要已如上述，至于如何才能创造新警之佳句，则可以说是诗歌创作者最为关切的一大课题。

虽然我们在前一章探讨长篇诗歌之创作概念时，于第三节曾经提到：在整体谋篇布局的考虑上，为了获取抑扬迭奏、奇正相生的效果，诗中并不能免于铺陈点缀的"套子""筌句"或"拙句"；然而吊诡的是，这类纡余庸凡的诗语之所以不能付诸阙如的根本原因，毋宁还是为了衬托、彰显那卓荦奇杰的"佳句"而来。对专意于求新求美的诗人而言，一联乃至一句足以警人眼目而琅琅传诵的诗句，真可以是倾注毕生心血以奋力追求的，因此即使是诗歌艺术已然登峰造极的杜甫，也曾在诗中向"新诗日又多，美名人不及"的高适殷殷致问道："佳句法如何？"① 即此便足以道尽个中消息。

而究竟"佳句法如何"呢？形成佳句的原因或方式很多，有一种是以意境取胜，如陶渊明《饮酒二十首》之五的"采菊东篱下，悠然见南山"、谢灵运《登池上楼》的"池塘生春草，园柳变鸣禽"，以及王维《山居秋暝》的"明月松间照，清泉石上流"等，这类佳句主要见于汉魏晋时代，于后世诗歌则偶一可见，都以率意自然、浑然无痕见长，其意境说得上是只可意会，不可言传，而其作法乃是一腔人格襟抱，无从度以金针，一如王夫之评陶渊明诗所云："'日暮天无云，春风扇微和'，摘出作景语，自是佳胜，然此又非景语，雅人胸中胜概，天地山川无不自我而成其荣观。"② 正足以说

---

① 《寄高三十五书记》，（清）仇兆鳌注：《杜诗详注》，卷 3，页 194。

② 王夫之对陶渊明《拟古六首》之四的评语，（明）王夫之著，张国星点校：《古诗评选》（北京：文化艺术出版社，1997 年 3 月），页 205。

明此类佳句之天然自成,不可勉强得来。然而,随着历史文明的演进与诗歌艺术的精致化,南朝时代的诗作以意匠经营、雕琢刻镂取胜者,已然处处可见,以山水名家谢灵运为例,其"白云抱幽石,绿筱媚清涟"(《过始宁墅》)、"海鸥戏春岸,天鸡弄和风"(《于南山往北山经湖中瞻眺》)等名句,便是透过一字一语的卓杰不凡而引人注目,这正是刘勰所谓"俪采百字之偶,争价一句之奇。情必极貌以写物,辞必穷力而追新"①的实践。由此便产生了另一种塑造佳句的方法,那就是锻炼所谓的"诗眼"。

晋朝名画家顾恺之曾经指出"眼睛"是人物画的关键:"四体妍蚩,本无关于妙处;传神写照,正在阿堵中。"余嘉锡笺疏此条时,曾录《书钞》一百五十四所引《俗说》云:"顾虎头为人画扇,作嵇、阮,都不点眼睛,便送还扇主,曰:'点睛便能语也。'"②而移画于诗,其理亦通,诗眼作为诗歌的灵魂之窗,同样正是传达内在神思、妙造灵境的媒介,一如土木形骸在点睛之后瞬即活色生香,诗眼也一样可以让平板无味的庸句俗词立刻绘声绘影,一字之差,足使云泥立判。因此清刘熙载在说明诗章的锻炼时,曾特别指出"认取诗眼"的重要:

> 炼篇、炼章、炼句、炼字,总之所贵乎炼者,是往活处

---

① (南朝齐梁)刘勰:《文心雕龙·明诗》篇,见周振甫注释:《文心雕龙注释》,页 85。

② (南朝宋)刘义庆:《世说新语·巧艺》篇,见余嘉锡笺疏:《世说新语笺疏》(台北:华正书局,1984 年 9 月),页 722。

炼，非往死处炼也。夫活，亦在乎认取诗眼而已。①

可见即使是从锻炼篇章的整体考察着眼，"诗眼"都是一字活而全篇皆活的关键，是点燃诗歌生命的星星之火。

而观察《红楼梦》全书，唯一一处涉及诗眼的抉发者，厥在于第四十八回。透过香菱对诗歌的参悟，一方面印证了"诗有别趣，非关于理"的体认（参第三章第一节），一方面也独一无二地传神描绘诗歌的感发效果（参第三章第四节），此外，它还担任了《红楼梦》诗论中有关"诗眼"的主述功能。为方便起见，再引其说如下：

> 香菱笑道："据我看来，诗的好处，有口里说不出来的意思，想去却是逼真的。有似乎无理的，想去竟是有理有情的。"黛玉笑道："这话有了些意思，但不知你从何处见得？"香菱笑道："我看他《塞上》一首，那一联云：'大漠孤烟直，长河落日圆。'想来烟如何直？日自然是圆的。这'直'字似无理，'圆'字似太俗。合上书一想，倒像是见了这景的。若说再找两个字换这两个，竟再找不出两个字来。再还有'日落江湖白，潮来天地青'：这'白''青'两个字也似无理。想来，必得这两个字才形容得尽，念在嘴里倒像有几千斤重的一个橄榄。还有'渡头余落日，墟里上孤烟'：这'余'字和'上'字，难

---

① （清）刘熙载：《艺概·诗概》，页78。

为他怎么想来！我们那年上京来，那日下晚便湾住船，岸上又没有人，只有几棵树，远远的几家人家作晚饭，那个烟竟是碧青，连云直上。谁知我昨日晚上读了这两句，倒像我又到了那个地方去了。"

其中最值得注意的是，香菱所谓"必得这两个字才形容得尽，念在嘴里倒像有几千斤重的一个橄榄"的感受，完全是靠"直""圆""白""青""余""上"等字所营造出来的丰腴韵味，也就是透过传统诗学中所谓的"诗眼"，才能获取的传神写照的效果。但如果我们进一步追究的话，可以发现一个令人困惑的有趣问题：当我们单独观察这些孤立独存的字眼时，可以确定它们本身不但是平淡无奇，甚至还称得上是朴直俗拙，简直是日常语言中熟滥至极的文字符号，何以在此竟能一洗庸腐，展现出奇矫新警、玩之不尽的诗味，创造出如见其景、如臻其处的逼真效果，乃至到达无可取代的地步？而解答这些问题的答案，也正是创造诗眼的奥秘所在。

只是，解答诗眼之奥秘的钥匙，事实上并不在毫无奇特之处的字眼本身，而在于此一字眼与其他语词绾合关锁时的特殊状况。

综观中国诗歌中甚被称道而屡受摘引的"诗眼"，我们可以发现其效果往往并不是来自于单字本身的意义，而是源于此字与全句构组时所开创的崭新趣味，透过惯常语意表达理路的扭曲、移位乃至断裂，让一般习以为常的感官印象与知觉模式获得更新，致使读者从中获取观照世界的新眼光和体验事物的新角度，因而取得一新耳目的感受，正如葛兆光之论述所指出的：杜甫"炼字"的精髓，

"是在于他消解或改变字词的'字典意义'而使诗句语意逻辑关系移位、断裂或扭曲的地方……以至读者不得不细细体验诗人观照世界时的感受,通过一种心理重建来寻找诗意的理解钥匙。"①而这也就是俄国形式主义文论家什克洛夫斯基(Viktor Shklovsky, 1893—1984)之所以会对文学欣赏提出"陌生化"概念的原因,为的同样就是要打破那过度熟悉以致习惯性麻木的心理状态,从而"使一件物体从其熟悉的感知过程转移至崭新的过程"。②这样的艺术需要或美学要求,也正是诗眼产生的动因,更有甚者,它还本质地决定了诗眼所表现的化俗为雅、以故为新的特点。

首先,我们分析历来诗论中有关诗眼的表现,寻绎其字与全句构组的反常作法之后,主要可以归纳为以下两种:

其一,将字之原来词性加以转化,主要是将名词(或形容词)转化为动词使用,便容易取得令人一新耳目的效果。如王安石最脍炙人口的"春风又绿江南岸"(《泊船瓜洲》)一句,据传历经更迭代换、改易其字凡十多次之后,"绿"字终于取"过""到""入""满"等字而代之③,使得春天之来临不仅仅只是平凡的季节记事而已,

---

① 葛兆光:《汉字的魔方》(沈阳:辽宁教育出版社,1999年1月),第7章"论诗眼",页185。

② 引自[荷]佛克马(Douwe Fokkema, 1931—2011)、蚁布思(Elrud Ibsch)著,袁鹤翔等合译:《二十世纪文学理论》(台北:书林出版有限公司,1987年11月),第2章,页15。

③ 宋洪迈记载:"吴中人士藏其草,初云'又到江南岸',圈去'到'字,注曰'不好',改为'过',复圈去而改为'入',旋改为'满',凡如是十许字,始定为'绿'。"见(宋)洪迈:《容斋随笔·续笔》,卷8,页317。

更是充满视觉动态感的泼墨渲染，从江南水岸汀边瞬间绿化的特有景象，生动地展现了春天的具体实感，神采自在其中。

其二，不转化字本身的惯用词性，而转换惯用的连结对象，这也是制造诗眼的一大窍门。如宋代政治家兼词人的宋祁，于其《玉楼春·春景》中的名句"红杏枝头春意闹"，便是将"闹"字从有形有体的人物转移开来，改用以形容枝头盛开的红杏花所形成的无形"春意"，使无声似有声，静态变动态，而抽象的"意"也就化为具体的"象"，于是原本无声无息地绽放的花朵便在一霎间被赋予灵动的生命，其缤纷鲜艳的色彩、稠花乱蕊的繁密，都因"闹"之一字而腾跃出拥挤的热闹和哗然的喧嚣，那活泼的生机和奔放的姿态使得大片春景即刻立体起来，仿佛倾耳可闻。就此，王国维所说："'红杏枝头春意闹'，着一'闹'字，而境界全出。'云破月来花弄影'，着一'弄'字而境界全出矣。"[1] 此处主要虽是用以例示其境界之说，无意间却也点出了诗眼的效果与重要性。

再如北宋词人张先《天仙子》中的"云破月来花弄影"一句，原本"风吹影动"才是物理世界客观写实的真貌，然而着一"弄"字，却使花朵享有主动操控的能动性，成为"花弄影动"——一种情志世界主观写意的心象，于是不但月光之下花影随风摇动的姿态仿佛可见，而且花朵更被拟人化，成为趁着"云破月来"之际，在银色月光照耀之下弄影嬉游的顽童，童趣十足；更似金波荡漾的夜色

---

[1] 王国维著，滕咸惠校注：《人间词话校注》（台北：里仁书局，1994年11月），页67。

中翩然起舞的纤丽少女,其巧妙灵活的身姿似乎正与柔影对话,酣然可醉。这是透过转换惯用之链接对象以制造诗眼的又一例。

由以上二法以观《红楼梦》本身的诗词表现,未被标举明示而实具诗眼之功能的,一如林黛玉《咏白海棠诗》的"偷来梨蕊三分白,借得梅花一缕魂"一联(第三十七回),此两句之美,在于将"偷"与"借"之粗滥化为精雅所带来的惊喜,透过"偷、借"之动作所具有的一种不着痕迹、潜移默化的特质,以及暗地中转移置换的动态效果,进而将原本毫不相涉的梨花与梅花同时镕铸于白海棠一身,更加烘托了白海棠的芳心傲骨;那孤洁的花魂虽非天生所有,却添染了梨蕊的洁白无瑕与梅花的孤标傲世,仿佛花的世界里也存在着一种惺惺相惜的精神流动,而具备了何等峥嵘向上的人格成长与无与伦比的品貌芬芳,无怪众人看了不禁叫好,一致推赞道:"果然比别人又是一样心肠。"

再如贾宝玉《访妙玉乞红梅》中的"离尘香割紫云来"一句(第五十回),其中以"紫云"比喻盛开的红梅花,以"割"字巧拟攀折之举,整句之构思乃是从中唐诗人李贺的"踏天磨刀割紫云"[①]脱化而来。而两者的新警醒目之处,都是将"割"字用于缥缈无形、松柔无质的紫云上,如此就大胆突破了人与云的遥远距离,以及人们感官知觉中将"割"之动作与"坚硬"之材质相联想的固定模式,不但行"割"之手可以直触云霄,使人与云之间原本两不关涉的现

---

① (唐)李贺:《杨生青花紫石砚歌》,《李长吉歌诗王琦汇解》,卷3,收入(清)王琦等注:《李贺诗注》,页123。

实距离瞬间泯除而彼此贴近，以至颠覆了"云高人下"的客观事实，塑造出"人踏云上"的新天人关系；那由"割"而来的锋锐力道，和因"割"而产生的齐整断面，也使得人们对云的想象性质发生巨大的变化，其奇突鲜妙的确足以焕人眼目。

  论述至此，我们可以透过以上所举证由传统诗歌以迄《红楼梦》有关诗眼的诗例，发现其中存在着一个有趣的现象，而这个现象可以进一步指出诗眼在塑造上的一大特质，亦即：总观上文所述之种种诗例，在在都证明了诗眼的产生，其性质乃是一种在美学策略上"化俗为雅，以故为新"的成功示范。无论是王维诗中的"直""圆""白""青""余""上"诸字眼，还是其他作品里的"绿""闹""弄""偷""借""割"等字例，当它们在括号中处于个别孤立的状态时，看起来不但是平淡至极而乏善可陈，某些字如"偷""借""割"等甚至还不免予人俗滥粗鄙之感；可是犹如清代王又华对"红杏枝头春意闹"一句所言："一闹字卓绝千古，字极俗，用之得当，则极雅。"① 一旦从日常惯用的习套中被断裂、扭转、移位而重新联结，抹除日常生活中旧有的惯性思维之际，那些字原先所带有的平庸之感与令人不快之联想，却都突然被彻底抽离并瞬间更新，让读者立即跌入一个被宇宙之光所照耀的美丽新世界，目张心驰地赞叹那与众不同的新视野，从而达到诗人创作之初那种"发现宇宙"的艺术至境。

---

  ① 见（清）王又华：《古今词论》（清康熙十八年刻本），收入（清）查继超辑：《词学全书》，《四库全书存目丛书补编》第 79 册（济南：齐鲁书社，2001 年），页 10。

这样一种对诗眼之塑造性质的了解,在《红楼梦》的诗论内容中虽然未曾着意发挥,但其实也曾稍稍触及过。如香菱说"圆"字似太俗,却被王维的"长河落日圆"展现得逼真传神而无可取代(第四十八回);同样地,史湘云认为俗念作"洼""拱"的"凹""凸"二字早已被说俗了,却在移用作为大观园中的轩馆之名时,让"凸碧堂"和"凹晶馆"焕发出不落窠臼的新鲜感(第七十四回)。至于第七十六回的《中秋夜大观园即景联句三十五韵》中,林黛玉以"射覆听三宣"对史湘云之出句"分曹尊一令",被史湘云笑赞道:"'三宣'有趣,竟化俗成雅了。"虽然不是就诗眼而言,却也触及了俗词套语的更新效果,并以全书中唯一论及的"化俗为雅"明白揭示其创作底蕴。

如是种种,更明确地告诉我们:曹雪芹真正了解到诗眼的创造乃是一种点石成金、化腐朽为神奇的高超技巧,让平淡无奇、朴直俗拙的熟滥文字可以在诗人别出心裁的转化之下一洗庸腐,并因一字之活而全篇皆活,点燃了诗歌耀眼动人的生命光辉。匠心经营文字之潜能,使之化俗为雅,脱胎换骨地展现出美感的饱满张力与独特真切的新鲜意趣,这就是诗眼在诗歌艺术中的最大贡献,也助成了《红楼梦》书中诗词的艺术魅力。

第四节 "背面傅粉"的技法

除了属于个别用字之新鲜奇美所形成的诗眼之外,《红楼梦》

全书在论述律诗创作的相关技巧时,还涉及在意脉上下之间展现的"背面傅粉"此一诗学概念。

所谓"背面傅粉",乃是传统诗论中取自绘画技巧之手法或概念,以作为分析诗歌语脉及其艺术效果的一个专门术语,意指作者描写时不从正面落墨,转由反面的着眼点或间接的立场下笔,从而透过反衬的效果,使正面的主旨获得进一步的烘托与强化,其义往往与"从对面写来"可以相通。

在传统诗歌中,展示背面傅粉之手法的最佳范例,首推王维的《九月九日忆山东兄弟》,其诗云:

独在异乡为异客,每逢佳节倍思亲。遥知兄弟登高处,遍插茱萸少一人。

在一般的情况下,诗人以"独在异乡为异客,每逢佳节倍思亲"直接而正面地写出自己强烈的思乡情怀之后,接着通常会继续进一步重笔浓彩地抒发己身的客居之悲与思亲之烈,以充分展现异地怀乡之主旨;然而,王维却与一般诗人不同,他在"每逢佳节倍思亲"一句乍乍触及那情绪满涨的制高点之际,却立刻宕开笔墨,远调笔端从远方兄弟之处境着眼,以间接方式设身处地想象至亲至爱的手足于登高时"遍插茱萸少一人"的缺憾,而间接传达出自己羁旅他方,以致在家族聚会中缺席的落寞。虽无"郁郁多悲思,绵绵思故乡。……向风长叹息,断绝我中肠"(曹丕《杂诗二首》之一)、"归思欲沾巾"(杜审言《和晋陵陆丞早春游望》)、"乡心新岁切,天畔独潸然"(宋之问《新年作》)与"恨别鸟惊心……家书抵万金"(杜甫《春望》)之类的强烈字眼和动荡情绪,然而那念念在彼的深情眷恋以及两地牵系的血缘纽带,却都表现得十分深婉有味,所谓"不说我想他,却说他想我,加一倍凄凉"①。正是透过"从对面说来"②的间接笔法,才能充分曲达"换我心,为你心,始知相忆深"的幽隐情衷,诗情至为动人,可以说是"背面傅粉"的极致。

同样的道理衡诸杜甫的《月夜》诗,其义亦出于同一机杼,其诗曰:

> 今夜鄜州月,闺中只独看。遥怜小儿女,未解忆长安。香雾云鬟湿,清辉玉臂寒。何时倚虚幌,双照泪痕干。

此诗乃杜甫在安史乱发后作于长安沦陷区,其时家中妻小皆寄寓于鄜州附近之羌村。诗之本旨原是诗人背负着国破世乱之悲于深夜不寐,便独自对月歌咏心中那份凄苦的思家之情,然而全诗的写法却是调转笔端从对面写来,将自己孤独看月、忆念亲人的深情都转托于远在天边的妻子来表现:明明独自看月的是自己,杜甫却想象为妻子"闺中只独看";事实是自己遥想远方之儿女,却揣测那年纪太小的孩子并不懂得思念父亲,也无法体会母亲惦记父亲的心情,

---

① (清)张谦宜:《绸斋诗谈》,卷5,收入郭绍虞辑:《清诗话续编》,页848。

② 《唐诗真趣编》评析王维此诗云:"从对面说来,已之情自见,此避实击虚法。"引自陈伯海主编:《唐诗汇评》(杭州:浙江教育出版社,1996年5月),页351。

因此诗人继续推想：如此孤独地陷入思念中的妻子将会久久伫立在月色中，让雾气濡湿了头发、头发又反过来染香了雾气，那浸润在银辉中的手臂也泛起了如玉般的光洁与寒意，却不知这般久久伫立在夜深雾浓、月辉玉寒中的形象，正是诗人自己的写照。而经此重重叠叠的曲折映带之后，那深忆难遣的情思就更加回环缠绵而令人低回不已。

因此历来诗评家对此诗精绝之处的阐发，都离不开"背面傅粉"的精髓，如明代的王嗣奭说："意本思家，而偏想家人之思我，已进一层；至念及儿女之不能思，又进一层。"[①]到了清朝时，纪昀指出："入手便摆落现境，纯从对面着笔，蹊径甚别。后四句又纯为预拟之词。通首无一笔着正面，机轴奇绝。"[②]而浦起龙的说法也十分接近："心已驰神到彼，诗从对面飞来，悲婉微至，精丽绝伦。"[③]此中所谓"意本思家，而偏想家人之思我"，正可以与前述王维诗之"不说我想他，却说他想我，加一倍凄凉"相应，而"纯从对面着笔""诗从对面飞来"等说法，也都暗暗透出背面傅粉之精神。举此两首唐人诗例以观之，此一诗歌技巧便可充分展露。

至于《红楼梦》一书，不但在小说的叙事艺术上以"背面傅

---

① （明）王嗣奭：《杜臆》（台北：台湾中华书局，1986年11月），卷2，页42。

② （清）纪昀：《瀛奎律髓刊误》，收入（元）方回选评，李庆甲集评点校：《瀛奎律髓汇评》（上海：上海古籍出版社，1986年4月），卷22，页908。

③ （清）浦起龙：《读杜心解》（台北：鼎文书局，1979年3月），卷3，页360。

粉"为其"秘法"之一,藉之展现警目动人的奇境[1],曹雪芹更透过书中人物的律诗创作,而揭橥此一创作技巧在诗歌范畴中的具体演练,提供了诗歌之创作与品鉴的一个法门。此一技巧被明白点出者,见之于第三十八回史湘云的《供菊》诗:

> 弹琴酌酒喜堪俦,几案婷婷点缀幽。隔座香分三径露,抛书人对一枝秋。霜清纸帐来新梦,圃冷斜阳忆旧游。傲世也因同气味,春风桃李未淹留。

在众人彼此的品评论次中,林黛玉认为其中的"圃冷斜阳忆旧游"一句是全部十二首诗中最好的,因为这句"背面傅粉",在前面"抛书人对一枝秋"一句已经妙绝,将供菊说完、没处再说的情形下,翻回来想到未折未供之先,因此意思深透。分析此句之意,乃是诗人回忆未供之前,在夕阳残照中游赏清冷菊圃时的情景,以衬托和加强当前供菊为友的喜悦亲切心情[2],可见它也是透过间接下笔的方式,写"过去"之访菊以衬托"现在"之供菊,借未折之前的亲炙赏爱以加强已供之后的欣喜相伴,在如此正反两面双重夹缩之

---

[1] 见甲戌本第一回、庚辰本第二十四回脂砚斋之批语。甲戌本第一回之眉批云:"事则实事,然亦叙得有间架、有曲折、有顺逆、有映带、有隐有见、有正有闰,以致草蛇灰线、空谷传声、一击两鸣、明修栈道,暗度陈仓、云龙雾雨、两山对峙、烘云托月、背面传(傅)粉、千皴万染诸奇。书中之秘法,亦不复少。"陈庆浩辑校:《新编石头记脂砚斋评语辑校(增订本)》,页10。

[2] 冯其庸等校注:《红楼梦校注》,页592。

下，诗人的菊之爱也就表现得更为浓厚深挚了。

不过我们也可以注意到，虽然都是以间接下笔的方式达到衬托的效果，王维与杜甫诗所采取的"对面着笔""从对面说来"的方式，乃是以相对的两个人物为基础，在叙写自己的相思之情时，反从对方着墨的描述策略；而史湘云《供菊》诗所运用的"背面傅粉"法，则是以承续延展的时间为轴心，在表现当前的处境时，却转向过去的情景来着眼，显然不以人物题材为限，因此与一般的"对面着笔"呈现出细微的差异。但无论是藉由他人以映衬自己，或是援引过去以彰显现在，其根本法则或基本精神都是"摆落现境"以避开正面的单刀直入，而采取间接落笔、从对面写来的书写角度，让隐藏于字面之下的真正主旨或正面意涵显得更为深婉动人。这就是曹雪芹在《红楼梦》中所展示的对诗歌创作之技法的体会与演练。

第五节　结　语

在前文统理全书中零散分现的相关叙述，并归纳为四个门类而置之于传统诗论中——加以阐释辨析后，我们可以发现《红楼梦》的诗论体系中，与律诗有关的创作论述，除了起承转合的结构安排、平仄虚实的对仗法则乃是一般的形式规范之外，撷取"警句"、炼造"诗眼"以及"背面傅粉"的技法，都属于进一步提升艺术水平的意匠经营，由篇而句而字，从意脉之设计到用字之炼造皆有所照应，为律诗提供了较完整的创作／品鉴的则式，不但是创作者据以参化诗学三昧的独造法门,还同时是欣赏者持以品鉴诗歌意趣的特制金针,因此兼具了创作与品鉴的双重功能。

尤其是在这些讨论中,我们进一步照亮了曹雪芹在《红楼梦》中隐而未显的美学观点,例如透过林黛玉"虚实对"的误说,并对学者提出之辨正进行权衡平议之后,我们认知到形式虽然提供了不可或缺的外在支架,却必须臣服于"立意"的指导而不惜有所毁坏,这就肯定了适度的"自由"能够对创造发挥正面的力量;透过书中所见具体演出于诗词创作／品鉴过程中的摘句式批评方法,我们了解到"警句"固然是诗人致力追求的灵魂所在,但平庸诗句却也具备了支撑全诗整体架构的必要性,这不仅呼应了曹雪芹在长篇诗歌方面,那追求卓荦迂余、奇正相生之妙的看法,同时也无异展示出一种松紧有致、二元互补的辩证思考;对书中存而未论的"诗眼",我们则掌握到曹雪芹点铁成金、化俗为雅的美学观,原来"不平凡"正存在于转化平凡的力量之中;最后,我们还从林黛玉点明的"背面傅粉"此一技巧,看到了曹雪芹原来所钟情的,乃是一种曲折回环、含蓄深沉的艺术品味。如是种种,无形中也对《红楼梦》一书的美学构成提供了认识的进路,正是曹雪芹整体艺术观的一种体现。

(附记:本章曾以《从〈红楼梦〉看曹雪芹的律诗创作／品鉴观》之题,独立发表于《台大中文学报》第 13 期 [2000 年 12 月]。)

第六章
《红楼梦》之诗艺

第一节 "十三元"——缠绵悲戚的韵部

"艺"者，人为之巧作也。诗歌既是一种人为创作，自不能例外于艺术的规范，何况诗歌乃是一种在声音上追求美感的美文形式，除了平仄协调、抑扬起伏的和谐声调之外，句尾的韵律更是极为讲究。清袁枚曾说："欲作佳诗，先选好韵。"[①] 而曹雪芹为《红楼梦》所作的一百多首诗篇，在选韵上自亦能反映出其有关诗歌艺术的特殊考虑，因为韵字既是全诗组成的一部分，在传声之外，亦须达意，无论是塑造意象、烘托情境，还是锻铸旨趣、传示心志，韵字的选用都足以牵动全篇。因此探讨《红楼梦》中诗歌所偏好的韵部，自是有助于《红楼梦》之诗艺的阐发，可以成为研究的一个环节。

---

① （清）袁枚：《随园诗话》，卷6，页186。所引文后袁枚接着又说："凡其音涉哑滞者、晦僻者，便宜弃舍。'葩'即'花'也，而'葩'字不亮；'芳'即'香'也，而'芳'字不响。以此类推，不一而足。"显然此处的"好韵"，依据的是朗诵时发音响亮的程度，与意象或诗境其实并无关涉。

中国字的感发效果与其本身形、音、义的构成特性是分不开的，"形"的部分通常比较是属于线条组合的范畴，除非是为了设计特殊的视觉效果，否则一般诗人不会刻意发挥其造型的特性，如韩愈《陆浑山火和皇甫湜用其韵》一诗云："鸦鸱雕鹰雉鹄鸥，燖炰煨燂孰飞奔？"①第一句连用七个以"鸟"为部首的字联缀而成，句末之"鸥"虽非韵字而仍与下句之"奔"字押韵，其对造型的考虑比诸发音的需要实在毫不逊色。但除了如此极少数的例子之外，一般诗歌创作对韵字的选用所要注意的层面，韵字"形"的部分实在是无关紧要，可置而不论。至于"音"与"义"则是诗歌之音乐美感与意义构成的来源，是作诗时必须郑重以待的关键性因素，因此也是诗歌艺术分析时探讨的重点所在。尤其古人又有所谓"声情相合"之说，将音与义结合以观的结果，又使得诗歌这门文字艺术的审美问题更形复杂。

如段玉裁提出"声义同源"之说法，认为"凡字之义，必得诸字之声"。②则诗歌所传之情、所达之意便与其音声发生联系；而因为发音时口形之唇吻开合、声调之抑扬缓急的不同，使得依声相从的韵部也产生了种种的区分，如清周济云：

东真韵宽平，支先韵细腻，鱼歌韵缠绵，萧尤韵感慨，各

---

① （唐）韩愈著，屈守元、常思春校注：《韩愈全集校注》，页433。
② 见（汉）许慎撰，（清）段玉裁注：《说文解字注》（台北：天工书局，1996年9月），《十四篇上》，页710。"鏓"字注："囪者多孔，葱者空中，聪者耳顺，义皆相类。凡字之义必得诸字之声者如此。"

具声响,莫草草乱用。阳声字多则沉顿,阴声字多则激昂,重阳间一阴,则柔而不靡;重阴间一阳,则高而不危。①

基本上,此处所用的形容词如"宽平""细腻""沉顿""激昂""柔而不靡""高而不危"等描述,大致都还不离音感本身的特质,然而"缠绵""感慨"之说则明显在"音感"之外又混同了"情感",为"声情相合"之说初步的落实。将此"声情相合"之说发展到极致,则是近人王易试图联系韵部与情感的对应关系,从而提出的看法:

> 韵与文情关系至切:平韵和畅,上去韵缠绵,入韵迫切,此四声之别也。东董宽洪,江讲爽朗,支纸缜密,鱼语幽咽,佳蟹开展,真轸凝重,元阮清新,萧筱飘洒,歌哿端庄,麻马放纵,庚梗振厉,尤有盘旋,侵寝沉静,覃感萧瑟,屋沃突兀,觉药活泼,质术急骤,勿月跳脱,合盍顿落,此韵部之别也。此虽未必切定,然韵近者情亦相近,其大较可审辨得之。②

周济和王易都是以"词"为论,所区分的结果未必合于诗歌,不过却让我们对韵部与诗情的关系有一初步的印象。而在此一基础上,对《红楼梦》中诗歌取韵的情形便设立了讨论所需的一个参考架构,可以正式进入《红楼梦》中诗艺的分析了。

---

① (清)周济:《宋四家词选·序论》(台北:广文书局影印滂喜斋刊本,1962年11月),页4。

② 王易:《词曲史》(台北:广文书局,1988年8月),"构律篇",页283。

《红楼梦》中的诗歌创作所取用的韵部不少,而尤其偏好"十三元"这个韵部。就前八十回来看,包括第二十七回的《葬花辞》、第三十七回的《咏白海棠诗》六首、第七十回的《桃花行》、第七十六回的《中秋夜大观园即景联句三十五韵》等重要诗作,都是运用"十三元"的具体成绩。除了其中的《葬花辞》《桃花行》两篇因为是需要不断换调转韵的歌行古体,故仅部分使用之外,余者都是全部采用此一韵部中的韵字而一韵到底,尤其第三十七回的六首《咏白海棠诗》甚至要求得更严格,乃规定诸篇皆须依序限"十三元"韵部中的门、盆、魂、痕、昏等五个字为韵脚,更是限韵的极致。至于后四十回佚稿中的诗作,今天虽无真本以为验证,然而据清人陈其泰于《桐花凤阁评红楼梦辑录》第三十一回的评语,似乎后来还有一首长达百韵、共两百句的除夕唱和诗,也是以"十三元"为韵的步韵诗:

> 闻乾隆年间,都中有钞本《红楼梦》一百回后,与此本不同。薛宝钗与宝玉成婚后不久即死,而湘云嫁夫早寡。宝玉娶为继室。其时贾氏中落,萧索万状,宝玉、湘云有除夕唱和诗一百韵,俯仰盛衰,流连今昔。……除夕唱和诗,即步凹晶馆中秋联诗十三元韵,先祖在都门时,见吴葆圃相国家钞本,曾记其诗中佳句十数联,时时诵之。惜余方在稚齿,不能记忆也。[①]

---

① (清)陈其泰《红楼梦回评》第三十一回评,朱一玄编:《红楼梦资料汇编》,天津:南开大学出版社,2001 年 10 月,页 728—729。

如此则后来的情节里，似乎还有一首踵继《中秋夜大观园即景联句三十五韵》所使用的韵字而作成的长篇《除夕唱和诗》。若陈其泰所见属实而所言不假，则"十三元"在《红楼梦》中诗歌创作的重要性便益发醒目。

事实上，在明清诗坛上所流行的平水韵所区分的一百零六个韵部中，各韵部的音质特性、所包含韵字的多寡、韵字适用的普遍程度等，彼此都有很大的差异，诗人都必须娴熟了然、成竹在胸，才能选择佳韵而作出好诗。王力即曾指出各韵部所包含的字数很不相称，有些韵很宽，有些韵很窄，宽韵可以很自由，窄韵就会令人受窘；并依各部韵字多寡的程度而分为宽、中、窄、险四类，透过举平韵以包括仄韵的方式，将这四类门户宽窄有别的韵部列述如下：

（1）宽韵：支、先、阳、庚、尤、东、真、虞。

（2）中韵：元、寒、鱼、萧、侵、冬、灰、齐、歌、麻、豪。

（3）窄韵：微、文、删、青、蒸、覃、盐。

（4）险韵：江、佳、肴、咸。[a]

由此表所统计的结果，可知"元部韵"乃归属于介乎宽、窄之间的"中韵"。不过我们要了解的是：宽、中、窄、险不但是由韵字的数量比较而来，也与其中所包含韵字的有效性或可用性有关。试从韵字之数量来具体观察：依《诗韵集成》所罗载，属于宽韵的"四支韵"共有四百五十五个韵字，属于中韵的"十三元"共有一百六十一个

---

① 王力：《汉语诗律学（修订本）》，页44。

韵字，而属于窄韵的"五微"有六十九个字，属于险韵的"三江"则只有四十九字。若再进一步比较宽窄程度相同的韵部，可以发现其彼此之间韵字数量的多寡很可能相差悬殊，宽窄之间的分际也不是那么绝对而明确，如"一东"只有一百七十四字，与同属宽韵的"四支"差距竟然达二百八十个字之多，与中韵的"十三元"反而不相上下。由此显然可见，韵字数量相当的"四支"与"十三元"之所以分属宽韵和中韵，归类的依据并不是所含韵字的多寡，而是韵字的有效性或可用性。因之一般说来，划归中韵的"十三元"并非最能让文人逞才炫技、因难见巧的空中钢索，也不是门户洞开、宜于出入的宽广园地。

　　有趣的是，在《红楼梦》中，"十三元"乃是被视为"韵少"而不好押韵的韵部。第七十六回记载，林黛玉与史湘云连手合作《中秋夜大观园即景联句三十五韵》之前，当两人依照黛玉之提议，而以计算栏杆数目决定了韵部之后，湘云便抱怨道：

> 偏又是"十三元"了。这韵少，作排律只怕牵强不能押韵呢。

由这个韵部拥有一百六十多个韵字来看，"韵少"之说显然大可玩味。由此可见，韵部之宽窄并不是完全从表面上依照韵字的数量而来，有时还必须涉及其中韵字之有效性或可用性的考虑。莫看其数量有一百六十一个之多，若扣除一些僻字、难字、罕见字，再加上文意诗脉本身起承转合的限制，真正在取字作诗时可以提供的选择很可能是未必足够的,尤其据以作诗的对象是排律这样的长篇,就更是如此。因为排律以及本质等于排律的联句,乃是将诗句铺展成为长篇累牍之长篇律诗,不论是出于一人之手或是集众人之力,整个过程都必须用到大量的韵字,为了配合此一需要,故诗家作排律时,通常会选取容纳韵字较多的韵部(如"四支")或韵字之可用性与有效性较大的韵部(如"一东")以利铺陈。而湘云视"十三元"为"韵少",显然是就当时进行的是联句活动,因而具有长篇铺排之需要而言。

不过,在从事长篇联句时,既有"韵少而牵强不能押韵"的疑虑,曹雪芹却偏偏在这里反其道而行,选择一个门户稍嫌狭隘的韵部作为限韵逞才的基础,其功能除了能够"因难见巧",以衬托黛玉、湘云二姝化险为夷的高才捷思之外,显然还有别具匠心、用意甚深之处。而个中消息,可以从"声"与"情"两方面分别以观之。

就"声"而言,前文曾引述王易"元阮清新"的说法,但若以之绳诸《红楼梦》中押元韵的作品,显然是不甚相合的。因为在曹雪芹的设计之下,运用十三元此一韵部所作的诗歌非但谈不上"清新",甚至都还不能免于缠绵悲戚的哀感,全部使用元韵的《咏白海棠诗》六首和《中秋夜大观园即景联句三十五韵》固然如此,部分使用元韵的《葬花辞》与《桃花行》也没有例外。就此,谢云飞提出了另一种说法,则似乎提供了更贴近的形容,他将诗词歌赋所用的韵语归纳出八个类目,并认为:

凡"寒、桓"韵的韵语，都含有黯然神伤，偷弹双泪的情愫，适用于独自伤情的诗，如"凄惨""更残""阑珊""天寒""日晚""辛酸""心烦""孤单"等辞是。……凡"真、文、魂"韵的韵语都含有苦闷、深沉、怨恨的情调，如"长恨""黄昏""红尘""孤坟""酸辛"等辞是。张先的《南乡子》说："潮上水清浑，棹影轻于水底云，去意徘徊无奈泪，衣巾，犹有当时粉黛痕。海近古城昏，暮角寒沙雁队分，今晚相思应看月，无人，露冷依前独掩门。"这也大致可以表现出这一类韵的含义了。①

引文中所言含有苦闷、深沉、怨恨之情调的，虽然是"真、文、魂"等韵部的韵语，但就其例证来看，表现此一苦闷、深沉、怨恨之情调的韵语，却包含黄昏的"昏"以及"浑""痕""门"等在诗韵上属于"十三元"的韵字，因此也可以移诸元韵而相通为言。

但何以王易直称"元阮清新"，而谢云飞举以展现苦闷、深沉、怨恨之情调的韵部时，也不提及元韵？这个现象正指出一个以"声情相合"进行诗歌艺术分析时将面临的问题，亦即声韵并不是表现情感的必要条件，从"声韵"的角度并不能为诗歌内蕴之情致提出完满的解释。因此同属元韵之韵字，有的可以"清新"，而有的却明显偏于"悲戚"，造成莫衷一是的现象；而所含韵字"声情"差

---

① 谢云飞：《文学与音律》（台北：东大图书公司，1978年11月），页62—63。

异如此悬殊的元韵,却成为《红楼梦》这部悲剧中所作之诗歌乐于采用的韵部,这完全是因为其中某些韵字被偏取侧重的结果。

推究其故,或许是因为"十三元"这个韵部十分特别,它同时兼具了诗歌音节所关涉的"哀乐两端"[①],一方面有元、原、园、繁、烦、轩、翻、言这些韵字,在表达上比较容易创造清新活泼的诗意,另一方面却又同时包含魂、痕、昏、门、盆等这些在上古韵中属于"文部韵"的韵字[②],而特别宜于展现凄凉怆恻之悲感和残缺森冷之意象,这就是《红楼梦》偏嗜元部韵的真正原因。综观书中曾以"十三元"为韵的诗歌,都毫无例外地使用了魂、痕、昏等韵字,诸如《葬花辞》的"独倚花锄泪暗洒,洒上空枝见血痕""杜鹃无语正黄昏,荷锄归去掩重门""昨宵庭外悲歌发,知是花魂与鸟魂",《桃花行》的"花飞人倦易黄昏""寂寞帘栊空月痕",而《咏白海棠花》六首既是限门、盆、魂、痕、昏五个韵字所作,更处处可见"倩影三更月有痕""愁多焉得玉无痕""宿雨还添泪一痕""清砧怨笛送黄昏""借得梅花一缕魂""秋闺怨女拭啼痕""倦倚西风夜已昏""雨渍添来隔宿痕""人为悲秋易断魂""晶帘隔破月中痕""无奈虚廊夜色昏"等这类怆恻悲戚的诗句,而宛然呈现此种

---

① (清)李重华《贞一斋诗说》云:"诗之音节,不外哀乐两端,乐者定出和平,哀者定多感激。更辨所关巨细,分其高下洪纤,使兴会胥合,自然神理,胥归一致。"收入丁福保辑:《清诗话》,页934。

② 依王力《上古韵部及常用字归部表》的区分与归属,文部即包含盆、门、痕、昏、痕这些《红楼梦》中的常用韵字,参王力:《古代汉语》(台北:蓝灯出版公司,1989年1月),附录三,页679。

凄怨哀愁的风貌。

此外,《中秋夜大观园即景联句三十五韵》这首长篇排律更可以说是为了"魂"这个韵字才采用"十三元"为韵部,全篇之开阖蔓衍无非是以"冷月葬花魂"为中心而铺展出来的。试观整个联句的过程,一路上有掇拾现成俗语的点缀,有即景颂圣的铺排,也有新奇鲜妙的警策,彼此起伏交错、步步为营,就在"一步难似一步"的寻幽探胜中,最终乃于"寒塘渡鹤影,冷月葬花魂"一联达到高亢的巅峰。此联诗句除了艺术构思的尖新警拔令人心魂震慑之外,更因为凄楚悲凉太过,甚至到了凄厉诡谲的程度,而导致欲续乏力、几乎戛然而止的隐忧,林黛玉所谓"下句竟还未得,只为用工在这一句了",与妙玉所说"警句已出,再若续时,恐后力不加"都是此意,因此终究遭到妙玉的制止而急转直下,改弦更张地加以翻转,进而收结全诗。

由此可见,整首《中秋夜大观园即景联句三十五韵》的联诗过程就有如起伏的波澜、低昂的山脉,一波方起、一峰才立,之后却在低壑波谷的点缀之后又拔出另一高峰巨浪,在峰谷间一波波涌动层叠的推波助澜之下,终于石破天惊地迸现"冷月葬花魂"这座傲视群峰的主脉,其压倒千山万峦的姿态,使得前后的三十四韵、六十九句仿佛都是为了衬托它、向它膜拜而来。而也正是此句破空透云的绽现,才真正淋漓尽致地传达书中此回所谓"悲凉颓丧""清奇诡谲""颓败凄楚"的"气数"。可见非"十三元"不能用此"魂"字,非"魂"字不能彰显此一穿心透肺之哀音。

因而"十三元"这个韵部的门户虽然不算最宽最广,其半数也属于较适合表现清新平和之情的韵字,整体说来其实并不是最切合《红楼梦》之悲凉情调的韵部;但却因为其中拥有昏、痕、魂这些宜于传达残缺凄怆的韵字,结果便为《红楼梦》中"缠绵悲戚"的诗歌风貌提供了肥沃而恰当的土壤,使得由此一土壤中培育出来的诗歌,其酸楚哀凄的姿彩形貌表现得特别传神动人,也为那片笼罩在千红万艳的群芳之间的"悲凉之雾"点染了优美而哀愁的氛围。群芳将碎,千红万艳同声悲泣,哀啼之声化入诗中的歌哭之情,恰恰藉由"十三元"而兴会胥合、声与境谐,从而曹雪芹之匠心巧思正又再度得见。

第二节 "翻案"——绝处逢生的策略

一、"翻案"溯源与释义

作为一种人为制作的美文形式,诗歌必然是从形式与内容的双重范畴上加以要求的。除了体裁字数、声调用韵等外在形式可以呈现其艺术匠心之外,在题材内容的表现上,透过材料取舍、拟旨达意、运用典故、呈现角度等攸关技巧策略的运用,也是可以探究诗艺的一个凭借。中国三千年诗歌传统中所累积的创作技巧很多,本节将探讨《红楼梦》中表现得最醒目、功能也最重要的翻案技巧。

所谓"翻案",此语最早是出自于宋代杨万里的《诚斋诗话》:"将一事翻腾作一联,又孟嘉以落帽为风流,少陵以不落为风流,翻尽古人公案,最为妙法。"① 而杨万里可以说是抉发翻案技法之最初、也最力的诗论家,清潘德舆便说:"杨诚斋爱讲翻案法,称东坡……诸句,以为诗法。"② 可见在着重诗法研析的宋代,翻案已是被抉发确立而受到认可的诗歌创作技法之一。而在诗论中使用时,"翻新"与"进一层法""反其意而用之"也都是翻案的同义语。③

不过,"翻案"这个概念术语,其实是从宗教界传达教义时所表现之思维方式或传示策略所得来的灵感。"翻案"原本是禅宗典籍中的"翻进一层"之说的同义语,如元初诗人方回指出:

> 北宗以树以镜譬心,而曰"时时勤拂拭,不使惹尘埃";南宗谓"本来无一物,自不惹尘埃",高矣。后之善为诗者,皆祖此意,谓之翻案法。④

---

① 见丁福保辑:《历代诗话续编》,页 140。
② (清)潘德舆:《养一斋诗话》,收入郭绍虞辑:《清诗话续编》,页 2014。
③ 袁枚说:"诗贵翻案。神仙,美称也,而昔人曰:'丈夫生命薄,不幸作神仙。'杨花,飘荡物也,而昔人云:'我比杨花更飘荡,杨花只有一春忙。'长沙,远地也,而昔人云:'昨夜与君思贾谊,长沙犹在洞庭南。'龙门,高境也,而昔人云:'好去长江千万里,莫教辛苦上龙门。'白云,闲物也,而昔人云:'白云朝出天际去,若比老僧犹未闲。''修到梅花',指人也,而方子云见赠云:'梅花也有修来福,着个神仙作主人。'皆所谓更进一层也。"从整段叙述中,可见"翻案"与"更进一层"乃是前后相应而实际上互相等同的。(清)袁枚:《随园诗话》,卷 2,页 53。
④ (元)方回:《名僧诗话序》,见《桐江集》,《宛委别藏》本(台北:台湾商务印书馆,1981 年 10 月),卷 1,页 38。

此外方回又曰:"禅宗颂古行世,其徒有翻案法,呵佛骂祖,无所不为,间有深得吾诗家活法者。"[1] 可见翻案本是禅宗教义中对既有之认知内涵或智慧境界的一种翻新或超越,因此其成立的前提是既存已然之认知,其成立的方式是针对此一既存已然之认知的改造或破解,而其成立之后的结果则是去除陈说惯技而得到更高更新的诠释;移诸诗歌艺术的范畴,则呈显为一种避免蹈袭前人窠臼的创作手段,所谓"莫向如来行处行"即是教义与诗学都通用的翻案的基本精神。

虽然诗歌艺术中的"翻案"概念是确立于宋代诗论之中,诗人出于自觉地使用翻案法而成为一种创作策略的现象,也见诸宋代之诗坛,致使某些学者认为:诗家翻案法的真正大规模使用是始自王安石、苏轼、黄庭坚、陈师道等精通禅学的诗人。[2] 但事实上此说颇值得商榷,因为晚唐时代的诗坛上便因流行翻案法而受到诗评家的注意,包括杜牧、温庭筠、李商隐、皮日休、许浑、徐夤等晚唐诗人都有此类翻案之作,而清朝诗评家也多已引证确认"翻案"乃晚唐此一时代诗歌创作上的一大特征,如贺裳即指出:

> 晚唐人多好翻案。如温飞卿则有"但得咸姬千定分,不应真有紫芝翁",徐寅则有"张均兄弟今何在,却是杨妃死报君"。

---

[1] (元)方回:"碧岩录序",《碧岩录》卷首附,见《佛光大藏经·禅藏·杂集部》(高雄:佛光山宗务委员会,1994年12月),页4。

[2] 周裕锴:《文字禅与宋代诗学》(北京:高等教育出版社,1993年9月),页196。

此犹阴平之师，出奇幸胜则可，若认为通衢，岂只壶头之困！王介甫《明妃曲》二篇，诗犹可观，然意在翻案。……大都诗贵入情，不须立异，后人欲求胜古人，遂愈不如古矣！①

又赵翼亦云：

> 杜牧之作诗，恐流于平弱，故措词必拗峭，立意必奇辟，多作翻案语，无一平正者。方岳《深雪偶谈》所谓"好为议论，大概出奇立异，以自见其长"也。如《赤壁》云："东风不与周郎便，铜雀春深锁二乔。"《题四皓庙》云："南军不袒左边袖，四老安刘是灭刘。"《题乌江亭》云："胜败兵家事不期，包羞忍耻是男儿。江东子弟多才俊，卷土重来未可知。"……皮日休《馆娃宫怀古》云："越王大有堪羞处，只把西施赚得吴。"亦是翻新，与牧之同一蹊径。②

还有笺注李商隐诗之名家冯浩，也认为李商隐的《回中牡丹为雨所败二首》之二的"前溪舞罢君回顾，并觉今朝粉态新"一联，乃是意近于翻案的"进一层法"。③由此诸条诗论资料可见，翻案法早在

---

① （清）贺裳：《载酒园诗话》，卷1，收入郭绍虞辑：《清诗话续编》，页220。
② （清）赵翼：《瓯北诗话》，卷11，收入郭绍虞辑：《清诗话续编》，页1326。
③ 冯浩引述胡震亨认为此诗乃"翻案用之"，其后冯浩下按语云："此进一层法。"（唐）李商隐著，冯浩笺注：《玉溪生诗集笺注》（台北：里仁书局，1981年8月），卷1，页119。

晚唐时便已成为诗人别出心裁、据以超越前人的诗法惯技，实不待宋代而然；只是晚唐有其实而无其名，至宋代始借禅宗之话头赋予其名，而达到名实相符而已。

至于翻案法之所以在晚唐开始流行起来，其原因也不外乎晚唐诗人其生也晚，初、盛、中三唐名家纷然耸立在前形成各式典范，对种种题材的诠释已充分累积成熟，成为牢不可破的陈说定见；后出者既不能舍弃这些创作题材，为了免于重蹈窠臼而流于人云亦云的窘境，便只能另谋出路，就相同的题材翻出新的见解，以助成自我之独特性的追求。赵翼所谓"恐流于平弱"和"以见其长"的说法，正指出这似乎也是布鲁姆（Harold Bloom）所谓"影响的焦虑"（anxiety of influence）的一种表现。

而在上述诸条相关诗论中，我们发现赵翼对翻案法的描述，已经全面地阐发翻案法形成过程中各个阶段的考虑，所谓"恐流于平弱，故措词必拗峭，立意必奇辟"，除了"恐流于平弱""以见其长"指出翻案法之所以形成的动机，乃是一种在前人强大笼罩之下的影响焦虑之外，"立意必奇辟"则说明借以化解焦虑的做法，乃是另辟奇思以突破前人的笼罩；至于"措词必拗峭"更要求诗人进行翻案时，语言的策略运用也必须力求矫俗不凡，以塑造特殊的语感。可见翻案法的本质有如奇师歧出而以偏锋取胜，但若操作过度，偏离了胸襟视野的领导而反客为主地以炫技为目标，便容易沦为故唱反调而标新立异，成为君子不为的小道末技了。

二、《红楼梦》中的翻案——死中求活的意志

翻案法的运用，如果纯粹是一技在身之后便无施不为的招式，的确容易变成反对者所谓的"只小巧本事"。① 不过，翻案法在创作上所能提供的积极价值仍然是受到肯定的，如袁枚便一再推赞道："诗贵翻案。"以及："诗以进一步为佳。"② 这是因为除了"出奇幸胜"这种以露才扬己为目标的竞技心理之外，翻案最重要的积极意义，在于可以充分体现诗人的怀疑精神和独立自主意识，因为"翻案的结果，不断产生新思想，开拓新境界，诗人的个性也由此得到展现"③。而这也正是《红楼梦》透过薛宝钗所谓"各出己见，不与人同""命意新奇，别开生面"的现代说法。

《红楼梦》中使用翻案法的具体操作共有三处，而主要是透过薛宝钗来展现。第六十四回记载宝钗赞赏林黛玉之《五美吟》时，所陈述的意见即是翻案的本质：

> 宝钗亦说道："作诗不论何题，只要善翻古人之意。若要随人脚踪走去，纵使字句精工，已落第二义，究竟算不得好诗。即如前人所咏昭君之诗甚多，有悲挽昭君的，有怨恨延寿的，又有讥汉帝不能使画工图貌贤臣而画美人的，纷纷不一。后来王荆公复有'意态由来画不成，当时枉杀毛延寿'；永叔

---

① （清）潘德舆：《养一斋诗话》，收入郭绍虞辑：《清诗话续编》，页 2014。
② 分见（清）袁枚：《随园诗话》，卷 2，页 53；卷 14，页 495。
③ 周裕锴：《文字禅与宋代诗学》，页 205。

有'耳目所见尚如此,万瑞安能制夷狄',二诗俱能各出己见,不与人同。今日林妹妹这五首诗,亦可谓命意新奇,别开生面了。"(第六十四回)

此处薛宝钗乃是以读者和诗评家的立场赞美他人的诗歌作品,以为"善翻古人之意"乃是作诗的第一义,而"各出己见,不与人同""命意新奇,别开生面"即是诗歌透过翻案所能达到的最高价值。这是书中对翻案手法的初次展露。后来当众人在史湘云的带头之下纷纷填写《柳絮词》时,薛宝钗更抱着与众不同的创作心态而亲自以作品为翻案法作了实践,从而充分显现她自己的确是翻案技法的知音解人:

> 宝钗笑道:"(众人诸作)终不免过于丧败。我想,柳絮原是一件轻薄无根无绊的东西,然依我的主意,偏要把他说好了,才不落套。所以我诌了一首来,未必合你们的意思。"……这一首《临江仙》道是:"白玉堂前春解舞,东风卷得均匀。蜂团蝶阵乱纷纷。几曾随逝水,岂必委芳尘。万缕千丝终不改,任他随聚随分。韶华休笑本无根,好风频借力,送我上青云。"众人拍案叫绝,都说:"果然翻得好气力,自然是这首为尊。"(第七十回)

这种"偏要把他说好了"的想法,即是出自一种刻意求新立异的心理,可以促使作品在众口一腔、千篇一律的俗套中脱颖而出,达到新颖独特之效果,完全呼应了宝钗自己先前赞美林黛玉《五美吟》时所谓"各出己见,不与人同""命意新奇,别开生面"的说法。其意义一如宋代严有翼所言:"直用其事,人皆能之;反其意而用之者,非识学素高,超越寻常拘挛之见,不规规然蹈袭前人陈迹者,何以臻此。"① 这便清楚指出薛宝钗这首《临江仙·柳絮词》之所以受到众人喝彩,并拔得头筹的原因。

然而,宝钗刻意翻案,以"偏要把他说好了"的心态所写成的《柳絮词》,正如林黛玉跨越庸弱之藩篱而创作"命意新奇,别开生面"的《五美吟》一样,其实都不是一般文人逞才竞技的心理展示而已。在《红楼梦》整体的艺术氛围之中,运用翻案法所蕴藏的更深的意义,乃是反映出一种试图驱散弥漫于大观园中的"悲凉之雾"的努力,是诗谶观(一种以诗为预言的信念)在同一个本质上进行逆向操作的运用成果。这种将翻案与诗谶结合为同一个论述范畴,使翻案成为突破诗谶所蕴藏之宿命观的唯一凭借的做法,在林黛玉划破传统封建礼教密布的网罗,而以《五美吟》宣示对女性自主权的追寻和向往,以及薛宝钗填写"偏要把他说好了"的《柳絮词》之际,都还只是隐隐约约地展现;至于将翻案直接移用为改造既定命运的有效利器,曹雪芹则是交由大观园世界的旁观者——孤居于栊翠庵中带发修行的妙玉来加以实践。

由于《红楼梦》中大量诗谶的运用,使得诗歌与命运的关系特别紧密浑一,我们一方面看到书中人物在量身订制之诗歌的

---

① (宋)严有翼:《艺苑雌黄》,收入郭绍虞辑:《宋诗话辑佚》,页567。

导引下一步步走向悲剧,所谓"伤心一首葬花词,似谶成真自不知"①,即是对诗歌渗透命运甚至指引命运之魔力的最佳阐释;但另一方面,既然诗歌具有支配命运的神奇力量,而"支配"也者,又有祸福吉凶正反相异的不同结果,所谓"水能载舟,亦能覆舟",其神奇又神秘的力量可以导向毁灭和地狱,也可以通往创造与天堂。于是时时挣扎于此一命定之困局里的书中人物,便反过来企图藉助诗歌特有的指导人生的魔力,而进行对宿命的冲撞或突破。

第七十六回记载中秋夜大观园即景联句时,当黛玉、湘云联诗至于"寒塘渡鹤影,冷月葬花魂"这一联警句之际,不但湘云对黛玉所对之"葬花魂"既赞且叹,道:"诗固新奇,只是太颓丧了些。你现病着,不该作此过于清奇诡谲之语。"语中已颇有诗谶的警觉;接着妙玉更及时现身加以止住,在随后所抒发的一段议论中,妙玉即以"诗谶"的思路提出一番"水能载舟,亦能覆舟"之类一体而兼具正反两面的见解:

> 妙玉笑道:"我听见你们大家赏月,又吹的好笛,我也出来玩赏这清池皓月。顺脚走到这里,忽听见你们两个联诗,更觉清雅异常,故此听住了。只是方才我听见这一首中,有几句虽好,只是过于颓败凄楚。此亦关人之气数而有,所以我出来

---

① 出自(清)明义:《题红楼梦二十首》之十八,收入(清)明义:《绿烟琐窗集》,参一粟编:《红楼梦卷》,卷1,页12。

止住。……我意思想着你二位警句已出，再若续时，恐后力不加。"……妙玉遂提笔一挥而就，递与他二人道："休要见笑。依我必须如此，方翻转过来，虽前头有凄楚之句，亦无甚碍了。"（第七十六回）

既然诗歌乃是"亦关人之气数而有"的一种象征符码或命运载体，因此"过于颓败凄楚"的诗句便成为悲剧的前奏或序曲，必须在预言落实之前适时加以遏止，否则宿命的悲剧便毫无改变的余地，可见这完全是一般诗谶观的再一次显露；而欲"止住"预言成为事实，其唯一的做法便是翻案。因而妙玉认为：全篇诗作前头虽有凄楚之句，只要后来能够"翻转过来"，则亦无甚大碍，可见"翻转"的做法已然有如破解悲剧的法门，利用诗歌攸关气数、影响命运的神奇作用，而反过来借助清明朗健的诗歌以扭转颓败凄楚的人生。

认识到这样对诗谶观加以逆向操作的策略后，则第七十回中有关薛宝钗对诗歌创作的两种态度或做法，就可以获得真正而深入的理解：宝钗先是"断不许"薛宝琴写出如林黛玉《桃花行》之类的"伤悼语句"，为的就是爱护堂妹，避免她随着颓丧凄楚之诗境而蹈入悲惨命运；接着又在一片"过于丧败"的哀吟声中，将特属于柳絮的"无根无绊"的栖惶茫然，转化为一种飘扬自由、凭风向上的追求人生的积极意志，同样也是一种将悲戚伤悼之气数加以翻转的表现。如此两种行径浓缩并置于同一回中，实在是曹雪芹苦心匠意所安排的结果，用以集中展现那透过将诗谶逆向翻转的策略，而力挽狂澜、趋吉避凶的努力。而众人评赞宝钗此篇《柳絮词》时拍案叫绝,一致公认"果然翻得好力气,自然是这首为尊"而大声喝彩,更毋宁可以视之为一种对悲雾中乍现之阳光所抱持的高度肯定。

清吴景旭曾引《艺苑雌黄》所言来解释翻案技法,指出:"文人用故事,有直用其事者,有反其意而用之者。李义山'可怜夜半虚前席,不问苍生问鬼神',虽说贾谊,然反其意而用之矣。"① 接着提出自己的说法,谓:

> 牧之数诗(案:指《赤壁》《题商山四皓庙一绝》《题乌江亭》等诗),俱用翻案法,跌入一层,正意益醒,谢迭山所谓"死中求活"也。②

两说主要虽是针对杜牧、李商隐的咏史诗而发,然而以"反其意而用之"解释翻案的思维模式,以"死中求活"来解释翻案法的运用效果,却也适用于《红楼梦》中,诸人在重重围困之宿命悲剧中力图突破的意志:那为古代才色兼备的杰出女性所作"命意新奇,别开生面"的《五美吟》,是林黛玉不愿被传统所羁縻而追求命运自主的宣言;面对柳絮无根无绊的飘泊零落却"偏要把他说好了"的《柳絮词》,则是宝钗用以驱散四周遍布之悲雾的积极与乐观;而特地现身将湘、黛联诗止住,欲把两人诗中"颓败凄楚"之"气数"

---

① (清)吴景旭:《历代诗话》,卷52,《文渊阁四库全书》第1483册(台北:台湾商务印书馆,1986年3月),页500。

② (清)吴景旭:《历代诗话》,卷52,《文渊阁四库全书》第1483册,页502。

翻转过来的《中秋夜大观园即景联句三十五韵》后半首，更是妙玉为黛玉、湘云等诸钗力挽狂澜、扭转颓败的努力。藉由翻案法特有的"反其意而用之"的操作模式，对诗谶所模塑的悲剧命运进行逆向推演，展露的正是一种"死中求活"的挣扎。此一挣扎虽不能真正使众金钗的人生得以绝处逢生、反缺为圆，却为《红楼梦》那弥天盖地的悲剧意识平添几许庄严宏伟的英雄气息，而那奋力挣扎、贲张不屈的努力，更令人油然泛起崇敬之意，遂尔按捺不下地由衷发出不忍的叹息。

三、悲凉之雾中突围的阳光及其幻灭

《红楼梦》以及其中诗歌营造了一种由月冷、花残、香消、春去、柳飞甚至泪血、人亡所织罗而成的悲凉之雾，而宝钗所作却往往在众人一致悲戚的创作风格中另辟蹊径，甚至透过"反其意而用之""死中求活"的翻案法试图加以突破。值得注意的是，每当有所突破之时，薛宝钗却总是表现出谦退逊抑的态度，或称：

> 我也勉强了一首，未必好，写出来取笑儿罢。（第三十八回《螃蟹咏》）

或谓：

> 我诌了一首来，未必合你们的意思。（第七十回《柳絮词》）

两处所谓"未必好"和"未必合你们的意思"的说法,一方面极其合乎宝钗谦抑随和的个性,因此言谈之间总不愿刻意标榜自我、突出个体;另一方面却也隐隐透露出大观园艺术氛围之主调,以及众女儿们之创作灵魂乃是凄清作悲的趋向,所谓"悲凉之雾,遍被华林"①,透过诗歌的表白尤其透显,此点只需浏览其中之作品即可约略知晓。因此薛宝钗作出《柳絮词》之后所采取"我先瞧完了你们的,再看我的"之垫底姿态,以及所说"未必合你们的意思"的自谦,就绝不只是礼貌上的应酬话而已,它明确地反映出宝钗对弥漫于大观园中的悲剧气息是敏锐觉察的,她虽无意于抗拒或反对,但透过诗歌作品运用翻案法的结果,却隐然传达了一种迥然有别的人生意志和处世态度。

微妙的是,宝钗取径殊异而自谦所"诌"、所"勉强"出来的诗,却又在众姝之作中往往别开生面、立意新颖,收到令人耳目一新的效果,也更获得大家的认可,前者如第三十八回的《螃蟹咏》被宝玉喝彩道"写得痛快!我的诗也该烧了",后者如第七十回的《柳絮词》令众人称赞为"翻得好力气,自然是这首为尊",结果这两首诗作都在同类作品中独占鳌头,居冠夺魁。——这个现象告诉我们什么呢?

首先,宝钗这首突出众作的《柳絮词》与先前被喝彩"写得痛快"的《螃蟹咏》,都属于传统所分类的咏物诗。而清代李重华曾

---

① 语见鲁迅:《中国小说史略》,第 24 篇,收入鲁迅:《鲁迅小说史论文集》,页 212。

指出:"咏物诗有两法,一是将自身放顿在里面,一是将自身站立在旁边。"① 施补华也认为:"咏物诗必须有寄托,无寄托而咏物,试帖诗也。"② 宝钗的这两首作品正都展示了咏物诗"有寄托"而"将自身放顿在里面"的创作价值,以《柳絮词》来看,所寄托者乃是一种合乎其大家闺秀身分的乐观兴致和美好期许,所谓"好风频借力,送我上青云"固然寓意十分明确,而"几曾随逝水,岂必委芳尘"又何尝不是以反诘语气,对柳絮(以及众女儿)顺任那飘泊零落之宿命所持的一种保留态度?就全书之艺术设计而言,此诗更增加了衬托悲凉之调的对比因素,完成艺术上、思想上"二元对立"的形式特征与均衡的结构性。

其次,宝钗的《柳絮词》也反映了曹雪芹所致力的"不落俗套""求新求真"的美学观或文艺思想,所谓"偏要把他说好了,才不落套",便明确呼应了全书中处处散见的类似看法,乃是避免让创作落入熟套而沦为陈腔滥调的一种美学策略,也是追求清真新巧之诗学理念的具体演练。此点可以详参本书第三章第三节的归纳与论述。

因此,当历来咏柳絮的诗词都环绕它"轻薄无根"的性质而发抒飘泊零落之情时,缺乏真正生命感应为创作基础的"为文造情",便会流于矫揉造作的陈腔滥调。而一个出身富贵、无忧无虑的大家闺秀如薛宝钗者,如果所写的作品都是仿真与自己感受相反的悲声

---

① (清)李重华:《贞一斋诗说》,收入丁福保辑:《清诗话》,页930。
② (清)施补华:《岘佣说诗》,收入丁福保辑:《清诗话》,页976。

哀音,岂非更是无病呻吟、虚假失真的一大嘲讽?一如袁枚曾记录林贞恒对明代郑少谷学杜甫的讥评曰:"时非天宝,官非拾遗,徒托于悲哀激越之音,可谓无病而呻矣!"(《随园诗话》卷6)因此,脂砚斋对宝钗《白海棠诗》中首句之"珍重芳姿昼掩门"曾批云:"宝钗诗全是自写身分,讽刺时事,只以品行为先,才技为末。纤巧流荡之词,绮靡秾艳之语,一洗皆尽,非不能也,屑而不为也。最恨近日小说中,一百美人诗词语气只得一个艳稿。"① 移诸此阕词亦然,曹雪芹在这里让薛宝钗的作品与其他人呈现反面对比,正是要点醒读者:林黛玉的哀歌作悲,是因为她"曾经离丧"(第七十回)的身世遭遇而"因情生文"的结果,因此才会那么自然、真实而美丽;但无论林黛玉式的凄怆悲感多么缠绵动人,如果是违反了自我真实的人生感受而虚拟得来,那就落入了俗套的窠臼,不免令人可厌了。

而透过众人对这首《柳絮词》拍案叫绝的喝彩,所谓"果然翻得好气力,自然是这首为尊"的推崇,不但代表曹雪芹对追求"不落俗套"之翻案法的肯定,同时也是大观园中终日呼吸悲凉之雾的人们,心中那种追求明朗阳光的潜在意识的反映。酸楚的眼泪也许美丽,但过多酸楚的眼泪却足以将身处其中的人们侵蚀、窒息并深深埋葬。偶尔擦干眼泪,抬头仰天展望阳光的璀璨,以健朗的心态跨越现实世界的残缺而举重若轻,又何尝不是人心深处一种真实而

---

① 己卯本第三十七回批语,陈庆浩辑校:《新编石头记脂砚斋评语辑校(增订本)》,页580。

深切的需要？薛宝钗的柳絮不是飘泊零落的沉沦，而是迎风向上的飞升；不是随波逐流的无奈，而是春光明媚的鼓舞，就在随之而来的众人拍案叫绝的一片喝彩声中，正透露了大观园开拓光明格局的无限渴望。

然而，这种试图突破"悲凉之雾"的乐观入世之意志，虽然展现得无比清新与明朗，却也不免反过来受到悲凉之雾的浸染，使得大观园之悲凉咏叹中唯一的一段"变奏"，依然同样被高歌哀凄的主调所收编，而终究沦为毫无例外的悲剧大合唱。例如第二十二回"制灯谜贾政悲谶语"一节中，宝钗以"更香"为谜底而制作了一首内容"悲戚不祥"的诗谶，诗云：

> 朝罢谁携两袖烟，琴边衾里总无缘。晓筹不用鸡人报，五夜无烦侍女添。焦首朝朝还暮暮，煎心日日复年年。光阴荏苒须当惜，风雨阴晴任变迁。

虽然诗末勉强故作"风雨如晦，鸡鸣不已"此种坚强豁达、挺立不屈的信念，有如先前所言试图突破悲凉之雾的意志表现，然而整首诗中所弥漫的时时焦首、刻刻煎心之悲苦与煎熬，以及注定失落与幻灭之宿命气息，却都更加浓笔重墨地扩大那围困人生的悲凉之雾的厚度，毋怪有的版本将此灯谜诗系于林黛玉名下。①

此外，就在同回"听戏文宝玉悟禅机"一节中，作者原本设计宝钗在自己的生日宴上，为投合贾母之所好而点了一出《鲁智深醉闹五台山》的热闹曲目，又因其耍性弄气、舞棍使棒的戏文被宝玉讥为"热闹"而不以为然，一箭双雕地勾画出宝钗安分随时、顺任尊长的个性，以及二宝之间人生意趣的分歧。但奇特的是，就在此一情节初初碰触到两人人生意趣的分歧之际，紧接而来的，却是两人之间在生命归趋与审美意趣的层面上绝无仅有的一次全然的契合。书中描述宝钗遭到宝玉的质疑之后，便对他含笑细加解说道："要说这一出热闹，你还算不知戏呢。……一套北《点绛唇》，铿锵顿挫，韵律不用说是好的了；只那词藻中有一支《寄生草》，填的极妙，你何曾知道。"而在被此说燃起莫大兴趣的宝玉央请之下，宝钗便念其辞道：

漫揾英雄泪，相离处士家。谢慈悲剃度在莲台下。没缘法转眼分离乍。

赤条条来去无牵挂。那里讨烟蓑雨笠卷单行？一任俺芒鞋破钵随缘化！

---

① 如甲辰本、以及今人启功等以程乙本为底本所作的《红楼梦校注》即是如此。甲辰本中宝钗另有以"竹夫人"为谜底的诗作，并加进宝玉以"镜子"为谜底的一首，参陈庆浩辑校：《新编石头记脂砚斋评语辑校（增订本）》，页448。启功以程乙本为底本所作之校注本，曾由台北里仁书局于1983年出版，后来转为台北桂冠图书公司所承用，易书名为《红楼梦》。

结果宝玉听了曲文以后,其心理反应之强烈,甚至称得上是到了欣喜若狂的地步,他"喜的拍膝画圈,称赏不已,又赞宝钗无书不知"。以致惹得黛玉拈酸带醋地讥刺道:"安静看戏罢,还没唱《山门》,你倒《妆疯》了。"让大家听了忍不住一笑。

如果只将黛玉在这里的出言讥刺看作是与宝钗较劲的心态下"小性儿"发作的嫉妒反应,实在未免过于泛泛浮浅。固然黛玉本来就会因为宝玉赞美宝钗这位假想情敌而拈酸吃醋,但此一情节的意义却绝对不仅于此。试看此中宝玉所赞者除了宝钗的博学之外,其实唤起他心灵如此强烈震动最重要的原因,是宝钗对《寄生草》一词中蕴藏的幻灭感与出世离尘之人生归趋,所展现的真切了解与衷心肯定,一方面宝钗具有从"热闹喧哗"的戏曲中看到此一出世离俗之辞藻的眼光,本质上已然具备悟道者的特殊禀赋,而所谓"填的极妙",更透露出对此一悟道之境界的深刻了解与高度欣赏;至于宝玉听后"喜的拍膝画圈,称赏不已"的反应,则正是对此一解悟毫不保留的最大迎合,连带地也在无形中向传达此一解悟的宝钗大大倾其知己的欣赏之情。于是这两条始终遥遥各自延伸的并行线居然在此乍然交会,彼此碰撞激发的潜德幽光,甚至还进一步瞬间照亮宝玉内在深层的幻灭性格,以至于接下来便引发宝玉生平首次展现出世思想的"悟禅机"一段情节。

其结果便是:就"启蒙"的意义而言,初步唤醒宝玉之幻灭性格与出世思想的女性,非但不是身为贾宝玉灵魂伴侣的林黛玉,反而是建立于俗世基础之上、以"金玉良缘"为命运联系的薛宝钗;而此种透过戏文曲调所展现的生命归趋的契合,甚至还超过宝玉与黛玉这"二玉"之间的关系。

因为在《红楼梦》中,"二玉"除了自幼由青梅竹马所培养起来的胶漆之情外,两人之间契合无间的相知固然深刻稳固,却从来未见黛玉对宝玉身上终究趋向"悬崖撒手"的终极性格有任何的了解、认同、趋近或鼓励,试看宝玉受此戏文之影响而随后作偈填词以悟禅机时,她和一般人一样,都是站在尘世的角度而以"痴心邪话"一语加以抹倒,观此即可知一二。相对说来,反倒是平常脾胃大相径庭的宝钗对《寄生草》的引述与诠释,却无意有意地触及了宝玉性格中最深沉的一个面相,因此才紧接着创造了下文"宝玉悟禅机"的一个关键,由宝钗自责道:"这个人悟了。都是我的不是,都是我昨儿一支曲子惹出来的。"可见这一段情节乃是建立于世俗基础之上的"二宝"之间,唯一一次真正的心灵契合与精神切近。①

虽然曹雪芹立刻又让薛宝钗回归其正统的价值观,而以"疯话"自责,以"我成了个罪魁"自悔,使"二宝"又再度在生命旨趣上分道扬镳,各自滑转回到原来彼此平行的轨道,但这次短暂却紧密的心灵切近,毕竟是被聪慧敏感的林黛玉所察觉了;尤其是这次之心灵切近所属的范畴又是"二玉"之间所未曾涉及者,因而潜在却尖锐的不安与惊惶才会披上嫉妒的外衣,使黛玉借"装疯"之戏曲名目出言制止宝玉的欢喜雀跃之情,以切断二宝之间首度突破心灵之藩篱而乍乍建立起来的联机。

---

① 若更进一步观察,其实不仅如此,详参欧丽娟:《〈红楼梦〉中的"金玉良姻"重探》,《师大学报:语言与文学类》第 61 卷第 2 期(2016 年 9 月),页 29—57。

因而，能够触动宝玉内在而深沉之幻灭性格的宝钗，既可以于灯谜中写出"焦首朝朝还暮暮，煎心日日复年年"的伤悼语句，在《忆菊》诗中还有所谓"怅望西风抱闷思，蓼红苇白断肠时"和"寥寥坐听晚砧痴。谁怜为我黄花病"（第三十八回）之类的悲声哀音，同时又对"没缘法转眼分离乍，赤条条来去无牵挂"这种描写人生终极幻灭之归趋的诗句具有真心的喜好，那么，在好风吹送之下悠扬青云的期望依然终归落空，便似乎是在所难免的事；而宝钗已然如此，妙玉煞费心机欲藉诗歌以扭转人之气数的努力，自也是沦于徒劳枉然，则黛玉在《五美吟》中所展现的冲破传统罗网、追求自我实现的理想，就更不能免于赍志以没的泡影。如此一来，《红楼梦》中的三次翻案策略，虽然在诗艺的层面上得到了成功，获取"别开生面""翻得好气力"之类的赞赏；但在透过"死中求活""反其意而用之"的翻案法则逆向操作诗谶，以翻转或突破既定宿命的层次上，却终究宣告失败，无法遏止群芳万艳悲哭碎灭之悲剧的完成。

而这就是曹雪芹透过《红楼梦》一书，将诗歌艺术与小说艺术完美结合之才华的高度表现。

第七章
《红楼梦》中使用旧诗之情形与用意

浦安迪在研究中国明清长篇小说的叙事修辞形态时，曾指出：明清时代包括《三国演义》《水浒传》《金瓶梅》《西游记》《儒林外史》《红楼梦》在内的六部长篇小说，可以统称之为"奇书"，而"奇书文体的另一个修辞特征是把诗词韵文插入于故事正文叙述中的写法"①。这些插入于正文之中的诗词韵文，有的是作者代书中角色所写的创作，有的则是以古典诗词为范畴的直接引用或化用。就后者而言，反映于《三国演义》上的，是"毛宗岗在重编小说时把嘉靖刊本的四百多首诗词删掉一半，而这数内也有一半是原封不动地移用过来的。……使自己本子中的诗规范于唐、宋名家之作。……这种对唐、宋诗词的重视，如前所述，可能反应了嘉靖以降品诗风味的变化，但它也同时表明，毛宗岗自己在处理小说这方面修辞结构时，也想保持一种壮观权威感"②。

以此衡诸《红楼梦》，我们也可以同样发现，被曹雪芹原封不动移用于书中的唐宋诗词也不少，只是被引用的部分都是以句

---

① ［美］浦安迪：《中国叙事学》，页107。

② ［美］浦安迪：《中国叙事学》，页112—113。

为单位，而且与人物情节互相渗融成为叙述的整体，没有其他小说所发生的割裂拼凑的问题而已。同时，曹雪芹更曾三次在书中的颂圣场合上，借贾宝玉与众幕友清客之口分别提到套引旧诗的意义：

- 抬头忽见山上有镜面白石一块，正是迎面留题处。……宝玉道："尝闻古人有云：'编新不如述旧，刻古终胜雕今。'……莫若直书'曲径通幽处'这句旧诗在上，倒还大方气派。"（第十七回）
- "李太白'凤凰台'之作，全套'黄鹤楼'，只要套得妙。"（第十七回，众客之语）
- "更可美者，本朝皆系千古未有之旷典隆恩，实历代所不及处，可谓'圣朝无阙事'，唐朝人预先竟说了，竟应在本朝。"（第七十八回，众幕宾之语）

此外，当众人于宝玉、宝琴、岫烟、平儿四人的生日酒宴上行射覆之戏时，连饱读诗书的湘云都认定"'宝玉'二字并无出处，不过是春联上或有之，诗书记载并无"的情况下，却经由初入诗门之香菱的举证，引经据典地明确指出宝玉、宝钗这"二宝"名字之来历，道：

前日我读岑嘉州五言律，现有一句说"此乡多宝玉"，怎么你倒忘了？后来又读李义山七言绝句，又有一句"宝钗

无日不生尘",我还笑说他两个名字都原来在唐诗上呢。(第六十二回)

前三条资料中,直接引用或套用的诗句(如"圣朝无阙事""曲径通幽处")乃由唐诗撷取得来的现象自不待言,但连"宝钗""宝玉"这种孤立的词语都与唐诗发生关联,在小说叙事的话语表层上产生血缘传承的脱胎形迹,显然就表现出一种对唐代诗歌的特殊依恋与倾心倚重。

然则,除了依恋与倚重之外,分析这种大量援引唐宋旧诗的做法,其实还蕴含了其他更深层的用意:

其一,"借汉说唐"式的借喻法的应用,在艺术上可以收到委婉含蓄之妙,不致流于切近直露而丧失品味的美感,同时也使作品之境界得到更为邈远的时间纵深度,产生更为延展复绝的历史感与宽广辽阔的想象格局;在现实世界里则可以拉开创作与现实的距离,让历史来架空叙述的真实感与临近感,而避开文字贾祸的危险。

其二,"贵远贱近"乃人之常情,因而"借古说今"往往带有权威的作用而产生更大的说服力,有助于烘托全书"谶语"式的命定氛围;同时,藉由已然经过长远的历史严格筛选过的诗句,那千锤百炼的精致深美,无疑也带给全书更浓厚的艺术质感,因此第十七回题咏大观园诸景时,贾宝玉才会认为在那镜面白石之留题处上直书"曲径通幽处"这句旧诗,"倒还大方气派",其中所谓的"大方气派",正是书中引用旧诗的一大作用。因而不止《红楼梦》如此,其他如《三国演义》在叙述过程中的做法亦然,"插进署名为'史官'或学者的诗词的最后结果,除了延缓和分段等结构功能之外,其实效似乎是为了求助于古典经籍的权威……设法增强历史的真实感"①。而所谓"求助于古典经籍的权威",正可以由贾宝玉声称的"大方气派",以及清客们所谓"唐朝人预先竟说了,竟应在本朝"的颂圣之说得到印证。

其三,由于《红楼梦》并不是在口传文学基础上所成就的平民集体创作,而是出于怀才不遇的高才文人(即所谓的才子)的手笔而成就的"文人小说",反映的是明清读书人的文学修养与趣味②,因此在中国抒情传统的浸润之下,便不免在书中表现出与诗词创作有关的生活型态,如萧驰认为:"引喻化(指引用诗词以说明或表现的做法)恰恰又是中国抒情传统之另一显豁特征。……由诗词中脱化出小说情境乃引喻化表现之一——这是与唐宋传奇、宋元话本中插入诗赋曲词颇不同的新现象,显然与我谈到的文人生活的'诗化'以及小说内容的文人化直接相关。"③换言之,小说家本身的喜好与品味,也是将小说诗化的一个自然因素。

至于引用前人诗句时对整个文本所产生的美学意义,正如现代美学研究者所说:"引用他人的文句是文学互文里技术上最简单的一种。把文句原原本本地抄录过来,框上引号,以明示镶入外物的边界,不管是否即刻载明出处,引号都已在强调对引文的公开借

---

① [美]浦安迪:《中国叙事学》,页114。
② [美]浦安迪:《中国叙事学》,第1章"导言",页21—24。
③ 萧驰:《从"才子佳人"到〈石头记〉》,收入萧驰:《中国抒情传统》,页307。

用,同时更标示了引文的片段性(撷取自另一长篇文章的断片),以及引号内文与引号外文间的不同体质。引文是一门学问,一项艺术:引文切得适恰,缝得美妙,则会使内外文相得益彰,产生烘托、对话、激荡,甚至惊奇之效。一般引文,多是以他人更具权威性的话来强化自己的论证,巩固其真理性,不然至少也有缀饰之功。不过有的时候,引文还能发挥更复杂的功用,激起无限的回荡——有如传说中海妖那魅人的歌声。"[①] 因此,探讨曹雪芹向古典诗歌所借取之引文的渊源何在,他又如何在小说中处理这些"引文",将是阐发《红楼梦》之艺术内涵的一条途径。

只是,正如我们于第二章第六节结尾所指出:搜源讨流的工作并非机械性地从表层取其形迹以相比附,而是透过诗歌传统积淀丰富的皋壤,观察曹雪芹不断与过去之典范展开"视野融合"的奥妙,从而增加作品的宽度与纵深度,并使得在过去历史纵贯性的传承和当代环境横断面的渗融中,那时时跃动的生机更形焕发。第二章第六节已观察了曹雪芹与当代环境面渗融的部分,本章则要进一步探索《红楼梦》与过去诗歌纵贯性的传承情形,克就书中引用、套用、化用旧诗的种种情况,区分为四节加以个别梳理;最后再专门另辟一节,分析曹雪芹原句引用旧诗时的特殊现象与其用意,以呈现曹雪芹将小说与诗歌交涉互融之际独特的艺术匠心。

[①] 许绮玲:《明室——一段引文的秘密》,《中国时报》第37版人间副刊,1999年11月15日。

第一节　随机触发、因事引喻：品题抒感时的借诗谕示

毛宗岗在重编《三国演义》时删减所剩的两百多首诗里，有一半是从唐宋名家之作中原封不动地移用过来的，显示他在处理小说这方面修辞结构时，想保持一种壮观权威感；同样地，曹雪芹在《红楼梦》中也反映了这样的品味，以及这样从唐宋名家之作中原封不动地移用过来的引文现象。本节梳理了全书中原句裁割而来的诗例，依章回之顺序加以分列呈示，其中有前人累积所得的成果，亦有个人钻研之心得，以下引诗俱具其出处与出版资料于本文之后，余不再随页加注；而前人看法有误失或未及之处，则就个人研究所得附志说明于后。

第一回"甚荒唐，到头来都是为他人作嫁衣裳"——晚唐秦韬玉《贫女》："苦恨年年压金线，为他人作嫁衣裳。"（《全唐诗》卷670，页7657）

第三回、第二十三回、第二十八回"花气袭人知昼暖"——宋陆游《村居书喜》："花气袭人知骤暖，鹊声穿树喜新晴。"（《剑南诗稿》卷50，页3002）①

第五回"彩云易散"——中唐白居易《简简吟》："大都好物不坚牢，彩云易散琉璃脆。"（《白居易集》卷12，页971）

---

① （宋）陆游著，钱仲联校注：《剑南诗稿校注》第6册（上海：上海古籍出版社，1985年9月）。

第五回"红楼梦"——晚唐蔡京《咏子规》："千年冤魄化为禽，永逐悲风叫远林。愁血滴花春艳死，月明飘浪冷光沉。凝成紫塞风前泪，惊破红楼梦里心。肠断楚词归不得，剑门迢递蜀江深。"(《全唐诗》卷472，页5363)①

第六回"侯门深似海"——中唐崔郊《赠去婢》："公子王孙逐后尘，绿珠垂泪滴罗巾。侯门一入深如海，从此萧郎是路人。"(《全唐诗》卷505，页5744)

第十五回"雏凤清于老凤声"——晚唐李商隐《韩冬郎即席为诗相送，一座尽惊，他日余方追吟"连宵侍坐徘徊久"之句，有老成之风。因成二绝寄酬，兼呈畏之员外二首》之一："十岁裁诗走马成，冷灰残烛动离情。桐花万里丹山路，雏凤清于老凤声。"(《玉溪生诗集笺注》卷2，页486)

第十五回"谁知盘中餐，粒粒皆辛苦"——中唐李绅《悯农二首》(一作《古风二首》)之二："锄禾日当午，汗滴禾下土。谁知盘中餐，粒粒皆辛苦。"(《全唐诗》卷483，页5494)

第十七回"曲径通幽处"——盛唐常建《题破山寺后禅院》："曲径通幽处，禅房花木深。"(《全唐诗》卷144，页1461)

---

① 此诗不仅首度出现了"红楼梦"一词，而且与林黛玉之性情为人与诗歌作品，在风格取向与审美特质上都极为近似，如周汝昌指出："尤奇者，颔联'愁血滴花春艳死，月明飘浪冷光沉'十四字，若移以状黛玉，可谓贴切。盖此十四字若持与'冷月葬花魂'五字对看，何其息息相通。"又谓："考'红楼梦'一语之来历，终不能置蔡诗于不论也。"见周汝昌：《红边小缀》，《红楼梦学刊》1979年第1辑（天津：百花文艺出版社），页202。

第十七回"杏花村"——晚唐杜牧《清明》:"清明时节雨纷纷,路上行人欲断魂。借问酒家何处有,牧童遥指杏花村。"(《杜牧集系年校注·集外诗》,页 1432)①

第十七回"红杏梢头挂酒旗"——明唐寅《题杏林春燕二首》:"燕子归来杏子花,红桥低影绿池斜。清明时节斜阳里,个个行人问酒家。"(其一)"红杏梢头挂酒旗,绿杨枝上啭黄鹂。鸟声花影留人住,不赏东风也是痴。"(其二)(《唐伯虎先生全集·外编续刻》卷 5)②

第十七回"柴门临水稻花香"——晚唐许浑《晚自朝台津至韦隐居郊园》:"村径绕山松叶暗,野(一作'柴')门临水稻花香。"(《全唐诗》卷 533,页 6090)

第十七回"蘼芜满手泣斜晖"——中唐鱼玄机《闺怨》:"蘼芜盈手泣斜晖,闻道邻家夫婿归。别日南鸿才北去,今朝北雁又南飞。春来秋去相思在,秋去春来信息稀。扃闭朱门人不到,砧声何事透罗帏。"(《全唐诗》卷 804,页 9049)

第十八回"冷烛无烟绿蜡干"——晚唐钱珝《未展芭蕉》:"冷烛无烟绿蜡干,芳心犹卷怯春寒。"(《全唐诗》卷 712,页 8197)

第二十三回"水流花谢两无情"——晚唐崔涂《春夕》(一本作《春夕旅怀》):"水流花谢两无情,送尽东风过楚城。胡蝶梦中家万里,子规枝上月三更。"(《全唐诗》卷 679,页 7783)

---

① 吴在庆撰:《杜牧集系年校注》第 4 册(北京:中华书局,2008 年 10 月)。
② (明)唐寅:《唐伯虎全集》(台北:水牛出版社,1987 年 4 月)。

第二十三回"流水落花春去也，天上人间"——南唐李煜《浪淘沙》："独自莫凭栏，无限江山，别时容易见时难。流水落花春去也，天上人间。"（《全唐五代词》，页 765）①

第二十六回"凤尾森森，龙吟细细"——南宋方士繇（字伯谟）《竹》："凤尾森森半已舒，玳纹滴沥画难如。"②

第二十八回"悔教夫婿觅封侯"——盛唐王昌龄《闺怨》："闺中少妇不知愁，春日凝妆上翠楼。忽见陌头杨柳色，悔教夫婿觅封侯。"（《全唐诗》卷 143，页 1446）

第二十八回"雨打梨花深闭门"——中唐刘方平《春怨》："纱窗日落渐黄昏，金屋无人见泪痕。寂寞空庭春欲晚，梨花满地不开门。"（《全唐诗》卷 251，页 2840）宋李重元《忆王孙》："杜宇声声不忍闻。欲黄昏，雨打梨花深闭门。"（《全宋词》，页 1039）③ 宋佚名（一作秦观）《鹧鸪天·春闺》："甫能炙得灯儿了，雨打梨花深闭门。"（《全宋词》，页 3739）

案：此句撷自宋代李重元与秦观词，故不待言；然而李重元与秦观词中一字不差的"雨打梨花深闭门"之句，其实又是受到中唐诗人刘方平《春怨》诗的影响而来。尤其是李重元《忆王孙》的"欲黄昏，雨打梨花深闭门"，在意象、情境、语句的营造上，更明显带有《春怨》诗中"纱窗日落渐黄昏……梨花满地不开门"这首

---

① 曾昭岷等编撰：《全唐五代词》（北京：中华书局，1999 年 12 月）。
② 《全宋诗》第 50 册（北京：北京大学出版社，1998 年 12 月）。
③ 唐圭璋编：《全宋词》（北京：中华书局，1998 年 11 月）。

尾两句的痕迹，其间传承脱化之处，并不亚于直接引用，故附带说明于此。

第二十八回"鸡声茅店月"——晚唐温庭筠《商山早行》："晨起动征铎，客行悲故乡。鸡声茅店月，人迹板桥霜。"(《全唐诗》卷581，页6741)

第二十九回"不是冤家不聚头"——明唐寅《醉时歌》："不是冤家头不聚，铁枷自有爱人担。"(《唐伯虎先生全集·外编》卷1，页25)①

案：书中描写宝、黛二人呕气，贾母为之操心烦虑，而抱怨着哭了；所引用的"不是冤家不聚头"这句俗语，则可以追溯到"好以俚语入诗"的唐寅文集中。或许是为了平仄押韵的关系，唐寅将俗语的"不聚头"写成"头不聚"，语序稍有调转，却无碍其为原句之引用。

第三十四回"君子防不然"——汉乐府《君子行》："君子防未然，不处嫌疑间。瓜田不纳履，李下不正冠。"(《先秦汉魏晋南山朝诗》，页263)②

第三十八回"横行公子却无肠"——金元好问《送蟹与兄》："横行公子本无肠，惯耐江湖十月霜。"(《晴川蟹录》卷4，页453)③

---

① （明）唐寅：《唐寅集》(上海：上海古籍出版社，2013年9月)。
② 一说为曹植诗，见逯钦立辑校：《先秦汉魏晋南北朝诗》(台北：木铎出版社，1983年9月)，页263。
③ （清）孙之騄：《晴川蟹录》，卷4，《续修四库全书》子部谱录类第1120册(上海：上海古籍出版社，2002年3月)。

第四十回"留得残荷听雨声"——唐李商隐《宿骆氏亭寄怀崔雍崔衮》:"竹坞无尘水槛清,相思迢递隔重城。秋阴不散霜飞晚,留得枯荷听雨声。"(《全唐诗》卷539,页6155)

第四十回"双悬日月照乾坤"——唐李白《上皇西巡南京歌》:"少帝长安开紫极,双悬日月照乾坤。"(《全唐诗》卷167,页1726)

第四十回"闲花落地听无声"——中唐刘长卿《别严士元》:"细雨湿衣看不见,闲花落地听无声。"(《全唐诗》卷151,页1569)

第四十回"日边红杏倚云栽"——晚唐高蟾《下第后上永崇高侍郎》:"天上碧桃和露种,日边红杏倚云栽。芙蓉生在秋江上,不向东风怨未开。"(《全唐诗》卷668,页7649)

第四十回"水荇牵风翠带长"——唐杜甫《曲江对雨》:"林花着雨燕脂湿,水荇牵风翠带长。"(《全唐诗》卷225,页2410)

第四十回"三山半落青天外"——唐李白《登金陵凤凰台》:"三山半落青天外,二水中分白鹭洲。"(《全唐诗》卷180,页1836)

第四十回"双瞻玉座引朝仪"——唐杜甫《紫宸殿退朝口号》:"户外昭容紫袖垂,双瞻御座引朝仪。"(《全唐诗》卷225,页2409)

第四十回"桃花带雨浓"——唐李白《访戴天山道士不遇》:"犬吠水声中,桃花带露浓。"(一般通作"露"字,萧士赟补注本作"雨")(《全唐诗》卷182,页1858)

第四十八回"重帘不卷留香久,古砚微凹聚墨多"——宋陆游

《书室明暖终日婆娑其间倦则扶杖至小园戏作长句》之二:"美睡宜人胜按摩,江南十月气犹和。重帘不卷留香久,古砚微凹聚墨多。月上忽看梅影出,风高时送雁声过。一杯太淡君休笑,牛背吾方扣角歌。"(《剑南诗稿校注》卷31,页2080)

第四十八回"大漠孤烟直,长河落日圆"——唐王维《使至塞上》:"单车欲问边,属国过居延。征蓬出汉塞,归雁入胡天。大漠孤烟直,长河落日圆。萧关逢候骑,都护在燕然。"(《全唐诗》卷126,页1279)

第四十八回"日落江湖白,潮来天地青"——唐王维《送邢桂州》:"铙吹喧京口,风波下洞庭。赭圻将赤岸,击汰复扬舲。日落江湖白,潮来天地青。明珠归合浦,应逐使臣星。"(《全唐诗》卷126,页1272)

第四十八回"渡头余落日,墟里上孤烟"——唐王维《辋川闲居赠裴秀才迪》:"寒山转苍翠,秋水日潺湲。倚杖柴门外,临风听暮蝉。渡头余落日,墟里上孤烟。复值接舆醉,狂歌五柳前。"(《全唐诗》卷126,页1266)

第四十八回"暧暧远人村,依依墟里烟"——东晋陶渊明《归园田居》之一:(《陶渊明集校笺》,页56)①

第五十回"天上人间两渺茫"——晚唐曹唐《大游仙诗·玉女杜兰香下嫁于张硕》:"天上人间两渺茫,不知谁识杜兰香。来经玉树三山远,去隔云河一水长。怨入清尘秋锦瑟,酒倾玄露醉瑶

---

① 杨勇校笺:《陶渊明集校笺》(台北:中国袖珍出版社,1970年4月)。

觔。遗情更说何珍重,擘破云鬟金凤皇。"(《全唐诗》卷640,页7339)

案:蔡义江认为此句灯谜诗"用的就是南唐李煜《浪淘沙》词'别时容易见时难,流水落花春去也,天上人间'和白居易《长恨歌》'含情凝睇谢君王,一别音容两渺茫'中的词语和意思,都是说男女死别"①。其实此句完全是直接引用晚唐诗人曹唐《大游仙诗·玉女杜兰香下嫁于张硕》中的诗句,并非透过断章取句、拼凑不同的作品再重加镕铸、化用得来者。特于此处注明之。

第五十一回"不在梅边在柳边"——明汤显祖《牡丹亭》第十四出《写真》中,杜丽娘于自画像上所题诗句。

第五十八回"绿叶成荫子满枝"——晚唐杜牧《叹花》:"自恨寻芳到已迟,往年曾见未开时。如今风摆花狼藉,绿叶成阴子满枝。"(《全唐诗》卷520,页5999)又作:"自是寻春去较迟,不须惆怅怨芳时。狂风落尽深红色,绿叶成阴子满枝。"(《全唐诗》卷520,页6033)

第六十二回"落霞与孤鹜齐飞"——唐王勃《滕王阁序》。

第六十二回"风急江天过雁哀"——或即宋陆游《寒夕》之"风急江天无过雁"(《剑南诗稿校注》卷49,页2940)。

第六十二回"鸿雁来宾"——《礼记·月令》(《礼记》,页284)。

第六十二回"何来万户捣衣声"——唐李白《子夜吴歌·秋歌》:

---

① 见蔡义江:《红楼梦诗词曲赋评注(修订本)》,页256。

"长安一片月,万户捣衣声。"(《全唐诗》卷165,页1711)

第六十二回"瓢樽空挂壁"——宋苏辙《九日三首》之一(《全宋诗》卷871,页10141)①

第六十二回"愁向绿樽生"——初唐刘希夷《送友人之新丰》(《全唐诗》卷82,页887)

第六十二回"江间波浪兼天涌"——唐杜甫《秋兴八首》之一(《全唐诗》卷230,页2510)

第六十二回"敲断玉钗红烛冷"——南宋郑会《题邸间壁》诗,王相注:"玉钗,烛花也。……烛花敲断,夜静而更深。"(《千家诗》,页5)②

第六十二回"此乡多宝玉"——唐岑参《送杨瑗尉南海》:"此乡多宝玉,慎莫厌清贫。"(《全唐诗》卷200,页2073)

第六十二回"宝钗无日不生尘"——晚唐李商隐《残花》:"残花啼露莫留春,尖发谁非怨别人。若但掩关劳独梦,宝钗何日不生尘。"(《全唐诗》卷540,页6198)

案:其实中唐的张籍和李贺的诗中都已出现过"宝钗"一词,如张籍《宝钗曲》云:"宝钗坠井无颜色,百尺泥中今复得。凤凰宛转有古仪,欲为首饰不称时。女伴传看不知主,罗袖拂拭生光辉。兰膏已尽股半折,雕文刻样无年月。虽离井底入匣中,不用还

---

① 原作"瓢尊空挂壁",《全宋诗》第15册(北京:北京大学出版社,1993年9月)。

② (宋)谢枋得、(明)王相等选注:《千家诗》(杭州:浙江人民出版社,1980年7月)。

与坠时同。"李贺《少年乐》诗中也有"陆郎倚醉牵罗袂,夺得宝钗金翡翠。"所用以命名的"宝钗"一词,实不待李商隐之《残花》诗而有。而小说中之所以特引李商隐诗为证,目的依然是借重"无日不生尘"的悲剧意味,暗示薛宝钗未来之一生将在尘封雪埋的孤寡中了其余生,而表现出"诗谶"的作用。

第六十二回"玉盌碗盛来琥珀光"——唐李白《客中行》(《全唐诗》卷181,页1842)

第六十三回"闲为仙人扫落花"——唐李白(《全唐诗》卷172,页1769)。见曹寅《赠杜岕诗》自注云:"岕山(杜岕之字)集青莲句有'闲为仙人扫落花',故及之。"(《楝亭诗钞》卷1,页52)

第六十三回"任是无情也动人"——晚唐罗隐《牡丹花》:"似共东风别有因,绛罗高卷不胜春。若教解语应倾国,任是无情也动人。芍药与君为近侍,芙蓉何处避芳尘。可怜韩令功成后,辜负秾华过此身。"(《全唐诗》卷655,页7532)

第六十三回"日边红杏倚云栽"——晚唐高蟾《下第后上永崇高侍郎》:"天边碧桃和露种,日边红杏倚云栽。芙蓉生在秋江上,不向东风怨未开。"(《全唐诗》卷668,页7649)

第六十三回"竹篱茅舍自甘心"——宋王淇《梅》:"不受尘埃半点侵,竹篱茅舍自甘心。只因误识林和靖,惹得诗人说到今。"(《全宋诗》卷3521,页42054)①

---

① 《全宋诗》第67册(北京:北京大学出版社,1998年12月)。

第六十三回"只恐夜深花睡去"——宋苏轼《海棠》:"东风袅袅泛崇光,香雾空蒙月转廊。只恐夜深花睡去,故烧高烛照红妆。"(《苏轼诗集》,页 1187)①

第六十三回"开到荼蘼花事了"——宋王淇《春暮游小园》:"一从梅粉褪残妆,涂抹新红上海棠。开到荼蘼花事了,丝丝天棘出莓墙。"(《全宋诗》卷 3521,页 42054)

第六十三回"连理枝头花正开"——宋朱淑真《惜春》(一作《落花》):"连理枝头花正开,妒花风雨便相催。愿教青帝常为主,莫遣纷纷点翠苔。"(《朱淑真集》,页 253)②

第六十三回"莫怨东风当自嗟"——宋欧阳修《再和明妃曲》:"汉宫有佳人,天子初未识。一朝随汉使,远嫁单于国。绝色天下无,一失难再得。虽能杀画工,于事竟何益。耳目所及尚如此,万里安能制夷狄! 汉计诚已拙,女色难自夸。明妃去时泪,洒向枝上花。狂风日暮起,飘泊落谁家?红颜胜人多薄命,莫怨春风当自嗟。"(《欧阳修全集》卷 8,页 132)③

第六十三回"桃红又是一年春"——宋谢枋得《庆全庵桃花》:"寻得桃源好避秦,桃红又见一年春。花飞莫遣随流水,怕有渔郎来问津。"(《全宋诗》卷 3477,页 41402)④

---

① (清)王文诰辑注,孔凡礼点校:《苏轼诗集》(北京:中华书局,1982 年 2 月),卷 22。
② (宋)朱淑真:《朱淑真集》(上海:上海古籍出版社,1986 年)。
③ 《欧阳修全集》第 1 册(北京:中华书局,2001 年 3 月)。
④ 《全宋诗》第 66 册(北京:北京大学出版社,1998 年 12 月)。

第六十三回"纵有千年铁门槛，终须一个土馒头"——初唐王梵志诗："世无百年人，拟作千年调。打铁作门限，鬼见拍手笑。"又："城外土馒头，馅草在城里。一人吃一个，莫嫌没滋味。"（《王梵志诗校注》卷6，页751、758）① 南宋范成大《重九日行营寿藏之地》："纵有千年铁门限，终须一个土馒头。"（《范石湖集》卷28，页390）②

第六十四回"意态由来画不成，当时枉杀毛延寿"——宋王安石《明妃曲二首》之一（《王安石全集》，页24）③

第六十四回"耳目所见尚如此，万瑞安能制夷狄"——宋欧阳修《再和明妃曲》（诗句见上）（《欧阳修全集》卷8，页132）。

第七十回"丛菊两开他日泪"——唐杜甫《秋兴八首》之一（《全唐诗》卷230，页2510）

第七十回"红绽雨肥梅"——唐杜甫《陪郑广文游何将军山林十首》之五（《全唐诗》卷224，页2398）

第七十回"水荇牵风翠带长"——唐杜甫《曲江对雨》（《全唐诗》卷225，页2410）

第七十八回"圣朝无阙事"——盛唐岑参《寄左省杜拾遗》："圣朝无阙事，自觉谏书稀。"（《全唐诗》卷200，页2064）

第八十九回"青女素娥俱耐冷，月中霜里斗婵娟"——晚唐李商隐《霜月》（《全唐诗》卷539，页6146）

---

① 项楚校注：《王梵志诗校注》（上海：上海古籍出版社，1991年10月）。
② 富寿荪标校：《范石湖集》（上海：上海古籍出版社，2006年4月）。
③ 《王安石全集》（台北：河洛图书出版社，1974年10月）。

第八十九回"瘦影正临春水照,卿须怜我我怜卿"——明支小白《小青传》

第九十一回"禅心已作沾泥絮"——宋释道潜《子瞻席上令歌舞者求诗戏以此赠》:"底事东山窈窕娘,不将幽梦嘱襄王。禅心已作沾泥絮,肯逐春风上下狂。"(《参寥子诗集》卷3,页4)①

第九十一回"莫向春风舞鹧鸪"——晚唐郑谷《席上贻歌者》:"花月楼台近九衢,清歌一曲倒金壶。座中亦有江南客,莫向春风唱鹧鸪。"(《全唐诗》卷675,页7730)

第一○一回"蜂采百花成蜜后,为谁辛苦为谁甜"——晚唐罗隐《蜂》:"不论平地与山尖,无限风光尽被占。采得百花成蜜后,为谁辛苦为谁甜!"(《全唐诗》卷662,页7594)

第一○八回"将谓偷闲学少年"——宋程颢《偶成》:"旁人不识余心乐,将谓偷闲学少年。"(《全宋诗》卷715,页8229)②

第一○八回"寻得桃源好避秦"——宋谢枋得《庆全庵桃花》:"寻得桃源好避秦,桃红又见一年春。"(《全宋诗》卷3477,页41402)③

第一○八回"江燕引雏"——初唐殷遥《春晚山行》:"野花成子落,江燕引雏飞。"(《全唐诗》卷114,页1163)

第一○八回"闲看儿童捉柳花"——宋杨万里《初夏(睡起)》:

---

① (宋)释道潜:《参寥子诗集》,《四部丛刊三编》第447册(台北:台湾商务印书馆,景宋本,1975年9月)。

② 《全宋诗》第12册(北京:北京大学出版社,1993年9月)。

③ 《全宋诗》第66册(北京:北京大学出版社,1993年9月)。

"梅子留酸软齿牙,芭蕉分绿与窗纱。日长睡起无情思,闲看儿童捉柳花。"(《杨万里集笺校》,页139)①

第一〇八回"白萍吟尽楚江秋"——宋程颢《题淮南寺》:"南去北来休便休,白蘋吹尽楚江秋。"(《全宋诗》卷715,页8236)②

第一〇九回"悠悠生死别经年,魂魄不曾来入梦"——中唐白居易《长恨歌》(《全唐诗》卷435,页4820)

第一一七回"冷露无声湿桂花"——中唐王建《十五夜望月寄杜郎中》:"中庭地白树栖鸦,冷露无声湿桂花。今夜月明人尽望,不知秋思落谁家。"(《全唐诗》卷301,页3437)

第一一七回"天香云外飘"——初唐宋之问《灵隐寺》:"桂子月中落,天香云外飘。"(《全唐诗》卷53,页654)

第一二〇回"千古艰难惟一死,伤心岂独息夫人"——清初邓汉仪《题息夫人庙》(《清诗别裁集》,页219)③

第二节　施行酒令、集句成趣:张冠李戴式的崭新趣味

"集句"乃是一种以旧诗句为单位而重新组合、创造新意的文

---

① 辛更儒笺校:《杨万里集笺校》(北京:中华书局,2007年9月)。
② 《全宋诗》第12册(北京:北京大学出版社,1993年9月)。
③ (清)沈德潜:《清诗别裁集》(北京:中华书局,1975年11月),卷12。

人游戏，追求的是张冠李戴式的崭新趣味；行之于酒令，便是《红楼梦》中所采取的一种引诗的特殊形式。甲戌本第二回于"偶因一着错，便为人上人"上眉批云："从来只见集古集唐等句，未见集俗语者，此又更奇之至。"① 事实上，除了"集古集唐"之外，也早有"集俗语"之举，只不过是这种集俗语的方式乃运用于歌席饮宴中的行酒令而已。书中集句以成酒令之相关情节，备见于第二十八回、第六十二回、续书第一〇八回等三处，由于已在第二章第三节进行过全面阐述，是以此处仅引录其酒令内容，作为与本章各节并观互参之资。

第二十八回规定"酒底要席上生风一样东西，或古诗、旧对、《四书》《五经》成语"。书中依此酒令而引用诗句者，有以下诸条：

"女儿愁，悔教夫婿觅封侯。——雨打梨花深闭门（酒底）"（贾宝玉）；

"——鸡声茅店月（酒底）"（冯紫英）；

"——桃之夭夭（酒底）"（妓女云儿）；

"——花气袭人知昼暖（酒底）"（蒋玉菡）。

第六十二回则依史湘云"酒面要一句古文，一句旧诗，一句骨牌名，一句曲牌名，时宪书（历书）上的话，共总凑成一句话。酒底要关人事的果菜名"之提议，作出以下酒令：

"落霞与孤鹜齐飞，风急江天过雁哀，却是一只折足雁，叫的人九回肠，这是鸿雁来宾。"——"榛子非关隔院砧，何来万户捣

---

① 陈庆浩辑校：《新编石头记脂砚斋评语辑校（增订本）》，页40。

衣声"（林黛玉）；

"奔腾而砰湃，江间波浪兼天涌，须要铁锁缆孤舟，既遇着一江风，不宜出行。"——"这鸭头不是那丫头，头上那讨桂花油"（史湘云）；

"泉香而酒洌，玉碗盛来琥珀光，直饮到梅梢月上，醉扶归，却为宜会亲友。"（史湘云）

第一〇八回则按照骨牌副儿名、曲牌名（其实亦是骨牌副儿名）、千家诗诗句之排序，而形成以下四组酒令：

"商山四皓"——"临老入花丛"——"将谓偷闲学少年"；

"刘阮入天台"——"二士入桃源"——"寻得桃源好避秦"；

"江燕引雏"——"公领孙"——"闲看儿童捉柳花"；

"浪扫浮萍"——"秋鱼入菱窠"——"白萍吟尽楚江秋"；

第三节　诗句剪裁、化用加工：夺胎换骨法的艺术交融

除了引诗、集句这类原封不动地直接摘录原句之外，《红楼梦》中由曹雪芹代笔的诗歌创作，更常常撷取唐宋诗歌以为灵思之奥府，在旧句的基础上透过剪裁、加工而重新镕铸出新的诗句，即形成所谓的"脱化"，亦可约略称之为"夺胎换骨"。

早在宋代诗论中，惠洪的《冷斋夜话》便记载黄山谷所提出的"夺胎换骨"法，而在后人的辗转引述中，往往再加上自己的诠释

按语,因而将此一技法的特点或弱点一并阐发得更为完整。如宋代阙名者所撰的《诗宪》记述道:

> 夺胎者,因人之意,触类而长之,虽不尽为因袭,又□不至于转易,盖亦大同而小异耳。《冷斋夜话》云:"规摹其意而形容之,谓之夺胎。"换骨者,意同而语异也。《冷斋》云:"不易其意而造其语,谓之换骨。"朱皪逢年云:"今人皆拆洗诗耳,何夺胎换骨之有!"①

虽然在夺胎时"规摹其意而形容之"的方式,会令人产生"大同而小异"的似曾相识之感,在换骨时"不易其意而造其语"的表现,也会因为"意同而语异"而带来换汤不换药的疑虑,因此《诗宪》站在批判的负面立场,提出"拆洗诗耳"的质疑或讥评,但严格说来,"夺胎换骨"其实是一种积极仿效、正面取法的技巧,并不等于钝贼式的因袭剽窃。技法高明的夺胎换骨者,能将前人的作品"触类而长之",也就是突破经典的围限,将前人已然达到的境地再往前推进一步,使定置封固的诗句所造成的阻力,化解为取资仿效

---

① 参郭绍虞辑:《宋诗话辑佚》,页534。(宋)惠洪《冷斋夜话》乃最早录载黄山谷对夺胎换骨之定义者,语云:"诗意无穷,而人之才有限,以有限之才,追无穷之意,虽少陵、渊明不得工也。然不易其意而造其语,谓之换骨法;窥入其意而形容之,谓之夺胎法。"以下惠洪并引述众多诗例为证,或可揣摩山谷诗论之原意,[日]近藤元粹辑:《萤雪轩丛书》第9卷(大阪:青木嵩山堂,明治二十九年[1896]),页50下。

时生生不息的助力，从而扩大了经典诗句的表现性。其中不但蕴含了对诗歌经典的崇敬，具备了与传统对话的历史意识，更展现了对诗歌意境的高度领悟与精确掌握，足以表现出一种积学研阅的工夫与才华。

因此时至明朝，诗论家徐增也指出"脱化"在诗歌创作上的重要性："作诗之道有三：曰寄趣，曰体裁，曰脱化。今人而欲诣古人之域，舍此三者，厥路无由。……少陵诗人宗匠，从'熟精文选理'中来，此古人之脱化也。"① 则从古人之奥府中熟精其理而化出新意，便是后世诗人不能避免的创作途径。至于本节此处所谓的脱化或夺胎换骨，乃是就广义上于诗句之意象、句法、构思、整体意境之刻意近似者而言，两者之间可以见出点化加工的传承之迹；同时其与前人诗句的关系，往往表现为句与句之间的转化，乃至于全篇诗章的融裁②，因此其近似既非偶然之巧合，更不是运用典故时一字一词所带来的眼熟而已。

以下便将《红楼梦》中自前人诗句融裁加工、夺胎换骨而来的脱化情形，试一一分梳如下。

---

① （明）徐增：《而庵诗话》，收入丁福保辑：《清诗话》，页426。

② 郭玉雯说明道：夺胎、换骨都是句与句之间转化的关系，为语与意的完整关连，最常见的情形是一句夺胎为一句，有时甚至是全首诗均转化自前人之作；而其夺换的对象主要是前人诗句，词曲亦可。至于夺胎换骨和用典不同的地方，在于用典中所谓语典的运用，只限于前人诗作中一字一词的袭用，是片面的关系；且用典的对象来源很广，经史子集无不可用，并不限于前人诗作，所以夺胎换骨可以说是用典法的扩充。郭玉雯：《宋代诗话的诗法研究》（台北：台湾大学中文所博士论文，1988年6月），第13章，页351。

第一回"假作真时真亦假,无为有处有还无"——晚唐杜荀鹤《空闲二公递以禅律相鄙因而解之》:"象外空分象外象,无中有作有中无。"(《全唐诗》卷 692,页 7975)①

第一回:贾雨村《对月寓怀口号一绝》:"天上一轮才捧出,人间万姓仰头看"——宋太祖赵匡胤《咏月》:"未离海底千山黑,才到中天万国明。"据宋人诗话记载:"王师围金陵,唐使徐铉来朝。……太祖曰:'吾微时自秦中归,道华山下,醉卧田间,觉而月出,有句曰:"未离海底千山黑,才到中天万国明。"'铉大惊,殿上称寿。"②太祖之诗句传达出天子称王、一统天下之霸气,遂乃折服徐铉这位自伐其能的敌方来使,使之当场称寿臣服;而贾雨村的"天上一轮才捧出,人间万姓仰头看"亦有同工之妙,故甄士隐听了,大叫:"妙哉!吾每谓兄必非久居人下者,今所吟之句,飞腾之兆已见,不日可接履于云霓之上矣。可贺,可贺!"故其间脱胎之匠心可见。

第一回:甄士隐《好了歌注》的"反认他乡是故乡"——中唐贾岛《渡桑干》:"无端更渡桑干水,却望并州是故乡。"(《全唐诗》卷 574,页 6683)

第一回:跛足道人《好了歌》、甄士隐《好了歌注》——明唐

---

① 李振中:《〈红楼梦〉中的晚唐五代诗词情蕴》,《红楼梦学刊》2010 年第 2 辑,页 111。

② (宋)陈师道:《后山诗话》,收入(清)何文焕辑:《历代诗话》,页 302。此意参考于景祥:《〈红楼梦〉运用多种诗歌体式的杰出成就》,《红楼梦学刊》1997 年第 2 辑。

寅《一世歌》:"人生七十古来少,前除幼年后除老。中间光景不多时,又有炎霜与烦恼。花前月下得高歌,急须满把金尊倒。世人钱多赚不尽,朝里官多做不了。官大钱多心转忧,落得自家头白早。春夏秋冬燃指间,钟送黄昏鸡报晓。请君细点眼前人,一年一度埋芳草。草里高低多少坟,一年一半无人扫。"(《唐寅集》,页23)明唐寅《世情歌》:"浅浅水,长长流;来无尽,去无休。翻海狂风吹白浪,接天尾闾吸不收。即如我辈住人世,何荣何辱,何乐何忧?有时邯郸梦一枕,有时华胥酒一瓯。古今兴亡付诗卷,胜负得失旧松楸。清风明月用不竭,高山流水情相投。蒉荚自晦朔,兰菊自春秋。我今视昔亦复尔,后来还与今时伴。君不见,东家暴富十头牛;又不见,西家暴贵万户侯。雄声吓势掀九州岛,有如洪涛汹涌,世界欲动天将浮。忽然一日舟打风断蓬,绝梗无少留。桑田变海海为洲,昔时声势空喧啾。呜呼!何如浅浅水,长长流?"(《唐伯虎先生全集·外编续刻》卷1,页27)明唐寅《叹世》诗六首,主要是以下诸篇:"举世不忘浑不了,寄身谁识等浮沤。谋生尽作千年计,公道还当一死休。西下夕阳难把手,东流逝水绝回头。世人不解苍天意,空使身心夜半愁。"(其二)"坐对黄花举一觞,醒时还忆醉时狂。丹砂岂是千年药?白日难消两鬓霜。身后碑铭徒自好,眼前傀儡任渠忙。追思浮世真成梦,到底终须有散场。"(其三)"茫茫展枕逐鸡栖,碌碌梳头鸡又啼。傀儡一棚真是假,髑髅满眼笑他迷。昨朝青鬓今朝云,方始黄金又始泥。幸有一杯酬见在,有诗还向醉时题。"(其四)"人生在世数蜉蝣,转眼乌头换白头。百岁光阴能有几?一张假钞没来由。当年孔圣今何在?昔日萧曹尽已

休。遇饮酒时须饮酒,青山偏会笑人愁。"(其五)(《唐寅集》卷1,页94)

另外应补充的是,学者曾指出《好了歌》是由四支山歌组合而成[1],但"其文体应该属于道情一类。道情最初起源于唐代以来道士们在道观内所唱的经韵。宋代后吸收词、曲牌,衍变为在民间布道时演唱的新经韵,又称道歌。之后,道情中的诗赞体一支主要流行于南方,为曲白相间的说唱道情;另一支流行于北方,并在陕西、山西、河南、山东等地发展为戏曲道情,采用了秦腔及梆子的锣鼓、唱腔,逐步形成了各地的道情戏。……道情作为一种文学题材,其内容以劝世人轻名利、多修身为主。道情属于乐府歌词,多为游方道士所唱,后来受到文人的喜爱"[2]。而其语调内容则与宋王辅道《渔家傲》如出一辙,其词云:"日月无根天不老,浮生总被消磨了,陌上红尘常扰扰。昏复晓,一场大梦谁先觉。雒水车流山四绕,路边几个新华表,尽说在时官职好。争信道,冷烟寒雨埋荒草。"[3]此乃较明代唐寅更早之渊源也。

第五回:在"水墨渲染的满纸乌云浊雾"中,写着"霁月难逢,彩云易散"的字句——《宣和遗事·元集》:"上下三千余年,兴亡百千万事,大概光风霁月之时少,阴雨晦冥之时多。"这段话虽然并非以诗句的形式出之,因此算不得夺胎换骨的脱化表现,然其

---

[1] 见梁石:《红楼梦与诗歌》,《文坛》第200期,页285—288。
[2] 详参李根亮:《〈红楼梦〉与宗教》(长沙:岳麓书社,2009年8月),页159。
[3] 参周汝昌:《红楼梦新证》,页511—513。

第七章　《红楼梦》中使用旧诗之情形与用意　327

后两句所描述"阴雨晦冥之时多"之境况及所用"光风霁月之时少"之语词，却与此处"水墨渲染的满纸乌云浊雾"的图像及"霁月难逢"的感慨几近一致，故附志以为参考。

第五回：李纨判词"如冰水好空相妒，枉与他人作笑谈"——或化用唐寒山《无题》："欲识生死譬，且将冰水比。水结即成冰，冰消返成水。已死必应生，出生还复死。冰水不相伤，生死还双美。"（《全唐诗》卷 806，页 9075）

第五回"山中高士晶莹雪"——明高启《梅花四首》之一："琼姿只合在瑶台，谁向江南处处栽。雪满山中高士卧，月明林下美人来。寒依疏影萧萧竹，春掩残香漠漠苔。自去何郎无好韵，东风愁寂几回开。"（《明诗选》卷 6，页 114）① 其中的"雪满山中高士卧"一句即为此处所本。

第五回"白杨村里人呜咽，青枫林下鬼吟哦"——先秦屈原《招魂》："湛湛江水兮上有枫，目极千里兮伤春心，魂兮归来哀江南。"又唐杜甫《梦李白二首》之一："魂来枫林青，魂返关塞黑。"（《全唐诗》卷 218，页 2289）

第五回"机关算尽太聪明，反算了卿卿性命"——宋黄庭坚《牧童》："骑牛远远过前村，吹笛风斜隔垄闻。多少长安名利客，机关用尽不如君。"（《全宋诗》卷 1016，页 11590）②

---

① （明）华淑辑：《明诗选》，《四库禁毁书丛刊》集部第 1 册（北京：北京出版社，2005 年 8 月）。

② 《全宋诗》第 17 册（北京：北京大学出版社，1995 年 3 月）。

第五回"晚韶华"——曲名寓晚唐李商隐《乐游原》:"夕阳无限好,只是近黄昏。"(《全唐诗》卷539,页6149)

第十七回"蓼汀花溆"——晚唐罗邺《雁二首》之一:"暮天新雁起汀洲,红蓼花开水国愁。想得故园今夜月,几人相忆在江楼。"(《全唐诗》卷654,页7520)

第十七回"吟成荳蔻才犹艳"——晚唐杜牧《赠别二首》之一:"娉娉袅袅十三余,荳蔻梢头二月初。"(《全唐诗》卷523,页5988)

第十七回"崇光泛彩"——宋苏轼《海棠》:"东风袅袅泛崇光。"(《苏轼诗集》,页1187)

第十七回"火树琪花"——初唐苏味道《正月十五夜》(一作《上元》):"火树银花合,星桥铁锁开。"(《全唐诗》卷65,页753)

第十七回"珠玉自应传盛世"——唐杜甫《奉和贾至舍人早朝大明宫》:"朝罢香烟携满袖,诗成珠玉在挥毫。"(《全唐诗》卷225,页2410)

第十八回"绿蜡春犹卷"——晚唐钱珝《未展芭蕉》:"冷烛无烟绿蜡干,芳心犹卷怯春寒。"(《全唐诗》卷712,页8197)

第十八回"一字师"——晚唐齐己《早梅》:"前村深雪里,昨夜一枝开。"(《全唐诗》卷843,页9528)郑谷改"数枝"为"一枝",折服齐己,齐己尊之为"一字师"。

第十八回"谁谓池塘曲,谢家幽梦长"——南朝宋谢灵运《登池上楼》:"池塘生春草,园柳变鸣禽。"(《先秦汉魏晋南北朝诗》,

页1161）①据传为谢灵运梦中所得之诗句，钟嵘《诗品》卷中载："康乐每对惠连，辄得佳句。后在永嘉西堂，思诗竟日不就，寤寐间忽见惠连，即成'池塘生春草'。故尝云：'此语有神助，非吾语也。'"

第十八回"红妆夜未眠"——宋苏轼《海棠》："只恐夜深花睡去，故烧高烛照红妆。"（《苏轼诗集》，页1187）

第十八回"绿裁歌扇迷芳草，红衬湘裙舞落梅"——元赵子昂（赵孟頫）《记旧游》："落红无数迷歌扇，嫩绿多情妒舞衣。"（《全元诗》，页243）② 又清吴伟业《鸳湖曲》："芳草乍疑歌扇绿，落英错认舞衣鲜。"（《吴梅村全集》卷3，页72）③

第二十二回"游丝一断浑无力，莫向东风怨别离"。

案：两句乃融裁宋欧阳修《再和明妃曲》的"莫怨春风当自嗟"，与明梁辰鱼《浣纱记》第二十七出《别施》中句践夫人所唱的"飘荡去无边，恨东风断纸鸢"而另手翻出。④ 尤其《浣纱记》在接受欧阳修诗的影响之余，更进一步将别离、恨怨之情意与风筝、春风之景物相结合，乃成为预示探春未来终极命运的主要脱胎之处。

第二十二回"朝罢谁携两袖烟"——唐杜甫《和贾舍人早朝大

---

① 逯钦立辑校：《先秦汉魏晋南北朝诗》，《宋诗》卷2。
② 杨镰主编：《全元诗》第17册（北京：中华书局，2013年6月）。
③ 李学颖集评标校：《吴梅村全集》（上海：上海古籍出版社，1990年12月）。
④ 参林方直：《红楼梦符号解读》（呼和浩特：内蒙古大学出版社，1996年1月），第5章第2节，页169—170。

明宫之作》："朝罢香烟携满袖。"(《全唐诗》卷225，页2410)

第二十二回"晓筹不用鸡人报"——唐王维《和贾舍人早朝大明宫之作》："绛帻鸡人报晓筹，尚衣方进翠云裘。"(《全唐诗》卷128，页1296) 又晚唐李商隐《马嵬二首》之二："无复鸡人报晓筹。"(《全唐诗》卷539，页6177)

第二十三回"桂魄流光浸茜纱"——晚唐李商隐《雪》："侵夜可能争桂魄。"(《全唐诗》卷539，页6169)

第二十三回"梨花满地不闻莺"——盛唐岑参《白雪歌送武判官归京》："忽如一夜春风来，千树万树梨花开。"又中唐刘方平《春怨》："寂寞空庭春欲晚，梨花满地不开门。"(《全唐诗》卷251，页2840)

案：此句以"梨花"比喻白雪的用法，固然是出自岑参《白雪歌送武判官归京》："忽如一夜春风来，千树万树梨花开。"然而，细察其诗句之造境、用语，其实与中唐刘方平《春怨》的"寂寞空庭春欲晚，梨花满地不开门"一联更为密切。试比观"梨花满地不闻莺"与"梨花满地不开门"这两句，于七字之中即有五字全同，实已不能仅仅以巧合来解释，而"不闻莺"所衬显的寂静无声，岂非又是"不开门"而导致"寂寞空庭"的传神写照！特刘方平乃描写晚春时节深闺女子的孤寂落寞之情，而此处则是形容贾宝玉在初入大观园时，即使身处冬雪之中都充满安享美好岁月的乐园体验，方向与对象都有所转移而已。

第二十七回"花谢花飞飞满天，红消香断有谁怜。"

案：此联应是出自中唐李贺的《上云乐》："飞香走红满天春。"

尤其出句的"花谢花飞飞满天"乃形容暮春时节落英缤纷、繁花凋零的景象，那风飘万点、飞瓣满天的场面，更与李贺所说的"飞香走红满天春"如出一辙。只是李贺特意使用"香""红"这两个"花"之代字，以"飞香走红"进一步凝结嗅觉之芬芳与视觉之色彩，显得较为精丽雕琢；而林黛玉则不使用代字，直接以"花谢花飞"的白描写法脱口而出，更增古体歌行所特有的流利酣畅之节奏感，同时让"香""红"这两个"花"之代字移诸下句，转而以"红消香断"传达红颜老去、消残憔悴的凄凉无依，以及"有谁怜"那无人闻问的悲戚之情，其间传承之迹不容抹灭。

第二十七回"落絮轻沾扑绣帘。"

案：此句应化自晚唐张泌之《春晚谣》："雨微微，烟霏霏，小庭半折红蔷薇。细筝斜倚画屏曲，零落几行金雁飞。萧关梦断无寻处，万迭春波起南浦。凌乱杨花扑绣帘，晓窗时有流莺语。"（《全唐诗》卷742，页8452）在蔷薇半折、烟雨霏霏的晚春时节中，张泌所形容"凌乱杨花扑绣帘"的景象，恰恰是此处林黛玉所歌咏"落絮轻沾扑绣帘"的同义语，不但"落絮"即"杨花"，"扑绣帘"之动态描写更是一字不差地完全袭用，从意象、造境与用语都如出一辙，曹雪芹从中脱化成句的痕迹十分明显。

第二十七回"一年三百六十日，风刀霜剑严相逼。"

案：此联应出自明唐寅（即唐伯虎）的《一年歌》："一年三百六十日，春夏秋冬各九十。冬寒夏热最难当，寒则如刀热如炙。……"（《唐寅集》，页23）不但"一年三百六十日"之语一字不差地完全袭用，"风刀霜剑严相逼"一句也是从"寒则如刀热如炙"撷取而来，特取其中"寒则如刀"而稍稍加以变化而更具美感，同时添上"严相逼"之动态描写，使恶劣环境中如刀剑般无情摧迫的煎熬显得更为严酷。

第二十七回"柳丝榆荚自芳菲，不管桃飘与李飞。桃李明年能再发，明年闺中知有谁？三月香巢已垒成，梁间燕子太无情！明年花发虽可啄，却不道人去梁空巢也倾。……明媚鲜妍能几时，一朝飘泊难寻觅。……侬今葬花人笑痴，他年葬侬知是谁？试看春残花渐落，便是红颜老死时。一朝春尽红颜老，花落人亡两不知。"——初唐刘希夷《代悲白头翁》："洛阳城东桃李花，飞来飞去落谁家？洛阳女儿好颜色，坐见落花常叹息。今年花落颜色改，明年花开复谁在？已见松柏摧为薪，更闻桑田变成海。古人无复洛城东，今人还对落花风。年年岁岁花相似，岁岁年年人不同。……宛转蛾眉能几时，须臾鹤发乱如丝。但看古来歌舞地，惟有黄昏鸟雀悲。"(《全唐诗》卷82，页886) 明唐寅《花下酌酒歌》："九十春光一掷梭，花前酌酒唱高歌：枝上花开能几日，世上人生能几何？昨朝花胜今朝好，今朝花落成秋草。花前人是去年身，今年人比去年老。今日花开又一枝，明日来看知是谁？明年今日花开否，今日明年谁得知。………"(《唐寅集》卷1，页21)

第二十七回"阶前闷杀葬花人""试看春残花渐落"——明唐寅《花月吟效连珠体》十一首之十："月下几般花意思？花间多少月精神？待看月落花残时，愁杀寻花问月人！"(《唐伯虎全集》卷2，页76)

案：黛玉《葬花辞》中的这两句诗，明显脱胎自明唐寅《花月吟效连珠体》十一首之十中的"待看月落花残时,愁杀寻花问月人"两句,形神俱似,只是将将语序前后颠倒为用,以合于新的文脉而已。

第二十七回"独倚花锄泪暗洒,洒上空枝见血痕"——宋欧阳修《再和明妃曲》:"明妃去时泪,洒向枝上花。"(《欧阳修全集》卷8,页132)

第二十七回"天尽头,何处有香丘?未若锦囊收艳骨,一抔净土掩风流。质本洁来还洁去,强于污淖陷渠沟"——明唐寅《和沈石田落花诗三十首》之四:"能赋相如已倦游,伤春杜甫不禁愁。头扶残醉方中酒,面对飞花怕倚楼。万片风飘难割舍,五更人起可能留?妍媸双脚撩天去,千古茫茫土一邱。"(《唐寅集》卷2,页66)明唐寅《和沈石田落花诗三十首》之七:"春归不得驻须臾,花落仍知剩有无。新草漫侵天际绿,衰颜又改镜中朱。应门未遇偷香掾,坠溷翻成逐臭夫。无限伤心多少泪,朝来枕上眼应枯。"(《唐寅集》卷1,页66)明唐寅《和沈石田落花诗三十首》之二十二:"花落花开总属春,开时休羡落休嗔。好知青草骷髅冢,就是红楼掩面人。山屐已教休泛蜡,柴车从此不须巾。仙尘佛劫同归尽,坠处何须论厕茵?"(《唐寅集》卷1,页71)

案:唐寅的《和沈石田落花诗三十首》与林黛玉的《葬花辞》神韵极其相似,于用语与构思上往往得见其间血脉相通之处。以此段诗句为例,林黛玉那"未若锦囊收艳骨,一抔净土掩风流"和"试看春残花渐落,便是红颜老死时"的歌吟,就明显带有唐寅"好知青草骷髅冢,就是红楼掩面人"这两句诗的印记。此外,林黛玉企望世上能存在一座"香丘",可以"一抔净土掩风流"而"强于污淖陷渠沟";于唐寅诗中,则描写眼见飞花万片风飘而逝时,那"妍媸双脚撩天去,千古茫茫土一邱"的想象,同时还担忧落花最后会"坠溷翻成逐臭夫"而遭污陷垢的不幸。两相对照比观之下,可见两者不但皆具有结合了落花与坟丘而成的复合意象,而且对沦落污淖的恐惧憎恶与慨叹痛楚也如出一辙。

只是,或许是唐寅之诗作在前,其本身也归属于具有传统优势的男性,所写的乃是对落花不幸坠溷逐臭的慨叹痛楚,有已然之后无可奈何的怜惜哀惋,却未必是感同身受的痛彻心肺,因此才能出以"仙尘佛劫同归尽,坠处何须论厕茵?"这种无差别观的论调;而林黛玉其生也晚,自己又是传统社会中屈居劣势的柔弱女性,对花朵的身份认同或自我投射都更为深切,目睹唐寅所描写已然成为事实的"坠溷翻成逐臭夫"的悲剧之后,在物伤其类的震骇中,便将无奈的慨叹与痛楚化为强烈的恐惧与厌拒,并转换为事发之前不惜玉碎以竭力避免的选择,因此更带有一种宁死不屈的决绝,对唐寅以"仙尘佛劫同归尽"的观点而提出"坠处何须论厕茵"的论调,毋宁是切切不以为然的。《葬花辞》中的这几句诗,可说是以唐寅的诗歌为基础所作的进一步发展。

第二十七回"侬今葬花人笑痴"——明唐寅有葬花故事:"唐子畏居桃花庵,轩前庭半亩,多种牡丹花。花开时,邀文征明、祝枝山赋诗浮白其下,弥朝浃夕,有时大叫恸哭。至花落,遣一小伻,一一细拾,盛以锦囊,葬于药栏东畔,作《落花诗》送之。"(《六如居士外集》卷2)清初纳兰性德《金缕曲·亡妇忌日有感》:

"此恨何时已,滴空阶寒更雨歇,葬花天气。……待结个他生知己,还怕两人俱薄命,再缘悭剩月零风里。清泪尽,纸灰起。"(《饮水词》,页 106)① 清初纳兰性德《摊破浣溪沙》:"林下荒苔道韫家,生怜玉骨委尘沙。……半世浮萍随逝水,一宵冷雨葬名花。"(《饮水词》,页 61)清曹寅《题柳村墨杏花》:"百年孤冢葬桃花。"(《楝亭诗钞》卷 4)

第二十七回"一朝春尽红颜老,花落人亡两不知"——明唐寅《花月吟效连珠体》十一首之六:"只恐月沉花落后,站台花榭两萧条。"(《唐伯虎全集》卷 2,页 74)

案:唐寅此联上句之"月沉花落"恰恰对应于《葬花辞》此联上句之"春尽红颜老",说的都是芳华已尽、馨香老死的景象;而将两诗下句的"站台花榭两萧条"与"花落人亡两不知"并列比观,不但在构句形式上十分一致,描写的也都是世间最为美好之物竟然彼此同命、两无助援,终究只能共归于沉沦消亡而一无救赎的无奈与哀悯,其间诗旨可谓契若针芥。若将唐寅诗之上下两句浓缩为"月沉花落两萧条",则与《葬花辞》之"花落人亡两不知"的形似、神似之处更是如出一手。一说"花落人亡两不知"乃化自晚唐韩偓《伤乱》:"谁在谁亡两不知。"(《全唐诗》卷 681,页 7812)② 亦佳。

第三十一回"千金难买一笑"——南朝王僧孺《咏宠姬诗》:"再

---

① (清)纳兰性德:《饮水词》(台北:文馨出版社,1975 年 1 月)。

② 参李振中:《〈红楼梦〉中的晚唐五代诗词情蕴》,《红楼梦学刊》2010 年第 2 辑,页 114。

顾连城易，一笑千金买。"（《先秦汉魏晋南北朝诗》，页 1767）①

第三十七回"玉是精神难比洁，雪为肌骨易销魂"——宋苏轼《松风亭下梅花盛开又韵》："罗浮山下梅花村，玉雪为骨冰为魂。"（《苏轼诗集》，页 2076）

第三十七回"芳心一点娇无力"——中唐白居易《长恨歌》："侍儿扶起娇无力。"（《全唐诗》卷 435，页 4820）

第三十七回"倩影三更月有痕"——晚唐李商隐《杏花》："援少风多力，墙高月有痕。"（《全唐诗》卷 539，页 6179）

第三十七回"多情伴我咏黄昏。"——晚唐刘兼《海棠花》："良宵更有多情处，月下芬芳伴醉吟。"（《全唐诗》卷 766，页 8698）

第三十七回"自是霜娥偏爱冷"——晚唐李商隐《霜月》："青女素娥俱耐冷，月中霜里斗婵娟。"（《玉溪生诗集笺注》卷 3，页 545）

第三十七回"偷来梨蕊三分白，借得梅花一缕魂"——套用宋卢梅坡《梅花》所言："梅须逊雪三分白，雪却输梅一段香。"（《全宋诗》卷 3749，页 45203）② 又曹雪芹之祖父曹寅亦有"轻含荳蔻三分露，微露莲花一线香"之诗句。

第三十七回"月窟仙人缝缟袂"——宋苏轼《次韵杨公济奉议梅花十首》之一："月黑林间逢缟袂。"（《苏轼诗集》卷 33，页 1736）

---

① 逯钦立辑校：《先秦汉魏晋南北朝诗》，《梁诗》卷 12。
② 《全宋诗》第 72 册（北京：北京大学出版社，1998 年 12 月）。

第三十七回"玉烛滴干风里泪"——晚唐李商隐《无题》:"蜡炬成灰泪始干。"(《全唐诗》卷539,页6169)

第三十七回"晶帘隔破月中痕"——晚唐韦庄《白樱桃》:"王母阶前种几株,水精帘外看如无。只应汉武金盘上,泻得珊珊白露珠。"(《全唐诗》卷696,页8006)

第三十八回"芙蓉影破归兰桨"——构思取自盛唐王维《山居秋暝》之"竹喧归浣女,莲动下渔舟"(《全唐诗》卷126,页1276)。

第三十八回"萧疏篱畔科头坐,清冷香中抱膝吟"——取意于盛唐王维《与卢员外象过崔处士兴宗林亭》:"科头箕踞长松下,白眼看他世上人。"(《全唐诗》卷126,页1307)

第三十八回"冷吟秋色诗千首,醉酹寒香酒一杯"——句式套用自唐杜甫之《不见》:"敏捷诗千首,飘零酒一杯。"(《全唐诗》卷227,页2459)

第三十八回"长安公子因花癖"——用晚唐杜牧(长安人)之《九日齐山登高》:"尘世难逢开口笑,菊花须插满头归。"(《全唐诗》卷522,页5966)此句应是用典的成分多过诗句融裁的意义,附此仅供参考。

第三十八回"高情不入时人眼,拍手凭他笑路旁"——化用唐李白《襄阳歌》:"襄阳小儿齐拍手,拦街争唱白铜蹄。傍人借问笑何事?笑杀山公醉似泥。"(《全唐诗》卷166,页1715)

第三十八回"和云伴月不分明"——晚唐张贲以"和霜伴月"写菊,其《和鲁望白菊》诗云:"雪彩冰姿号女华,寄身多是地仙家。有时南国和霜立,几处东篱伴月斜。谢客琼枝空贮恨,袁郎金钿不成夸。自知终古清香在,更出梅妆弄晚霞。"(《全唐诗》卷631,页7236)应为此处之所承。

第三十八回"横行公子却无肠"——金元好问《送蟹与兄》:"横行公子本无肠,惯耐江湖十月霜。"(《晴川蟹录》卷4,页453)

第三十八回"坡仙曾笑一世忙"——宋苏轼《初到黄州》:"自笑平生为口忙,老来事业转荒唐。"(《苏轼诗集》卷20,页1032)又曾写《读孟郊诗二首》之一比拟读孟郊诗有如食小蟹,谓:"竟日持空螯。"(《苏轼诗集》卷16,页797)

第四十回"烟霞闲骨骼,泉石野生涯"——《新唐书·田游岩传》记载,田游岩对唐高宗李治道:"臣所谓泉石膏肓,烟霞痼疾者。"语中将"泉石"与"烟霞"并称,同作为隐居时闲逸生活之代喻,应是此处取资之处。

第四十回"十月梅花岭上香"——化用初唐樊晃《南中感怀》:"南路蹉跎客未回,常嗟物候暗相催。四时不变江头草,十月先开岭上梅。"(《全唐诗》卷114,页1166)

第四十回"御园却被鸟衔出"——唐王维《敕赐百官樱桃》:"才是寝园春荐后,非关御苑鸟衔残。"(《全唐诗》卷128,页1295)

第四十回"双双燕子语梁间"——隋薛道衡《昔昔盐》:"暗牖悬珠网,空梁落燕泥。"(《先秦汉魏晋南北朝诗》,页2681)[①]初唐卢照邻《长安古意》:"双燕双飞绕画梁,罗帏翠被郁金香。"(《全唐诗》卷41,页519)宋刘季孙《题饶州酒务厅屏》:"呢喃

---

① 逯钦立辑校:《先秦汉魏晋南北朝诗》,《隋诗》卷4。

燕子语梁间，底事来惊梦里闲。"(《全宋诗》卷 723，页 8366)①

第四十回"铁锁练孤舟"——广西旧歌谣，《庆远府志·地理志》引旧志云："郡城如舟形，东西南三关外平衍十余里，小石联绵散布，旧有谣云：'铁锁练孤舟，千年永不休。天下大乱，此处无忧；天下大旱，此处半收。'"

第四十回"处处风波处处愁"——晚唐薛莹《秋日湖上》："落日五湖游，烟波处处愁。沉浮千古事，谁与问东流。"(《全唐诗》卷 542，页 6265)明唐寅《题画诗二十四首》之三："莫嫌此地风波险，处处风波处处愁。"(《唐寅集》，页 146)

第四十五回"谁家秋院无风入，何处秋窗无雨声"——两句之语法与构思，套自初唐张若虚《春江花月夜》中的"谁家今夜扁舟子，何处相思明月楼"(《全唐诗》卷 117，页 1184)。

第四十九回"一片砧敲千里白，半轮鸡唱五更残"——盛唐李白《子夜吴歌·秋歌》："长安一片月，万户捣衣声。"(《全唐诗》卷 165，页 1711)

第四十九回"绿蓑江上秋闻笛，红袖楼头夜倚栏"——初唐张若虚《春江花月夜》："谁家今夜扁舟子，何处相思明月楼。"(《全唐诗》卷 117，页 1184)

第五十回"价高村酿熟"——晚唐郑谷《辇下冬暮咏怀》："烟含紫禁花期近，雪满长安酒价高。"(《全唐诗》卷 676，页 7742)

第五十回"葭动灰飞管""阳回斗转杓"——唐杜甫《小至》："天

---

① 《全宋诗》第 12 册。

时人事日相催，冬至阳生春又来。刺绣五纹添弱线，吹葭六管动飞灰。"（《全唐诗》卷231，页2537）

第五十回"寒山已失翠"——盛唐王维《辋川闲居》："寒山转苍翠，秋水日潺湲。"（《全唐诗》卷126，页1266）

第五十回"何处梅花笛"——盛唐李白《与史郎中饮听黄鹤楼中吹笛》："黄鹤楼中吹玉笛，江城五月落梅花。"（《全唐诗》卷182，页1857）中唐戎昱《闻笛》："愁人不愿听，自到枕边来。……平明独惆怅，落尽一庭梅。"（《全唐诗》卷270，页3008）晚唐韦庄《旧居》："不知何处笛？一夜叫梅花。"（《全唐诗》卷700，页8746）① 南宋姜夔《暗香》："旧时月色，算几番照我，梅边吹笛。"（《全宋词》，页2181）

第五十回"龙斗阵云销"——宋张元《雪》："战死玉龙三十万，败鳞风卷（残甲）满天飞。"（《全宋诗》卷398，页4878）②

第五十回"苇蓑犹泊钓"——中唐柳宗元《江雪》："孤舟蓑笠翁，独钓寒江雪。"（《全唐诗》卷352，页3948）

第五十回"伏象千峰凸，盘蛇一径遥"——中唐韩愈《咏雪赠张籍》："岸类长蛇搅，陵犹巨象豗。"（《全唐诗》卷343，页3845）

第五十回"沁梅香可嚼"——宋代"铁脚道人尝爱赤脚走雪中，兴发则朗诵《南华·秋水篇》，嚼梅花满口，和雪咽之，曰：'吾欲

---

① 李振中：《〈红楼梦〉中的晚唐五代诗词情蕴》，页112。
② 《全宋诗》第7册（北京：北京大学出版社，1992年8月）。

寒香沁入肺腑。'"① 一说出自晚唐齐己《夏日草堂作》："梅杏嚼红香。"(《全唐诗》卷838，页9441)② 更切。

第五十回"淋竹醉堪调"——宋王禹偁《黄州新建小竹楼记》："夏宜急雨，有瀑布声；冬宜密雪，有碎玉声。宜鼓琴，琴调虚畅；宜咏诗，诗韵清绝。"(《小畜集》卷17，页117)③

第五十回"冻脸有痕皆是血"——中唐李贺《杨生青花紫石砚歌》："佣刓抱水含满唇，暗洒苌弘冷血痕。"(《全唐诗》卷392，页4421，《李长吉歌诗王琦汇解》卷3，页217)又宋苏轼《定风波·咏红梅》："自怜冰脸不时宜。"(《全宋词》，页289)

案：苏轼《定风波·咏红梅》的"自怜冰脸不时宜"自是此处"冻脸"之借语所由，然而，李贺在《杨生青花紫石砚歌》中所谓"佣刓抱水含满唇，暗洒苌弘冷血痕"，其实才更是"冻脸有痕皆是血"全句在诗歌血脉上的真正渊源：其中"含满唇"三字其实已点出"脸"字，而"暗洒苌弘冷血痕"则直接导出"有痕皆是血"的意象与情境，其如泣如诉、满面血泪之情状，几乎出于一辙。只是李贺诗本来是用以描写青花紫石砚的形貌，而此处则移诸对红梅花的拟容切状，比喻之对象稍有不同而已。

第五十回"酸心无恨亦成灰"——晚唐李商隐《无题四首》之二：

---

① (明)王路：《花史左编》，卷10，《四库全书存目丛书》子部谱录类第82册(台南：庄严文化事业公司，1997年10月)，页156。

② 李振中：《〈红楼梦〉中的晚唐五代诗词情蕴》，页116。

③ (宋)王禹偁：《小畜集》，《四部丛刊正编》第39册(台北：台湾商务印书馆，1979年11月)。

"春心莫共花争发,一寸相思一寸灰。"(《玉溪生诗集笺注》卷2,页382)又宋陆游《梅花》:"尤怜心事凄凉甚,结子青青亦带酸。"(《剑南诗稿校注》卷4,页365)

第五十回"误吞丹药移真骨"——宋方子通(惟深)《和周楚望红梅用韵》:"紫府与丹来换骨,春风吹酒上凝脂。"(《瀛奎律髓汇评》卷20,页825)① 宋范成大《梅谱》云:"世传吴下红梅诗甚多,惟方子通一篇绝唱,有'紫府与丹来换骨,春风吹酒上凝脂'之句。"②

第五十回"偷下瑶池脱旧胎"——宋毛滂《红梅》:"何处曾临阿母池,浑将绛雪照寒枝。"(《毛滂集》,页54)③

第五十回"前身定是瑶台种"——晚唐杜牧《梅》:"掩敛下瑶台。"(《全唐诗》卷522,页5971)

第五十回"槎枒谁惜诗肩瘦"——宋杨万里《和张功父梅花十绝句》之六:"却来啮雪耸诗肩。"(《杨万里集笺校》卷24,页1218)又宋苏轼《是日宿水陆寺寄北山清顺僧二首》之二:"遥想后身穷贾岛,夜寒应耸作诗肩。"(《苏轼诗集》卷8,页391)

第五十回"离尘香割紫云来"——中唐李贺《杨生青花紫石砚歌》:"端州石工巧如神,踏天磨刀割紫云。"(《全唐诗》卷392,

---

① 见(元)方回选评,李庆甲集评点校:《瀛奎律髓汇评》(上海:上海古籍出版社,2005年4月)。
② (宋)范成大:《梅谱》(北京:中华书局,1985年),页3。
③ (宋)毛滂著,周少雄点校:《毛滂集》(杭州:浙江古籍出版社,2012年8月)。

页 4421，《李长吉歌诗王琦汇解》卷 3，页 217）

第五十回"鸾音鹤信须凝睇，好把唏嘘答上苍"——晚唐罗隐《淮南高骈所造迎仙楼》："鸾音鹤信杳难回，凤驾龙车早晚来。"（《全唐诗》卷 657，页 7551）

第五十二回"月本无今古"——取意于唐李白《把酒问月》："今人不见古时月，今月曾经照古人。古人今人若流水，共看明月皆如此。"（《全唐诗》卷 179，页 1827）

第五十七回"万两黄金容易得，知心一个也难求"——唐鱼玄机《赠邻女》："易求无价宝，难得有心郎。"（《全唐诗》卷 804，页 9047）

第六十二回"风急江天过雁哀"——宋陆游《寒夕》："风急江天无过雁"（《剑南诗稿校注》卷 49，页 2940）。

第六十二回"榛子非关隔院砧"——南朝梁何逊《赠族人秣陵兄弟》："萧索高秋暮，砧杵鸣四邻。"（《先秦汉魏晋南北朝诗》，页 1686）

第六十二回"醉扶归"——晚唐王驾《社日》（一作张演《社日村居》）："桑柘影斜春社散，家家扶得醉人归。"（《全唐诗》卷 690，页 7918）

第六十四回"肠断乌骓夜啸风"——中唐李贺《马诗二十三首》之十："催榜渡乌江，神骓泣向风。"（《李长吉歌诗王琦汇解》卷 2，页 103）

第六十四回"效颦莫笑东村女，头白溪边尚浣纱"——盛唐王维《洛阳女儿行》："谁怜越女颜如玉，贫贱江头自浣纱。"（《全唐诗》

卷125，页1258)

第七十回"东风有意揭帘栊，花欲窥人帘不卷。桃花帘外开仍旧，帘中人比桃花瘦"——李清照《醉花阴》："帘卷西风，人比黄花瘦。"(《李清照集笺注》卷1，页53)①

案：四句乃化自宋李清照《醉花阴》的"帘卷西风，人比黄花瘦"，其间脱胎之迹十分显然；而此处变西风为东风，变黄花为桃花，其萧瑟凄凉丝毫不减，却因东风之温柔与桃花之鲜美，再加上"东风有意，花欲窥人"之拟人化描写，而更增添一股柔媚婉转的风情韵致。

第七十回"花解怜人花也愁"——中唐李贺《金铜仙人辞汉歌》："天若有情天亦老。"(《李长吉歌诗王琦汇解》卷2，页94)

案：从句式、构思、拟人化手法等，皆可见其间存在着刻意摹拟之迹。

第七十回"雾里烟封一万株"——中唐李贺《昌谷北园新笋四首》之二："露压烟啼千万枝。"(《李长吉歌诗王琦汇解》卷2，页140)

案：此句应化自中唐李贺《昌谷北园新笋四首》之二："无情有恨何人见？露压烟啼千万枝。"两处诗句都以水墨画"没骨法"的手法，渲染千千万万枝参差密布的竹条茎干，在烟雾弥漫之中仿佛化开一般朦胧迷离的景象；此处以"雾里烟封一万株"承袭"露压烟啼千万枝"，两相并观之下，词语、意境皆十分形似且神似，

---

① 徐培钧笺注：《李清照集笺注》(上海：上海古籍出版社，2002年4月)。

差别只在于移绿竹于红桃,对象有所不同而已。

第七十回"烘楼照壁红模糊"——中唐李贺《河南府试十二月乐词·四月》:"依微香雨青氛氲,腻叶蟠花照曲门。"(《李长吉歌诗王琦汇解》卷1,页63)

案:此一诗句意象与意境实脱化自李贺诗,将两者比观互较,可见林黛玉改李贺诗之"青氛氲"为"红模糊",再将李贺诗之"照曲门"衍生为"烘楼照壁",也就是把李贺分别用以形容四月时节绿叶红花的语词,全部改为极力夸示桃花盛开时的灿烂耀眼,不但红光映射,也连绵无际,于是远远望去只见一片蒸腾弥漫、模糊如烟的红光艳影,是在李贺诗作上更进一步的艺术加工。

第七十回"天机烧破鸳鸯锦"——晚唐徐夤《剪刀》:"绿窗裁破锦鸳鸯。"(《全唐诗》卷710,页8174)

案:出句似化自晚唐徐夤《剪刀》诗:"金匣掠平花翡翠,绿窗裁破锦鸳鸯。"(《全唐诗》卷710,页8174)比较两处诗句,可见所"破"者皆是质料精美华贵、绣织情鸟双双的"鸳鸯锦",彼此之核心意象与焦点动作完全一致,特易"绿窗裁破"为"天机烧破"而已。由此遂形成了一种远比徐夤之原句更为广大而玄奥的意象,与《桃花行》本文中的"雾里烟封一万株,烘楼照壁红模糊"前后呼应,使"花红"与"火烧"达到联想的一贯性;同时也隐隐然传递了诗谶的意味,似乎预告着在"天机"的命定之下,同命情深的"鸳鸯"爱侣终究会在残酷厄运的滚滚劫火中,被焚掠"烧破"而遭难离散,甚至悲惨而死,如此便更加符合《红楼梦》的悲剧架构与艺术氛围。

第七十回"春酣欲醒移珊枕"——或用元张宪《席上得摇字》:"珊瑚枕暖人初醉,鹦鹉笼寒舌未调。"(《玉笥集》卷9,页134)①

第七十回"泪自长流花自媚"——宋李清照《一剪梅》:"花自飘零水自流。"(《李清照集笺注》卷1,页20)

案:此句句法化自宋李清照的《一剪梅》:"花自飘零水自流。"我们可以看到两者都采取当句对的句法,同时各自连用两"自"字来进行构句,以至在牵合"泪流、花媚""花落、水流"而成复合意象之际,却又透过"自"字表现出一种独行其是而两不干涉的陌路感,从而更加深"斯人独憔悴"的孤凄之情。尤其林黛玉的"泪自长流花自媚"一句,更是藉由"花自媚"的衬托,使得她"泪自长流"的独悲与周遭环境的无情形成强烈的对比,效果益发突显。

第七十回"泪眼观花花易干"——宋欧阳修《蝶恋花二十二首》之九:"泪眼问花花不语。"(《欧阳修全集》卷131,页2006)

案:此句显然自欧阳修《蝶恋花》之"雨横风狂三月暮,门掩黄昏,无计留春住。泪眼问花花不语,乱红飞过秋千去"化出,其中"泪眼问花花不语"一句尤为此处"泪眼观花花易干"直接脱化之源头,不但构句之格式完全一致,所谓"泪眼观花"与欧词中的"泪眼问花"更是形神皆似,称得上是血脉相承。

第七十回"憔悴花遮憔悴人,花飞人倦易黄昏"——中唐白居易《紫薇花》:"独坐黄昏谁是伴?紫薇花对紫薇郎。"(《全唐诗》卷442,页4934)

---

① (元)张宪:《玉笥集》(北京:中华书局,1985年)。

案：此联中"憔悴花遮憔悴人"之句法应是套用中唐白居易《紫薇花》（或题《中书寓直》）末联之下句："独坐黄昏谁是伴？紫薇花对紫薇郎。"再加上上句由"独坐黄昏"构成的背景意象，脱胎之迹宛然可见。

第七十回"一声杜宇春归尽"——中唐李贺《致酒行》："雄鸡一声天下白。"（《李长吉歌诗王琦汇解》卷2，页136）

案：此句句法应套用中唐李贺《致酒行》："雄鸡一声天下白。"不但句式雷同，其诗意也都是借禽鸟啼鸣的自然现象，而点出时间变化的关键性时刻，传达一种对季节交替（如杜鹃之于春末夏初）、日夜换位（如雄鸡之于清晨破晓）的敏锐感受。

第七十回"嫁与东风春不管"——中唐李贺《南园十三首》之一："可怜日暮嫣香落，嫁与春风不用媒。"（《李长吉歌诗王琦汇解》卷1，页60）

第七十回"且住！且住！莫使春光别去"——南宋辛弃疾《摸鱼儿》："春且住！见说道、天涯芳草迷归路。"（《全宋词》第3册，页1867）

第七十回"香残燕子楼"——中唐白居易《燕子楼三首并序》："徐州故张尚书有爱妓曰盼盼，善歌舞，雅多风态。……彭城有张氏旧第，第中有小楼名燕子，盼盼念旧爱而不嫁，居是楼十余年，幽独块然，于今尚在。"（《全唐诗》卷438，页4870）又宋苏轼《永遇乐》："燕子楼空，佳人何在，空锁楼中燕。"（《全宋词》，页302）

第七十回"偏是离人恨重"——宋苏轼《水龙吟·次韵章质夫杨花词》："细看来，不是杨花点点，是离人泪。"（《全宋词》第1

册，页277)

第七十回"好风频借力，送我上青云"——中唐李贺的《春怀引》："凭仗东风好相送。"(《全唐诗》卷394，《李长吉歌诗王琦汇解·外集》，页347)

案：此联诗句，林方直认为与宋代侯蒙的《临江仙》有关："当风轻借力，一举入高空。……几人平地上，看我碧霄中。"并据以推论薛宝钗攀慕荣华富贵、献媚当权人士、冀求飞黄腾达之世俗性格。① 其实此两句可以追溯到更早的诗歌源头，应出自中唐李贺的《春怀引》："芳蹊密影成花洞，柳结浓烟花带重。……阿侯系锦觅周郎，凭仗东风好相送。"所谓"凭仗东风好相送"，乃以东风为攀升传远的媒介，以"好相送"解释风中飘行的行动意涵，一反零落无依的悲感而充满温馨、期待的正面情致，将向下飘零沉坠的沦落颓靡转而为向上昂扬提升的攀高追寻，正是薛宝钗在众人一片丧败之音中，力求翻转而写出"好风频借力，送我上青云"的脱胎之处。

第七十六回"轻寒风剪剪"——晚唐韩偓〈寒食夜〉(一作《夜深》)："恻恻轻寒翦翦风。"(《全唐诗》卷683，页7834)

案：此句应出自晚唐韩偓《寒食夜》："恻恻轻寒翦翦风，小

---

① 见林方直：《借来诗境入传奇》，收入周策纵编：《首届国际红楼梦研讨会论文集》(香港：中文大学出版社，1983年)。侯蒙故事见(宋)胡仔《苕溪渔隐丛话·前集》卷59引《夷坚志》云："侯元功蒙，密州人，自少游场屋，年三十有一，始得乡贡。人以其年长貌寝，不之敬，有轻薄子画其形于纸鸢上，引线放之。蒙见而大笑，作《临江仙》词题其上曰：'未遇行藏谁肯信，如今方表名踪，无端良匠画形容。当风轻借力，一举入高空。才得吹嘘身渐稳，只疑远赴蟾宫，雨余时候夕阳红。几人平地上，看我碧霄中。'蒙一举即登第，年五十余，遂为执政。"页410。

梅飘雪杏花红。"唯此句经过些许的删减与倒装，使七言缩为五言，然其间字句如出一辙，袭用之迹十分明显。

第七十六回"争饼嘲黄发"——晚唐徐演有"莫欺老缺残牙齿，曾吃红绫饼馅来"之句，指唐僖宗命御厨以红绫扎饼赐曲江新科进士之事，见宋秦再思《洛中记异》。

第七十六回"分瓜笑绿媛"——晚唐段成式《戏高侍御七首》之三："花恨红腰柳妒眉，东邻墙短不曾窥。犹怜最小分瓜日，奈许迎春得藕时。"（《全唐诗》卷584，页6770）

第七十六回"蜡烛辉琼宴，觥筹乱绮园。分曹令一尊，射覆听三宣"——化用晚唐李商隐《无题二首》之一："隔座送钩春酒暖，分曹射覆蜡灯红。"（《全唐诗》卷539，页6163）

第七十六回"寒塘渡鹤影"——唐杜甫《和裴迪登新津寺寄王侍郎》："蝉声集古寺，鸟影渡寒塘。"（《全唐诗》卷226，页2436）另林方直认为，其化裁的对象还应包括李白《赋得白鹭鸶送宋少府入三峡》的"白鹭拳一足，月明秋水寒。人惊远飞去，直向使君滩"（《全唐诗》卷177，页1809），以及赵嘏《寒塘》的"照发梳临水，寒塘坐见秋。乡心正无限，一雁度南楼"（《全唐诗》卷550，页6365）①。

第七十六回"冷月葬花魂"——明叶绍袁《午梦堂集·续窈闻》：叶绍袁幼女叶小鸾之鬼魂受戒时，回答其禅师审意三恶业之提问，

---

① 参林方直：《借来诗境入传奇》，收入周策纵编：《首届国际红楼梦研讨会论文集》。此意亦见林方直：《〈红楼梦〉中的实境与借境》，载于红楼梦研究集刊编辑委员会：《红楼梦研究集刊》第11辑（上海：上海古籍出版社，1983年）。

两造之问答曰:"'曾犯痴否?'女云:'曾犯。勉弃珠环收汉玉,戏捐粉盒葬花魂。'"

第七十八回《芙蓉女儿诔》:"忆女儿曩生之昔,其为质则金玉不足喻其贵,其为性则冰雪不足喻其洁,其为神则星日不足喻其精,其为貌则花月不足喻其色。"——晚唐杜牧《李贺集序》:"云烟绵联,不足为其态也;水之迢迢,不足为其情也;春之盎盎,不足为其和也;秋之明洁,不足为其格也;风樯阵马,不足为其勇也;瓦棺篆鼎,不足为其古也;时花美女,不足为其色也;荒国陊殿,梗莽丘垄,不足为其恨怨悲愁也;鲸呿鳌掷,牛鬼蛇神,不足为其虚荒诞幻也。盖骚之苗裔,理虽不及,辞或过之。"(《樊川文集》卷10)从句式、构思、意象与表现手法,套用之痕迹历历可见。

第七十八回"楼空鸤鹊,徒悬七夕之针"——中唐李贺《七夕》:"鹊辞穿线月,花入曝衣楼。"(《李长吉歌诗王琦汇解》卷1,页40)

第七十八回"带断鸳鸯,谁续五丝之缕"——中唐张祜《感王将军柘枝妓殁》:"鸳鸯钿带抛何处,孔雀罗衫付阿谁?"(《全唐诗》511,页5827)

第七十八回《婳婳词》:"叱咤时闻口舌香"——中唐白居易《江南喜逢萧九彻因话长安旧游戏赠五十韵》:"私语口脂香。"(《全唐诗》卷462,页3254)又见顾敻《甘州子》:"私语口脂香。"(《全唐诗》卷894,页10099)清敦诚之宗人紫幢居士《丽人诗》:"脂香随语过。"(《四松堂集》卷5)

第七十八回《芙蓉女儿诔》:"溪山丽兮月午。"

案：此句应化自中唐李贺《感讽五首》之三："南山何其悲，鬼雨洒空草。长安夜半秋，风前几人老。低迷黄昏径，袅袅青栎道。月午树无影，一山唯白晓。漆炬迎新人，幽圹萤扰扰。"（《李长吉歌诗王琦汇解》卷2）其中的"月午树无影"一句，乃借"日午"之概念形容皓月天心之景，却渲染出"树无影"这种"草木皆鬼"的阴森耸动之情景，而有明暗互换、日夜翻转，阴阳颠倒、人鬼不分的奇诡感受[①]，与主旨在悼祭死者的《芙蓉女儿诔》其中的"溪山丽兮月午"，在性质与用词、造境上可谓完全一致。

第七十九回《紫菱洲歌》："池塘一夜秋风冷，吹散芰荷红玉影。蓼花菱叶不胜愁，重露繁霜压纤梗。"

案：此两联为贾宝玉《紫菱洲歌》的前半首，应化自晚唐李商隐《七月二十九日崇让宅宴作》一诗之前半段："露如微霰下前池，风过回塘万竹悲。浮世本来多聚散，红蕖何事亦离披？"（《全唐诗》卷540，页6197）两诗之意象与造境兼具了神似与形似的血缘关系，同样都描写了秋风萧飒，遍吹池塘；冷露严霜，沉沉重压，其锋棱尖锐地侵枝袭叶、压梗散花，使万竹悲泣、蓼菱含愁，终而令池中盈盈独立的红荷菱花无从抗拒地离披散落，只能随风飘零而沦逝为水底暗污的尘泥。节气之衰飒、风物之零落、人世之离散，都在一泓水塘的背景上展现，应具有一脉相承之关系。

第七十九回《紫菱洲歌》："不闻永昼敲棋声，燕泥点点污棋枰。"

---

① 此义详参欧丽娟：《唐诗的乐园意识》，页383。

案：此两句为贾宝玉《紫菱洲歌》的第三联，应化自杜甫《绝句漫兴九首》之三："熟知茅斋绝低小，江上燕子故来频。衔泥点污琴书内，更接飞虫打着人。"

第八十七回"惊风密雨"——中唐柳宗元《登柳州城楼寄漳汀封连四州》："惊风乱飐芙蓉水，密雨斜侵薜荔墙。"（《全唐诗》卷351，页3935）

第八十七回"长歌当哭"——汉乐府《悲歌》："悲歌可以当泣，远望可以当归。"（《先秦汉魏晋南北朝诗》，页282）① 又中唐柳宗元《对贺者文》："长歌之哀过于恸哭。"（《唐柳先生集》卷14）

第八十七回"云凭凭兮秋风酸"——结合唐李白《远别离》的"雷凭凭兮欲吼怒"（《全唐诗》卷162，页1680）与中唐李贺《金铜仙人辞汉歌》的"东关酸风射眸子"（《全唐诗》卷391，页4403）而成。

第八十九回"亭亭玉树临风立"——唐杜甫《饮中八仙歌》："宗之潇洒美少年，举觞白眼望青天，皎如玉树临风前。"（《全唐诗》卷216，页2260）

第一〇八回"将谓偷闲学少年"——宋程颢《偶成》："旁人不识余心乐，将谓偷闲学少年。"

第一〇八回"商山四皓""临老入花丛""将谓偷闲学少年"——三句相连，取意于中唐刘禹锡《刑部白侍郎谢病长告改宾客分司以诗赠别》："鼎食华轩到眼前，拂衣高谢岂徒然。九霄路上辞朝客，

---

① 逯钦立辑校：《先秦汉魏晋南北朝诗》，《汉诗》卷10。

四皓丛中作少年。他日卧龙终得雨,今朝放鹤且冲天。洛阳旧有衡茆在,亦拟抽身伴地仙。"(《全唐诗》卷360,页4064)

第一〇八回"闲看儿童捉柳花"——中唐白居易《前有别杨柳枝绝句,梦得继和,云"春尽絮飞留不得,随风好去落谁家",又复戏答》:"柳老春深日又斜,任他飞向别人家。谁能更学孩童戏,寻逐春风捉柳花。"(《白居易集》卷35,页798)宋杨万里《初夏(睡起)》:"梅子留酸软齿牙,芭蕉分绿与窗纱。日长睡起无情思,闲看儿童捉柳花。"(《杨万里集笺校》,页189)

案:一般追踪此句之源头时,皆溯及宋代杨万里之《初夏诗》,此固然毫无疑义;唯杨万里之诗思实于中唐白居易之作品即已成形,白居易所谓"谁能更学孩童戏,寻逐春风捉柳花",内容与杨万里的"闲看儿童捉柳花"几乎完全一样,只是白居易是出以反诘语气,感慨不能消泯春去柳飞的时光流逝之悲,笔端不免于惆怅之情;而杨万里则是以肯定的笔法,表现出笑看春去人老的生命历程,充满豁达开朗的襟怀。应将两诗同时并观,始能真正厘清其间传承之迹,故附志于此。

第四节　诗之精神、文之笔法:文类融通后的出位之思

前一节所归类的,是诗句与诗句在同一创作范畴的近亲交融,是在同一国度之内的采风撷俗;而本节所论者,则是跨越诗歌与散

文两种不同文类的崭新手法,在散文参差不齐的叙述框架中涵铸清新优美的诗歌氛围。脂砚斋于甲戌本第二十五回评道:

> 余所谓此书之妙,皆从诗词句中泛出者,皆系此等笔墨也。①

对此一说,吴世昌则以现代的语言详加解释:曹雪芹"往往用前人的诗、词、韵文中的材料,巧妙地点化为书中的情节,使故事本身充满了诗的意境、诗的气氛、诗的情味。脂评说,雪芹写此书'亦为传诗之意',如果把这话仅仅理解为书中包括《大观园题咏》《葬花辞》《五美吟》《菊花诗》等韵文作品,那就所见不广了。我以为《红楼梦》中散文往往有诗意,即在于雪芹运用前人诗词为素材,再在上面用别的诗加以雕绘。'绘事后素',而雪芹所采用的'素'和'绘'既来自前人之诗,化旧诗为新的散文,故其所传者是诗的精神,而不仅是指大观园中姑娘们的逢场作戏的吟咏"②。

换句话说,曹雪芹往往以散文的笔法涵融了诗歌的精神,展现出文类融通后的出位之思,因而连一般情节的叙述都饱含诗意。

---

① 陈庆浩辑校:《新编石头记脂砚斋评语辑校(增订本)》,页478。
② 吴世昌:《石头记疏证小引》,《读书》1981年第11期,引自胡文彬:《红楼梦探微》(北京:华艺出版社,1997年8月),页174。此外,周汝昌也曾说过:"曹雪芹的《红楼梦》小说,艺术手法也很多和写诗类似的地方。这和他是诗人这一事有密切关系。"周汝昌:《曹雪芹小传》(天津:百花文艺出版社,1980年4月),页135。

第七章 《红楼梦》中使用旧诗之情形与用意

根据林方直的统计,《红楼梦》中这类取自诗词曲赋的"借境"达二三百处之多①,可惜其文仅略述数例,并未一一遍举,所计二三百之数亦不知从何得来,因此本节即就个人目前所知所见而前所未闻者,分别加以列观如下。

第一回"但把我一生所有的眼泪还他,也偿还得过他了。"

案:林黛玉在此"还泪"的神话背景之下所塑造的"泪尽而亡"的形象,似乎是受到李白与李商隐的启发:李白《远别离》末联的"苍梧山崩湘水绝,竹上之泪乃可灭"(《全唐诗》卷162,页1680),强烈地表现出一种"其生不足,以死继之"而与天地共存亡的悠悠长恨,在"苍梧山崩湘水绝"所代表的形体消亡之后,才能在泪尽之际终结此一漫漫情债,此即"竹上之泪乃可灭";若再加上晚唐李商隐《无题》诗中的名句"春蚕到死丝方尽,蜡炬成灰泪始干"(《全唐诗》卷539,页6169),则更充分表现出一种与生俱来且"身在情长在"而至死不渝的执着不悔,以及一种与悲剧相始终的缠绵哀情,充满了宿命的悲剧感。

第一回针对绛珠、神瑛之间建立草木情盟的一段描写,脂砚斋眉批曰:"古人之'一花一石如有意,不语不笑能留人',此之谓耶?"所引之诗句出于刘长卿《戏赠干越尼子歌》:"一花一竹如有意,不语不笑能留人。"(《全唐诗》卷151,页1580)

第二回:甄士隐潦倒败落投靠岳父却遇人不淑后出家,适逢贾

---

① 林方直:《〈红楼梦〉中的实境与借境》,红楼梦研究集刊编辑委员会:《红楼梦研究集刊》第11辑,页121。

雨村升任县太爷偶遇丫头娇杏,因召封肃问话,叙明别后之诸般因缘,于"甄家娘子听了,不免心中伤感"两句,甲戌本夹批云:"所谓'旧事凄凉不可闻'也。"所引之诗句出自唐代窦叔向《夏夜宿表兄宅话旧》:"夜合花开香满庭,夜深微雨醉初醒。远书珍重何曾达,旧事凄凉不可听。去日儿童皆长大,昔年亲友半凋零。明朝又是孤舟别,愁见河桥酒幔青。"(《全唐诗》卷271,页3029)①

第三回:王熙凤出场时,人未到而以"我来迟了,不曾迎接远客"先声夺人一段,脂砚斋批云:"未写其形,先使闻声,所谓'绣幡开遥见英雄俺'也。"②

第七回于"宝钗穿着家常衣服"一句又有眉批道:"'家常爱着旧衣常(裳)'是也。"所引之诗句出于唐王建《宫词一百首》之五十一:"家常欲着旧衣裳,空插红梳又作妆。"(《全唐诗》卷302,页3442)

第七回"贾琏戏熙凤"一段,甲戌本脂批云:"妙文奇想。阿凤之为人,岂有不着意于'风月'二字之理哉?若直以明笔写之,不但唐突阿凤声价,亦且无妙文可赏;若不写之,又万万不可。故只用'柳藏鹦鹉语方知'之法,略一皴染,不独文字有隐微,亦且不至污渎阿凤之英风俊骨。所谓此书无一不妙。"③

---

① 参陈庆浩辑校:《新编石头记脂砚斋评语辑校(增订本)》,页38。

② 批语所引曲文,见金圣叹批《西厢记》二之一"寺警"〔收尾〕。参徐大军:《〈红楼梦〉与金批本〈西厢记〉》,《红楼梦学刊》2008年第3辑,页52。

③ 所引诗句见《金瓶梅》第二十五回,也见于元明人的拟话本中,参陈庆浩辑校:《新编石头记脂砚斋评语辑校(增订本)》,页167。

第七回"宴宁府宝玉会秦钟"一段，甲戌本脂批云："设云秦钟。古诗云：'未嫁先名玉，来时本姓秦'，二语便是此书大纲目、大比托、大讽刺处。"①

第十二回"贾天祥正照风月鉴"一段，于"向反面一照，只见一个骷髅立在里面"，己卯本脂批云："所谓：'好知青冢骷髅骨，就是红楼掩面人'是也。作者好苦心思。"该引诗出自明朝唐寅《和沈石田落花诗三十首》之二十二："好知青草骷髅冢，就是红楼掩面人。"

第十三回：贾琏送黛玉往扬州去后，凤姐与平儿于夜间睡下时，"屈指算行程该到何处"。脂砚斋点出此一意境乃"所谓'计程今日到梁州'是也"。所引诗句出自白行简《三梦记》中白居易的题壁诗："忽忆故人天际去，计程今日到梁州。"（《全唐诗》卷437，页4842）

第十六回：宫中特旨立刻宣贾政入朝后，已有两个时辰功夫，"那时贾母正心神不定，在大堂廊下伫立"。庚辰本夹批点出此一意境乃是："慈母爱子写尽，回廊下伫立，与'日暮倚庐仍怅望'对景。"又眉批补述："'日暮倚庐仍怅望'，南汉先生句也。"②

第十七回：蘅芜苑中"只见许多异草：或有牵藤的，或有引蔓的，或垂山巅，或穿石隙，甚至垂檐绕柱，萦砌盘阶，或如翠带飘飘，或如金绳盘曲，或实如丹砂，或花如金桂，味芬气馥，非花香

---

① 所引诗句见（南朝梁）刘缓《敬酬刘长史咏名士悦倾城诗》，收入《玉台新咏》卷8，参陈庆浩辑校：《新编石头记脂砚斋评语辑校（增订本）》，页172。

② 陈庆浩辑校：《新编石头记脂砚斋评语辑校（增订本）》，页280。

之可比"。

第十七回：往怡红院途中，"一路行来，或清堂茅舍，或堆石为垣，或编花为牖，或山下得幽尼佛寺，或林中藏女道丹房，或长廊曲洞，或方厦圆亭，贾政皆不及进去"。

第五十回：妙玉折送贾宝玉的红梅花，"旁有一横枝纵横而出，约有五六尺长，其间小枝分歧，或如蟠螭，或如僵蚓，或孤削如笔，或密聚如林，花吐胭脂，香欺兰蕙，各各称赏"。

第五十四回：贾府庆元宵而唱戏说书，并行令为戏，贾母"便命响鼓。那女先儿们皆是惯的，或紧或慢，或如残漏之滴，或如进豆之疾，或如惊马之乱驰，或如疾电之光而忽暗"。

案：己卯本第十七回于蘅芜苑一段有脂砚斋批云："前三处皆还在人意之中，此一处则今古书中未见之工程也。连用几'或'字，是从昌黎《南山诗》中学得。"① 其实，这种"连用几'或'字"的笔法并不限于蘅芜苑景致的描写，如以上所条列之三四段情节叙述，其实还应包括往怡红院途中之景物、妙玉所赠梅花之形态、女先的击鼓熟技等段落；其次，"连用几'或'字"的书写方式也并不始于韩愈的《南山诗》，因为韩愈《南山诗》中连用"或"字造句的笔法其实也是模仿而来，其更早的源头实即杜甫《北征》诗中的"或红如丹砂，或黑如点漆"，这两句才是诗歌中运用散文句法、同时连用"或"字造句的初祖，韩愈乃直承其手法而加以发扬光大者，却不宜掩盖杜甫的首创之功。虑脂评最为人所重，为免读者被

---

① 陈庆浩辑校：《新编石头记脂砚斋评语辑校（增订本）》，页317。

其说所误,故特此说明。

第十七回:对稻香村的描写为"有几百株杏花,如喷火蒸霞一般"。

案:此一描写似出于韩愈《桃源图》:"种桃处处惟开花,川原近远蒸红霞。"(《全唐诗》卷338,页3787)宋许顗《彦周诗话》称韩愈此联"状花卉之盛,古今无人道此语"[①]。后来李商隐也以红霞形容桃花,其《永乐县所居一草一木无非自栽今春悉已芳茂因书即事一章》云:"桃散武陵霞。"(《全唐诗》卷540,页6219)此处乃自桃花移用于红杏,更强化了杏花的灿烂奔放之感。

第十七回"只见水上落花愈多,其水愈清,溶溶荡荡,曲折萦迂"。

案:唐李白《山中答问》一诗有云:"桃花流水杳然去,别有天地非人间。"(《全唐诗》卷178,页1813)一方面出现水上落花随波漂流之意象,而一方面更点出此中天地乃为乐园的意义[②],"别有天地非人间"恰恰可以明揭大观园之为理想世界的存在特质。

第二十三回"宝玉携了一套《会真记》。走到沁芳闸桥边桃花底下一块石上坐着,展开《会真记》,从头细玩。正看到'落红成阵',只见一阵风过,把树头上桃花吹下一大半来,落的满身满书满地都是。"——中唐李贺《将进酒》:"况是青春日将暮,桃花乱

---

① (清)何文焕辑:《历代诗话》,页387。
② 此点详参欧丽娟:《唐诗中桃花源主题的流变——继承、转化与发扬》,台北:《编译馆馆刊》第26卷第2期(1997年12月),亦收入欧丽娟:《唐诗的乐园意识》,第6章,页313—315。

落如红雨。"(《李长吉歌诗王琦汇解》卷4，页313)中唐刘禹锡《百舌吟》："花枝满空迷处所，摇动繁英坠红雨。"(《全唐诗》卷356，页4000)南唐李煜《清平乐·忆别》："砌下落梅如雪乱，拂了一身还满。"(《全唐五代词》，页747)

案：宋吴开在其《优古堂诗话》中提到：李贺"桃花乱落如红雨"此一名句与刘禹锡"花枝满空迷处所，摇动繁英坠红雨"一联诗意境相近，然"刘、李同出一时，绝非相为剽窃"[①]。两诗都正是"一阵风过，把树头上桃花吹下一大半来而落红成阵"的近似表述，使那如雨坠落般落英缤纷、迷空乱眼的景象，清晰逼真如在目前，因此同系于此。而李煜《清平乐·忆别》的"砌下落梅如雪乱，拂了一身还满"，则无疑是此处"树头上桃花吹下一大半来，落的满身满书满地都是"的形象来源，曹雪芹融裁化用而出以散文叙述，遂塑成此一小说中脍炙人口的优美意境。

第二十三回：大观园中落红成阵，林黛玉扫花、葬花之举——盛唐岑参《韦员外家花下歌》："始知人老不如花，可惜落花君莫扫。"(《全唐诗》卷199，页2058)晚唐诗人张碧《惜花三首》："千枝万枝占春开，彤霞着地红成堆。一窖闲愁驱不去，殷勤对尔酌金杯。"(其一)"老鸦拍翼盘空疾，准拟浮生如瞬息。阿母蟠桃香未齐，汉皇骨葬秋山碧。"(其二)"朝开暮落煎人老，无人为报东君道。留取秾红伴醉吟，莫教少女来吹扫。"(其三)(《全唐诗》卷469，页5338)明唐寅《和沈石田落花诗三十首》之三："忍把

---

① 见丁福保辑：《历代诗话续编》，页241—242。

第七章 《红楼梦》中使用旧诗之情形与用意

残红扫作堆,纷纷雨里毁垣颓。"(《唐寅集》,页66)

案:除了岑参诗中已出现"扫花"之词以外,深具李贺风格的晚唐诗人张碧,于《惜花三首》更进一步地出现"少女扫花"之意象,将其《惜花三首》中第一首所描写的"彤霞着地红成堆"与第三首的"莫教少女来吹扫"结合起来,比诸岑参诗其实更近于林黛玉肩锄扫花(以至于埋囊葬花)的形象意境。其实,张碧诗歌风格与《红楼梦》的审美内涵具有同一旨趣,此点有待另文分析之。① 而唐寅本就是曹雪芹所偏爱的一位明朝诗人,其诗集中往往可见被《红楼梦》取意撷思的熟悉词句,此亦其中一端而已。

第二十五回:宝玉"只见西南角上游廊底下栏杆上似有一个人倚在那里,却恨面前有一株海棠花遮着,看不真切。"脂砚斋点出此一意境化自《西厢记》卷5第二之一《混江龙》:"隔花人远天涯近。"

第二十五回:林黛玉"便倚着房门出了一回神,……不觉出了院门。一望园中,四顾无人。"脂砚斋夹批云:"所谓'闲倚绣房吹柳絮'是也。"所引诗句出自李商隐《访人不遇留别馆》:"闲倚绣帘吹柳絮,日高深院断无人。"(《玉溪生诗集笺注》卷2,页411)

第二十五回:林黛玉"信步出来,看阶下新迸出的稚笋。"——杜甫《绝句漫兴九首》之七:"笋根稚子无人见。"(《全唐诗》卷227,页2451)②

---

① 此点可参欧丽娟:《论〈红楼梦〉与中晚唐诗的血缘系谱与美学传承》,《台大文史哲学报》第75期(2011年11月),页121—160。

② 以上所列举第二十五回从诗歌中脱化、檃括而出的三段情节,其出处乃脂砚斋所点明,见陈庆浩辑校:《新编石头记脂砚斋评语辑校(增订本)》,页478、487。

第二十五回：红玉见到贾芸又不敢过去，因此心情苦闷，无精打采，"展眼过了一日"。甲戌本脂砚斋夹批点出"必云展眼过了一日者，是反衬红玉'挨一刻似一夏'也，知乎？"①

第二十七回：林黛玉吩咐紫鹃道："把屋子收拾了，撂下一扇纱屉；看那大燕子回来，把帘子放下来，拿狮子倚住。"——中唐白居易《仲夏斋居偶题八韵寄微之及崔湖州》一诗曾说："褰帘放巢燕，投食施池鱼。"（《全唐诗》卷447，页5030）

案：白居易的"褰帘放巢燕"说的虽是揭起帘幕放燕而出，而与林黛玉之"看那大燕子回来，把帘子放下来"有着一出一进的差别，其实在表现与燕子相依度日、共存共荣的情景上，彼此完全是异曲同工的。其中所表露的天人相得、无我忘机之生活情趣与美感意境，都同样令人由衷向往。

第二十七回：宝钗扑蝶——宋周邦彦《满江红》："蝴蝶满园飞，无人扑。"（《全宋词》，页598）

案：其实晚唐杜牧于《秋夕》一诗中已有"轻罗小扇扑流萤"（《全唐诗》卷524，页6002）之句，将小儿女于闲暇游戏时童真活泼之神态形容得十分传神，或许"扑流萤"也可以与"扑蝶"同列并观，虽无必然之传承关系，其效果却称得上是异曲同工，故附志于此，以为参照。

第三十二回：己卯本脂砚斋于回前总批云："前明显祖汤先生

---

① 陈庆浩辑校：《新编石头记脂砚斋评语辑校（增订本）》，页479。批语中"挨一刻似一夏"句，见金圣叹批《西厢记》三之三《赖简》〔乔牌儿〕。参徐大军：《〈红楼梦〉与金批本〈西厢记〉》，《红楼梦学刊》2008年第3辑，页52。

有怀人诗（案：即《江中见月怀达公》诗）一截，读之堪合此回，故录之以待知音：'无情无尽却情多，情到无多得尽么。解到多情情尽处，月中无树影无波。'"①

第三十四回：宝玉挨打之后，于病床上惦记黛玉，因遣晴雯送帕至潇湘馆。思忖再三而终于体会出赠帕深义的林黛玉，于情思翻涌的激动心怀之下走笔帕上，题写出三首绝句。——明冯梦龙编《山歌》："不写情词不写诗，一方素帕寄心知。心知拿了颠倒看，横也丝来竖也丝，这般心事有谁知！"②

第三十五回"廊上的鹦哥见林黛玉来了，嘎的一声扑了下来……黛玉便止住步，以手扣架道：'添了食水不曾？'那鹦哥便长叹一声，竟大似林黛玉素日吁嗟音韵，接着念道：'侬今葬花人笑痴，他年葬侬知是谁？试看春尽花渐落，便是红颜老死时。一朝春尽红颜老，花落人亡两不知！'黛玉紫鹃听了都笑起来。紫鹃笑道：'这都是素日姑娘念的，难为他怎么记了。'……于是进了屋子，在月洞窗内坐了。吃毕药，只见窗外竹影映入纱来，满屋内阴阴翠润，几簟生凉。黛玉无可释闷，便隔着纱窗调逗鹦哥作戏，又将素日所喜的诗词也教与他念。"

案：或谓林黛玉隔窗调鹦鹉之意境常见于《花间集》③，而其实早在中晚唐诗中已往往可以得见，白居易、张碧等中晚唐诗人的

---

① 陈庆浩辑校：《新编石头记脂砚斋评语辑校（增订本）》，页552。
② 此点参蔡义江：《红楼梦诗词曲赋评注（修订本）》，页179。
③ 萧驰：《从"才子佳人"到〈石头记〉》，收入萧驰：《中国抒情传统》，页312。

作品中都不乏其诗例。如张碧《美人梳头》诗云："玉堂花院小枝红，绿窗一片春光晓。玉容惊觉浓睡醒，圆蟾挂出妆台表。……芙蓉拆向新开脸，秋泉慢转眸波横。鹦鹉偷来话心曲，屏风半倚遥山绿。"（《全唐诗》卷469，页5339）白居易《人定》诗曰："人定月胧明，香消枕簟清。翠屏遮烛影，红袖下帘声。坐久吟方罢，眠初梦未成。谁家教鹦鹉，故故语相惊。"（《全唐诗》卷448，页5052）

以上两诗除了"鹦鹉偷来话心曲"与"谁家教鹦鹉，故故语相惊"之诗句与此处差相仿佛之外，连窗绿影翠之周遭景致，以及女主人翁于坐久或眠醒之际百无聊赖之心境，都似乎可以互相对应。比诸唐末五代的《花间集》，实源头更早，情境也更切。此外，影响曹雪芹甚深的明代唐寅（唐伯虎），其《宫词》一诗亦有谓："花开花落悄无人，强把新诗教鹦鹉。"（《唐寅集》，页116）不妨附志于此，以为参照。

第四十回"碧月早捧过一个大荷叶式的翡翠盘子来，里面盛着各色的折枝菊花。贾母便拣了一朵大红的簪于鬓上，因回头看见了刘姥姥，忙笑道：'过来带花儿。'一语未完，凤姐便拉过刘姥姥来，……将一盘子花横三竖四的插了一头。贾母和众人笑的了不得。"

案：晚唐杜牧之《九日齐山登高》诗中云："尘世难逢开口笑，菊花须插满头归。"应是此处透过刘姥姥之插花满头，以取得尘世中难得的脱轨之乐的脱化源头或摹写张本。此外，晚唐诗人崔道融《春题二首》之一亦有"路逢白面郎，醉插花满头"（《全唐诗》卷714，页8205）之句，与杜牧诗在创作时代与艺术形象上都颇为相近；然细细较之，杜牧诗之情味意境不但远胜，与《红楼梦》此段情节描写且更神似，故当以杜牧诗为化用对象。

由于在封闭的大观园中本质上只宜展现青春的诗情与苦恼，要呈现如此具有爆炸性的欢乐效果，自然必须借助脱轨的滑稽和异常的突梯，于是种种荒诞的举止就被安排设计在刘姥姥这位远来认亲的"积古的老人家"身上；既然刘姥姥本身是"生来的有些见识，况且年纪老了，世情上经历过"的"村野人"（第三十九回），于是才得以充分利用与大观园之情趣大相径庭的言行举止，冲撞出一种与清新优美截然不同的粗俗趣味，在高反差的效果衬托下，便创造了大观园中未曾有过的欢乐高潮。正如朱光潜所指出的："丑拙鄙陋不仅打动一时乐趣，也是沉闷世界中一种解放束缚担负的力量。现实世界好比一池死水，可笑的事情好比偶然皴皱起的微波，谐笑就是对于这种微波的欣赏。"①

于是不只长住大观园中的人感到无比新鲜，如："宝玉姊妹们也都在这里坐着，他们何曾听见过这些话，自觉比那瞽目先生说的书还好听。"（第三十九回）即连贾母亦是"从来没像昨儿高兴。往常也进园子逛去，不过到一二处坐坐就回来了"（第四十二回）。大观园里充满青春的诗情与苦恼，对一心只要享乐度过晚年的贾母自然是"此地不宜"，故而往往在一二处坐坐就回来了；但一旦闯入浑身饱绽乡野粗俗之气息的刘姥姥，贾母却一反常态地"一个园子倒走了多半个"。显然，在"难逢开口笑"的大观园里，透过刘

---

① 朱光潜：《诗论》，页27。

姥姥"菊花插满头"的脱轨表现,的确创造了令人耳目一新的喜剧效果。而杜牧心之所欲却未敢付诸行动的滑稽做法,于此也就获得了落实。

第四十五回:林黛玉刚作完《秋窗风雨夕》一诗,宝玉冒雨前来探望,发生雨衣相赠之对话,使黛玉产生"渔翁渔婆"之夫妻联想,乃"羞的脸飞红,便伏在桌上嗽个不住"。此处庚辰本脂砚斋批云:"妙极之文。使黛玉自己直说出夫妻来,却又云画的扮的。本是闲谈,却是暗隐不吉之兆,所谓'画儿中爱宠'是也,谁曰不然。"①

第五十回"四面粉妆银砌,忽见宝琴披着凫靥裘站在山坡上遥等,身后一个丫鬟抱着一瓶红梅。"——元稹《酬乐天雪中见寄》所谓"石立玉童披鹤氅,台施瑶席换龙须。……镜水绕山山尽白,琉璃云母世间无"②之境界。

第六十二回史湘云"醉眠芍药裀":"湘云卧于山石僻处一个凳子上,业经香梦沉酣,四面芍药花飞了一身,满头脸衣襟上皆是红香散乱,手中的扇子在地下,也半被落花埋了。"

案:此段叙述,明显可以对应于李白的《自遣》一诗:"对酒不觉暝,落花盈我衣。"(《全唐诗》卷182,页1858)此外亦不

---

① 陈庆浩辑校:《新编石头记脂砚斋评语辑校(增订本)》,页624。批语所引曲文,见金圣叹批《西厢记》二之四《琴心》〔斗鹌鹑〕。参徐大军:《〈红楼梦〉与金批本《西厢记》》,《红楼梦学刊》2008年第3辑,页52。

② (唐)元稹:《元稹集》(台北:汉京文化公司,1983年10月),卷22,页249。

脱南唐李煜《清平乐·忆别》所言："砌下落梅如雪乱，拂了一身还满。"（《全唐五代词》，页747）而李白诗句中所展现的怡然酣醉、旷达洒脱，更切合小说中湘云的豪迈性格与春息盈溢的乐园情境，那酣饮沉梦的自在闲逸和物我交融的自然和谐，其间天机盎然之感完全丝丝入扣。另外，李贺的《静女春曙曲》中亦有"锦堆花密藏春睡"（《李长吉歌诗王琦汇解·外集》，页362）之句，也颇富此一娇酣自然之情趣，附志于此以为参考。

第七十六回"只听那壁厢桂花树下，呜呜咽咽，悠悠扬扬，吹出笛声来。趁着这明月清风，天空地净，真令人烦心顿解，万虑齐除。……只听桂花阴里，呜呜咽咽，袅袅悠悠，又发出一缕笛音来，果真比先越发凄凉。"

案：此段叙述除了带有苏轼《前赤壁赋》中，所谓"客有吹洞箫者，倚歌而和之。其声呜呜然，如怨如慕，如泣如诉，余音袅袅，不绝如缕。舞幽壑之潜蛟，泣孤舟之嫠妇"这一段描写的痕迹之外，复令人不禁联想到南宋姜夔《暗香》一词中所言："旧时月色，算几番照我，梅边吹笛。"两相比观，可见同样的月色如洗，同样的笛音悠扬，只是将笛声吹出之处由梅边换为桂阴，在清新芬芳的气息中，既有思虑的澄净，亦复有凄凉的感伤，比诸《前赤壁赋》之吹洞箫于孤舟，姜夔词中的意象、造境与情感其实都更为近似。

第七十六回：湘云"因弯腰拾了一块小石片向那池中打去，只听打得水响，一个大圆圈将月影荡散复聚者几次。只听那黑影里嘎然一声，却飞起一个白鹤来，直往藕香榭去了"。——林方直指出，这段场景借自以下诸诗句：杜甫《和裴迪登新津寺寄王侍郎》的"鸟影渡寒塘"（《全唐诗》卷226，页2436），李白《赋得白鹭鸶送宋少府入三峡》的"白鹭拳一足，月明秋水寒。人惊远飞去，直向使君滩"（《全唐诗》卷177，页1809），以及赵嘏《寒塘》的"晓发梳临水，寒塘坐见秋。乡心正无限，一雁渡南楼"（《全唐诗》卷550，页6365）之景。① 另苏轼《后赤壁赋》亦云："玄裳缟衣，戛然长鸣。"（《苏轼文集》，页8）② 同为此处借景之所资。

第七十八回：宝钗在抄检大观园之后为了避嫌而迁出蘅芜苑，不多时只剩"寂静无人，房内搬的空落落的"之清空景象。事前一无所悉的宝玉乍见之下大吃一惊，面对过去"各处房中丫鬟不约而来者络绎不绝"、如今却半日无人来往的萧索景况，已生凄凉伤感；又"俯身看那埂下之水，仍是溶溶脉脉的流将过去"，心下因想："天地间竟有这样无情之事！"随即想到去了司棋、入画、芳官等五个，死了晴雯，今又去了宝钗等一处，迎春亦将出嫁，大约园中之人不久都要散的了，因此在不忍悲感之余乃垂头丧气地回来。

案：此段叙述中宝玉所谓的"无情"，并非针对宝钗之迁离而发，实乃就依旧如常之"流水"——那恒定不变之宇宙所生的惊惧无奈与哀怨谴责，远承了中国抒情传统中，由人事之短暂无常／自然之永恒长新之对比所产生的怀古情态。以唐诗为例，诸如"洛

---

① 林方直：《〈红楼梦〉中的实境与借境》，载于红楼梦研究集刊编辑委员会：《红楼梦研究集刊》第11辑，页119—120。又见林方直：《借来诗境入传奇》，收入周策纵编：《首届国际红楼梦研讨会论文集》。

② 孔凡礼点校：《苏轼文集》（北京：中华书局，1986年3月）。

阳举目今谁在，颍水无情应自流"（刘长卿《时平后送范伦归安州》，《全唐诗》卷151，页1575）、"繁华事散逐香尘，流水无情草自春"（杜牧《金谷园》，《全唐诗》卷525，页6013）、"水流花谢两无情"（崔涂《春夕》，《全唐诗》卷679，页7783）等，即是其诗界前驱；而《红楼梦》第二十七回中，亦曾以林黛玉《葬花吟》所指控的"三月香巢已垒成，梁间燕子太无情！明年花发虽可啄，却不道人去梁空巢也倾"加以呼应，在在可见宝玉的对水兴叹所奠基的诗情背景。①

第五节　套用旧诗之特色

就前面四节的区分以观之，《红楼梦》中经过融裁化用而成的诗歌其实是比较单纯的，因为读者只要直接就诗句本身即可认取其中蕴含的意义，不待知其所从来而后始能完全明白；相对而言，反倒是曹雪芹直接援引唐宋诗句的手法较为曲折而复杂，纯就字面及其孤句来看，往往无法充分掌握其中的全部意涵。因此，本节进一步将《红楼梦》中直接援引旧诗的情况再加梳理如下，以备见其艺术表现。

---

① 详参欧丽娟：《薛宝钗论——对〈红楼梦〉人物论述中几个核心问题的省思》，《成大中文学报》第13期（2005年12月），页177—180。

一、直接套用，原句借意

所谓"直接套用，原句借意"，意指其法乃是直接引用旧诗原句，而句中含义也完全就字面承用过来，并无曲折潜藏的弦外之音；但套用前人之诗句时，却不斤斤于字词的完全无误，而产生些微无伤大雅的出入。此一现象于《红楼梦》引诗的场合中往往可以得见，如以下诸例：

第三回、第二十八回"花气袭人知昼暖"与陆游原诗的"花气袭人知骤暖"。

第十七回"蘼芜满手泣斜晖"与鱼玄机原诗的"蘼芜盈手泣斜晖"。

第三十四回"君子防不然"与汉乐府原诗的"君子防未然"。

第三十八回"横行公子却无肠"与元好问原诗的"横行公子本无肠"。

第四十回"留得残荷听雨声"与李商隐原诗的"留得枯荷听雨声"。

第四十回"双瞻玉座引朝仪"与杜甫原诗的"双瞻御座引朝仪"。

第四十回"桃花带雨浓"与李白原诗的"桃花带露浓"（一般的李白诗集皆通作"露"字，极少数如萧士赟补注本作"雨"）。

第六十二回"宝钗无日不生尘"与李商隐原诗的"宝钗何日不生尘"。

第六十三回"桃红又是一年春"与谢枋得原诗的"桃红又见一

年春"。

第六十三回"莫怨东风当自嗟"与欧阳修原诗的"莫怨春风当自嗟"。

第六十三回"纵有千年铁门槛，终须一个土馒头"与范成大原诗的"纵有千年铁门限，终须一个土馒头"。

第六十四回"耳目所见尚如此"与欧阳修原诗的"耳目所及尚如此"。

第九十一回"莫向春风舞鹧鸪"与郑谷原诗的"莫向春风唱鹧鸪"。

第一〇一回"蜂采百花成蜜后，为谁辛苦为谁甜"与罗隐原诗的"采得百花成蜜后，为谁辛苦为谁甜"。

以上诸例都是与原诗句误差一字，而造成误差现象的原因有两种：

一种是因"音同"而误者。如"昼"与"骤""玉"与"御"，为数仅此两例，显然此一情况发生的次数较少。

另一种则是因"义近"而误者。如"满"与"盈"、"残"与"枯"、"雨"与"露"、"不然"与"未然"、"却无"与"本无"、"无日"与"何日"、"又是"与"又见"、"春风"与"东风"、"门槛"与"门限"、"所见"与"所及"、"舞"与"唱"、"蜂采"与"采得"等皆是，显然因"义近"而误引者占有压倒性的比重。由此可见曹雪芹性格上不拘小节之一端，而续书者亦承其神髓而不遑多让，在这一点表现了善体原著的精神。

而此一在引诗时发生误差一字的现象，除了续书者于小说正文中摹取入神之外，与《红楼梦》之创作关系密切的脂砚斋，于批书评点时也表现出相同的习惯。如第一回针对绛珠神瑛之间建立草木情盟的一段描写，脂砚斋眉批曰："古人之'一花一石如有意，不语不笑能留人'，此之谓耶？"① 所引之诗句出于刘长卿《戏赠干越尼子歌》："一花一竹如有意，不语不笑能留人。"② 其中将"一花一竹"误作"一花一石"，显然是迁就"木石前盟"而刻意改写的。第二回写甄家娘子听了父亲封肃所转述，与贾雨村之间有关甄家变化的对话后心中伤感，脂砚斋就此批云："所谓'旧事凄凉不可闻'也。"所引诗句出自窦叔向《夏夜宿表兄宅话旧》："远书珍重何曾达，旧事凄凉不可听。"③ "不可听"误作"不可闻"，乃因听、闻二字同义所致。至于第七回于"宝钗穿着家常衣服"一句又有眉批道："'家常爱着旧衣常（裳）'是也。"所引之诗句出于王建《宫词一百首》之五十一："家常欲着旧衣裳，空插红梳不作妆。"④ 脂砚斋眉批中之"爱着"，其实乃是原作"欲着"的误写，目的也应是为了切合宝钗之习性所致。再如第十二回的引诗"好知青冢骷髅骨"，原出于明朝唐寅《和沈石田落花诗三十首》之二十二的"好

---

① 陈庆浩辑校：《新编石头记脂砚斋评语辑校（增订本）》，页18。
② 此一渊源关系，见胡文彬：《〈红楼梦〉脂批中"一花一石如有意"的出处》，《学习与思考》1981年第6期。
③ 原诗见《全唐诗》卷271，页3029。此一渊源关系，见陈庆浩辑校：《新编石头记脂砚斋评语辑校（增订本）》，页38。
④ 原诗见《全唐诗》卷302，页3442。此一渊源关系，见陈庆浩辑校：《新编石头记脂砚斋评语辑校（增订本）》，页159。

知青草骷髅冢",将"冢"字移位,减"草"增"骨",更添死亡意象。另如第二十五回"便倚着房门出了一回神"一段的夹批云:"所谓'闲倚绣房吹柳絮'是也。"① 所引诗句出自李商隐的《访人不遇留别馆》:"闲倚绣帘吹柳絮。"其中原作之"绣帘"被误引作"绣房",乃属于因"义近"而误者。可见环绕于《红楼梦》之创作的相关人士,无论是续书以足其义,或是评点以发其情,在引诗的态度上都表现出不拘小节的共同脾性。

最后,我们还必须指出一点,亦即曹雪芹在代笔为书中人物创作诗歌时,其实并不避讳直接袭用古人原句的做法,如第三十八回贾宝玉的《螃蟹咏》中有"横行公子却无肠"一句,其实是出自金元好问《送蟹与兄》诗的"横行公子本无肠";而第五十回贾宝玉所制灯谜诗中首句的"天上人间两渺茫",更是与晚唐曹唐《大游仙诗·玉女杜兰香下嫁于张硕》中的"天上人间两渺茫"一字不差。这种做法,其实与颂圣场合中或行集句酒令时撷取孤句的情况大有不同,盖后者本就以孤句残诗即可独立成说,而其"引用"的性质亦十分明确,易为在场诸人与后代读者所共知,因此并无剽窃之嫌;然而在创作之诗篇中直接套入前人诗句,则"引用"的性质便隐没不彰,以致读者容易在此受到蒙蔽,这也就是为什么诗学深厚的蔡义江,竟会误以为"天上人间两渺茫"一句是将李煜之"天上人间"与白居易之"一别音容两渺茫"结合得来的原因。

---

① 陈庆浩辑校:《新编石头记脂砚斋评语辑校(增订本)》,页487。

这种无法让人一眼认知其引用性质的做法，无形中也就丧失了免于剽窃之讥的护身符，因为全诗既号称创作，其中却竟然有全句套袭之处，如此则似乎不免可议。值得注意的是，发生此一现象的两个诗例，都是出于贾宝玉之手，而贾宝玉在诗歌创作上原本就是抱持不限韵、不联句的自由主义者，又曾提出"编新不如述旧，刻古终胜雕今"的主张（第十七回），则在创作中"述旧刻古"，也就不会显得那么突兀。这就再度呼应了曹雪芹那不陷拘泥的诗学观，可与本书各相关之处相印证。

二、牵合重组，化出新味

在引用前人诗句时，除了以孤立独存之姿、行断章取义之实的做法外，还可以将古人既有之诗句另行牵合拼贴，于重组之后化出崭新趣味。而此一做法主要是透过"集句式的酒令"来表现，此点可详参第二章第三节与本章第二节的引录论述，此处不再赘及。

三、"冰山一角"式的引用手法

有别于一般援引他人更具权威性的话来强化自己，或据以发挥缀饰功能的引文方式，这里所谓"冰山一角"式的引用手法，乃是一种"发微显隐"的曲折表现，而"发潜德之幽光"则是这类诗句被引述的终极目的。一如海明威（Ernest Hemingway, 1899—1961）

所说:"冰山之所以雄伟壮阔,就是因为它只有八分之一浮在水面,八分之七沉在水底。"① 水面上的山尖阳光明媚,而水面下的主体冰冷漆黑,这时,引文的艺术被发挥到最大的复杂度,表面上是就所引之文直接取义,然其真正的实质意涵却系于其他未引的部分;当唐宋诗被切割出一句,而框上引号被纳入小说情节中时,那引号就有如海平面一样,将整首诗拦颈划分为隐、显两个不同层次的美学存在:脱颖而出被明白引录的诗句断片现身于显处,当场堂而皇之地与小说情节发生互动,透过彼此烘托而收取相得益彰之效;但就在同时,表面上被屏弃于引号之外的其他诗句断片,却幽居于深藏不露的隐处,由文字海面以下那潜却更为广阔的层面来进行意义的激荡。一如蔡义江所言,《红楼梦》中所引用的诗句大部分都来自通俗而人人耳熟能详的《千家诗》,其用意即是"因为人们比较熟悉,所以只要提起一句,就容易联想到全诗,这就便于作者采用隐前歇后的手法,把对掣签人物的暗示,巧寓于明提的那一句诗的前后诗句之中,而达到雅俗共赏的目的"②。其实不仅《千家诗》中的诗歌如此,其余被以"冰山一角式"引用法所处理的诗歌,也都同样具有类似的功能。

这种"冰山一角"式的引用法,为了达到雅俗共赏的目的,除了极少数如晚唐罗隐这种未必广为流传的诗人之外,所引用之诗句

---

① [美]海明威:《海明威全集——午后之死》(郑州:河南文艺出版社,2012年6月)。

② 蔡义江:《红楼梦诗词曲赋评注(修订本)》,页297—298。

大都来自众人耳熟能详的《千家诗》，而引号之外的诗歌内容之所以必须容易为读者所联想，最重要的考虑则是它们暗藏了探寻人物终极命运的线索。克就第六十三回众人所掣之花签诗以观之：

（一）"任是无情也动人"一句出自晚唐罗隐的《牡丹花》："似共东风别有因，绛罗高卷不胜春。若教解语应倾国，任是无情也动人。芍药与君为近侍，芙蓉何处避芳尘。可怜韩令功成后，辜负秾华过此身。"（《全唐诗》卷655，页7532）

此处表面上是以"任是无情也动人"的牡丹花赞美薛宝钗那身为"群芳之冠"的美丽与地位，但同时却也透过节录以外的诗句，来暗示钗黛之间的颉颃关系以及其人生的悲剧结局：所谓"芍药与君为近侍，芙蓉何处避芳尘"，由牡丹被推为"国色天香""富贵之花""花中之王"，而芍药造型富丽若牡丹，故同被认为是"花中贵裔"，但因属草本而"牡丹称为花王""芍药称为花相"（《长物志》），则此联可以意指：芍药都只能作为牡丹的近侍（就句型而言，类似元稹《遣悲怀三首》之一的"与君营奠复营斋"，"与君"为"为您"的意思），则芙蓉更难以望其项背；也可以理解为芍药牡丹都是"近侍"主流价值的宠儿，身为"芙蓉"的林黛玉无法与如同"近侍"般贴近传统价值观的薛宝钗相抗衡，都是衬显出薛宝钗在封建社会中的优势；而"可怜韩令功成后，辜负秾华过此身"则隐喻宝钗入主贾家成为宝二奶奶之后，却因为贾宝玉作了"悬崖撒手"、出家为僧的选择，而终究落得独守空闺，"辜负秾华"地虚度青春岁月的不幸结局，成为李纨的第二个翻版。

（二）"日边红杏倚云栽"一句出自晚唐高蟾的《下第后上永崇

高侍郎》:"天上碧桃和露种,日边红杏倚云栽。芙蓉生在秋江上,不向东风怨未开。"(《全唐诗》卷 668,页 7649)

此诗句表面上是暗示贾探春将会嫁为王妃而得到荣华富贵之归宿,另一方面则透过节录之外的诗句微露其他天机:"芙蓉生在秋江上,不向东风怨未开"恰恰可以与"清明涕送江边望,千里东风一梦遥"的人物判词(第五回),以及"游丝一断浑无力,莫向东风怨别离"的灯谜诗(第二十二回)相对应,综合三处拼贴而成的全幅景观,便是江水浩淼、迢远无尽,在春天东风的吹送之下,一片孤帆无奈地飘然远引的图像,正曲折而巧妙地传达探春乃是循水路远嫁海疆,如断线风筝般一去难回的悲怨命运;仿佛秋天的荷花错时而生,因此无力绽放一般。正如脂砚斋所惋惜的:"使此人不远去,将来事败,诸子孙不至流散也。悲哉伤哉!"①

(三)"开到荼蘼花事了"一句出自宋王淇的《春暮游小园》诗:"一从梅粉褪残妆,涂抹新红上海棠。开到荼蘼花事了,丝丝天棘出莓墙。"(《全宋诗》卷 3521,页 42054)

这是麝月抽中的花签,"开到荼蘼花事了"句中隐指繁华消散、诸芳已尽的寓意十分明显,因此宝玉看了之后才会不愿对麝月解释而"愁眉忙把签藏了"。此句诗签既是麝月所抽中,自亦与其未来之命运有关。书中第二十回描写麝月表现得顾全大体、沉稳周详,"公然又是一个袭人"之后,脂砚斋评道:"袭人出嫁之后,宝玉、

---

① 庚辰本第二十二回眉批,见陈庆浩辑校:《新编石头记脂砚斋评语辑校(增订本)》,页 448。

宝钗身边还有一人，虽不及袭人周到，亦可免微嫌小敝等患，方不负宝钗之为人也。故袭人出嫁后云'好歹留着麝月'一语，宝玉便依从此话，可见袭人虽去实未去也。"① 则麝月乃为大观园中遗留下来的最后一位女性，在诸艳或离世或离去之后，独守在宝玉身边收拾残棋败局，正是春尽花谢之际，以晚芳独秀的姿态为春天画下句点的写照。

而既然花事已了，随之而来的，自然便是"丝丝天棘出莓墙"的景观。乐园的围墙已然失去屏障的力量，因着崩毁倒塌而沦为莓苔遍布的废墟，只得任由"天棘"这蔓生植物攀墙而出，有如柔弱的女性越界流散，敷演红楼梦醒之后的另一番故事。

另外，对此一引诗的潜在寓意，蔡义江则解释为："据脂评，袭人出嫁后，麝月是最后留在贫穷潦倒的宝玉夫妇身边的唯一的丫头。那么，'花事了'三字就义带双关：它既是'诸芳尽'（所以大家都'送春'）的意思，又是说花袭人之事已经'了'了——她嫁人了。而歇后一句'丝丝天棘出莓墙'，则是隐脂评所说的宝玉弃宝钗、麝月而去。因为，不但莓苔墙垣代表着'陋室空堂'的荒凉景象，据《鹤林玉露》所说，连初用'天棘'一词的杜甫《巳上人茅斋诗》（其'天棘梦青丝'句曾引起历来说诗者的争论），也本是

---

① 庚辰本批语，见陈庆浩辑校：《新编石头记脂砚斋评语辑校（增订本）》，页396。

'为僧'而'赋'的。"① 附志于此以为参考。

（四）"连理枝头花正开"一句出自宋朱淑真的《惜春》（一作《落花》）："连理枝头花正开，妒花风雨便相催。愿教青帝常为主，莫遣纷纷点翠苔。"（《朱淑真集》，页253）

此句原本是用以形容香菱与丈夫薛蟠的夫妻关系，一如园中斗草时香菱所说的"夫妻蕙"（第六十二回）。但由未节录的"妒花风雨便相催"一句来看，则与香菱"自从两地生孤木，致使香魂返故乡"的判词（第五回）相应，而暗示了香菱终究被薛蟠后娶之正室悍妇夏金桂折磨至死的悲惨下场。虽然她"愿教青帝常为主，莫遣纷纷点翠苔"，而寄望身为一家之主的薛蟠可以挺身护卫，不使花朵被狂风暴雨摧折残害以致香消玉殒，但却依然是天不从人愿，终究是无所逃于风墙雨幕的围困锤击，而沦落于阴湿的青苔上化为尘泥，恰恰与先前"连理枝头花正开"的情景形成巨大的反差。

（五）"莫怨东风当自嗟"一句出自宋欧阳修的《再和明妃曲》："汉宫有佳人，天子初未识。一朝随汉使，远嫁单于国。绝色天下

---

① 蔡义江：《红楼梦诗词曲赋评注（修订本）》，页302。杜甫诗原句云："江莲摇白羽，天棘梦青丝。"郭绍虞考订《洪驹父诗话》时，引朱翌之说描述其形态曰："余按《本草》天门冬亦名颠棘，春生藤蔓如丝杉而细，正与诗合。天门冬名颠棘，故有天棘之称。藤蔓细于丝杉，故有蔓青丝之语。"郭绍虞辑：《宋诗话辑佚》，页430。而蔡义江将"天棘"与出家相关，主要是因为天棘这种植物出自佛书，宋罗大经载："谭浚明尝为余言，此出佛书。终南长老入定，梦天帝赠青棘之香。盖言江莲之香，如所梦天棘之香尔。此诗为僧齐己赋，故引此事。余甚喜其说，然终未知果出何经。近阅叶石林《过庭录》，亦言此句出佛书，则浚明之言宜可信。"（宋）罗大经：《鹤林玉露》（北京：中华书局，1997年12月），卷10，页181。

无,一失难再得。虽能杀画工,于事竟何益?耳目所及尚如此,万瑞安能制夷狄?汉计诚已拙,女色难自夸。明妃去时泪,洒向枝上花。狂风日暮起,飘泊落谁家?红颜胜人多薄命,莫怨春风当自嗟。"(《欧阳修全集》卷8,页132)

此为林黛玉所抽到的花签诗,但仅仅"莫怨春风当自嗟"一句是无法全面描绘林黛玉的个人形象的,只有整体综观欧阳修在此诗中的悉心刻画,才能透过"绝色天下无"的非凡才貌、"泪洒枝花"与"日暮飘泊"的孤零多愁,以及"汉计诚已拙,女色难自夸"的不合时宜,而充分展现"红颜胜人多薄命"的悲剧形象。

尤其,紧接于掣花签情节之后的第六十四回,林黛玉因感而作大胆突破传统的《五美吟》中,其第三首的《明妃》诗也同样是以王昭君为题材,既歌咏昭君"绝艳惊人出汉宫,红颜命薄古今同"的不遇悲怀,并质疑"君王纵使轻颜色,予夺权何畀画工",对帝王之昏庸凌厉直斥,与欧阳修《明妃曲》所说"绝色天下无,一失难再得。虽能杀画工,于事竟何益?耳目所及尚如此,万瑞安能制夷狄?汉计诚已拙,女色难自夸"的这一段描述可谓异曲同工,而其中"红颜薄命"之语辞与意旨更是差相仿佛。因此藉王昭君以代言传心的林黛玉,其自嗟自叹的就不仅仅是风露清愁而已了。

(六)"竹篱茅舍自甘心"一句出自宋王淇的《梅》:"不受尘埃半点侵,竹篱茅舍自甘心。只因误识林和靖,惹得诗人说到今。"(《全宋诗》卷3521,页42054)

此句为"青春丧偶"之李纨所抽得的花签诗,除了"竹篱茅舍自甘心"一句传达其对封建礼教的衷心臣服之外,必须配合"不受尘埃半点侵"才更能表现出她那心如止水、波澜不兴的彻底沉寂，所谓："居家处膏粱锦绣之中，竟如槁木死灰一般，一概无见无闻，惟知侍亲养子，外则陪侍小姑等针黹诵读而已。"（第四回）这种"一概无见无闻"的心灵断隔，正是"不受尘埃半点侵"的真实写照。因此李纨看了签诗之后的反应，才会是："真有趣，你们掷去罢。我只自吃一杯，不问你们的废与兴。"果然是彻底无动于衷的红尘旁观者。

而所谓的"只因误识林和靖，惹得诗人说到今"，又岂非意有所指地影射曹雪芹自己？这位欲将其"半世亲睹亲闻的这几个女子"之"事迹原委"加以"真传"（第一回），因而创作《红楼梦》一书的诗人兼小说家，正是使李纨两百多年来一直被"说到今"的关键人物：若非"误识"曹雪芹，则李纨将永远保有她那槁木死灰、不问废兴的封闭静止的世界，然后随着时间之递嬗消亡而完全走入遗忘的历史，绝不会以"金陵十二金钗"之一的身份，至今犹然受到难以数计的《红楼梦》爱好者不断地品评议论，无法如其所愿地置身于世道人心的废兴之外！第五回判词所谓的"枉与他人做笑谈"，或许也同样包含这一层次的意思。这可以说是曹雪芹引诗为谶时，一个小小的自我解嘲罢！

（七）"桃红又是一年春"一句出自宋谢枋得的《庆全庵桃花》："寻得桃源好避秦，桃红又见一年春。花飞莫遣随流水，怕有渔郎来问津。"（《全宋诗》卷3477，页41402）

此句乃是怡红院中的第一等丫头袭人所抽到的花签诗，全诗隐含之意实即袭人的一生遭遇。首句为袭人因家道艰难，即第十九回的"补出袭人幼时艰辛苦状,与前文之香菱,后文之晴雯大同小异"①,如逢秦末乱世,被饥荒穷极的家人卖到贾府,"幸而卖到这个地方,吃穿和主子一样,又不朝打暮骂",因此"他母兄要赎他回去,他就说至死也不回去的",反倒要求家人"权当我死了,再不必起赎我的念头"(第十九回),这就的确有如"寻得桃源"的情况一般,故而无意出园;但当贾府衰败、宝玉出家,而众女儿如"花飞"般纷纷流落之时,妾身未分明的袭人却可以"莫遣随流水"地免于飘零的厄运,因为她在贾家与自家的安排之下被嫁与蒋玉菡,此即所谓的"有渔郎来问津"是也。由于新郎蒋玉菡自始至终都"极柔情曲意的承顺","越发温柔体贴"地更加周旋、不敢勉强(第一百二十回),因此被迫出嫁的袭人也就终于接受命运错置的安排;虽然事与愿违地没有成为贾宝玉的姨太太,却也出乎意外地获得了另一段幸福的婚姻,这就是"桃红又见一年春"的深层含义。

由此,我们可以看到曹雪芹在这种冰山一角式的引诗法中,每一被引述出来的孤立诗句都具有高度的暗示力,就像称职的领路人般,依循作者与读者所共有的知识网络以激发读者的联想,从内容到形式都是透过"省略"而指向更大的丰富与完整,可以说是"冰山原则"最完美的印证。

---

① 己卯本第十九回批语,见陈庆浩辑校:《新编石头记脂砚斋评语辑校(增订本)》,页371。

第八章
贾宝玉的《四时即事诗》：乐园的开幕颂歌

第一节 前 言

　　正如前文一再强调的，《红楼梦》一书在创作策略上的显著特点之一，是继承中国渊远流长而深刻入里的抒情传统，而大量运用诗歌融裁于各情节之中，以营造诗歌所特有的优美含蓄的艺术氛围，并传达其"观诗知人"的弦外之音。根据统计，前八十回《红楼梦》原作中所穿插的韵文作品，包括诗、词、曲、赋、联句、谜语达一百九十余首之多 [1]，其中以"诗"的形式出现的作品，则未及百首。其数虽不算少，但若将其中包括判词、灯谜等明显以猜谜为目的、以隐射人物命运为主旨的"诗谶"，或如大观园题咏之类囿于奉诏应制的颂圣诗加以扣除，则纯粹的抒情诗不及六十首。

　　最特别的是，这大约六十首左右的抒情诗，绝大多数都作于主要人物迁入大观园之后；若以创作时间之先后排序而言，则贾宝玉

---

[1] 李希凡：《红楼梦艺术世界》，页314。

于搬进不久所写的四首《四时即事诗》，堪堪正是其中的冠首之作。由于这四首诗的艺术性并不十分突出，连作者自己都坦白指出"不算好"（第二十三回），脂砚斋也认为其主旨并无甚深意，所谓："四诗作尽安福尊荣之贵介公子也。"[①] 可见作为《红楼梦》之最早读者与创作参与者的脂砚斋，乃是仅仅将之视为贵介公子夜晚所过的旖旎生活的描写而已，因此一般研究《红楼梦》的学者比较容易忽略它们的潜在意义，也就似乎是理有应然之事。

然而，如果我们相信曹雪芹对书中诗歌的创作态度，并不是如脂砚斋所言，乃是雪芹藉此书而为个人"传诗"[②]，亦即藉此将作者个人的诗作传布于世，以炫展自己的才华，而是将诗词韵文视为全书内在结构的一部分，是在整体情节中发挥了有机联系的构成要素，因此具备了更大的艺术意涵，则此四首诗便大有深入探析的价值，值得我们从艺术分析的角度重新加以诠释。

第二节 "四时"结构的乐园意义

事实上，贾宝玉这组《四时即事诗》不仅是大观园里最早的艺术创作，也可以说是《红楼梦》全书中出于主要人物之手的最早之

---

① 庚辰本眉批，见陈庆浩辑校：《新编石头记脂砚斋评语辑校（增订本）》，页454。

② 甲戌本第一回脂砚斋特批道："余谓雪芹撰此书，中亦为传诗之意。"见陈庆浩辑校：《新编石头记脂砚斋评语辑校（增订本）》，页26。

抒情诗。之前第五回的人物判词和红楼梦曲,以及第十七、十八回的大观园题咏,还有第二十二回的灯谜诗,虽然同样都是诗歌的形式,也有一大部分是出于书中人物的手笔,但总而观之,这些人物判词、红楼梦曲以及灯谜诗都是作者出于全知的笔调和综观全局的角度,为了预警而以先知的立场揭示人物的命运和结局所安排的,主要是以神谕或谶语的功能为创作目的,而此一实用功能便将这些作品推入到庙社"诗签"的性质,使其抒情言志的艺术功能微弱不彰;大观园题咏诸诗则是因为写作于元妃省亲的场合,不免为了迁就颂圣场面的需要而流于形式上的虚文,成为类似传统宫廷中臣僚待诏应制所作的表面文章,因此虽然与灯谜诗都是出于书中人物之手,却都同样缺乏抒情主体的参与。由此以观之,宝玉的《四时即事诗》可以说是《红楼梦》中主要人物最早的抒情作品,同时也担任了为大观园生活揭开序幕的重要功能,成为大观园里最早的艺术创作。

《红楼梦》第二十三回记载其创作背景时叙述道:"宝玉自进花园以来,心满意足,再无别项可生贪求之心。每日只和姊妹丫头们一处……倒也十分快乐。他曾有几首即事诗,虽不算好,却倒是真情真景,略记几首云。"而以下所略记的几首,不多不少,恰恰是配合四季的四首《四时即事诗》:

  霞绡云幄任铺陈,隔巷蟆更听未真。枕上轻寒窗外雨,眼前春色梦中人。盈盈烛泪因谁泣,点点花愁为我嗔。自是小鬟娇懒惯,拥衾不耐笑言频。(《春夜即事》)

倦绣佳人幽梦长，金笼鹦鹉唤茶汤。窗明麝月开宫镜，室霭檀云品御香。琥珀杯倾荷露滑，玻璃槛纳柳风凉。水亭处处齐纨动，帘卷朱楼罢晚妆。(《夏夜即事》)

　　绛芸轩里绝喧哗，桂魄流光浸茜纱。苔锁石纹容睡鹤，井飘桐露湿栖鸦。抱衾婢至舒金凤，倚槛人归落翠花。静夜不眠因酒渴，沉烟重拨索烹茶。(《秋夜即事》)

　　梅魂竹梦已三更，锦罽鹴衾睡未成。松影一庭惟见鹤，梨花满地不闻莺。女儿翠袖诗怀冷，公子金貂酒力轻。却喜侍儿知试茗，扫将新雪及时烹。(《冬夜即事》)

只专就内容来看这四首即事诗的意境，或许是为了与十二三岁的年纪与才智相衬，因此"四诗瑕瑜不掩，有明秀新艳处，有稚弱支离处，为宝玉拟作恰好"[①]。但除了展示贾宝玉的诗歌造诣，并交代其生活情况之外，这四首诗是否还有其他的功能存在呢？

　　姑不论这几首出于十二三岁贵公子之手的《四时即事诗》艺术价值如何，其象征意义才是最值得探索的重点。首先我们注意到：就全书整体以观之，贾宝玉与众女儿初进大观园之际，最早的诗歌创作便出以春夏秋冬四时依序并列的联篇诗章的结构，此一现象毋宁是具有深意而大可玩味的。

　　就此，清人张新之已经注意到四首即事诗作为大观园之序幕的

[①] 第二十三回张新之评语，见冯其庸主编：《八家评批红楼梦》(北京：文化艺术出版社，1991年9月)，页524。

现象，他指出："将入大观，先以四诗冠首，乃特题也。春夏秋冬，天运复始，即所谓二月二十二日。"① 而对于为何要如此"特题"此一"将入大观，先以四诗冠首"的现象，张新之的解释是因为"天运复始"，意谓大观园作为新生活之开端，具备了一种大自然运行时万物更新、万事从头开始的生机，以至书中人物在跨入大观园的门槛之际，也就同时如同春天来临一般地展开另一阶段的人生历程。而我们要进一步指出的是：此组即事诗运用四时以为整体架构的形式，并不仅限于"更新"或"复始"的意义，更重要的是藉由四时不断循环再生、往复周流的特质，以超脱于一往不返、单线流逝的历史时间之上，从而透过陶渊明《桃花源诗》中所谓"虽无纪历志，四时自成岁"② 的意义，微妙地暗示一种永恒静定之自然时间，并由此展现出乐园的内在属性。

以四季为题所构成的组诗形式，后世称之为"杂数诗"③，最早可以溯及晋宋齐梁时代属于民间歌谣的《子夜吴歌》，宋郭茂倩《乐府诗集・清商曲辞・吴声歌曲》中收录有《子夜歌》《子夜四时歌》等作品，形式上已经具有四时并置的完整结构，或有残漏不全之现象，却已无碍此一体式的奠定。到了唐代，《子夜歌》犹为郭元振、李白、陆龟蒙等诗人所承用，其《子夜四时歌》分别透过四季之天候风物与民俗活动，以叙写两性恋情之荡漾或羁心怀远之悲思，故

---

① 冯其庸主编：《八家评批红楼梦》，页 524。
② 龚斌校笺：《陶渊明集校笺》，卷 6，页 403。
③ 见（明）徐师曾：《文体明辩・序说》，《四库全书存目丛书・集部》总集类第 311 册，页 161。

郭茂倩《乐府诗集》著录此等诗作时，便往往题作《子夜四时歌》，且明标以春夏秋冬四季之名。

而除了深具民歌风情的《子夜四时歌》之外，在诗人自身创作的部分，我们发现中唐诗人元稹亦有《遣春十首》《表夏十首》《解秋十首》等连篇诗作，可惜独独缺了有关"冬"的部分①；到得晚唐，四时兼备的形式则十分完整地出现了，李商隐以模仿李贺风格所形成的"长吉体"写成的《燕台诗四首》，分别以春、夏、秋、冬为副题，并各自烘染四季不同的景物意象，以传达一种朦胧而悲凄的恋情，彼此独立成篇又互相贯连，特别显示出一种缠绵悱恻、循环不绝的深情与悲感，正如叶嘉莹所言：

> 这首诗分明标举出春夏秋冬四时，当然应当有其所以如此标举的取义……因为时间性的推移，原来就可以在诗中造成一种久远而循环不已的感觉……自屈子楚骚之往往以"春""秋""朝""暮"的对举暗示时间性的永恒周遍之感，降而至于民歌俗曲之往往以四时十二月的重叠排比，来写无尽的爱恋相思，则更是一种常见的表现方法了。义山《燕台四首》之标举四时，我以为也不可过于拘执实指，而当从其所造成之整个的永恒周遍之感来作体认。②

---

① 见《元稹集》，卷7，页73—78。
② 见叶嘉莹：《李义山燕台四首》，收入叶嘉莹：《迦陵谈诗》，页183—184。

第八章　贾宝玉的《四时即事诗》：乐园的开幕颂歌

其中所言，对诗歌标举四时之现象"不可过于拘执实指，而当从其所造成之整个的永恒周遍之感来作体认"，恰恰便是面对贾宝玉此组《四时即事诗》所应采取的态度，由此也才能体认此组诗所蕴藏的重要意涵。

因此在探究此组即事诗所蕴含的乐园属性之前，我们必须先厘清一个问题，俾使其象征意义获得更清楚的展现。书中第二十三回记载宝玉初进大观园时为春天的二月二十二日，而同一回在这四首即事诗之后紧接着就是描写"三月中浣"时节，宝、黛二人"西厢记妙词通戏语，牡丹亭艳曲警芳心"的情节。对此一现象，一种说法是宝玉作即事诗与宝、黛共读《西厢》这两件事乃是同年顺连的情节，发生在同一个春天，如清人姚燮眉批三月中浣之事为"宝、黛二人园中第一次相逢"①，显然是将之视为紧接《四时即事诗》之后的故事，而今人龙瀚所辑的《红楼梦诗事年表》亦如此表列为同一年之事②，则贾宝玉于春天时节提笔为诗，内容却透过假想虚构而幻设四时之情事，即四首诗皆作于一时，如此一来，其中的象征意义自是不言可喻。

而另一种看法则认为小说如此描述，乃从当年的二月直接跳接次年的三月，如朱淡文曾考证指出："细按小说正文，省亲之年仅自元春归省至宝玉作四时即事诗为止……宝黛共读西厢已是次年三月中浣。"同时她更进一步推断道：省亲之年（涵盖第十八回到第

---

① 冯其庸主编：《八家评批红楼梦》，页526。
② 贺新辉主编：《红楼梦诗词鉴赏辞典》，"附录"，页478。

二十三回前半）至少是两年以上故事剪辑集中而成，而"省亲次年的情节从第二十三回下半回开始至第五十三回上半回，乃全书描写最为细腻详尽的一年，至少是三年以上内容的剪辑集中"，所举证的理由之一是该年人物的年龄存在不少矛盾。①

然而，即使是出于成书过程过于庞大复杂，经过种种增删更动的剪辑手续，才使得其间一年多的故事完全略去不提而直接跳接，进而导致一年之中镕铸数年之事的奇异现象，但这不仅不是作者无意之中酿成的败笔，反而还更塑造了小说艺术上的特殊效果，亦即如此剪辑跳接的情节安排，容易在读者阅读的接受过程中引发一种心理的错觉，误以为这四首即事诗便是初进大观园不久同时所作，而从第二十三回下半回至第五十三回上半回所记述的其他繁复的故事情节，以及包括《葬花辞》、《题帕诗》三绝句、《白海棠诗》六首、《菊花诗》十二首、《代别离·秋窗风雨夕》、《咏红梅花诗》四首、《芦雪庵即景联句》、《怀古诗》十首等众多的诗歌作品，仿佛也都是一时一地、相隔不远的综合结晶。如此一来，一年之中而诸景皆备、众诗争鸣，相较于宝玉在春天幻设四时情事的做法，同样具备了极为浓厚的象征意味。

而此种象征意味的塑造与浮现，很可能并不是来自作者在体制上无意中杂入或误植所造成的疏忽。因为作为一个伟大的小说家，曹雪芹根本可以是有意选择特异的时空安排，以达到特殊的艺术效

---

① 见朱淡文：《红楼梦成书过程考索》，收入朱淡文：《红楼梦论源》（南京：江苏古籍出版社，1992年6月），第3编，页228—231。

果，也就是透过人物年龄的矛盾、情节的回互与时间的错置，而营造出一种不明确之时间感，进而摆脱历史意识而产生静止凝定的永恒氛围。正如艾利亚得（Mircea Eliade, 1907—1986）所言：人们不时要回归到原始的情况（即乐园）去，而这情况是非历史性（即非时间性）的。① 这样的诠释对小说艺术境界的扩大和提升，毋宁是更具有价值的。

而大自然那原始的、不变的永恒性，即是透过四季循环、反覆再现而呈显的，例如陶渊明在其《桃花源诗》里，便是以"虽无纪历志，四时自成岁"来开展桃花源的乐园属性，而从《桃花源记》的描述中，我们的确可以看到："桃花源始终都处于脱越历史之演进、而抽离于时间序列之外的凝静状态，因此徒有四时之反复循环，却无年岁往逝的沧桑变迁，遂而表现出一种悬绝于人境之外、且固化不变的静定空间形式。……以一个静止凝定的状态来超越变动不居、瞬息万变的历史而存在，对外界容或有一些探知的好奇，但却绝不愿投身其中，为历史所同化；也完全弃绝外来的参与或干扰，以免内部情况发生变质而崩溃。"② 换言之，桃花源是以永恒的自然时间超越了变动的历史时间，使得桃源中人能够在"不知有汉，无论魏晋"的静好岁月里安享清美无忧的生活。

---

① 引自陈炳良：《红楼梦中的神话和心理》，收入王国维等：《红楼梦艺术论》，页316。另外高友工《中国叙述传统中的抒情境界》一文中也认为："时间在大观园内似乎静止。"见[美]浦安迪讲演：《中国叙事学》，"附录"，页217。

② 引自欧丽娟：《唐诗中桃花源主题的流变——继承、转化与发扬》，台湾《编译馆馆刊》第26卷第2期，页93—94；亦收入欧丽娟：《唐诗的乐园意识》，第6章。

而与桃花源具有异曲同工之妙的大观园亦是如此,二知道人曾说:

> 雪芹所记大观园,恍然一五柳先生所记之桃花源也。其中林壑田池,于荣府中别一天地,自宝玉率群钗来此,怡然自乐,直欲与外人间隔矣。此中人呓语云,除却怡红公子,雅不愿有人来问津也。①

那耗费了巨大之人力物力始得以自红尘俗世中抽离出来的大观园,不但是身为"无价之宝珠"的女儿的庇护所,是拯救女性免于现实世界之残害的避风港,同时也是作者曹雪芹心目中真正不朽的乐园。因此当元妃下谕解除大观园之禁约封锢,让宝玉随众女儿入园居住之后,我们看到的情况是:"宝玉自进花园以来,心满意足,再无别项可生贪求之心。"(第二十三回)而这段描写完全可以说是贾宝玉神游太虚幻境时,在梦中欢喜想道:"这个去处有趣,我就在这里过一生,纵使失了家也愿意。"(第五回)此一梦想的落实与实践;而且因为已届"止于至善"的境界,是故书中人物之年龄变化往往并不明确,心智成长的痕迹也并不显著。则宝玉为了记述此一乐园生活之感受所作的几首即事诗,特别以春、夏、秋、冬四时来展现其圆满完美之真情真景,其潜在之深意正是乐园属性的一大表征。

---

① (清)二知道人:《红楼梦说梦》,收入冯其庸主编:《八家评批红楼梦》,页22。

第八章　贾宝玉的《四时即事诗》：乐园的开幕颂歌

而由贾宝玉单独成组的《四时即事诗》延伸出去，我们还可以进一步发现在大观园中所作的抒情长篇或组诗，也往往配合了节令风物而各自产生了题材与内容的变化，也就是透过彼此分散而不相统属的诗词创作，《红楼梦》更建构出宏观的大格局，微妙地展现春夏秋冬四季皆备的时间结构。以下试将作于大观园中的组诗或抒情篇章依序列表如下：

《四时即事诗》四首 —————————— 春（第二十三回）
《葬花辞》 ——————————————— 春（第二十七回）
《题帕绝句》三首 —————————— 夏（第三十四回）
《咏白海棠诗》六首 ————————— 秋（第三十七回）
《菊花诗》十二首 —————————— 秋（第三十八回）
《螃蟹咏》三首 ——————————— 秋（第三十八回）
《代别离·秋窗风雨夕》 ——————— 秋（第四十五回）
《芦雪庵即景联句》 ————————— 冬（第五十回）
《咏红梅花诗》四首 ————————— 冬（第五十回）
《怀古绝句》十首 —————————— 冬（第五十一回）
《五美吟》五首 ——————————— 夏（第六十四回）
《桃花行》 ——————————————— 春（第七十回）
《柳絮词》五首 ——————————— 春（第七十回）
《中秋夜大观园即景联句三十五韵》— 秋（第七十六回）
《姽婳词》 ——————————————— 秋（第七十八回）
《芙蓉女儿诔》 ——————————— 秋（第七十八回）

《紫菱洲歌》——————————————秋（第七十九回）①

从上列表格中，清晰可见四季循环周流的轨迹，从春天的葬花到夏天的题帕，再到秋天的海棠、菊花、螃蟹和风雨，终于在冬天的白雪红梅和怀古情怀中完成一个四季的循环；接下来则透过对古代五位才色兼备之女子的热烈赞美，孤立地以一个夏天涵盖一整年；最后又天运复始，由春天的柳絮跨越到秋天的中秋、烈女和诔文，在一片凄楚衰飒的气息中，那"落了片白茫茫大地真干净"的寒冬似乎便要呼之欲出，从而完成另一个四时成岁的圆形脉络。

而这样一种周流不息的时间结构，一方面是作为大观园中展示生活内容的场域，随着生活的开展，便不知不觉地带动了岁月的流动而不着痕迹，除了点染时序、带动情节的时间发展之外，又可以藉此增加创作的丰富性，透过更多的题材来彰显众女儿的诗歌创作

---

① 此中诸诗之创作时间大多容易考察，必须另外说明的是，将第三十四回的《题帕绝句》三首与第六十四回林黛玉的《五美吟》五首都系之于夏季，其原因分别是：《题帕绝句》三首乃写于宝玉因金钏跳井而大承笞挞之后，而就在挨打前夕的第三十二回尚描写史湘云对袭人剖心说道："你瞧瞧，这么大热天，我来了，必定赶来先瞧瞧你。"又载宝玉"方才出来慌忙，不曾带得扇子，袭人怕他热，忙拿了扇子赶来送与他"，故其为夏日之事可知。而第六十四回叙写当日之事时，虽然载有宝玉推测黛玉私祭之缘故而自忖道："大约必是七月因为瓜果之节，家家都上秋季的坟，所以在私室自己奠祭。"观之似乎时序已入初秋七月，然而除此之外，同处亦同时载有"几个老婆子与小丫头们在回廊下取便乘凉"，以及"宝玉素昔禀赋柔脆，虽暑月不敢用冰，只以新汲井水将茶连壶浸在盆内，不时更换，取其凉意而已"这类夏季生活的描写，可见其时尚且暑气未消、夏热犹存，因此书中明称为"暑月"，且有乘凉、用冰之举，故此处亦将之系于夏季。

才华，勾勒并强化个人不同的性格取向；但另一方面，这样的时间结构却又将事物纳入到一种不断重复再生的秩序里，由此而维持了一种永恒的平衡状态，其本身即带有神话式的特殊意义；同时，在此一设计的深层部分，还隐隐然传达了四时轮转、季节递嬗的自然秩序，于形而上的层次整体性地建构整部小说的内在体式，由此而呼应在前面冠首总提的《四时即事诗》，共同浮显大观园的乐园属性。则《四时即事诗》所具备的提领、概括的意义，便益发显豁。

第三节　《四时即事诗》的其他特点与象征意义

此组即事诗之所以采取"四时"结构的内在意义既已阐明，接下来便需从诗歌内容着眼，以进一步解读《四时即事诗》中所蕴含的有关乐园的寓意。

事实上，对于此诗之寓意，先前学者已曾提出过若干看法，如朱淡文认为此组诗乃一时之作，其内容则是"仿效杜甫所作《佳人》一诗之法，皆作女子口吻，乃代林黛玉作"①。然而此说虽然新颖独特，却不免失之穿凿偏颇，究竟以林黛玉之立场而言，诗中实无铺陈偌许意象内涵之必要。虽说诗中所言"眼前春色梦中人""盈盈烛泪因谁泣"与"女儿翠袖诗怀冷"诸句，固然足以仿佛黛玉之

---

① 引自张寿平：《红楼梦外集》（台北：淑馨出版社，1996年10月），页124。另可详参朱淡文《研红小札》第20条"睡里梦里也忘不了你"，收入朱淡文：《红楼梦研究》，页95—99。

形象，然则黛玉与宝玉之关系虽然最亲最密，于此组诗中却无法因此寡占全诗版图，而仅仅只是大观园中环绕于宝玉周遭的众女儿之一，关键因素是《秋夜即事》诗中明白点出宝玉居处之"绛芸轩"，且怡红院中的麝月、檀云（见第三十四回）、玻璃（即芳官，见第六十三回），以及借自贾母身边的琥珀等，诸丫鬟之芳名亦透过巧妙的方式一一显影，以宝玉为观照视角之设计十分明确；同时，《春夜即事》中的"自是小鬟娇懒惯"与《夏夜即事》中的"倦绣佳人幽梦长"依理当是分别影射晴雯、袭人与宝钗诸人①，则四首即事诗之辐辏中心显然是宝玉，而与黛玉无大干涉。因此若视之为宝玉为大观园中众女儿所作的合照群像，似乎于情理更合。

尤其重要的是，朱淡文此说将宝、黛之爱情视为全诗主旨，将创作之视角设定于诸艳之一的林黛玉，而非身为"绛洞花主""诸艳之冠"的贾宝玉，更漏失了这四首诗之所以作于初入大观园之际的重要意义，因此似乎不能作为此组即事诗的最佳诠释。

---

① 其中"小鬟娇懒"之语用以形容晴雯最为恰当，如第三十一回有"撕扇子作千金一笑"一段情节，将晴雯之骄纵任性描摹得神形毕现；第六十二回又借袭人之口说道："我烦你做个什么，把你懒的横针不拈，竖线不动。一般也不是我的私活烦你，横竖都是他的，你就都不肯做。"其娇懒之状可谓若合符节。而所谓"倦绣佳人"者，无论如何都算不上黛玉，因为"他可不作呢。……旧年好一年的工夫，作了个香袋儿；今年半年，还没见拿针线呢"（第三十二回）。但如果移用之于宝钗、袭人身上，则十分贴切，如第三十六回记载："宝玉在床上睡着了，袭人坐在身旁，手里做针线。……脖子低的怪酸的。"而宝钗不但在袭人出去舒活筋骨之际拿起针来替她代刺，后来又在秋夜渐长时节，特别打点了针线，"每夜灯下女工必至三更方寝"（第四十五回）。由此种种，可见此组诗作为众女儿之群体塑像，当属无疑。

而更早的周汝昌也曾经特别注意到此一组诗,发现了其中的几个现象并提出若干疑问:

第一,为什么不作四时白日即事诗,而单作"夜"诗?

第二,为什么在四首诗中,"霞绡云幄""抱衾金凤""锦罽鹴衾"就三次特写夜里的豪华精美的"铺盖"(被褥)?

第三,为什么四首诗中,不断着力描写"鹦鹉唤茶""荷杯倾露""不眠酒渴""拨烟烹茶""侍儿试茗""扫雪烹茶"这么多的"饮事"?

对于这些现象与疑问,周汝昌的解释依然是采取传统所持的"伏脉千里""一手而两拍"的寻绎模式,他认为:"宝玉此时作的'享乐'之诗,实际上是在遥遥地射伏着他自己日后的'受苦'之境。这大约也可以算在戚蓼生所说的'写此而注彼,目送而手挥'的令人惊异不置的新奇笔法之内。"而此处所谓的"受苦之境",也就是从其他残稿中所见的,宝玉沦落到以提灯巡夜的"帮更"维生,过着藉草席地、寒宵渴甚的贫困生活。①

周汝昌的解释,的确丰富了《四时即事诗》的诠释内涵,使之不再只是扁平的"贵公子生活"的反映。但是,这样的解释非但没有顾及"四时"之结构意义,也无法解释"寒宵"不能适用于夏夜的矛盾,更大的问题是其所赖以立说的,仍囿于讲究"伏应关系"的诗谶思维模式。我们前文已曾指出,"诗谶"的诗观在本质上总

---

① 周汝昌:《奇特的"即事"诗》,收入周汝昌:《红楼艺术》(北京:人民文学出版社,1995年9月),页146—147。

无法免于"命理学"或"占星术"的卜算层次，仿佛一切的情节断片或构成部分都只是命理师手上的筹码，只是占星家操作的水晶球，负担的功能仅仅是对未来命运的指示，而曹雪芹就仿佛是一位高级命理师或占星家，以《红楼梦》为大型命盘而进行书中人物与情节的排列组合和操作推衍，从而在以解谜为目的、以实用为功能的情况下，对于《红楼梦》未完的部分便容易流于深文穿凿的疑虑。

更何况，一般所谓的谶语表现，乃是"言／事"前后符应一致的对应模式，亦即透过"前之所言"预示了"后之所是"，彼此乃是由虚而实、足供互相印证的直线落实，其性质乃是有如"神谕"的预告，这才是诗谶的思维方式与运用法则（此点详参第一章第二节的论述）。而依周汝昌所运用的诠释方式，却是一种"言／事"前后正反对立的反衬关系，亦即"前之所言"（先前之繁华享乐）与"后之所是"（日后之贫困落魄）彼此之内涵居然形成一百八十度之翻转对立，从而表现出形同"反讽"的性质，与诗谶的制作法则或操作策略不但大相径庭，更恰恰适得其反，乃是一种严重的误用。因此我们认为这样的"射伏说"，恐怕不能为这组奇特的《四时即事诗》提供最恰当的解释。

于是我们欲从此组诗中开拓的，乃是另辟蹊径以取得艺术内涵或思想层面的景深，我们认为这组即事诗中的种种现象，所提供的并不是对永远无法验证的未来运命的反讽式的暗示，而是一些有关大观园以及此中生活之乐园性质的内在讯息；也就是作为初入大观园之最早抒情诗作，《四时即事诗》反映了贾宝玉的种种理想生活情境，正如诗前所明言：此组诗乃是宝玉对园中生活"真情真景"

的描写。

正如兼具小说家身分的弗斯特（Edward M. Forster, 1879—1970）所指出的，人类共有的生命要素或人生中的主要事实有五：出生、饮食、睡眠、爱情、死亡，而扣除了出生和死亡这如谜一般人们必须参与却不能了解的两项之外，就剩下饮食、睡眠和爱情这三项可供小说家处理的素材，成为小说中人物生活的全部。① 周汝昌已注意到这组《四时即事诗》中饮食和睡眠的成分，此外若再补上"眼前春色梦中人"这类有关爱情的描写，则这组诗对于人生或生活的反映已可谓全备。如此一来，贾宝玉无疑是透过此组《四时即事诗》作为大观园生活的宣言或缩影，深入分析之，其中实乃蕴含着以下所述之若干意义：

其一，四季可堪利用着墨之景物情事甚多，尤其是晴光朗朗之下的大千万象都可以是入诗的材料，书写的空间无疑开阔得多；而此处特意以幽独单调的"夜晚"为题，表面上看来似乎是画地自限，实则其中用意至深。因为只有透过夜晚的描写，有关"梦"的点示才能顺理成章，所谓"睡梦"者，睡后乃有梦耳，当夜晚降临，人们便可在拥被而眠时顺势进入睡梦之中，正是一脉相贯的自然之理，可见周汝昌所质疑的三次特写夜里豪华精美之铺盖被褥的现象，其实也都是为了借"夜晚拥被而眠"以与"梦"相关涉而来。

试看此四首之中，除了第三首《秋夜即事》是描写"静夜不眠"

---

① ［英］弗斯特著，李文彬译：《小说面面观》（台北：志文出版社，1995 年 12 月），第 3 章。

的情景,因而无梦可写之外,其余三首中皆着一"梦"字,如《春夜即事》的"眼前春色梦中人"、《夏夜即事》的"倦绣佳人幽梦长"、《冬夜即事》的"梅魂竹梦已三更",皆明白点示"梦"乃是生活中时时不可或缺之活动,无论是潜在欲望的透显、心灵处境的展露或人生哲理的谕示,皆藉此而曲达毕现,于《红楼梦》中尤其如此。庚辰本于第四十八回有双行脂批云:"一部大书起是梦,宝玉情是梦,贾瑞淫又是梦,秦之(氏)家计长策又是梦,今作诗也是梦,一并'风月鉴'亦从梦中所有,故(曰)'红楼梦'也。余今批评亦在梦中,特为梦中之人,特作此一大梦也。"①可见"梦"之于整部小说的切要性,因此四首即事诗才设定夜晚的背景以便重笔点出"梦"字,此亦必然之理、必至之势也。

不过在这里应该注意的是,"梦"之自身其实并不是小说的目的,而毋宁是被借用的手段;意即作为表现的媒介,从创作的需要来看,"梦被引用到小说中,竟不是以烘托人物的整个生命为目的,而仅作为烘托他醒着时的那一部分生命之用"②。换句话说,时时以梦为喻的《红楼梦》,把人生经历纳入梦境之中以展现某种虚幻的哲理,其实只是其创作意涵之一;出于理想乐园的失落,而以"梦"来反衬那完美短暂而显得似乎不够真实的人生经历,也是同样重要的创作旨趣。透过书中兼具智慧老人与使者之双重身分的一僧一道,更能彰显此理:当宝玉为马道婆的魔法所魇而奄奄待毙之

---

① 陈庆浩辑校:《新编石头记脂砚斋评语辑校(增订本)》,页633。
② [英]弗斯特著,李文彬译:《小说面面观》,页75。

时，前来解救的癞头和尚便擎玉于掌上，感叹宝玉的这番人世经历后念一诗道："沉酣一梦终须醒，冤孽偿清好散场。"（第二十五回）在冤孽偿清、醒觉散场之前的"沉酣一梦"，无疑正是风月繁华盛极而令人迷恋酣醉之绝美人生的代词，唯有在事过境迁之后，其真实具体的生命经历才会染上过眼烟云的虚幻感。因此《红楼梦》中之所谓"梦"者，反倒往往即为人生中真正"醒着时的那一部分生命"的同义语。

其二，梦也者，有恶梦、美梦之分，其内容亦是形形色色、光怪陆离，而贾宝玉所痴迷的梦境究竟如何呢？清二知道人认为："古今皆梦也………而最易沉酣者，红楼梦也。"① 脂砚斋于甲戌本第五回夹批中亦曾说："作者自云所历不过红楼一梦耳。"② 此中所言"红楼"者，本代指女子所居之处，如李白的《陌上赠美人》诗云："美人一笑褰珠箔，遥指红楼是妾家。"③ 文学诗词中之用法一般皆采此义；对照于《夏夜即事》的"帘卷朱楼罢晚妆"一句，其中的"朱楼"便完全点明"红楼"之义，乃至后来薛宝琴所转述由外国美人创作的一首五律诗中，更直接点出"朱楼梦"一词（第五十二回）。故此一开展于红楼的长梦之中，时时都有众多女儿们的身影，良夜为伴之际，或烹茶试茗、倚槛吟诗，或抱衾卷帘、倦绣罢妆，皆是言笑晏晏，娇美可人，因而特点出此乃一"红楼梦"也。

而在此由女性所居红楼之中的长梦里，没有两性双方的紧张掠

---

① （清）二知道人：《红楼梦说梦》，见冯其庸主编：《八家评批红楼梦》，页 20。
② 陈庆浩辑校：《新编石头记之砚斋评语辑校（增订本）》，页 121。
③ 詹锳主编：《李白全集校注汇释集评》，卷 24，页 3679。

夺，也见不到上下之间的阶级压迫，解除了传统社会框架里尊卑贵贱的定位模式，同时也就消融了悲剧因素存在的可能。如此组即事诗中所谓的"女儿翠袖诗怀冷，公子金貂酒力轻"，描写的是一幅公子与女儿并肩以诗酒共欢的和谐图景，而"自是小鬟娇懒惯，拥衾不耐笑言频"之语句，则以"小鬟娇懒"表现了主仆关系的松绑，恢复人之所以为人的疏懒天性和舒展个性的自由，而不是以"效率"和"服从"使人变成工作的机器，可以说是宝玉将来在园中生活时，"丫头们懒待动，丧声歪气的"（第二十八回）、"连一点刚性也没有，连那些毛丫头的气都受"（第三十五回）以及"每每甘心为诸丫鬟充役"（第三十六回）的预告。

透过此一包括性别支配与阶级支配之人际位阶的双重调整之下，"女性"便在此一红楼长梦中获得前所未有的解放，从来自于性别与阶级的尊卑贵贱的捆绑束缚中超脱出来，而成为有尊严、有个性的真正的"人"——一种纯然以其自身为目的，其自身即为终极价值的独立个体。不仅此也，宝玉还深以众女儿的将来为虑，怡红院的丫头春燕即透露道："宝玉常说，将来这屋里的人，无论家里外头的，一应我们这些人，他都要回太太全放出去，与本人父母自便呢。"（第六十回）可见宝玉不但尽力让陷身贾府之中屈躬为婢的女儿当下获取自由伸展的空间，还打算将此一自由空间更进一步向大观园之外无限延伸扩充，以冲破典卖终身的契约藩篱，而将人生之自主权完全交还给女性自己。因此二知道人才会说：

宝玉一视同仁，不问迎、探、惜之为一脉也，不问薛、史之为亲串也,不问袭人、晴雯之为侍儿也,但是女子,俱当珍重。①

此中所言"一视同仁""俱当珍重"的弦外之意,正与此说相通。事实上,西方文学批评更已经指出:这种男女自由主义的态度,正是构成乌托邦的一个重要条件。②则就此而言,此组《四时即事诗》无疑又再度证成其乃乐园生活的谕示。

其三,四诗中除了女儿环绕之特点外,还有一个特属于乐园的面貌,亦即此一封闭如仙境的世界里,既有人与人之间两性的爱悦和乐,亦复有人与万物之间的天机交融。诗中所谓的"鹦鹉唤茶汤""苔锁石纹容睡鹤,井飘桐露湿栖鸦"和"松影一庭惟见鹤,梨花满地不闻莺"等,都透露了人与禽鸟和谐共处的内在消息,甚至由动物推及于植物,而有"点点花愁""梅魂竹梦"等拟人化的想象,这正是《红楼梦》借以衬显其乐园性质常用的意象。

试观第二十三回展开大观园的生活之后,园中人的生活内容除了作诗吟词、雅制灯谜、观赏戏文、施行酒令等艺术性的品味创造,以及少数务实性的针黹女红之事外,点缀其中的,常常是人鸟无猜、物我忘机的陶然情趣,此种境界虽然并不是整个故事情节的主线发展,却有如简短的动机般总是不断浮现出来,无形中便连结

---

① (清)二知道人:《红楼梦说梦》,收入冯其庸主编:《八家评批红楼梦》,页26。
② 参陈炳良:《红楼梦中的神话和心理》,收入王国维等:《红楼梦艺术论》,页321。

构成了整个故事潜在而持续的低音，共同烘托乐园里深厚的美善气息。

例如林黛玉曾在沁芳桥边站着看了一会各色鲜丽水禽于池中浴水的景致（第二十六回），而且不但吩咐紫鹃"看那大燕子回来，把帘子放下来，拿狮子倚住"（第二十七回），又教鹦鹉念诗释闷，挂念添了食水不曾（第三十五回），其生活中往往与禽鸟共居同处，有如家人一般关心设想、互相迁就的情景宛然如画。而贾宝玉在情榜上乃是以"情不情"位居第一者①，对世俗之人认为"不情"之万物自更能深心交感、有情以待，衷心认为"不但草木，凡天下之物，皆是有情有理的，也和人一样，得了知己，便极有灵验的"（第七十七回），因此"看见燕子，就和燕子说话；河里看见了鱼，就和鱼说话；见了星星月亮，不是长吁短叹，就是咕咕哝哝的。"（第三十五回）；故在其所居的怡红院里，于夏日懒倦的午后，也可以见到当宝玉与丫头们各自熟睡于屋内时，院子里还有"一并连两只仙鹤在芭蕉下都睡着了"的并行景象（第三十六回），则平日彼此之相安无事亦可以想见；因此当其拟人移情之际，看见落花便唯恐遭人践踏，所表现的与林黛玉同样之惜花、怜花乃至于葬花，都是最动人的情愫。

其他如宝钗曾经扑蝶为戏，之后又与探春在池边看鱼、在那边看鹤舞（第二十七回），并在藕香榭里掐了桂花蕊"掷向水面，引

---

① 脂砚斋之评语，见陈庆浩辑校：《新编石头记脂砚斋评语辑校（增订本）》，第八回，页199；第十九回，页367；第二十五回，页477；第三十一回，页551。

的游鱼浮上来唼喋"（第三十八回）；其他诸人则有"探春和李纨、惜春立在垂柳阴中看鸥鹭"，大家"也有看花的，也有弄水看鱼的"（第三十八回）；而怡红院里的袭人、晴雯等许多丫环，也曾在大雨时"大家把沟堵了，水积在院内，把些绿头鸭、花䴔䴖、彩鸳鸯，捉的捉，赶的赶，缝了翅膀，放在院内顽耍"（第三十回）。种种温馨活泼、天机洋溢的画面，鲜活地呈现乐园中万物平等无私、生意畅旺的存在样态。

而也正因为园子里这样一种和谐共处、移情共感的基调，使得"园中人"（其音义恰恰皆同桃花源的"源中人"，此一现象或许不是偶然的巧合）面对虫鱼鸟兽各色动物时，都抱以同情维护、赏爱慈怜而舒展其自由天性的平等态度，就此而言，作者曾透过发生于大观园中的两件事隐微地传达其意：

第一件事发生于第二十六回，此回描写宝玉在百无聊赖、无精打采的午后，信步出了房门在回廊上调弄了一回雀儿，至院外又顺着沁芳溪看了一回金鱼，而正当人与鱼鸟相亲为欢之际，忽然看见那边山坡上两只小鹿箭也似的跑来，后面则是小侄子贾兰拿着一张小弓追赶着，目的是欲趁读书闲暇之余演习演习骑射。而杀气腾腾的贾兰"一见宝玉在前面，便站住了"，接着宝玉便告诫他道："你又淘气了。好好的射他作什么？………把牙栽了，那时才不演呢。"可见若非恰巧遇到宝玉挺身而出，充当阻挡护卫的屏障，则两只小鹿在贾兰的追猎之下，最后恐怕不免是性命堪忧的下场。

另外，第三十六回所写的情节更是玄机毕露，居住在园中梨香院的戏子龄官也曾坦言指出：将鸟雀囚禁训练乃是残害天性、违反自然的事,所谓"那雀儿虽不如人,他也有个老雀儿在窝里,你拿了他来弄这个劳什子也忍得!"说得从外面花钱买进来准备讨好取乐的贾蔷将雀儿放了,又将笼子拆了。这不幸成为市井囚徒,而注定终身出笼无望、囹圄至死的雀鸟,竟在进入大观园之后得以展翅拥抱自由、回归自然,那囚笼甚至被一股充溢的不忍之心所摧毁,从此不得再行侵逼生命之不义,则园外之禁锢残害与园内之悲悯同情恰恰成为鲜明的对比。

由以上之引证,可见在大观园之中,人们对物种的态度是审美的、温情的、慈怜的、无欲的、平等的、友善的,而不是宰制的、榨取的、残酷的、实用的、凌压的、掠夺的,因此松解了人对万物抱持实用取利的目的时所产生的紧张压迫的关系,而恢复了庄子所谓"万物与我为一"的齐物胸怀,以及彼此各遂其性、相即共融的和乐境界,正特别宜于乐园风貌的展现。这就呼应了先秦神话《山海经》所描写的:那有着凤凰歌舞的远古乐园里,往往并存着"百兽相与群居""爰有百兽,相群是处"的景象。① 此外《庄子·马蹄》篇也描写过这类原始乐园的图貌:"故至德之世……山无溪隧,泽无舟梁;万物群生,连属其乡;禽兽成群,草木遂长。是故禽兽可系羁而游,鸟雀之巢可攀援而窥。夫至德之世,同与禽兽居,族与万物并。"② 这样一种"至德之世,同与禽兽居,族与万物并"的情

---

① 《山海经》中的《海外西经》《大荒南经》《大荒西经》和《海内经》皆有相关记载,可以详参。

② (战国)庄子著,(清)郭庆藩集释:《庄子集释》(台北:汉京文化公司,1983年),页334—336。

景，正与《山海经》之内容相通。再加上从此以后便透过"鸥鸟忘机"与"麋鹿伴游"之典故，而在文学艺术中不绝如缕的乐园意识①，便更加明确地勾画出大观园的乐园特征。

其四，正如周汝昌所注意到的，在这四首诗中，"茶酒"之类的水饮几乎都不曾缺席，除了《春夜即事》一诗与此无涉之外，另外三首皆曾就此着墨，所谓"金笼鹦鹉唤茶汤""琥珀杯倾荷露滑""静夜不眠因酒渴，沉烟重拨索烹茶"，以及"公子金貂酒力轻""却喜侍儿知试茗，扫将新雪及时烹"等皆是其例。如果它们的功能并不是如前辈所言，是用以"射伏"宝玉将来以帮更维生时寒宵渴甚之贫困生活的谶语，那么我们便必须纯就《红楼梦》已然之文本中，从思想艺术的层面提出另外的解释。

首先，弗斯特曾指出："小说中的吃多是社交性的，它可把人物聚到一起。"②则透过夜晚时"唤茶汤""索烹茶"和"试茗扫雪"之举，宝玉的红楼梦里便能够合理地聚集婢女侍儿一起共享人世繁华，也使得容易流于清寂的夜晚藉之活泼缤纷起来，正如脂砚斋所指出："每夜深人定之后，各处灯光灿烂，人烟簇集，柳陌之上，花巷之中，或提灯同酒，或寒月烹茶者，竟仍有络绎人迹不绝，不但不见寥落，且觉更胜于日间繁华矣。此是大宅妙景。"③此一富贵大宅特有的繁华景致，迥非高墙之外的一般家户所能知，心满意足的宝玉深谙其中滋味，于是找到了"夜晚"这个最佳的切入点，呈

---

① 详参欧丽娟：《唐诗的乐园意识》，第 1 章第 3 节与第 3 章。
② [英] 弗斯特著，李文彬译：《小说面面观》，页 74。
③ 庚辰本第 45 回批语，页 624—625。

现出乐园的绝美风貌。而夜晚已然如此缤纷，白昼的热闹更是不言可喻，由此遂彰显此梦之中不分昼夜地"富贵温柔"的性质。其次，正因为饮食乃是"一种维持生命之火的燃料补充过程。……饮食是已知之事（指死亡）和忘却之事（指出生）间的联机"①，于是在黑夜梦境中断的夹缝里，宝玉便藉由茶酒维持做此人生大梦的动力，使梦境的片段得以前后衔接、环环相连，彼此联系为一个不致断裂的整体。更何况，在《红楼梦》一书中，各种聚会场合中对饮食的描写也以茶酒最为普遍，小说中的人物几乎个个能饮酒、喜品茶②，因此在这四首乐园的开幕诗中再三点染茶酒意象，无疑也具有预告大观园之生活内容的代表意义。

　　然而，就本书创作之意图而言，此组诗中为什么往往多茶酒之饮事，更重要的原因，应该从《红楼梦》本身所建构的潜在而庞大的象征系统中寻求。事实上，茶、酒与香在《红楼梦》中本即是三位一体的复合意象，一初始即被赋予特殊的女性象征意义，当第五回贾宝玉梦游太虚幻境时，命运女神警幻仙子之所以在宝玉看过"金陵十二金钗"正册、又副册的判词而依然茫不晓悟之后，又引领宝玉进入室内，其目的即是"令其再历饮馔声色之幻，或冀将来一悟"。就在此一渡迷醒惑、启悟觉幻的用意下，"饮馔声色"的

---

　　① ［英］弗斯特著，李文彬译：《小说面面观》，页69。

　　② 详参胡文彬：《佳馔红楼海宇传》，收入胡文彬：《红楼放眼录》（北京：华艺出版社，1995年6月），页165。又据胡文彬统计，一百二十回的《红楼梦》中有九十一回写到酒与饮酒，共有六百零三处提到酒字，见胡文彬：《酒在梦中情更真》，收入胡文彬：《红楼放眼录》，页107。

物质享乐便接替了先前警顽失败的直接神谕，而成为悟道的间接媒介，因此入室之后接着用以招待他的，就是茶、酒等"饮馔"品物，然后才是警幻之妹兼美所秘授的云雨"声色"之事。其中用以警其迷幻的"饮馔"部分，便包括名为"千红一窟（哭）"的茶与称作"万艳同杯（悲）"的酒，这两者皆以"水"之质地而被等同于以水为骨肉之女儿的化身，另外再加上名为"群芳髓（碎）"的香料，三者便共同构成了太虚幻境中特殊的女性象征。

因此，一旦从天上的太虚幻境移位至人间的大观园，身在大观园这个太虚幻境之人间投影中时，茶、酒与香自然也就成为不可或缺的要素，除了不时可见品茶、饮酒的活动之外，大观园中的"香"也处处得闻，举其荦荦大者，如：宝钗服用的是冷香丸，居处蘅芜苑中又种了满院芳草，因而人们"进了蘅芜苑，只觉异香扑鼻"（第四十回）；黛玉的潇湘馆让走至窗前的宝玉闻到"一缕幽香从碧纱窗中暗暗透出"（第二十六回）；宝玉挨打后，吃的是"一碗水里只用挑一茶匙儿，就香的了不得"的玫瑰清露（第三十四回）；至于宝玉的怡红院"屋子后头又近水，又都是香花儿，这屋子里头又香"（第三十六回），宝玉并认为怡红院里"就只少药香，如今恰好全了"（第五十一回），于平素日常生活里，更是在"那案上只设一炉，不论日期，时常焚香"（第五十八回）；而妙玉的栊翠庵中亦有十数株红梅，远远地传出一股寒香扑鼻（第四十九回）；另外宝琴曾分送黛玉、探春各一盆水仙、一盆腊梅，放在潇湘馆的水仙因为"这屋子越发暖，这花香的越清香"（第五十二回）。可见"群芳"之意象也不断透过花香、燃香加以传示。

既然宝玉游太虚幻境时,其心情是"我就在这里过一生,纵使失了家也愿意",而进入大观园后,所产生的亦是"心满意足,再无别项可生贪求之心"的感受,两者形成一仙一凡、一虚一实的孪生对映体,则初入大观园时所作的《四时即事诗》中再三提到索茶与渴酒,以及其中《夏夜即事》诗的"室霭檀云品御香"一句所提供的嗅觉芬芳,其茶、酒、香三者兼备的整体情景,其实正是对应于神游太虚幻境时品茶、饮酒、闻香的平行现象。而这也更加强化了大观园的确是太虚幻境之人间投影的乐园意义。

最后,我们还要指出的,是庚辰本于此组诗所下的一段眉批,所谓:"四诗作尽安福尊荣之贵介公子也。"① 此一说法其实也是乐园属性的潜在表露。的确,仅仅从表面看来,这四首诗似乎只是一位年轻的富贵闲人展现其金碧旖旎之生活情境的游戏笔墨而已,但即使只是描写贵介公子安福尊荣的生活,仅此一点也足以传达乐园思考的意义。因为在有关乐园的母题中,都包含着一处愉快的地方,而享乐主义更是乌托邦思想中的重要成分。② 因此大观园这"作尽安福尊荣"的贵介之地,既是可供尽情享乐的愉快地方,却也是"历饮馔声色之幻"的乐园所在;既寄托了贾宝玉心目中理想世界的原型,同时也是悟道历程之必然所经。这才是此组富贵浪漫的《四时即事诗》在《红楼梦》中所具备的真正意涵。

---

① 见陈庆浩辑校:《新编石头记脂砚斋评语辑校(增订本)》,页454。
② 参陈炳良:《红楼梦中的神话和心理》,收入王国维等:《红楼梦艺术论》,页321—322。

第四节　乐园的永恒化

如同前文已分析的,《四时即事诗》最重要的意义是透过春夏秋冬循环周流的形式结构,以追求"四时自成岁"式的永恒境界;而此一循环式的永恒所形成的凝定静止之状态,又是乐园存在的关键因素之一,于是身为"绛洞花主""诸艳之冠"的主人公贾宝玉,便总是以"愿即是能"的天真性格,一心一意地企盼得以避免流转延伸的时间所带来的侵蚀与迁化,而顽强地抱持着依恋童年、抗拒长大的心态,企图在沧海桑田的世界里固守永恒不变的乐土。在大观园中,他曾多次提出以下这些彼此类似的、或傻或痴的心愿:

- "只求你们同看着我,守着我,等我有一日化成了飞灰,——飞灰还不好,灰还有形有迹,还有知识,——等我化成一股轻烟,风一吹便散了的时候,你们也管不得我,我也顾不得你们了。那时凭我去,我也凭你们爱那里去就去了。"(第十九回)
- "我此时若果有造化,该死于此时的,趁你们在,我就死了,再能够你们哭我的眼泪流成大河,把我的尸首漂起来,送到那鸦雀不到的幽僻之处,随风化了,自此再不要托生为人,就是我死的得时了。"(第三十六回)
- "我只愿这会子立刻我死了,把心迸出来你们瞧见了,然后连皮带骨一概都化成一股灰——灰还有形迹,不如再化一股烟,——烟还可凝聚,人还看见,须得一阵大乱风吹的四面八方都登时散了,这才好!……从此后别再愁了。我只告诉你一句冤话:活着,咱们一处活着;不活着,咱们一处化灰化烟,如何?"紫鹃听了,心下暗暗筹划。(第五十七回)

- 尤氏道:"谁都像你,真是一心无挂碍,只知道和姊妹们顽笑,饿了吃,困了睡,再过几年,不过还是这样,一点后事也不虑。"宝玉笑道:"我能够和姊妹们过一日是一日,死了就完了。什么后事不后事。……倘或我在今日明日、今年明年死了,也算是遂心一辈子了。"(第七十一回)

- 忽然听见袭人和宝钗那里讲究探春出嫁之事,宝玉听了,啊呀一声,哭倒在炕上。……说道:"这日子过不得了!我姊妹们都一个一个的散了!……为什么散的这么早呢?等我化了灰的时候再散也不迟。"(第一百回)

可见对宝玉而言,只要与姊妹们相依相守、共处同在,即是止于至善的完美而永恒的存在情境,所谓"也算是遂心一辈子",正足以证明现实世界中原本透过"今日明日"与"今年明年"所展现的时间差别,在此一完美而永恒的观照之下已失去意义。因此在大观园中的生活,宝玉总是特意选择活在眼前当下而不以"将来"为虑,或者就如怡红院的丫头佳蕙所言:"昨儿宝玉还说,明儿怎么样收拾房子,怎么样做衣裳,倒像有几百年的熬煎。"(第二十六回)要不然便是:"宝玉每日在园中任意纵性的逛荡,真把光阴虚度,岁月空添。"(第三十七回)而且当最是不食人间烟火的林黛玉后来也开始对这个乐园产生了危机意识,而赞同贾探春积极兴理整顿大观园的做法,认为"要这样才好,咱们家里也太花费了。……如今若不省减,必致后手不接"。此时宝玉听了之后的回答居然是:"凭他怎么后手不接,也短不了咱们两个人的。"(第六十二回)

由这些相关陈述可知,对天真如昔的贾宝玉而言,在大观园此一永恒的乐园里,岁月是日复一日、年复一年的循环式的持续,所谓"再过几年,不过还是这样"的说法,岂非《桃花源记》所言"不知有汉,无论魏晋"以及《桃花源诗》所谓"虽无纪历志,四时自成岁"的另一翻版?其潜在意蕴便是:在贾宝玉的主观意识或个人意愿里,大观园中已然"止于至善"而别无所求的乐园生活将会一直延伸下去,因之那"一点后事也不虑""什么后事不后事""光阴虚度,岁月空添"的任性心态,以及"倒像有几百年的熬煎""凭他怎么后手不接,也短不了咱们两个人"的乐观兴致,所传达的其实正是贾宝玉对于岁月迁变、世事陵夷的现实世界的坚决抗拒;而只有等到化烟成灰——形体销亡、乐园崩毁散灭的时候,宝玉才会肯松指放手,让死亡彻底带走他对永恒乐园的无限依恋和深切执迷。

换句话说,宝玉透过自觉的认知而衷心期待发生在乐园毁灭之前的死亡,正是拒绝面对将来乐园毁灭之终局,而让乐园的美好得以与生命相始终,并永远保留在人生阶程中的一种策略;因而"化灰化烟"这样的死亡方式,便可以被视为"不但不是理想世界的幻灭，而且恰恰是理想世界的永恒化"①。

但就是因为《红楼梦》乃是一首出于追忆前尘往事的失乐园之悲歌，从创作伊始便命定地在毁灭的阴影中徘徊，在失落的前提下挣扎，而于废墟之上建构乐园所导致的"悲凉之雾，遍被华林"②的结果，便使得春天的热闹繁华中依然隐隐得见秋冬之伤凄萧索。例如大观园中众女儿们最早的大规模诗歌创作活动乃是海棠诗社的建立，而"探春开诗社，时则秋季，地则秋爽斋，诗题则白海棠，社名亦海棠，一派秋气。识者早知其萧索成象，不能持久也"③。而当诗社几乎荒废之际，史湘云也曾若有所感地揣测其缘故："一起诗社是秋天，就不应发达。如今却好万物逢春，皆主生盛，况（林黛玉）这首桃花诗又好，就把海棠社改作桃花社。"（第七十回）可见这些诗作中独以秋天者为多，清寂衰飒、零落丧败之秋气早已是营造氛围的主调，园中人并不是浑沌懵懂、无知无感的；而同时，即令是作于春天时节而内容描写春物春景的诗歌，竟也都弥漫凋残衰谢之意境，即如为了一洗海棠诗社之不发达所改成的桃花诗社，也因为林黛玉所作的《桃花行》中充满了"伤悼语句""离丧哀音"，使得改社时那股力挽颓败的鼓舞兴致也大打折扣。

---

① 余英时：《眼前无路想回头——再论红楼梦的两个世界兼答赵冈兄》，收入余英时：《红楼梦的两个世界》，页99。

② 语见鲁迅：《中国小说史略》，第24篇，收入鲁迅：《鲁迅小说史论文集》，页212。

③ 《红楼梦》第三十七回洪秋蕃评语，见冯其庸主编：《八家评批红楼梦》，页909。

此外，由全部的诗作整体观之，除了贾宝玉的《四时即事诗》之外，其他诸作几乎全部都无法免除对花落、柳飞、香残、水流、日落、人去等春光消减之景致的哀惋，终至于结合了"葬花"的悲剧情怀，既无孟春初至时候抽丝透芽的新美鲜嫩，亦缺乏仲春之际百花齐放的绚丽缤纷，有的只是暮春将尽之时凋零憔悴的满目凄凉。而在此种暮春残景之外，全书又多的是扑面袭来的秋声，充满寒气侵迫、寂寞萧瑟的荒凉悲感，因此第二十三回护花主人评曰："于聚集大观园之始，即叙黛玉葬花等事，此黛玉之所以终于园中也。"① 洪秋蕃也称："黛玉初入园，首事埋花之冢，继闻坟碑之盟，大非吉兆。停机之德，咏絮之才，其将埋没于此园乎！"② 而脂砚斋于全书开卷之时，更指出："用中秋诗起，用中秋诗结。又用起诗社于秋日。所叹者三春也，却用三秋作关键。"③ 凡此种种，无非都是善于聆听悲剧之哀音所发的感言。

是则乐园之永恒化，终究只是一种发自纯真心灵的痴想，而贾宝玉为乐园之揭幕所作的《四时即事诗》，也成为《红楼梦》中绝无仅有的一次全面而正面地展现大观园之生活内涵的乐园颂歌。

第五节 结 语

---

① 冯其庸主编：《八家评批红楼梦》，页530。
② 冯其庸主编：《八家评批红楼梦》，页536。
③ 引自陈庆浩辑校：《新编石头记脂砚斋评语辑校（增订本）》，页27。

文学理论家曾经指出："诗之所以为诗是因为它本质上表达了理想。"而诗歌描述的对象"不是个别的、片面的真实，而是一般的、有用的真实"。①此说落实于贾宝玉此组《四时即事诗》所表现的内涵意义也同样适用。这四首诗不但在本质上表达了理想，更跨越了其自身之范畴，而普遍地描述了整个大观园生活中那一般的、有用的真实内容。曹雪芹善于运用具有简约凝炼之性质而能发挥概括整体之功能的诗歌，并将之与小说密切融织、彼此天衣无缝的艺术才华，更可以透过此组《四时即事诗》而充分展现。

（附记：本章曾独立发表于《中国古典文学研究》第2期 [台北：中国古典文学研究会主编，1999年12月]，收入此书时稍事增补，以更足成其义。）

---

① [美] 艾布拉姆斯（Meyer H. Abrams）著，郦稚牛等译：《镜与灯》（北京：北京大学出版社），页81。

第九章
林黛玉的《五美吟》：开显女性主体意识的咏叹调

在大观园揭幕之后众人的艺术创作中，除了贾宝玉的《四时即事诗》之外，还有一组同样是全部成于一人之手的联篇抒情诗歌，那便是出现在第六十四回的林黛玉《五美吟》。

虽然，第三十七回的《白海棠诗》六首，第三十八回的《菊花诗》十二首、《螃蟹诗》三首，第五十回的《咏红梅花诗》三首，与第七十回的《柳絮词》五首，表面上也都是多章联缀而成，却因为分题分咏地出于众手，因之未免风格交杂、诗旨不一，无法具备创作主体的有机统一性；而第五十一回薛宝琴所作的《怀古绝句》十首则在联篇构组的形式之外，还具有成于一手的条件，但因为其创作伊始便设定了"暗隐俗物十件"的谜语功能，作品性质更趋近于灯谜诗的范畴，求隐解谜的实用性远胜过抒情咏怀的旨趣；因此，以抒情咏怀为宗旨的林黛玉《五美吟》，便是此处可以深入研析的对象，足供进一步彰显《红楼梦》诗歌艺术与小说艺术辩证交融的高度境界。以下就擘分五节，从诗歌类型、诗史源流、取材性质、形式技巧等各个面向加以阐述。

第一节　咏史与咏怀的宣言

"咏史"与"咏怀"都是中国传统上非常重要的诗类。所谓"咏怀"也者，意即以抒发个人之情志感怀所成的诗作，往往不拘形式格套，也不限于一时一地，因遇有感即援笔抒之，内容则诗旨多端而不离个人之情志感怀。这是"诗言志"的传统下极易培养出来而较为常见的诗歌类型。

而所谓"咏史"，其做法"与一般历史典故的运用本质上有所不同，乃是以特定的历史故实或历史人物为主要歌咏对象，并直接、间接地透过其是非功过之评定，来传达自己的史识和价值观；而由于咏史之动机，往往是来自于览古吊往之触发，却因为'从来览古凭吊之什，无不与时会相感发'，因此咏史又可以进一步与讽谕和咏怀相通。诗人或者有意于托讽当世以代直谏，或者就只是单纯地抒发沧桑代谢的无常之慨，乃至于借以寄托个人遭遇的身世之感，都属于咏史诗创作的范畴"①。

由此可知，咏史诗的写作目标并不是追求对历史功过的客观论断，否则便容易流于史赞一路而与艺术无涉；而咏史诗最高度的表现，乃是寓我于其中，使"过去已然的历史情境"与"现在发展中的自我主体"产生视野的融合，由当下自我之抒情主体对过去已然之历史情境的取舍融裁，从而达到自我实践的最大期许。诗评家所

---

① 引自欧丽娟：《李商隐及其诗》，欧丽娟：《大唐诗魁——李商隐诗选》（台北：五南出版公司，1999年10月），"序言"，页13。

谓:"咏史诗须别有怀抱。……俯仰伤怀,将五百余年精神,如相契合。"①言下之意,即透过"五百余年"所代表的悠长的时间跨度所完成的,乃是在俯仰之间将古今"精神如相契合",展示有别于史事记载与史论评断的个人怀抱。因此"特定的历史故实或历史人物"提供的只是诗作外表的框架,而"托讽当世以代直谏"或"寄托个人遭遇的身世之感"才是构成诗歌内部血肉的意旨所在。

也就因为这种在创作意向上都追求"寄托个人遭遇的身世之感"的同一归趋,结果便促使"咏怀"与"咏史"这两种诗类在诗歌发展过程中,往往发生杂糅而彼此融通的情形。以咏怀诗的发展情况来看,此类诗作最早定名于汉魏之际的阮籍《咏怀诗》八十二首,此后随着历史的承续推衍,则包括晋朝左思的《咏史诗》八首、郭璞的《游仙诗》,南朝颜延之的《五君咏》,唐朝陈子昂《感遇诗》三十八首与张九龄的《感遇诗》十二首,以及李白的《古风》五十九首在内,名异而实同地一脉传示了"咏怀"的本质。②在这一系列咏怀诗谱系的建构过程中,我们便可以发现到咏史与咏怀交迭的现象,以左思的《咏史诗》八首为例,清沈德潜即抉发出其咏怀的旨趣云:"太冲咏史,不必专咏一人,专咏一事,已有怀抱,

---

① (清)乔亿:《剑溪说诗》,卷下,收入郭绍虞辑:《清诗话续编》,页1101。
② 如(南朝梁)钟嵘《诗品》卷中指出:郭璞"游仙之作,词多慷慨,乖远玄宗。……乃是坎壈咏怀,非列仙之趣也"。而叶庆炳也认为:郭璞《游仙诗》中的"六龙安可顿""逸翮思拂霄""静叹亦何念"此三首"题虽游仙,实属咏怀,与阮籍咏怀、左思咏史同一旨趣"。此外又云:鲍照"拟行路难十八首,即全属咏怀之作"。两段分见叶庆炳:《中国文学史》(台北:台湾学生书局,1997年6月),页173、222。

借古人事以抒写之,斯为千秋绝唱。"① 再如颜延之的《五君咏》,一方面曾被萧统《文选》视为咏史诗而编之于咏史类,显然乃是就其题材以为分类之依据;但另一方面,史书引录此组诗时,则称此组诗之写作,乃借述竹林七贤以发抒其内心的"甚怨愤"之情,故称其中若干诗句"盖自序也"②,如此则是就内容或创作旨趣而言,以至后世文学史家也认为此组诗"可作咏怀诗观"。③

由以上所述,我们可以归纳出有关咏怀诗的几项特点:

其一,就内容而言,其题材不论是咏史还是游仙,其宗旨只要是抒写一己之怀抱,申发个人之感情,所谓"诸咏非一时所作,因情触景,随兴寓言。有说破者,有不说破者。忽哀忽乐,俶诡不羁"④,或"不必专咏一人,专咏一事,已有怀抱,借古人事以抒写之"⑤,如此都属于咏怀的范畴。可见促发咏怀诗创作之动因十分广泛,而大旨不离"因情触景,随兴寓言",因之到了初唐的陈子昂、张九龄手中,便直接以"感遇"名之,尤其切合那因遇而生感、因感而抒怀的书写本质。至于所咏之怀抱是说破不说破,是哀是乐,便可以因人而异,无碍于咏怀之旨趣。

---

① (清)沈德潜:《说诗晬语》,卷下,收入丁福保辑:《清诗话》,页550。
② (南朝梁)沈约:《宋书·颜延之传》(台北:鼎文书局),页1893。
③ 叶庆炳:《中国文学史》,第12讲,页213。
④ 此乃沈德潜对阮籍《咏怀诗》的评语,见(清)沈德潜:《古诗源》(台北:世界书局,1998年5月),卷6,页89。
⑤ 是为沈德潜对左思《咏史诗》之评语,见《说诗晬语》卷下,(清)沈德潜著,苏文擢诠评:《说诗晬语诠评》,页468。

第九章　林黛玉的《五美吟》：开显女性主体意识的咏叹调

其二，就形式而言，综观阮籍的《咏怀诗》八十二首、左思的《咏史诗》八首、郭璞的《游仙诗》三首、颜延之的《五君咏》五首、陈子昂的《感遇诗》三十八首、张九龄的《感遇诗》十二首以及李白的《古风》五十九首，洋洋历数之余，可见咏怀之作往往不以孤章独存而是联篇成组。这是因为既然这类咏怀诗是"诸咏非一时之作""不必专咏一人，专咏一事"，如此一来，自然便需联缀数章以足成其意，由内容性质的内在需要而连带影响到篇章的构成，正足以道尽其形式表现之特点。

在《红楼梦》中，第六十四回所载"幽淑女悲题五美吟"一段情节，其中述及林黛玉创作的《五美吟》，便是结合咏史与咏怀的一组作品，而其表现也符合前述咏怀诗之特征。书中曾述及其创作之动机或主旨如下：

> 黛玉一面让宝钗坐，一面笑说道："我曾见古史中有才色的女子，终身遭际令人可欣可美可悲可叹者多。今日饭后无事，因欲择出数人，胡乱凑几首诗以寄感慨……才将作了五首，一时困倦起来，搁在那里。"……宝玉看了，赞不绝口，又说道："妹妹这诗恰好只做了五首，何不就命曰《五美吟》。"于是不容分说，便提笔写在后面。
>
> 一代倾城逐浪花，吴宫空自忆儿家。效颦莫笑东村女，头白溪边尚浣纱。（《西施》）
>
> 肠断乌骓夜啸风，虞兮幽恨对重瞳。黥彭甘受他年醢，饮剑何如楚帐中？（《虞姬》）

> 绝艳惊人出汉宫，红颜命薄古今同。君王纵使轻颜色，予夺权何畀画工？（《明妃》）
>
> 瓦砾明珠一例抛，何曾石尉重娇娆。都缘顽福前生造，更有同归慰寂寥。（《绿珠》）
>
> 长揖雄谈态自殊，美人巨眼识穷途。尸居余气杨公幕，岂得羁縻女丈夫！（《红拂》）

从以上胪列的作品内容以观之，《五美吟》整组诗堪称是结合咏史与咏怀的成功尝试。清袁枚曾说："读史诗无新义，便成《廿一史弹词》。虽着议论，无隽永之味，又似史赞一派，俱非诗也。"[①]这段话恰恰与薛宝钗赞美此组诗的意见相类似，所谓："若要随人脚踪走去，纵使字句精工，已落第二义，究竟算不得好诗。……能各出己见，不与人同，今日林妹妹这五首诗，亦可谓命意新奇，别开生面了。"显然，在"命意新奇"与"隽永之味"的衡量标准上，《五美吟》可以说达到了咏史诗的最高境界，由此也使其借以抒发之个人怀抱获得充分的展现。

在这五首诗中，林黛玉借古代有才色之女性的种种人生遭遇，将个人的感怀寄寓于其中，透过相关材料的取舍和诠释角度的推陈出新，遂得以通过特殊新颖的视野，申述自己对人生自主权的争取、对悲剧宿命的抗告、对世俗平庸浅懦之辈的鄙弃，以及对同生共死之爱情的向往。因此她悲叹西施红颜薄命，空抱怀乡之情而终

---

① （清）袁枚：《随园诗话》，卷2，页58。

究葬身江中，反不如无才无色的东施得以在故乡颐养天年；又歌颂虞姬情义薄天，不惜以死相殉的忠贞，以及红拂女巨眼识英雄，以行动争取人生自主权的气魄；也愤慨如明珠一般的绿珠，竟为一个并不真正懂得什么是爱的莽夫而白白牺牲。就在这悲叹、歌颂、愤慨的同时，也振笔凌厉指斥项羽的部将英布、彭越见利忘义，因此终于身败名裂的卑微不值；又痛讥汉元帝仅仅依据一张状貌图形的薄纸以取择美人，将判断美丑、决定宫人命运的权柄交予画工的荒谬无当；更鄙弃有眼无珠的石崇和尸居余气的杨素，视他们为连衬托红花之绿叶也不配的敝屣。

而被指斥、痛讥、鄙弃的英布、彭越、汉元帝、石崇和杨素等人，正是俗世之中到处张扬横行的浊臭男人的代表，他们或贪或莽，或庸俗或鄙吝，或目光短浅或昏聩无能，在虞姬、王昭君、绿珠、红拂等才性焕发的女子对照之下，显得多么卑微、龌龊而渺小！从而这组《五美吟》不但是林黛玉自我认同、追求自我实践的宣言，其实也暗暗呼应着贾宝玉那特殊的价值观："女儿是水作的骨肉，男人是泥作的骨肉。我见了女儿，我便清爽；见了男子，便觉浊臭逼人。"（第二回）因此堪堪称为一阕歌赞女性价值的颂歌。

一如前文所言，咏史诗最高度的表现乃是寓我于其中，使"过去已然的历史情境"与"现在发展中的自我主体"产生视野的融合，由当下自我之抒情主体对过去已然之历史情境的取舍融裁，从而达到自我实践的最大期许，林黛玉《五美吟》的创作正是如此。更特别的是，此组诗中采取了"红拂女"这位非历史现实中所实存实有，属于唐人传奇小说中虚构出来的女性角色，此一现象不但有向来被忽略的诗史渊源与发展脉络可供进一步探寻，就在追溯其与传统诗歌对应的过程中，我们发现曹雪芹与中晚唐诗一脉传承的亲密关系，可以进一步印证曹雪芹个人的美学取向；而此一特殊之取材，在《红楼梦》中更传达了林黛玉创作此组诗的深层精神意涵，有助于对人物心灵活动的抉发。凡此种种，都是值得深入分析之处。

第二节　《五美吟》的形式与题材溯源

事实上，从主题学（thematics or thematology）的研究角度来看，林黛玉《五美吟》最令人注目的地方，还不是将咏史与咏怀相结合的表现，因为这已是中国诗史里久行其道的传统做法，此点已见诸前文之分证；就其全以古人、皆为女性为取择范围所展现的题材之特殊性，毋宁才是更值得深入探明的部分。

《五美吟》以古代人物作为歌咏之主要对象，同时藉歌咏古人以寄感慨的联篇书写方式，一般而言，在诗歌史上最早可以溯及南朝宋颜延之（384—456）的《五君咏》。与谢灵运齐名"颜谢"的颜延之所作的诗歌，主要是以厚密工绮、雕缋矜庄闻名，在当时"巧构形似"的风潮中与谢灵运双双成为时代的舵手。但其《五君咏》却超越了时代的主流，而走向汉魏时期由阮籍所确立的"咏怀"的传统，因为此组作品之写作，乃出以对竹林七贤这几位正始名士的仰慕追怀，除了刊落山涛、王戎这两位显贵者不录之外，其中分别赞颂阮步兵（阮籍）、嵇中散（嵇康）、刘参军（刘伶）、阮始平（阮

第九章　林黛玉的《五美吟》：开显女性主体意识的咏叹调

咸）、向常侍（向秀）等五人，对阮籍"密识鉴亦洞"而"途穷能无恸"的深沉放旷，嵇康"鸾翮有时铩，龙性谁能驯"的傲岸不俗，刘伶"闭关韬精，沉饮颂酒"的潜隐深衷，阮咸"屡荐不入官，一麾乃出守"的贞素不羁，以及向秀"甘淡薄，好渊玄"的恻怆道心，都抱以真切的了解与同情，而吟咏之际，一己之怀抱即寄寓其中。

唯此组诗五首皆采取五言八句的形式，所咏对象亦全属历史实有之男性人物，从体式、取材上都与《五美吟》大相径庭，因此视之为《五美吟》在诗史上之滥觞虽可，但作为直接脱胎承袭之渊源者，《五美吟》真正血脉相连的孕床却是另有其诗。事实上，与《五美吟》关系更为密切的作品乃存在于唐诗之中，无论从取材对象、主题内涵还是体裁形式各方面来比观相较，都有着极为惊人的相似性，此即晚唐诗人王涣（859—901）的《惆怅诗十二首》。王涣[①]著诗约三百篇，今《全唐诗》卷690仅存其作品十四首，其中的《惆怅诗十二首》云：

> 八蚕薄絮鸳鸯绮，半夜佳期并枕眠。钟动红娘唤归去，对人匀泪拾金钿。（其一——崔莺莺）
>
> 李夫人病已经秋，汉武看来不举头。得所浓华销歇尽，楚

---

① 据考证：王涣，字群吉，太原人。唐昭宗大顺二年（891）登进士第，授校书郎。历任长安尉、拾遗、补阙、起居郎、司勋考功员外郎，光化三年（900）称吏部员外郎，与韩偓在京唱和；天复元年（901），检校考功郎中兼御史中丞，为清海军节度徐彦若掌书记，十月卒于途中。见（元）辛元房著，傅璇琮主编：《唐才子传校笺》，卷10（北京：中华书局，1990年9月）。

魂湘泪一生休。(其二——李夫人)

谢家池馆花笼月,萧寺房廊竹飐风。夜半酒醒凭槛立,所思多在别离中。(其三——谢秋娘)①

隋师战舰欲亡陈,国破应难保此身。诀别徐郎泪如雨,镜鸾分后属何人。(其四——乐昌公主)②

七夕琼筵随事陈,兼花连蒂共伤神。蜀王殿里三更月,不见骊山私语人。(其五——杨贵妃)

夜寒春病不胜怀,玉瘦花啼万事乖。薄幸檀郎断芳信,惊嗟犹梦合欢鞋。(其六——霍小玉)

呜咽离声管吹秋,妾身今日为君休。齐奴不说平生事,忍看花枝谢玉楼。(其七——绿珠)

青丝一绺堕云鬟,金翦刀鸣不忍看。持谢君王寄幽怨,可能从此住人间。(其八——张丽华,为陈后主宠妃,发长七尺)

陈宫兴废事难期,三阁空余绿草基。狎客沦亡丽华死,他年江令独来时。(其九——张丽华)

---

① "谢秋娘"乃李德裕镇浙时所作之曲调名,为悼念亡妓谢秋娘而作,仿隋炀帝《望江南》调。

② 乐昌公主的故事详见唐代孟棨《本事诗·情感》所载:"陈太子舍人徐德言之妻,后主叔宝之妹,封乐昌公主,才色冠绝。时陈政方乱,德言知不相保,谓其妻曰:'以君之才容,国亡必入权豪之家,斯永绝矣。傥情缘未断,犹冀相见,宜有以信之。'乃破一镜,人执其半,约曰:'他日必以正月望日卖于都市,我当在,即以是日访之。'及陈亡,其妻果入越公杨素之家,宠嬖殊厚。德言流离辛苦,仅能至京,遂以正月望日访于都市。……素知之,怆然改容,即召德言,还其妻,仍厚遗之。……遂与德言归江南,竟以终老。"收入丁福保辑:《历代诗话续编》,页 4。

第九章　林黛玉的《五美吟》：开显女性主体意识的咏叹调

晨肇重来路已迷，碧桃花谢武陵溪。仙山目断无寻处，流水潺湲日渐西。（其十——刘晨、阮肇）

少卿降北子卿还，朔野离觞惨别颜。却到茂陵唯一恸，节毛零落鬓毛斑。（十一——苏武）

梦里分明入汉宫，觉来灯背锦屏空。紫台月落关山晓，肠断君恩信画工。（十二——王昭君）

对此一组诗，《唐人绝句精华》曾指出："此题唐人作者甚多，白居易两首外，王涣此诗又别出一奇。"① 其所谓"别出一奇"之处，经过分析的结果，也恰恰正是《五美吟》特出的地方。试将这组诗与林黛玉之《五美吟》比观相较，就其间近似的共通处说明如下：

其一，除了少数两首篇章之外，《惆怅诗十二首》绝大多数是以历史上或文学中的著名美人为歌咏主题，一题一咏，旨在抒发"惆怅"之情，如诗题所明示者。而《五美吟》也正是以一题一咏的形式，藉古代才色兼备之美人以寄慨。身为联篇组诗而题材全以古代美人为歌咏对象，王涣的十二首《惆怅诗》的确堪称诗史上之首见，此乃其"别出一奇"之处，而《五美吟》即是其流衍后世的子裔之一。

其二，林黛玉作《五美吟》之动机，是有感于"古史中有才色的女子，终身遭际令人可欣可羡可悲可叹者多。……因欲择出数人，胡乱凑几首诗以寄感慨"。此说与《惆怅诗十二首》之歌咏对

---

① 引自陈伯海主编：《唐诗汇评》下册，页 2911。

象,乃是"悉古佳人才子深怀感怨者,以……(诸人之)事成篇,哀伤媚妩"①,在取材之特点和抒发之意旨方面,都十分近似。

其三,《惆怅诗十二首》内容所歌咏之对象,除了史上载明而实有其人的李夫人、乐昌公主、谢秋娘、杨贵妃、绿珠、张丽华、王昭君之外,还包括崔莺莺、霍小玉这一类传奇小说中的女主角,与《五美吟》中的"红拂"一首乃出自唐人小说《虬髯客传》,一样都具有传奇小说虚构的色彩。就此而言,王涣或许是以唐人传奇小说中之女主角入诗歌咏的第一人。

其四,《惆怅诗十二首》全部都出以七言绝句的形式,几为诗歌体裁中之最简短者。由于篇幅简约短小,缺乏铺陈演绎的空间,因此诗人意欲明确传达诗旨时,就必须集中在特定之论述焦点或单一之切入角度,同时宜于采取乍放即收、一语中的之手法,以免流于盘空吃语而言不及义。此一七绝的体裁形式恰恰与《五美吟》完全一致,而来自此一形式需要的表现手法,又提供了《五美吟》展现其"翻案"技巧的最佳演练场域,此点详参下一节之论述即可知晓。

其五,《惆怅诗十二首》各章之间并无传承连贯的呼应关系,其叙写顺序更是忽古忽今,前后跳动不定,极似漫想散思、因感随笔而写成,与林黛玉之《五美吟》乃"饭后无事,因欲择出数人,

---

① (元)辛文房《唐才子传》卷10曾云:"涣工诗,情极婉丽。尝为《惆怅诗》十三首(案:'十三'应为'十二'之误),悉古佳人才子深怀感怨者,以崔氏莺莺、汉武李夫人、陈乐昌主、绿珠、张丽华、王昭君及苏武、刘、阮辈事成篇,哀伤媚妩,如……等皆绝唱,喧炙士林。在晚唐诸人中,霄壤不侔矣。"

胡乱凑几首诗以寄感慨……才将作了五首,一时困倦起来,撂在那里"的写作过程若合符契。可见其抒发对象可多可少,完全随兴之所至,因感而成书,"十二首"与"五首"只有表面上数字多寡的差别,一如陈子昂之《感遇》有三十八首、张九龄之《感遇》有十二首一样,就结构组织而言其实并无甚深义。而这种因遇有感即援笔书之的写法,正是传统"咏怀"诗类之直系血亲的一个共同印记。

由此可见,无论是内容题材、形式体制、组织结构或表现风格各方面,王涣的《惆怅诗十二首》都与林黛玉的《五美吟》最为相近,也使得《红楼梦》与晚唐诗之密切关系再次得到证明。①

但王涣的《惆怅诗十二首》与林黛玉的《五美吟》两者之间也有不同的地方,最关键之处乃是如诗题所点明的,王涣的写作主旨乃是藉古代深怀感怨之美人为题材,以抒发那针对物换星移、繁华不再之人事的一种无可奈何、沧桑更迭的惆怅,以及离别乖隔、依违难舍的哀情;而林黛玉表面上也是对古代美人身世遭际之值得欣羡悲叹者抒发感怀,实则所寄之慨主要是她个人突破传统、追求自我实践的生命价值和主体意识。其间差别正如袁枚所分析的:

> 咏史有三体:一借古人往事,抒自己之怀抱,左太冲之《咏史》是也。一为隐括其事,而以咏叹出之,张景阳之《咏

---

① 详参欧丽娟:《论〈红楼梦〉与中晚唐诗的血缘系谱与美学传承》,《台大文史哲学报》第 75 期,页 121—160。

二疏》,卢子谅之《咏蔺生》是也。一取对仗之巧,义山之"牵牛"对"驻马",韦庄之"无忌"对"莫愁"是也。①

显而易见,王涣的《惆怅诗十二首》较偏向于"隐括其事,而以咏叹出之"的第二种咏史体,而林黛玉的《五美吟》则属于第一种"借古人往事,抒自己之怀抱"的咏史作法。因此相较起来,王涣的《惆怅诗十二首》较偏向于阴柔,以感伤之幽情为主调,诗中往往感叹的是"楚魂湘泪一生休""所思多在别离中""不见骊山私语人""仙山目断无寻处"之类的沧桑情景,所传达的也是"匀泪""呜咽""幽怨""肠断"的悲凄之感;而林黛玉的《五美吟》则较偏向于阳刚,表现出高昂激亢的热烈赞美与强力控诉,因此既有对西施以绝艳之美、竟溺死江中为国家牺牲生命之不幸的悲愤,也有对红拂这位巨眼识英、不受羁縻之女中豪杰的歌颂,还有对昏眼不识美人,而推卸责任归咎画工之汉元帝的质疑,更有对与瓦砾同抛之绿珠、与项羽共死之虞姬这种不惜以死酬恩殉情之烈女的动容,因此可以说是林黛玉以"缠绵悲戚"为主调的诗歌作品里极少数的例外,也是她从向内感伤自怜而消极抗拒的性格,转为表现为向外积极抨击而主动争取的一个特例,虽然仅仅只是文字的表露而已。

除了唐朝王涣的《惆怅诗十二首》之外,明朝书画家兼诗人唐寅(1470—1523)在人生思想与艺术理念上本就与曹雪芹渊源甚深,在其作品中,我们也发现了以相同之主题与形式所写成的作

---

① (清)袁枚:《随园诗话》,卷14,页467。

品,亦即透过七绝的体式进行一题一咏,分述史传文学中著名的女子。其《咏美人八首》诗曰:

浮生难比草头尘,常把千金视此身。若使琴心挑得动,不知匪石是何人?(其一《文君琴心》)

高抱琵琶障冷风,淋漓衫袖湿啼红。安边至用和亲计,驾驭英雄似不同。(其二《昭君琵琶》)

飞絮无凭只趁风,落花也逐水流东。琉璃瓶薄珊瑚脆,悔不求全妾命同。(其三《绿珠守节》)

徒倚闲庭泪暗垂,不须再读寄来诗。已知一代荣华尽,地下相逢未是迟。(其四《碧玉留诗》)

梅花香满石榴裙,底用频频艾纳熏。仙馆已于尘世隔,此心犹不负东昏。(其五《梅妃嗅香》)

欲与君王共辇还,马嵬路狭转头难。早知怨自思萌蘖,悔不当时乞赐环。(其六《太真玉环》)

短长阔狭乱堆床,匀染轻挼玉色光。岂是无心勿针线?要对姓字托文房。(其七《薛涛戏笺》)

闺门出入有常经,女子常须烛夜行。待月西厢谁倡始,至今传说欠分明。(其八《莺莺待月》)[①]

---

① 诗歌文本依据(明)唐寅:《唐伯虎先生全集》(台北:台湾学生书局,景印明万历四十二年刊本,1979 年 4 月),"外编",卷 1。

我们注意到，唐寅在这组作品中所发抒的，已非王涣那温柔低回的感伤惆怅之情，他一方面站在男权宰制的立场，于第一首的《文君琴心》中，以"若使琴心挑得动，不知匪石是何人"对卓文君接受琴挑而夜奔司马相如的表现提出不留余地的质疑，笔端毫不容情；但另一方面也奋笔直示一种坚强不屈的刚烈之志，如第二首的《昭君琵琶》中，"安边至用和亲计，驾驭英雄似不同"那不以为然的语气，足以逼使无能之君王汗颜；再如第三首《绿珠守节》的"悔不求全妾命同"与第六首《太真玉环》的"悔不当时乞赐环"，不约而同地以"悔不"一词强调那无法翻改人生、扭转命运的强烈憾恨，其力足以贯透纸背；至于第四首《碧玉留诗》的"地下相逢未是迟"与第五首《梅妃嗅香》的"此心犹不负东昏"，则以超越生死贤愚的执着不渝，共同表现了爱情的坚贞守候。

而在唐寅之后，明末遗民马銮也以类似的手法作有《咏美人三十六绝句》。马銮，南明弘光朝大学士马士英之次子，国破家亡之后，晚年曾担任曹雪芹祖父曹寅之塾师，与曹家往来款密。① 据康熙时代卓尔堪所编成的二十卷《遗民诗》，可知马銮依序歌咏了西子、息夫人、如姬、虞姬、李夫人、卓文君、赵飞燕、明妃、绿珠、张丽华、侯夫人、梅妃、杨太真、班婕妤、冯小怜、红拂、乐昌公主、任夫人、关盼盼、陈云宝、潘妃、莫愁、李势妹、桃叶、

---

① 卓尔堪《遗民诗》卷12注云："马銮，字伯和，贵州人。壮岁值南都新建，执政者纷张，进言不听，常怀忧郁，遂绝意仕进。及国破家亡，君子亦深谅之。晚年垂帘白下，有《咏美人三十六绝句》，寓意有在。"其人与曹家之渊源关系，详参朱淡文：《研红小札》，第44条，收入朱淡文：《红楼梦研究》，页157—167。

第九章　林黛玉的《五美吟》：开显女性主体意识的咏叹调

木兰、投梭女、漂母、文姬、阿娇、琵琶妇、聂隐娘、铜雀伎、苏蕙、曹娥、椒口女郎、七岁女子等共三十六人，一女一题、一篇一咏，分别在七绝的体式中装载了阵容益发庞大的女性存在体，可以说是类型作品中最为壮观的队伍。

值得注意的是，从诗人取材歌咏的对象着眼，将林黛玉《五美吟》、王浼《惆怅诗十二首》与唐寅《咏美人八首》这三组诗并列相较，我们发现各组题材重叠的部分都仅有王昭君、绿珠二人而已，堪称相当低的比重；然则马銮此组为数众多的《咏美人三十六绝句》，却在取材对象上包摄了《五美吟》中的西施、虞姬、王昭君、绿珠与红拂，其间完全重叠的程度，远远超过先前王浼与唐寅的同类作品，同时在诠释的层次上，更呈现出高度贴合的精神意蕴。试观与《五美吟》同题诸诗所叙写之内容：

　　君王有恨胆空尝，妾面如花不敢藏。漫道溪边轻一出，此身原自系兴亡。(《西子》)

　　泉台犹着楚宫罗，垓下同歌不再歌。若问野鸡当日事，可怜当日愧颜多。(《虞姬》)

　　安边无策始和戎，箫鼓含情出禁中。天子若怜沙塞苦，愿先延寿罪三公。(《明妃》)

　　清歌才罢动悲声，忍负君恩别有情。十斛明珠楼底碎，可怜不似落花轻。(《绿珠》)

　　身经两杰不寻常，尚觉杨公胜李郎。一见便能知国士，笑人索骏只骊黄。(《红拂》)

朱淡文认为：林黛玉《五美吟》中虞姬、明妃、绿珠这三首，与马銮同题之绝句立意颇为接近，故曹雪芹构思拟作时或有受马銮影响的可能。① 试加并观相较，在《虞姬》一诗中，马銮所谓的"可怜当日愧颜多"乃是讽刺项羽饮剑时，周遭那些贪功求禄而见利忘义之辈，与林黛玉"黥彭甘受他年醢"的笔调可谓出于同一机杼；于《明妃》诗中，马銮的"愿先延寿罪三公"认为应该在惩处毛延寿之前，先将罪愆归诸朝廷大臣，与林黛玉"予夺权何畀画工"的看法亦是异曲同工；至于《绿珠》一诗，马銮的"十斛明珠楼底碎"与林黛玉的"瓦砾明珠一例抛"，都同样以明珠之毁弃比喻绿珠之抛坠楼底而香消玉殒，用语塑象皆颇为神似。凡此种种，确然证明了马銮的《咏美人三十六绝句》更是林黛玉《五美吟》精神血脉之所由，在晚唐王涣《惆怅诗十二首》建构了形式体制、题材内容、结构组织等等相关的外在条件之后，再度从精神气格的层次提供书写的灵魂内里。而从王涣《惆怅诗十二首》历经唐寅《咏美人八首》与马銮《咏美人三十六绝句》一脉而下的接续发展，便为曹雪芹代笔写出林黛玉的《五美吟》时，内外兼备地充分提供了创作之绝佳助缘。

更重要的是，从晚唐王涣《惆怅诗十二首》开始，经过明代唐寅《咏美人八首》、明末马銮《咏美人三十六绝句》之中介，而至《红楼梦》林黛玉的《五美吟》，诸诗家所选取之题材都包括崔莺莺、

---

① 朱淡文：《研红小札》，第 44 条，朱淡文：《红楼梦研究》，页 160。

霍小玉、红拂女这类唐传奇小说中虚构幻设的女性角色。对于一般原则上以历史真人情事为主要歌咏对象的咏史诗而言，此一取材上由"实"而"虚"的出位现象，实是非常特殊而值得深入探究的；而探究的结果，对于揭示《五美吟》这承荷着林黛玉之精神处境的艺术载体所蕴含的意义，也更有所帮助。

第三节　唐传奇女性的取材与意义

正如前面所言，《五美吟》除了西施、虞姬、王昭君、绿珠这四位习常惯见的历史美人之外，还包括文人小说中虚构的红拂女。这位在《虬髯客传》中与众多英雄互较光芒而不遑多让的人物，和崔莺莺、霍小玉不但都是虚构幻设出来的女性角色，而且恰恰又都出自于中国小说发展史上意义重大的唐人传奇小说，这恐怕并不是一个偶然的现象。换句话说，唐人传奇小说中必然具备某种特殊性质，才能吸引王涣、唐寅、马銮和曹雪芹在藉古咏怀之际，皆能逾越历史的界限而涉入虚构的世界，从而于无形中扩大创作的范畴。这种在"作意好奇"而"尽幻设语"① 的唐传奇中所特有，因而吸引诗人据以歌咏的特殊性质，我们以为应该就是一种追求主动超越人生限制、冲破社会禁约、反抗既定命运的自由意志，以及藉此自

---

① （明）胡应麟曰："凡变异之谈，盛于六朝，然多是传录舛讹，未必尽幻设语。至唐人乃作意好奇，假小说以寄笔端。"（明）胡应麟：《少室山房笔丛》（台北：世界书局，1963年4月），卷36《二酉缀遗中》，页486。

由意志之伸张，进而获取自我实践的人生最高价值。

正如乐蘅军的研究所指出的，在中国古典小说的发展中，从六朝志怪而唐人传奇而宋明话本，此一过程中实在只有唐人传奇中许多故事的人物行为最具有"自觉性的进取的意志"，也就是一种不盲目遵从本能，也不一味顺应环境的主体力量；透过对比的方式，乐蘅军所区分出唐传奇与宋明话本的不同之处在于，不少唐人传奇中的人物常常企图冲破社会的控制，颠覆社会制约的威权，因而唐人传奇故事十之八九是由人物的本性来决定自己的命运，甚或改创身处的环境；相较之下，宋明话本小说所描述、所洞悉、所揭示的，却大多是人在社会势力之下被制约的种种情状，在社会现实的压力下，人们消极、退让、意志被否定，终而归结到宿命思想的逃避，因而话本人物本身的那一点善与恶都不是那么巨大、彻底而具决定性，往往就任由周遭环境决定了人物的命运。①因此她认为："其实传奇故事都可以说是一种自我的实现，只是表现的有明有暗，或浓或淡而已。"②而这就是唐人传奇小说人物之所以被前述王涣、唐寅、马銮、林黛玉这四人取材歌咏的真正原因。

更值得注意的是，这股自由意志的觉醒与舒展，以及其所促进的对自我实现的追求，在唐人传奇小说中却大幅由女性来具体操演，无论是刚烈执着以至不惜玉石俱焚的霍小玉，是柔韧内敛却有

---

① 详参乐蘅军：《宋明话本的命运人生》，收入乐蘅军：《意志与命运——中国古典小说世界观综论》（台北：大安出版社，1992年4月），主要见页169—182。

② 乐蘅军：《唐传奇的意志世界》，收入乐蘅军：《意志与命运——中国古典小说世界观综论》，页30。

所为有所不为的崔莺莺,是圆熟世故足以收放自如的李娃,还是叛离礼教而主动争取婚配与命运的红拂女,在在都展现了令人耳目一新的女性群像。她们容或性格上刚柔有别,行事作风有大胆直接与温和内敛之异,下场有悲剧惨烈或喜剧圆满之分,但都勇于向命运和环境挑战,而争取亲手塑造自我人生意义的权利,绝未不战而退地向社会传统弃甲缴械。就此一特殊现象而言,其中实蕴含了女性主体意识发展的重大意义:

> 中国女性的主体意识萌发于何时,也就是从什么时候开始,中国女性才明确地把艺术创作作为表现自己个性、特别是作为表现自己女性意识与女性价值的一种方式?这一问题在目前是难以精确回答的。但是有一点却可以肯定,那就是在唐代以前女性文艺创作中的主体意识是非常薄弱的。……(但到了唐代,)女性可以有理由不受男性的支配和可以有勇气冲破传统说教的束缚,女性也完全可以用自己的眼光、从自己的角度、按自己的思维方式来对万事万物作出自己的美学判断与道德评价。对唐代的女性来说,这是一个非常了不起的观念进步,同时这也标志着中国女性主体意识的觉醒和女性人格的趋向成熟。①

---

① 严明、樊琪:《中国女性文学的传统》(台北:洪叶文化公司,1999年6月),页 150—153。

这样一种在美学和道德上超脱男性支配与传统礼教的观察眼光、判断角度和思维方式，展现了一种空前未有的女性主体意识，不但表现在女性本身的文艺创作里，也冲击到一般的男性论述之中，提供了塑造女性形象的崭新课题，以至学者透过唐人小说的分析，认为："唐代的女性主义虽无其名，却有其实，尤其文学作品较正史更为浓厚，提供了这类解读策略的可能。"① 于是，唐人传奇小说一方面在普遍人性的开展上，揭示了一种透过自由意志之伸张而追求自我实践的概念，同时又同步进入中国女性主体意识觉醒、女性人格趋向成熟的新阶段，这就是唐人传奇中大量以女性为主角的重要原因；由此而添补了女性的空间，展现由男性中心（androcentric）到女性中心（genocentric）的支配系统的转变或位移。② 而这些自由意志、自我实践、女性主体意识觉醒的内涵，也就顺势渗透融入于以之为题材的歌咏之中，成为诗人用以开展个性的凭借。

不过，进一步细观诗史上以传奇小说中虚构之女性为题材的诗歌，我们可以发现这些作品之间其实仍然有所差异：王涣之作乃以惆怅之情为主，唐寅、马銮的歌咏则开始带有批判意味，但直至林黛玉的《五美吟》接受了自晚唐王涣以降所采取的传奇小说之题材，进而发抒对红拂女这位"巨眼识英、岂得羁縻"之"女丈夫"的颂赞之情，才更清楚地绽露女性在主体意识的觉醒之下，那追求自我

---

① 游志诚：《唐传奇与女性主义文学的倾向——兼以红线为例的意义探讨》，《中外文学》第17卷第1期（1988年6月），页118。

② 游志诚：《唐传奇与女性主义文学的倾向——兼以红线为例的意义探讨》，《中外文学》第17卷第1期（1988年6月），页109。

实践的积极意志。这些差异一方面是出自叙写笔调与侧重角度的不同，如前文所言，王涣笔下"对人匀泪拾金钿"的崔莺莺与"玉瘦花啼万事乖"的霍小玉，所表现的是因情郎薄幸而感伤泪啼的惆怅形象；唐寅则以"待月西厢谁倡始，至今传说欠分明"来为崔莺莺发抒不平，认为世俗严守闺阁门禁的行径，不应归咎于崔莺莺所带来的负面影响；至于马銮题咏红拂女的诗作中，乃是以"一见便能知国士，笑人索骏只骊黄"来歌赞她辨才识人的非凡洞见。以上种种，都不如林黛玉在歌咏红拂女时，将重点聚焦于其自我抉择之意志表现的写法。

另一方面，造成差异更关键的因素，是崔莺莺、霍小玉与红拂女这三位诗歌选材的对象虽然同属于传奇女性，也都具有叛离礼教而主动争取婚姻与命运的意义，但与崔莺莺、霍小玉不同者，乃身为"风尘三侠"之一的红拂女可以透过与"侠"的结合，而进一步融入侠的自由本性与独立精神，为女性主体意识的开展作出更加恢弘而独特的体现；何况即使在渊远流长的侠文学之中，"真正揭开侠女求偶帷幕的，当推唐末杜光庭《虬髯客传》中的红拂女"[①]。换言之，红拂女不但是唐人传奇小说中表现主体意识的一般女性人物，更是"侠女求偶"之文学母题的先导，因而乘乘相加地充分激荡出女性对生命处境的悟觉与人生取舍的力行，足为女性突破禁制、争取主动的理想化追求的最高典范。

---

① 王立：《伟大的同情——侠文学的主题史研究》（上海：学林出版社，1999年2月），页193。

由此可见，林黛玉舍弃王涣与唐寅这两位前辈所题咏的崔莺莺、霍小玉，而另出机杼地选择红拂女来进行题咏，一方面固然是对马銮之取材眼光的直接呼应，但更重要的是，对《红楼梦》这部以颂扬女性价值为宗旨的小说而言，正可以透过自觉意志与主体意识的充分启动，而更为积极有效地促进女性价值的论述，于全书处处弥漫的宿命气息与无奈悲感之中，可以说是唯一一次突破无奈而超凌于宿命之上，藉由主体意志之阐扬所高奏的女性颂歌，因此益发显得傲岸而突出。不论这是刻意匠心设计所创造的结果，或是无意间因缘凑泊所得到的巧合，都取得了超越前人的成效，可谓别具慧眼。

第四节 《五美吟》的夏季性与翻案法

这样一种致力于展现女性自主意识的诗歌创作，在《红楼梦》中还透过特殊的设计而蕴藏了其他微妙而丰富的意义：这组诗一方面被安排发生于特定的季节背景之中，使夏日的季节特性也潜在地促进了诗境的营造；同时，为了获取别开生面之创作效果，《五美吟》采用了翻案技巧以突破陈滥之窠臼，结果又在体裁形式上与传统中的翻案作品表现出传承的痕迹。这些都必须再进一步分析，始能足成其义。

以"季节"的安排而言，在《红楼梦》随着季节风物而纷呈递现的众多诗作中，以作于秋冬、暮春之诗歌独多，而创作于夏季的作品却仅仅只有第三十四回的三首《题帕诗》，以及此处所讨论的《五美吟》两组而已。① 而更奇特的是，其他作于春、秋、冬的诗作都不免点染了与季节相关涉的风物景致，所谓"应物斯感，感物吟志"② 的现象十分顺理成章；更明确地说，所应之物乃如钟嵘所称："春风春鸟，秋月秋蝉，夏云暑雨，冬月祁寒，斯四候之感诸诗者也。"③ 这些感诸歌诗的种种自然意象中，春、秋、冬三季的风物景致于《红楼梦》之诗作中皆是历历可验，而唯独作于夏季的《题帕诗》三首和《五美吟》却完全缺乏"夏云暑雨"的季节特征，若非透过前后情节之互相关涉，我们很难从诗作本身认取写作的时间背景。

换句话说，这两组诗作的"夏季性"并不是来自于外在景物的渲染，而完全是出于内在热烈（甚至于激烈）之情绪氛围的烘托，因此是遗夏日"夏云暑雨"之形，而取夏日"热烈激亢"之质，以彰显一位柔弱少女在封建传统之中奋力突围的稀有意志与莫大勇气。而林黛玉正是这位在封建传统之中奋力突围的柔弱少女。一般而言，林黛玉的作品多是"缠绵悲戚"的"伤悼语句"与"离丧哀音"④，深具芬芳悱恻、纤巧别致的风格特点，因此与暮春残秋之

---

① 此点详参欧丽娟：《〈红楼梦〉中的〈四时即事诗〉：乐园的开幕颂歌》，《中国古典文学研究》第 2 期（1999 年 12 月），页 174。此文亦收入本书第 8 章。
② （南朝齐梁）刘勰：《文心雕龙·明诗》篇，周振甫注释：《文心雕龙注释》，页 83。
③ （南朝梁）钟嵘：《诗品·序》，见曹旭集注：《诗品集注》，页 47。
④ 见《红楼梦》第七十回李纨、贾宝玉的评语。

景致最为相宜。然则《红楼梦》中极少数两组作于夏季而峭然独立的诗作,却又全部归属于如此风流袅娜的女诗人之手,这个现象显然绝对不是偶然的巧合,其中深意毋宁大可玩味。

试看两组诗之创作初衷都非以一展诗才为目的,也都不以精炼纤美之艺术性为要务,它们都是林黛玉独自一人感叹之余,于情思逗引翻涌之际随口吟成、顺手立就的:《五美吟》固然是在饭后无事时,将古史中才色兼备而终身遭际可欣可羡可悲可叹之女子择出数人,"胡乱凑几首诗以寄感慨",《题帕诗》三首又何尝不是如此?第三十四回记载林黛玉终于领悟出贾宝玉送旧帕的定情寓意之后,在"不觉神魂驰荡""五内沸然炙起"而"由不得余意缠绵"的情况下即令掌灯,"也想不起嫌疑避讳等事,便向案上研墨蘸笔,便向那两块旧帕上走笔"写诗,而且写完三首之后还要往下抒感时,即因"浑身火热,面上作烧"而告终止。因此两组诗歌之性质,在在都切近于情思之不可遏抑遂乃喷薄而出的咏怀诗。

也是因此之故,《题帕诗》三首与《五美吟》这两组诗作都出以七言绝句的形式,几近乎诗歌篇幅之最短者。推究其故,或即因为两者皆非传示林黛玉缠绵悲戚之整体生命感受的抒情诗篇,自不宜如《葬花辞》《秋窗风雨夕》与《桃花行》一般淋漓放歌;何况《题帕诗》三首乃一时出于情思激荡、热血翻涌之冲动而霎时倾注所成,本无暇顾及起承转合之类的匠心营造,又受限于一方旧帕有限的寸幅之间,更难以纵笔施展;而《五美吟》则是饭后无事之时偶然触动诗思,歌咏古代有才色之女子以寄寓感慨之作,在创作动机上即富蕴随兴而至、因感成诗的意味,故也易于表现得蜻蜓点水。

第九章　林黛玉的《五美吟》：开显女性主体意识的咏叹调

既然两组诗歌创作之随笔性质极为浓厚，以七绝之短章窄幅、自由联缀之方式而出之，固其宜也。

然而，《五美吟》之所以实行七言绝句的原因，除了林黛玉个人的随笔性质之外，尚有来自于历史传统中咏史诗类与翻案技巧的制约因素。清代诗论家施补华曾指出：

> 义山七绝以议论驱驾书卷，而神韵不乏，卓然有以自立，此体于咏史最宜。①

换言之，咏史诗之写作既要突出那藉由"驱驾书卷"所得的议论，而陈言务去、卓然有以自立，又要在不落熟套之余表现得神韵不乏，令人心会神与，在这些要求之下，七绝可以说是恰如其分的语言载体。而作为藉咏史以咏怀的《五美吟》，自亦就此采取这种"于咏史最宜"的诗歌体式。

更重要的是，诗人咏史之际，为了因应于翻案技巧操演上的需要，"七绝"早已是不可或缺的表现形式。自晚唐以来，诗人凡欲对古人古事另作翻案之语者，下笔时往往一眼觑定其人其事可供重新诠释之一端，便对准一刀切入进行翻案议论，绝不旁牵枝蔓以免误失主旨或模糊焦点，因此通常是见好就收、点到即止，从而在诗歌表现形式上也趋向于精约简练的绝句短章。如此一来，七绝的简短体式非但不会造成铺叙的局限，反而有助于蠲除歧杂多

---

① （清）施补华：《岘佣说诗》，收入丁福保辑：《清诗话》，页998。

余的赘词虚笔，以至目标明确、精准有力地直指议论的靶心，让诗人与众不同的论点得以鲜明地集中展现。以晚唐好炫此技的杜牧、李商隐、皮日休等诗人为例，其翻案诗作如杜牧的《题乌江亭》《题商山四皓庙一绝》《赤壁》、皮日休的《汴河怀古二首》《馆娃宫怀古五首》以及李商隐的《贾生》等，诸诗所采取的创作体裁无一例外地都是七言绝句，其中缘故显然与翻案法之运用密切相关。

既然《五美吟》的创作策略亦属"命意新奇，别开生面"的翻案法（即薛宝钗所称的"善翻古人之意"），则其叙写方式除了立论新颖的首要条件之外，尚须谨守单一论点、集中呈现的表现律则，以至诸诗皆如鸷鸟搏击、一中即收，绝未拖泥带水地缠斗不休，从而使其卓然自立的议论内涵得以神韵盎然。如《西施》一首一反常情，认为东施虽以效颦留下千古笑柄，却因此得以安居故园、寿终正寝，比诸青春夭亡于异乡客地的西施，反而获得平凡却恒久的幸福，可谓彻底打破了传统的迷思；《虞姬》与《明妃》二诗则同时改弦易辙，将矛头由一般哀怜美人不幸的柔性笔调，转向凌厉指斥相关男性的重利忘义或轻率无知，全篇以刚强凛烈之气魄为主调；《绿珠》一篇则颠覆了历代传颂的殉情美谈，视绿珠之以死相酬，其本质乃是"瓦砾明珠一例抛"的无谓牺牲，只能以前生所造的"顽福"与石崇随后的"同归于尽"来加以解嘲或自我安慰。以上诸端诗旨固然都能洗去陈套滥调而令人耳目一新，其顺势传承前辈惯用的七绝体式，亦是将其诗旨呈示得单一、集中而彰著鲜明的有利因素，间接为《五美吟》之翻案效果加分。而诗歌传统的影响与艺术本身的需要，于此便一一得见。

第五节　结　语

　　只是，《五美吟》透过红拂女之题材、夏日之季节性与翻案之技法，所绽露的自觉意志与女性主体意识，在林黛玉身上毕竟只停留在抽象的意识层次，而未尝发展到实践的行动阶段。

　　事实上，在唐人传奇小说中，许多故事的人物行为所展现的自觉性的进取意志，"必然纠合了明确的认知、强烈的感情、然后和持续的目的性行为，汇合成一股力量，具有履及剑及的奋进精神，形成一个强大的行动力场，然后始可以称为是意志"。而且在变动不居而复杂矛盾的人生处境中，这股意志还必须进一步召唤理性与智慧的照亮，才能真正作出生命的选择。① 以此衡诸《红楼梦》的整体书写，我们遗憾地发现：这股自觉性的进取意志所包含的明确的认知、强烈的感情，固然为午后歌咏《五美吟》的林黛玉所禀赋；然而，构成积极之意志另外更不可或缺的持续的目的性行为、履及剑及的奋进精神，以及由两者共同形成的强大的行动力场，还有那在复杂变动的世局中进行人生的抉择时所不可或缺的理性与智慧的清明之光，却在在都极为林黛玉所欠缺。

------

　　① 乐蘅军：《唐传奇的意志世界》，收入乐蘅军：《意志与命运——中国古典小说世界观综论》，页12。

事实上，比诸香菱（第四回）、史湘云（第三十二回）、平儿（第四十四回）诸钗的惨痛遭遇①，深受贾母爱宠纵溺的林黛玉，其存在处境实已算不上寄人篱下、仰人鼻息，何况作为人间乐园的大观园又进一步提供了女性尽情挥洒自我的自由场域，更不是身为女婢兼侍妾的香菱、平儿，以及屈膝于叔父婶母刻毒掌控之下的史湘云所能企及。因此林黛玉个人感伤的性格、脆弱的心灵、纤细的情感，才是导致其病态的人生观的真正主因；家业孤零的身世背景以及依亲度日的生活型态，则仅仅只是间接的助缘而已。也正是这种不假外求的感伤性格、脆弱心灵与纤细情感而直接引发过多的眼泪，使得林黛玉往往只是将外事外物向内心层层纠结而作茧自缚，并非让心中积郁向外舒发散放而海阔天空，因此表现出来的总是千丝万缕的缠绵哀思，而不是光风霁月的豁达明朗。从而那进行积极奋斗时所不可或缺的理性与智慧，也丧失了滋养的土壤，其结果便是终究放任自己在泪水中沉沦灭顶，再也无能获得救赎。

职是之故，林黛玉虽然藉由《五美吟》传达了她对自我人生的明确认知、对自我选择的强烈愿望，甚至对周遭庸腐社会的犀利批判，但却仍然缺乏自觉性的进取意志所赖以建立的持续行为与奋进

---

① 其中香菱是五岁即被人拐走（第一回），从小"被拐子打怕了"，连家乡父母之事完全遗忘（第四回）；湘云自幼即父母双亡（第五回判词曲文），寄养在叔父婶母家中，受尽"从小儿没爹娘的苦"（第三十二回）；平儿则是"并无父母兄弟姊妹，独自一人，供应贾琏夫妇二人。贾琏之俗，凤姐之威，他竟能周全妥贴，今儿还遭荼毒，想来此人薄命，比黛玉犹甚"（第四十四回）。其中所谓"薄命比黛玉犹甚"乃出自贾宝玉之想，殆无疑义；移诸其余二人为论，亦属有当。

第九章 林黛玉的《五美吟》：开显女性主体意识的咏叹调

精神，因而也无法形成强大的行动力场，以突破"泪尽而逝"的神话宿命，终究还是在没有任何奋斗的情形下，让自我的悟觉与实践徒然化为寄兴托慨的诗句。其中虽有控诉与抗议，亦不乏挑战礼教的勇气和突破禁忌的企图，但毕竟是抒情的意味远远大于实践的成分，于是作完此组诗之后，批判的灵魂再度萎缩回归沉默，林黛玉继续酿造的还是眼泪与叹息。

或许，在当时封建传统的强大箝制之下，并不容易发展出冲撞现实罗网的行动力，而产生"挥鲁阳之戈以截日"的壮烈，致使整部《红楼梦》本质上乃是属于抒情的诗篇而非革命的进行曲。就在全书如此基调的限制之下，《五美吟》虽然堪称为向封建传统抗告的宣言，却谈不上是一篇向社会现实挑战的檄文。既然哀歌甚于行动，则以死亡来逃脱诗中所谓"尸居余气"的礼教牢笼，终究落入"瓦砾明珠一例抛""红颜命薄古今同"的宿命结局，便成为不得不然的结果。而《五美吟》就在先前缠绵悲戚之《葬花辞》《秋窗风雨夕》，和其后伤悼哀绝之《桃花行》的首尾双绾之下，昙花一现地乍放出自觉意志与女性主体意识的光亮，为《红楼梦》的悲剧平添一抹悲壮的投影。

（附记：本章曾独立发表于《中国古典文学研究》第3期，2000年6月。）

征引书目

一、诗词文集

（晋）陶渊明著，杨勇校笺：《陶渊明集校笺》，台北：中国袖珍出版社，1970年4月。

（晋）陶渊明著，龚斌校笺：《陶渊明集校笺》，上海：上海古籍出版社，1996年12月。

（南朝宋）刘义庆著，余嘉锡笺疏：《世说新语笺疏》，台北：华正书局，1984年9月。

（唐）王梵志著，项楚校注：《王梵志诗校注》，上海：上海古籍出版社，1991年10月。

（唐）王维著，赵殿成笺注：《王摩诘全集笺注》，台北：世界出版社，1996年6月。

（唐）李白著，詹锳主编：《李白全集校注汇释集评》，天津：百花文艺出版社，1996年12月。

（唐）杜甫著，（清）仇兆鳌注：《杜诗详注》，台北：里仁书局，1980年7月。

（唐）元稹：《元稹集》，台北：汉京文化公司，1983年10月。

（唐）白居易：《白居易集》，北京：中华书局，1985年10月

（唐）韩愈著，屈守元、常思春校注：《韩愈全集校注》，成都：四川大学出版社，1996年7月。

（唐）李贺著，（清）王琦等注：《李贺诗注》，台北：世界书局，1996年7月。

（唐）孟郊著，韩泉欣校注：《孟郊集校注》，杭州：浙江古籍出版社，1995年12月。

（唐）司空图：《司空表圣文集》，《四部丛刊正编》，台北：台湾商务印书馆，1979年11月。

（唐）杜牧：《樊川文集》，台北：汉京文化公司，1983年11月。

（唐）杜牧著，吴在庆撰：《杜牧集系年校注》，北京：中华书局，2008年10月。

（唐）李商隐著，冯浩笺注：《玉谿生诗集笺注》，台北：里仁书局，1981年8月。

（唐）李商隐著，刘学锴、余恕诚集解：《李商隐诗歌集解》，北京：中华书局，1992年5月。

（唐）陆龟蒙：《甫里先生文集》，《四部丛刊正编》，台北：台湾商务印书馆，1979年11月。

（唐）寒山著，项楚注：《寒山诗注》，北京：中华书局，2000年3月。

曾昭岷等编撰：《全唐五代词》，北京：中华书局，1999年12月。

（宋）王禹偁：《小畜集》，《四部丛刊正编》第39册，台北：台湾商务印书馆，1979年11月。

（宋）释道潜：《参寥子诗集》，《四部丛刊三编》第447册，台北：台湾商务印书馆，景宋本，1975年9月。

（宋）梅尧臣著，朱东润校注：《梅尧臣集编年校注》，上海：上海古籍出版社，2006年11月。

（宋）欧阳修：《欧阳修全集》，北京：中华书局，2001年3月。

（宋）王安石：《王安石全集》，台北：河洛图书出版社，1974年10月。

（宋）苏轼著，（清）王文诰辑注，孔凡礼点校：《苏轼诗集》，北京：中华书局,1982 年 2 月。

(宋)苏轼著,孔凡礼点校:《苏轼文集》,北京:中华书局,1986 年 3 月。

(宋)郭茂倩:《乐府诗集》,台北:里仁书局,1984 年 9 月。

(宋)毛滂著,周少雄点校:《毛滂集》,杭州:浙江古籍出版社,2012 年 8 月。

(宋)李清照著,徐培均笺注:《李清照集笺注》,上海:上海古籍出版社,2002 年 4 月。

(宋)胡寅著,容肇祖点校:《斐然集》,北京:中华书局,1993 年。

(宋)陆游著,钱仲联校注:《剑南诗稿校注》,上海:上海古籍出版社,1985 年 9 月。

(宋)杨万里著,辛更儒笺校:《杨万里集笺校》,北京:中华书局,2007 年 9 月。

(宋)范成大著,富寿荪标校:《范石湖集》,上海:上海古籍出版社,2006 年 4 月。

(宋)范成大:《梅谱》,北京:中华书局,1985。

(宋)朱淑真:《朱淑真集》,上海:上海古籍出版社,1986 年。

(宋)谢枋得、(明)王相等选注:《千家诗》,杭州:浙江人民出版社,1980 年 7 月。

(宋)蒋捷撰,黄明校点:《竹山词》,上海:上海古籍出版社,1985 年。

《全宋诗》第 7 册,北京:北京大学出版社,1992 年 8 月。

《全宋诗》第 12 册,北京:北京大学出版社,1993 年 9 月。

《全宋诗》第 15 册,北京:北京大学出版社,1993 年 9 月。

《全宋诗》第 17 册,北京:北京大学出版社,1995 年 3 月。

《全宋诗》第 50 册,北京:北京大学出版社,1998 年 12 月。

《全宋诗》第 66 册,北京:北京大学出版社,1998 年 12 月。

《全宋诗》第 67 册，北京：北京大学出版社，1998 年 12 月。

唐圭璋编：《全宋词》，北京：中华书局，1998 年 11 月。

杨镰主编：《全元诗》，北京：中华书局，2013 年 6 月。

（元）张宪：《玉笥集》，北京：中华书局，1985 年。

（元）方回：《桐江集》，《宛委别藏》本，台北：台湾商务印书馆，1981 年 10 月。

（明）唐寅著，周道振、张月尊辑校：《唐寅集》，上海：上海古籍出版社，2013 年 9 月。

（明）唐寅：《唐伯虎全集》，台北：水牛出版社，1987 年 4 月。

（明）唐寅：《唐伯虎先生全集》，台北：台湾学生书局，景印明万历四十二年刊本，1979 年 4 月。

（明）唐寅著，冉云飞译注：《唐伯虎全集》，成都：巴蜀书社，1995 年 9 月。

（明）华淑辑：《明诗选》，《四库禁毁书丛刊》集部第 1 册，北京：北京出版社，2005 年 8 月。

（明）王路：《花史左编》，《四库全书存目丛书》子部谱录类第 82 册，台南：庄严文化事业公司，1997 年 10 月。

（明）叶绍袁编，冀勤辑校：《午梦堂集》，北京：中华书局，1998 年 11 月。

（清）吴伟业著，李学颖集评标校：《吴梅村全集》，上海：上海古籍出版社，1990 年 12 月。

（清）纳兰性德：《饮水词》，台北：文馨出版社，1975 年 1 月。

（清）纳兰性德：《纳兰词》，台北：台湾商务印书馆，1983 年 12 月。

（清）康熙敕编：《全唐诗》，北京：中华书局，1990 年 2 月。

（清）孙之騄：《晴川蟹录》，《续修四库全书》子部谱录类第 1120 册，上海：上海古籍出版社，2002 年 3 月。

（清）曹寅：《楝亭集》，上海：上海古籍出版社，1978 年 12 月。

逯钦立辑校：《先秦汉魏晋南北朝诗》，台北：木铎出版社，1983年9月。

陈尚君辑校：《全唐诗补编》，北京：中华书局，1992年12月。

二、传统文论与诗话史传

（战国）庄子著，（清）郭庆藩集：《庄子集释》，台北：汉京文化公司，1983年。

（汉）班固著，（唐）颜师古注：《汉书》（台北：鼎文书局，1991年9月）。

（汉）郑玄注，（唐）孔颖达疏：《十三经注疏·礼记》，台北：艺文印书馆，1997年8月。

（晋）陆机著，张少康集释：《文赋集释》，上海：上海古籍出版社，1984年1月。

（南朝齐）王僧虔：《书赋》，收入崔尔平编：《历代书法论文选续编》，上海：上海书画出版社，1993年8月。

（南朝齐梁）刘勰著，周振甫注释：《文心雕龙注释》，台北：里仁书局，1984年5月。

（南朝齐梁）刘勰著，刘永济校释：《文心雕龙校释》，台北：正中书局，1954年4月。

（南朝梁）沈约：《宋书》，台北：鼎文书局，1990年6月。

（南朝梁）钟嵘著，曹旭集注：《诗品集注》，上海：上海古籍出版社，1996年8月。

（南朝梁）萧子显：《南齐书》，台北：鼎文书局，1990年7月。

（唐）王定保：《唐摭言》，《文渊阁四库全书》第1035册，台北：台湾商务印书馆，1986年7月。

（唐）李延寿：《南史》，台北：鼎文书局，1974年3月。

（唐）房玄龄等：《晋书》，台北：鼎文书局，1992年11月。

征引书目　453

（唐）姚思廉：《梁书》，台北：鼎文书局，1993年1月。

（宋）李石：《方舟集》，台北：台湾商务印书馆，1969年。

（宋）胡仔：《苕溪渔隐丛话·前后集》，台北：长安出版社，1978年12月。

（宋）洪迈：《容斋随笔》，上海：上海古籍出版社，1995年3月。

（宋）孙奕：《履斋诗说》，〔日〕近藤元粹辑：《萤雪轩丛书》第4卷，大阪：青木嵩山堂，明治二十九年（1896）。

（宋）惠洪：《冷斋夜话》，〔日〕近藤元粹辑：《萤雪轩丛书》第9卷，大阪：青木嵩山堂，明治二十九年（1896）。

（宋）赵彦卫：《云麓漫钞》，北京：中华书局，1998年5月。

（宋）赵闻礼辑，（清）伍崇曜校：《阳春白雪》，台北：艺文印书馆，1965年。

（宋）欧阳修、宋祁等：《新唐书》，台北：鼎文书局，1992年1月。

（宋）魏庆之：《诗人玉屑》，台北：世界书局，1980年10月。

（宋）罗大经：《鹤林玉露》，北京：中华书局，1997年12月。

（宋）严羽著，郭绍虞校释：《沧浪诗话校释》，台北：里仁书局，1987年4月。

（元）方回选评，李庆甲校点：《瀛奎律髓汇评》，上海：上海古籍出版社，2005年4月。

（元）辛元房著，傅璇琮主编：《唐才子传校笺》，北京：中华书局，1990年9月。

（明）王夫之著，张国星点校：《古诗评选》，北京：文化艺术出版社，1997年3月。

（明）王嗣奭：《杜臆》，台北：台湾中华书局，1986年11月。

（明）王骥德：《曲律》，收入《历代诗史长编》第2辑第4册，台北：鼎文书局，1974年2月。

（明）李渔：《闲情偶寄》，台北：长安出版社，1992年3月。

（明）李贽：《李温陵集》，《四库全书存目丛书》集126，台南：庄严文化事业公司，1997年6月。

（明）胡应麟：《诗薮》，台北：广文书局，1973年9月。

（明）胡应麟：《少室山房笔丛》，台北：世界书局，1963年4月。

（明）徐师曾：《诗体明辩》，台北：广文书局，1972年4月。

（明）徐师曾：《文体明辩》，《四库全书存目丛书》集部总集类311册，台南：庄严文化事业公司，北京大学图书馆藏明万历建阳游榕铜活字印本，1997年6月。

（明）叶绍袁原编，冀勤辑校：《午梦堂集》，北京：中华书局，1998年。

（清）金圣叹：《唱经堂杜诗解》，收入《金圣叹全集》第4册，台北：长安出版社，1986年9月。

（清）金圣叹：《读第五才子书法》，收入《水浒资料汇编》，台北：里仁书局，1981年7月。

（清）吴景旭：《历代诗话》，《文渊阁四库全书》第1483册，台北：台湾商务印书馆，1986年3月。

《四库全书总目提要》，《文渊阁四库全书》第1册，台北：台湾商务印书馆，1986年7月。

（清）王又华：《古今词论》，清康熙十八年年刻本，收入（清）查继超编：《词学全书》，《四库全书存目丛书补编》第79册，济南：齐鲁书社，2001年。

（清）赵翼：《陔余丛考》，台北：新文丰出版公司，1975年11月。

（清）何文焕辑：《历代诗话》，台北：汉京文化公司，1983年1月。

（清）姚鼐选：《今体诗钞》，台北：广文书局，1962年。

（清）纪昀：《瀛奎律髓刊误》，收入（元）方回选评，李庆甲集评点校：《瀛奎律髓汇评》，上海：上海古籍出版社，1986年4月。

（清）浦起龙：《读杜心解》，台北：鼎文书局，1979 年 3 月。

（清）袁枚：《随园诗话》，台北：汉京文化公司，1984 年 2 月。

（清）章学诚著，叶瑛校注：《文史通义校注》，台北：里仁书局，1984 年 9 月。

（清）沈德潜：《古诗源》，台北：世界书局，1998 年 5 月。

（清）沈德潜著，苏文擢诠评：《说诗晬语诠评》，台北：文史哲出版社，1985 年 10 月。

（清）沈德潜：《清诗别裁集》，北京：中华书局，1975 年 11 月。

（清）陈培桂主修，杨浚纂辑：《淡水厅志》，南投：台湾省文献委员会，1993 年 6 月。

（清）刘熙载：《艺概》，上海：上海古籍出版社，1978 年。

（清）刘熙载原作，龚鹏程撰述：《艺概》，台北：金枫出版社，1986 年。

（清）周济：《宋四家词选》，台北：广文书局，影印滂喜斋刊本，1962 年 11 月。

（清）王国维著，滕咸惠校注：《人间词话校注》，台北：里仁书局，1994 年 11 月。

丁福保辑：《历代诗话续编》，北京：中华书局，1983 年 8 月。

丁福保辑：《清诗话》，台北：木铎出版社，1988 年 9 月。

中华书局编：《新编诸子集成》，台北：世界书局，1991 年 5 月。

朱光潜：《诗论》，台北：正中书局，1962 年 9 月。

江都、余照春亭编：《增广诗韵集成》，台北：曾文出版社，1983 年 9 月。

高步瀛选注：《唐宋诗举要》，台北：学海出版社，1973 年。

郭绍虞辑：《宋诗话辑佚》，北京：中华书局，1980 年。

郭绍虞辑：《清诗话续编》，台北：木铎出版社，1983 年 12 月。

陈伯海主编：《唐诗汇评》，杭州：浙江教育出版社，1996 年 5 月。

贾文昭主编：《皖人诗话八种》，合肥：黄山书社，1995年5月。

曾永义编：《元代文学资料批评汇编》，台北：成文出版社，1978年9月。

三、《红楼梦》相关研究

《乾隆甲戌脂砚斋重评石头记》，台北："中研院"胡适纪念馆，1975年12月。

（清）陈其泰：《红楼梦回评》，朱一玄编：《红楼梦资料汇编》，天津：南开大学出版社，2001年10月。

（清）王国维等：《红楼梦艺术论》，台北：里仁书局，1994年12月。

（清）脂砚斋等著，陈庆浩辑校：《新编石头记脂砚斋评语辑校（增订本）》，台北：联经出版事业公司，1986年10月。

（清）曹雪芹著，冯其庸等校注：《红楼梦校注》，台北：里仁书局，1995年10月。

一粟（周绍良、朱南铣）编：《红楼梦卷》，台北：新文丰出版公司，1989年10月。

于舟、牛武：《红楼梦诗词联语评注》，太原：山西人民出版社，1980年5月。

王志良主编：《红楼梦评论选》，北京：中国社会科学出版社，1998年5月。

王彬：《红楼梦叙事》，北京：中国工人出版社，1998年5月。

朱淡文：《红楼梦研究》，台北：贯雅文化公司，1991年12月。

朱淡文：《红楼梦论源》，南京：江苏古籍出版社，1992年6月。

李希凡：《红楼梦艺术世界》，北京：文化艺术出版社，1997年7月。

李振中：《〈红楼梦〉中的晚唐五代诗词情蕴》，《红楼梦学刊》2010年第2辑。

吕启祥：《红楼梦会心录》，台北：贯雅文化公司，1992年4月。

余英时：《红楼梦的两个世界》，台北：联经出版公司，1996年2月。

林方直：《红楼梦符号解读》，呼和浩特：内蒙古大学出版社，1996年1月。

胡文彬、周雷编：《海外红学论集》，上海：上海古籍出版社，1982年4月。

胡文彬：《红楼放眼录》，北京：华艺出版社，1995年6月。

胡文彬：《红楼梦探微》，北京：华艺出版社，1997年8月。

胡文彬：《梦香情痴读红楼》，太原：山西教育出版社，1998年4月。

周中明：《红楼梦的语言艺术》，台北：里仁书局，1997年12月。

周汝昌：《红楼艺术》，北京：人民文学出版社，1995年9月。

周汝昌：《红楼梦新证》，北京：华艺出版社，1998年8月。

周汝昌：《红楼梦与中国文化》，台北：东大图书公司，1989年10月。

周汝昌：《曹雪芹小传》，天津：百花文艺出版社，1980年4月。

周策纵、余英时等：《曹雪芹与红楼梦》，台北：里仁书局，1985年1月。

俞平伯：《红楼梦研究》，台北：里仁书局，1997年4月。

梅新林：《红楼梦哲学精神》，上海：学林出版社，1997年4月。

冯其庸主编：《八家评批红楼梦》，北京：文化艺术出版社，1991年9月。

张寿平：《红楼梦外集》，台北：淑馨出版社，1996年10月。

张宝坤选编：《名家解读红楼梦》，济南：山东人民出版社，1998年1月。

贺新辉主编：《红楼梦诗词鉴赏辞典》，北京：紫禁城出版社，1992年5月。

翟胜健：《曹雪芹文艺思想新探》，北京：北京大学出版社，1997年4月。

赵冈、陈钟毅：《红楼梦新探》，北京：文化艺术出版社，1991年9月。

蔡义江：《红楼梦诗词曲赋评注（修订本）》，北京：团结出版社，1995年10月。

四、其他论著

王力：《汉语诗律学（增订本）》，上海：上海教育出版社，1988年1月。

王力：《古代汉语》，台北：蓝灯出版社，1989年1月。

王立：《伟大的同情——侠文学的主题史研究》，上海：学林出版社，1999年2月。

王易：《词曲史》，台北：广文书局，1988年8月。

王昆吾：《唐代酒令艺术》，上海：东方出版中心，1996年10月。

佛光大藏经编修委员会编：《佛光大藏经》，高雄：佛光山宗务委员会，1994年12月。

吕叔湘：《文言虚字》，台北：文史哲出版社，1991年10月。

金良年：《姓名与社会生活》，台北：文津出版社，1990年7月。

周裕锴：《文字禅与宋代诗学》，北京：高等教育出版社，1998年11月。

周庆华：《诗话摘句批评研究》，台北：文史哲出版社，1993年9月。

尚定：《走向盛唐》，北京：中国社会科学出版社，2000年1月。

郭玉雯：《宋代诗话的诗法研究》，台北：台大中文所博士论文，1988年6月。

耿振生：《诗词曲的格律与用韵》，郑州：大象出版社，1997年4月。

张方：《中国诗学的基本概念》，北京：东方出版社，1999年5月。

章培恒、骆玉明主编：《中国文学史》，上海：复旦大学出版社，1996年3月。

陈植锷：《诗歌意象论》，北京：中国社会科学出版社，1990年。

陈槃：《古谶纬研讨及其书录解题》，台北：编译馆，1991年2月。

陈应鸾：《诗味论》，成都：巴蜀书社，1996年10月。

陈庆辉：《中国诗学》，台北：文史哲出版社，1994年12月。

虞云国等编：《中国文化史年表》，上海：上海辞书出版社，1990年。

裴普贤：《集句诗研究》，台北：台湾学生书局，1975年11月。

裴普贤：《集句诗研究续集》，台北：台湾学生书局，1979年2月。

葛兆光：《汉字的魔方》，沈阳：辽宁教育出版社，1999年1月。

叶庆炳：《中国文学史》，台北：台湾学生书局，1997年6月。

叶嘉莹：《迦陵谈诗》，台北：三民书局，1984年1月。

鲁迅：《中国小说史略》，收入《鲁迅全集》第 9 卷，北京：人民文学出版社，1991 年 1 月。

鲁迅：《中国小说史略》，收入《鲁迅小说史论文集》，台北：里仁书局，1999 年 3 月。

乐蘅军：《意志与命运——中国古典小说世界观综论》，台北：大安出版社，1992 年 4 月。

蔡瑜：《唐诗学探索》，台北：里仁书局，1998 年 4 月。

欧阳光：《宋元诗社研究丛稿》，广州：广东高等教育出版社，1998 年 8 月。

欧丽娟：《大唐诗魁——李商隐诗选》，台北：五南出版社，1999 年 10 月。

欧丽娟：《杜诗意象论》，台北：里仁书局，1997 年 12 月。

欧丽娟：《唐诗的乐园意识》，台北：里仁书局，2000 年 2 月。

卢元骏：《诗词曲韵总检》，台北：正中书局，1993 年 11 月。

谢云飞：《文学与音律》，台北：东大图书公司，1978 年 11 月。

谢贵安：《中国谶谣文化研究》，海口：海南出版社，1998 年 2 月。

严明、樊琪：《中国女性文学的传统》，台北：洪叶文化公司，1999 年 6 月。

苏文菁：《华兹华斯诗学》，北京：社会科学文献出版社，2000 年 3 月。

〔美〕浦安迪（Andrew H. Plaks）著：《中国叙事学》（Chinese Narrative），北京：北京大学出版社，1996 年 3 月。

〔荷〕佛克马（Douwe Fokkema）、蚁布思（Elrud Ibsch）著，袁鹤翔等合译：《二十世纪文学理论》（Theories of Literature in the Twentieth Century），台北：书林出版有限公司，1987 年 11 月。

〔英〕弗斯特（Edward M. Forster）著，李文彬译：《小说面面观》（*Aspects of the Novel*），台北：志文出版社，1995 年 12 月。

〔美〕海明威（Ernest Hemingway）：《海明威全集——午后之死》（*Death in the Afternoon*），郑州：河南文艺出版社，2012 年 6 月。

〔英〕乔治·汉弗莱（George Humphrey）著，郭本禹、王国芳译：《人类心灵的故事》(The Story of Man's Mind)，南京：江苏人民出版社，2010 年 7 月。

〔美〕布鲁姆（Harold Bloom）著，高志仁译：《西方正典》(The Western Canon)，台北：立绪文化公司，1999 年 3 月。

艾布拉姆斯（Meyer H. Abrams）：《镜与灯》(Mirror and Lamp)，北京：北京大学出版社，1989 年 12 月。

〔日〕诸桥辙次编：《大汉和辞典》，台北：蓝灯文化公司，1986 年。

五、单篇论文

于景祥：《〈红楼梦〉运用多种诗歌体式的杰出成就》，《红楼梦学刊》1997 年第 2 辑。

李振中：《〈红楼梦〉中的晚唐五代诗词情蕴》，《红楼梦学刊》2010 年第 2 辑。

吴恩裕：《曹雪芹的佚著和传记材料的发现》，《文物》第 2 期，1973 年。

余光中：《象牙塔到白玉楼》，收入吕正惠编：《唐诗论文选集》，台北：长安出版社，1985 年 4 月。

林方直：《借来诗境入传奇》，收入周策纵编：《首届国际红楼梦研讨会论文集》，香港：中文大学出版社，1983 年。

林方直：《〈红楼梦〉中的实境与借境》，《红楼梦研究集刊》第 11 辑，上海：上海古籍出版社，1983 年。

周汝昌：《红边小缀》，《红楼梦学刊》第 1 辑，天津：百花文艺出版社，1979 年 5 月。

胡文彬：《〈红楼梦〉脂批中"一花一石如有意"的出处》，《学习与思考》1981 年 6 期。

徐大军：《〈红楼梦〉与金批本〈西厢记〉》，《红楼梦学刊》2008年第3辑。

（清）邓汉仪：《过岭集》，《四库禁燬书丛刊》集部第117册，北京：北京出版社，2005年8月。

陈尚君：《张碧生活时代考》，《唐代文学丛考》，北京：中国社会科学出版社，1997年10月，页338—343。

梁石：《红楼梦与诗歌》，《文坛》200期。

许绮玲：《明室——一段引文的祕密》，《中国时报》第37版人间副刊，1999年11月15日。

黄维梁：《诗话词话中摘句为评的手法》，黄维梁著：《中国文学纵横论》，台北：东大图书公司，1988年8月。

黄志民：《明代诗社之研究》，台北：政治大学中文研究所硕士论文，1972年。

游志诚：《唐传奇与女性主义文学的倾向——兼以红线为例的意义探讨》，《中外文学》第17卷第1期，1988年6月。

潘朝阳：《现象学地理学——存在空间的一个诠释》，《中国地理学会会刊》第19期，1991年7月。

刘恒：《关于"虚的对实的，实的对虚的"》，《红楼梦学刊》1999年第4辑。

欧丽娟：《李贺诗历代评论之分析》，《编译馆馆刊》第22卷第1期，1993年6月。

欧丽娟：《李商隐诗之神话表现》，《编译馆馆刊》第24卷第1期，1995年6月。

欧丽娟：《唐诗中桃花源主题的流变——继承、转化与发扬》，《编译馆馆刊》第26卷第2期，1997年12月。

欧丽娟：《〈红楼梦〉论析——"宝"与"玉"之重叠与分化》，《编译馆馆刊》第28卷第1期，1999年6月。

欧丽娟：《李商隐及其诗》，《李商隐诗选》序言，台北：五南出版社，1999

年10月。

欧丽娟：《〈红楼梦〉中的〈四时即事诗〉：乐园的开幕颂歌》，《中国古典文学研究》第2期，台北：中国古典文学研究会，1999年12月。

欧丽娟：《〈红楼梦〉中的〈五美吟〉：开显女性主体意识的咏叹调》，《中国古典文学研究》第3期，台北：中国古典文学研究会，2000年6月。

欧丽娟：《从〈红楼梦〉看曹雪芹的律诗创作／品鉴观》，《台大中文学报》第13期，台北：台大中文系，2000年12月。

欧丽娟：《〈红楼梦〉诗论中的感发说》，《中国古典文学研究》第4期，台北：中国古典文学研究会，2000年12月。

欧丽娟：《论〈红楼梦〉与中晚唐诗的血缘系谱与美学传承》，《台大文史哲学报》第75期，2011年11月。

欧丽娟：《林黛玉立体论——"变／正"、"我／群"的转化》，《汉学研究》第20卷第1期，2002年6月。

欧丽娟：《薛宝钗论——对〈红楼梦〉人物论述中几个核心问题的省思》，《成大中文学报》第13期，2005年12月。

欧丽娟：《〈红楼梦〉与六朝诗》，台湾大学中文系主编：《林文月先生学术成就与薪传国际学术研讨会论文集》，台北：台湾大学中文系，2014年5月。

欧丽娟：《〈红楼梦〉中的"金玉良姻"重探》，《师大学报：语言与文学类》第61卷第2期，2016年9月。

〔日〕兴膳宏著，戴燕译：《从〈诗品〉到诗话》，《异域之眼——兴膳宏中国古典论集》，上海：复旦大学出版社，2006年9月。

萧驰：《从"才子佳人"到〈石头记〉》，萧驰著：《中国抒情传统》，台北：允晨文化公司，1999年1月。

萧驰：《"书写声音"中的群与我，情与感：〈古诗十九首〉诗学特质与坐标意义的再检讨》，《中国文哲研究集刊》第30期，2007年3月。